Met duivels genoegen

Van dezelfde auteur:

Bot voor bot
Fatale dag
Fatale keuze
Fatale vlucht
Fatale geheimen
Fatale vondst
Fatale maandag
Begraven beenderen
Gebroken
Tot stof vergaan

KATHY REICHS

MET DUIVELS GENOEGEN

2008 – De Boekerij – Amsterdam

Oorspronkelijke titel: Devil Bones (Simon & Schuster, Inc.)
Vertaling: Gerrit-Jan van den Berg
Omslagontwerp: Wil Immink Design

ISBN 978-90-225-4975-9

© 2008 by Temperance Brennan, L.P.
© 2008 voor de Nederlandse taal: De Boekerij bv, Amsterdam

Niets uit deze uitgave mag worden openbaar gemaakt door middel van druk, fotokopie, microfilm of op welke andere wijze ook, zonder voorafgaande schriftelijke toestemming van de uitgever.

Voor zover het maken van kopieën uit deze uitgave is toegestaan op grond van artikelen 16h t/m 16m Auteurswet, dient men de daarvoor wettelijk verschuldigde vergoeding te voldoen aan de Stichting Reprorecht te Hoofddorp (Postbus 3060, 2130 KB) of contact op te nemen met de uitgever voor het treffen van een rechtstreekse regeling.

Opgedragen aan

agent Sean Clark
22 november 1972 – 1 april 2007

en

agent Jeff Shelton
9 september 1971 – 1 april 2007

en aan alle anderen die om het leven zijn gekomen bij het beschermen van de burgers van Charlotte-Mecklenburg, Noord-Carolina

brigadier Anthony Scott Futrell   17 juli 2002
agent John Thomas Burnette   5 oktober 1993
agent Anthony A. Nobles   5 oktober 1993
agent Eugene A. Griffin   22 november 1991
agent Milus Terry Lyles   6 augustus 1990
agent Robert Louis Smith   15 januari 1987
agent Timothy Wayne Whittington   16 juli 1985
agent Ernest Coleman   1 juli 1982
agent Edmond N. Cannon   23 november 1981
agent Ronnie E. McGraw   18 oktober 1970
brigadier Lewis Edward Robinson sr.   4 mei 1970
agent Johnny Reed Annas   21 mei 1960

rechercheur Charlie Herbert Baker   12 april 1941
agent Rufus L. Biggers   12 februari 1937
agent Charles P. Nichols   17 april 1936
agent Benjamin H. Frye   9 juni 1930
rechercheur Thomas H. Jenkins   21 oktober 1929
agent William Rogers   30 augustus 1929
rechercheur Harvey Edgar Correll   22 januari 1929
agent Robert M. Reid   1 januari 1927
veldwachter John Franklin Fesperman 16 februari 1924
agent John Robert Estridge   29 maart 1913
veldwachter Sampson E. Cole   1 januari 1905
agent James H. Brown   2 augustus 1904
agent James Moran   4 april 1892

1

Ik ben Temperance Deassee Brennan. Ik ben een meter vierenzestig, heb een enigszins opvliegend karakter en ben veertig-plus. In meerdere disciplines afgestudeerd. Overwerkt. Onderbetaald.
Bezig dood te gaan.
Nadat ik dat stukje literaire inspiratie had doorgekrast, pende ik een nieuwe openingszin neer.
Ik ben forensisch antropoloog. Ik ken de dood. En nu achtervolgt hij me. Dit is mijn verhaal.
Genadige God. Een reïncarnatie van Jack Webb en *Dragnet*.
Nog meer doorhalingen.
Ik wierp een blik op de klok. Vijf over half drie.
De beginregels van een aanstaande autobiografie latend voor wat ze waren, begon ik wat te tekenen. Cirkels in cirkels. De wijzerplaat van de klok. De vergaderruimte. De campus van de UNCC. Charlotte. Noord-Carolina. Noord-Amerika. De aarde. De Melkweg.
Om me heen discussieerden mijn collega's met alle passie van religieuze fanatici over kleinigheden. Het onderhavige debat had betrekking op een bepaalde formulering in een subsectie van het zelfstudieproject binnen de vakgroep. Het was bloedheet in het vertrek, het onderwerp saaier dan saai. We zaten nu al twee uur bij elkaar, en het enige wat de tijd absoluut níét deed was vliegen.
Aan de buitenste van mijn concentrische cirkels tekende ik spiraalvormige armpjes. Vervolgens vulde ik ruimtes op met stippen. Vierhonderd miljard sterren in het zonnestelsel. Ik wou dat ik mijn stoel in de hyperdrive kon zetten en naar een daarvan kon vluchten.

Antropologie is een nogal brede discipline, die uit met elkaar verbonden subspecialiteiten bestaat. Fysische. Culturele. Archeologische. Linguïstische. In onze vakgroep is dit hele kwartet vertegenwoordigd. Leden van elke groep voelden de noodzaak hun zegje te doen.

George Petrella is een linguïst die onderzoek doet naar de mythe als een verhaal van de individuele en collectieve identiteit. Af en toe zegt hij dingen die ik begrijp.

Op dat moment had Petrella bezwaar tegen de formulering 'herleidbaar tot' vier verschillende gebieden. Hij stelde voor die woorden te vervangen door de zin 'deelbaar in'.

Cheresa Bickham, een archeoloog uit het zuidwesten, en Jennifer Roberts, een specialist in interculturele religieus, hielden stevig vast aan 'herleidbaar tot'.

Omdat ik genoeg had van mijn galactisch pointillisme en niet in staat was om mijn verveling tot belangrijke zaken te herleiden of te delen, schakelde ik over op kalligrafie.

Temperance. Gematigdheid. Het vermogen overdaad uit de weg te gaan.

Een dubbele bestelling graag. En een portie terughoudendheid. Het ego mag u houden.

Tijdcontrole.

Twee minuten voor drie.

De breedsprakigheid duurde maar voort.

Om 15.10 uur werd er gestemd. 'Deelbaar in' wint het.

Evander Doe, die al ruim een decennium aan het hoofd van de vakgroep staat, zat voor. Hoewel hij ongeveer even oud is als ik, ziet Doe eruit als iemand op een schilderij van Grant Wood. Kaal. Uilenbril. Dikhuidige oren.

De meeste mensen die Doe kennen vinden hem stug. Ik niet. Ik heb de man minstens twee, drie keer zien glimlachen.

Nadat hij 'deelbaar in' achter zich had gelaten, stapte Doe over op de volgende brandende kwestie. Ik hield op met het tekenen van krullen om naar hem te luisteren.

Moesten in de doelstellingen van de vakgroep de historische banden met de geesteswetenschappen en kritische theorie worden benadrukt, of diende de steeds belangrijker wordende rol van de natuurwetschappen en empirische waarneming de nadruk te krijgen?

In mijn mislukte poging tot een autobiografie klopte in elk geval één ding. Ik zou inderdaad doodgaan vóór deze vergadering werd opgeheven.

Plotseling zag ik in gedachten een beeld voor me. De beruchte *sensory deprivation*-experimenten in de jaren vijftig. Ik zag vrijwilligers voor me met ondoorzichtige stofbrillen op en de handen in gewatteerde moffen, liggend op britsen in vertrekken waarin voortdurend witte ruis heerst.

Ik maakte een lijstje van hun symptomen en vergeleek die bij mijn huidige toestand.

Angstig. Depressief. Asociaal gedrag. Hallucinaties.

Ik streepte het vierde symptoom door. Hoewel ik gestrest en geïrriteerd was, hallucineerde ik niet. Nóg niet. Niet dat ik het erg gevonden zou hebben. Een levendig visioen zou ten minste enige afleiding hebben betekend.

Begrijp me niet verkeerd. Als het om lesgeven gaat ben ik geenszins cynisch. Ik vind het heerlijk om hoogleraar te zijn. Het is alleen jammer dat de interactie met mijn studenten elk jaar minder lijkt te worden.

Waarom zo weinig uren college geven? Terug naar de subdiscipline.

Wel eens geprobeerd arts te worden? Vergeet het maar. Cardioloog. Dermatoloog. Endocrinoloog. Gastro-enteroloog. Het is een gespecialiseerd wereldje geworden. En op mijn gebied is het niet anders.

Antropologie: de studie van de mens, het menselijke organisme. Fysieke antropologie: de studie van de biologie, de veranderlijkheid en de evolutie van het menselijke organisme. Osteologie: de vergelijkende studie van de menselijke beenderen. Forensische antropologie: de vergelijkende studie van menselijke beenderen ten behoeve van juridische doeleinden.

Volg de vertakkingen, en dan kom je uiteindelijk bij mij uit. Hoewel ik ben opgeleid in de bioarcheologie, en ik het begin van mijn loopbaan dan ook voornamelijk doorbracht met het opgraven en analyseren van oudheidkundige resten, ben ik al jaren geleden op forensisch onderzoek overgestapt. Naar de duistere kant gaan, plagen mijn oude studiegenoten me nog steeds. Aangetrokken door roem en fortuin. Tja, goed. Nou, misschien heeft het tot enige beruchtheid geleid, maar in elk geval niet tot fortuin.

Forensisch antropologen werken met mensen die recent zijn overleden. We zijn in dienst van politiekorpsen, lijkschouwers, pathologen-anatomen, openbare aanklagers, advocaten, de strijdkrachten, mensenrechtenorganisaties en rampenidentificatieteams. Gebruikmakend van onze kennis op het gebied van biomechanica, genetica en skeletanatomie, behandelen we vragen met betrekking tot identificatie, doodsoorzaak, de verstreken tijd sinds het overlijden en na het overlijden optredende veranderingen aan het lijk. We onderzoeken verbrande, in staat van ontbinding verkerende, gemummificeerde, verminkte, van ledematen ontdane en slechts nog uit een skelet bestaande lijken. En tegen de tijd dat we met die stoffelijke resten worden geconfronteerd, zijn die maar al te vaak zodanig gecompromitteerd, dat ze nauwelijks nog waardevolle gegevens opleveren.

Als werknemer in dienst van de staat Noord-Carolina, heb ik een contract met zowel de universiteit van Noord-Carolina, Charlotte als het Office of the Chief Medical Examiner, die over vestigingen in Charlotte en Chapel Hill beschikt. Daarnaast adviseer ik het Laboratoire de sciences judiciaires et de médicine légale in Montreal.

Noord-Carolina en Quebec? *Extraordinaire*. Straks meer daarover.

Vanwege mijn grensoverschrijdende activiteiten en mijn tweedige verantwoordelijkheid in Noord-Carolina, doceer ik slechts één college aan UNCC, een upper-level seminar in forensische antropologie. Dit was mijn halfjaarlijkse semester in het klaslokaal.

En de vergaderruimte.

Ik kijk uit naar het lesgeven. Het zijn de eindeloze vergaderingen waaraan ik een vreselijke hekel heb. En de politiek binnen de vakgroep.

Iemand kwam met het voorstel om de doelstellingen terug te verwijzen naar een comité, voor nadere studie. Handen gingen omhoog, inclusief die van mij. Wat mij betrof kon dit hele gebeuren naar Zimbabwe worden gestuurd om daar definitief begraven te worden.

Doe bracht het volgende agendapunt ter tafel. Het vormen van een comité met betrekking tot professionele ethiek.

Inwendig kreunde ik. Ik begon een lijstje te maken van dingen waar ik nog aan moest denken.

1. Specimina naar Alex.

Alex is mijn laboratorium- en onderwijsassistent. Gebruikmakend van datgene wat ik uitgekozen had, zou zij voor het volgende seminar een bottententamen samenstellen.

2. Verslag doen aan LaManche.

Pierre LaManche is patholoog en chef van de medisch-juridische sectie van het LSJML. De laatste zaak die ik had gedaan voor ik vorige week uit Montreal was vertrokken, was er een voor hem, een slachtoffer van een autobrand. Volgens mijn analyse was het verkoolde lijk dat van een blanke man van in de dertig.

Jammer genoeg voor LaManche zou de veronderstelde chauffeur een negenenvijftigjarige vrouw van Aziatische komaf moeten zijn. Jammer genoeg voor het slachtoffer had iemand twee kogels in haar linker pariëtale kwab gepompt. Jammer genoeg voor mij ging het hier om moord en bestond de kans dat daarvoor mijn aanwezigheid tijdens het proces vereist was.

3. Verslag doen aan Larabee.

Tim Larabee is de patholoog-anatoom van Mecklenburg County, en directeur van het uit drie pathologen bestaande instituut in Charlotte. Mijn eerste zaak na mijn terugkeer naar Noord-Carolina was een klusje voor hem geweest, een opgezwollen en in verregaande staat van ontbinding zijnd onderlichaam dat langs de oever van de rivier de Catawba was aangespoeld. Uit de bekkenstructuur had ik opgemaakt dat het om een man moest gaan. Aan de hand van de botontwikkeling kon worden vastgesteld dat de leeftijd tussen de twaalf en de veertien jaar moest liggen. Herstelde breuken in het vierde en vijfde middenvoetsbeentje zouden wellicht tot identificatie kunnen leiden als de betreffende ziekenhuisgegevens en röntgenfoto's nog ergens te vinden zouden zijn.

4. Larabee bellen.

Toen ik vandaag op de campus arriveerde, stond er een uit drie woorden bestaand bericht op mijn voicemail, afkomstig van de MCME, de patholoog-anatoom van Mecklenburg County: *Bel me terug*. Ik stond net op het punt te gaan bellen toen Petrella binnenkwam om me naar die afschuwelijke vergadering te sleuren.

Toen we elkaar voor het laatst hadden gesproken, had Larabee nog geen melding van een vermist persoon aan het profiel van het in de Catawba aangetroffen slachtoffer kunnen koppelen. Misschien had hij er recentelijk een gevonden. Dat hoopte ik van harte, al was het alleen maar voor de nabestaanden. En voor de jongen.

Ik dacht aan het gesprek dat Larabee met de ouders zou hebben. Ik had dat soort gesprekken ook wel gevoerd, aankondigingen die ervoor zorgden dat iemands leven van het ene op het andere moment definitief vernietigd werd. Het is het ergste onderdeel van mijn werk. Er bestaat geen gemakkelijke manier om tegen een vader en moeder te zeggen dat hun kind niet meer leeft. Dat zijn benen zijn gevonden, maar dat het hoofd nog steeds ontbreekt.

5. Aanbeveling Sorenstein schrijven.

Rudy Sorenstein was een student die hoopte zijn studie voort te kunnen zetten aan Harvard of Berkeley. Geen enkele brief van mij zou dat kunnen bewerkstelligen. Maar Rudy deed zijn uiterste best. Werkte goed met anderen samen. Ik zou zijn gemiddelde cijferlijst een zo goed mogelijke draai geven.

6. Winkelen met Katy.

Kathleen Brennan Petersons is mijn dochter, die vanaf dit voorjaar in Charlotte woonachtig is en als researcher werkt bij het *public defender's office*, dat voor pro-Deoadvocaten zorgt. Nadat ze de afgelopen zes jaar als student aan de universiteit van Virginia had doorgebracht, zat Katy zeer verlegen om kleding die van een andere stof dan denim was gemaakt. En om geld waarmee die kon worden aangeschaft. Ik had haar aangeboden als haar modeadviseur op te treden. Maar daar heb je de ironie van dit alles. Pete, de echtgenoot van wie ik al een tijdje vervreemd ben, functioneerde als geldschieter.

7. Strooisel voor Birdie.

Birdie is mijn kat. Hij is nogal precies als het gaat om zaken met betrekking tot het kattentoilet, en geeft uitdrukking aan zijn ongenoegen op manieren die ik probeer te voorkomen. Helaas is Birdies favoriete kattenbakstrooisel uitsluitend verkrijgbaar bij de erkende dierenarts.

8. Gebitscontrole.
De oproep daartoe zat gisteren bij de binnengekomen post. Tuurlijk. Ik zou er onmiddellijk werk van maken.
9. Stomerij.
10. Beurt auto.
11. Handgreep voor de douchedeur.
Meer dan ik het hoorde, meende ik een vreemd geluid in het vertrek waar te nemen. Een soort stilte.
Ik keek op en besefte dat ieders aandacht op mij was gericht.
'Sorry.' Ik bewoog een hand om mijn blocnote te bedekken. Zo nonchalant mogelijk.
'Waar gaat uw voorkeur naar uit, dokter Brennan?'
'Zou u ze nog eens willen oplezen?'
Doe kwam met een lijstje van de, naar ik vermoedde, drie namen die in een verhitte concurrentie met elkaar verwikkeld waren.
'Comité voor professionele verantwoordelijkheid en gedrag. Comité voor evaluatie van ethische procedures. Comité voor ethische maatstaven en aanwendingen.'
'Die laatste naam impliceert het opleggen van regels die zijn vastgesteld door een externe instantie of reguleringscommissie.' Petrella deed geprikkeld.
Bickham gooide haar pen op het tafelblad. 'Nee hoor, dat is niet zo. Het is simp...'
'De vakgroep creëert een comité dat zich met de ethiek gaat bezighouden, ja?'
'Het is van het allergrootste belang dat de naam van zo'n instantie de filosofische onderbouwing op de juiste wijze weerspiegelt...'
'Ja.' Doe's antwoord op mijn vraag onderbrak Petrella.
'Waarom noemen we het niet gewoon de ethiekcommissie?'
Tien paar ogen staarden me ijzig aan. Sommigen leken ietwat in verwarring gebracht. Anderen verrast. Sommigen beledigd.
Petrella liet zich in haar stoel achterover vallen.
Bickham kuchte.
Roberts sloeg zijn blik neer.
Doe schraapte zijn keel. Voor hij iets kon zeggen verbrak een zacht kloppen de stilte.
'Ja?' Doe.

De deur ging open en in de smalle opening verscheen een gezicht. Rond. Vol sproeten. Zorgelijk. Tweeëntwintig nieuwsgierige ogen draaiden de betreffende kant uit.

'Het spijt me dat ik stoor.' Naomi Gilder was de nieuwe secretaresse bij de vakgroep. En het meest verlegen van het hele stel. 'Ik zou dit uiteraard niet hebben gedaan, als...'

Naomi's blik gleed mijn kant uit.

'Dokter Larabee zei dat hij dringend met dokter Brennan wilde spreken.'

Mijn eerste opwelling was om een keer met mijn arm te pompen: ja! Maar in plaats daarvan bracht ik berustend mijn wenkbrauwen en handpalmen omhoog. De plicht roept. Daar kan ik me toch niet aan onttrekken?

Ik zocht mijn papieren bij elkaar, verliet het vertrek en danste bijna door de receptieruimte in de richting van een gang waar zich de faculteitskantoren bevonden. Alle deuren waren dicht. Natuurlijk waren ze dicht. De bewoners ervan zaten in een vensterloze vergaderruimte opgesloten en maakten zich druk over allerlei administratieve onbenulligheden.

Ik voelde me opgetogen. Vrij!

Nadat ik mijn kamer was binnengestapt toetste ik Larabees nummer in. Mijn ogen gleden naar het raam. Vier etages lager stroomden hordes studenten naar en van hun namiddagcolleges. Laag invallende zonnestralen zetten de bomen en varens in de Van Landingham Glen in een bronzen schijnsel. Toen we aan de vergadering waren begonnen, had de zon recht boven ons gestaan.

'Larabee.' De stem was iets aan de hoge kant, en had een zacht, zuidelijke accent.

'Met Tempe.'

'Heb ik je uit iets heel belangrijks weggehaald?'

'Pretentieuze gewichtigdoenerij.'

'Sorry?'

'Laat maar. Gaat het over het drijvende lijk in de Catawba?'

'Een twaalf jaar oude jongen uit Mount Holly die naar de naam Anson Tyler luisterde. Ouders waren uitbundig aan het gokken in Vegas. Toen ze eergisteren thuiskwamen ontdekten ze dat de jongen al een week niet thuis was geweest.'

'Hoe hebben ze dat berekend?'
'Ze hebben de Pop-Tarts geteld die nog over waren.'
'Heb je zijn medische gegevens boven water gekregen?'
'Ik wil jouw mening uiteraard ook graag horen, maar ik durf er m'n huis onder te verwedden dat de gebroken tenen op Tylers röntgenfoto's overeenkomen met die van het slachtoffer.'
Ik moest aan de kleine Anson denken, alleen thuis. Naar de televisie kijkend. Boterhammen smerend met pindakaas en Pop-Tarts roosterend. Slapend met het licht aan.
Het opgetogen gevoel begon te verdwijnen.
'Welk stelletje idioten gaat rustig op stap en laat ondertussen een twaalfjarig kind alleen thuis achter?'
'De Tylers zullen niet worden genomineerd voor de ouders-van-het-jaarverkiezing.'
'Wordt hen kinderverwaarlozing ten laste gelegd?'
'Op z'n minst.'
'Is Anson Tyler de reden dat je belde?' Volgens Naomi had Larabee het woord 'dringend' gebruikt. Een positieve identificatie viel gewoonlijk niet in die categorie.
'Aanvankelijk wel, maar nu niet. Ik ben net gebeld door de jongens van Moordzaken. Die zitten misschien met een uiterst vervelende situatie opgezadeld.'
Ik luisterde.
Bezorgdheid maakte korte metten met de laatste nog aanwezige sporen van mijn opgetogenheid.

2

'Je bent ervan overtuigd dat het van een mens is?' vroeg ik.
'Minstens een van de schedels.'
'Zijn het er dan meer dan één?'
'De politieman die het geval meldde opperde die mogelijkheid, maar wilde nergens aanzitten totdat jij was gearriveerd.'
'Heel verstandig.'
Scenario: burger stuit op beenderen, belt het alarmnummer. Agenten arriveren ter plekke, gaan ervan uit dat het om oude botten gaat en beginnen de boel in plastic zakjes te stoppen en van etiketten te voorzien. Eindresultaat: samenhang gaat verloren, vindplaats is verpest. Het komt erop neer dat ik in het luchtledige zit te werken.
Scenario: hond graaft een clandestien graf op. Plaatselijke lijkschouwer gaat eropaf met een spade en een lijkenzak. Eindresultaat: er worden onderdelen over het hoofd gezien. Ik krijg stoffelijke resten waaraan zaken ontbreken.
Als ik met dit soort situaties geconfronteerd word, ben ik niet altijd even aardig in mijn opmerkingen. In de loop der jaren is mijn boodschap overgekomen.
Dat, plus het feit dat ik aan de lijkschouwer in Chapel Hill en de politie van Charlotte-Mecklenburg workshops geef hoe je het best lijken kunt bergen.
'De agent zei dat het stinkt in het huis,' voegde Larabee eraan toe.
Dat klonk niet goed.
Ik pakte snel een pen. 'Waar?'

'Greenleaf Avenue, in First Ward. Het huis wordt momenteel gerestaureerd. De loodgieter maakte een gat in de muur en vond een of andere ondergrondse ruimte. Een ogenblikje.'

Geritsel van papier, waarna Larabee het adres oplas. Ik schreef het op.

'Blijkbaar is die loodgieter volkomen hysterisch geworden.'

'Ik kan er nu wel even naartoe rijden.'

'Dat zou mooi zijn.'

'Ik zie je over een half uurtje.'

Ik hoorde een hapering in Larabees ademhaling.

'Probleem?' vroeg ik.

'Ik heb op de snijtafel een kind open liggen.'

'Wat is er gebeurd?'

'Een vijfjarig meisje kwam thuis van de kleuterschool, at een donut, klaagde over buikpijn en viel om. Twee uur later overleed ze in het CMC. Een uiterst triest verhaal. Een enig kind, nooit medische klachten gehad, geen symptomen van wat dan ook, totdat dit gebeurde.'

'Jezus. Wat was de doodsoorzaak?'

'Cardiaal rabdomyoom.'

'En dat is?'

'Een joekel van een tumor in het tussenschot van het hart. Komt nauwelijks voor op deze leeftijd. Deze kinderen sterven meestal kort na de geboorte.'

De arme Larabee zou vandaag met meer dan één hartverscheurend gesprek worden geconfronteerd.

'Maak jij je sectie af,' zei ik. 'Dan doe ik het gruwelkabinet wel.'

Charlotte begon met een rivier en een weg.

De rivier was er het eerst. Niet de Mississippi of de Orinoco, maar toch met een rivier die er wel degelijk zijn mocht, waarvan de oevers rijkelijk voorzien waren van herten, beren, bizons en kalkoen. Grote vluchten duiven vlogen eroverheen.

De mensen die tussen de wilde lathyrus op de oostelijke oever van de rivier woonden noemden hun waterweg de Eswa Taroa, 'de grote rivier'. Op hun beurt werden zíj de Catawba genoemd, 'de mensen van de rivier'.

Het belangrijkste Catawba-dorpje, Nawvasa, lag aan de bovenloop van Sugar Creek, Soogaw, of Sugau, wat 'groep hutten' betekent, een ontwikkeling die niet alleen gebaseerd was op de nabijheid van water. Nawvasa lag ook vlak bij een drukke inheemse handelsroute, het Great Trading Path. Goederen en voedsel vloeiden langs dit pad van de Grote Meren naar Noord- en Zuid-Carolina, en vervolgens nog zuidelijker in de richting van de rivier de Savannah.

Nawvasa ontleende zijn bestaansrecht aan zowel de rivier als de weg.

Dat veranderde allemaal door de komst van vreemde mannen aan boord van grote schepen.

Als beloning voor het feit dat ze hem weer aan de macht hadden geholpen, beloonde de Engelse koning Charles II acht mannen met het land ten zuiden van Virginia en in westelijke richting tot aan de 'Zuidzee'. Charlies nieuwe 'lord-eigenaren' stuurden prompt mensen om hun recent verworven gebieden in kaart te brengen en te exploreren.

In de loop van de daaropvolgende eeuw arriveerden de kolonisten, in boerenwagens, te paard en op snel slijtende leren schoenzolen. Duitsers, Franse hugenoten, Zwitsers, Ieren en Schotten. Langzaam maar onverbiddelijk gingen de rivier en de weg van Catawbaanse handen over in die van de Europese kolonisten.

De inheemse, van schors gemaakte onderkomens maakten plaats voor huizen en boerderijen die uit boomstammen werden opgetrokken. Taveernes, herbergen en winkels werden gebouwd. Kerken. Een rechtbank. Bij een kruising met een minder belangrijk pad ontstond een nieuw dorpje langs het Great Trading Path.

In 1761 trouwde George III met de uit Duitsland afkomstige hertogin Sophia Charlotte van Mecklenburg-Strelitz. Zijn zeventienjarige bruid moet tot de verbeelding hebben gesproken van degenen die tussen de rivier en de weg woonden. Of misschien probeerde de bevolking bij de gekke Britse koning in een goed blaadje te komen. Wat hun motieven ook mogen zijn geweest, ze noemden hun dorpje Charlotte Town, en hun county Mecklenburg.

Maar afstand en politiek zorgden ervoor dat deze vriendelijke geste gedoemd was te mislukken. De Amerikaanse koloniën raakten steeds geïrriteerder en rijp voor revolutie. Mecklenburg County vormde daar geen uitzondering op.

In mei 1775, ontstemd over zijner majesteits weigering om hun geliefde Queens College te erkennen, en woedend dat Britse troepen in Lexington, Massachusetts, het vuur op Amerikanen hadden geopend, kwamen de leiders van Charlotte Town in vergadering bijeen. Diplomatie en tactvolle bewoordingen werden overboord gezet, en er werd een Mecklenburgse Onafhankelijkheidsverklaring opgesteld, waarin ze zichzelf 'een vrij en onafhankelijk volk' verklaarden.

Ja zeker. De lieden die de Mecklenburgse Onafhankelijksverklaring opstelden, lieten er geen gras over groeien. Een jaar vóór het Continentale Congres pen op papier zette, meldden zíj al dat de ouwe George de boom in kon.

De rest van het verhaal kent u. Revolutie. Onafhankelijkheid en burgeroorlog. Wederopbouw en de Jim Crow-wetten die rassenscheiding legaliseerden. Industrialisatie, wat inhield dat textielfabrieken en spoorwegen hun intrede in Noord-Carolina deden. Wereldoorlogen en de depressie. Segregatie en de strijd om de burgerrechten. De aftakeling van de Rust Belt, de wedergeboorte als Sun Belt.

In 1970 was de bevolking van Charlotte en directe omgeving gegroeid tot circa 400.000 zielen. In 2005 was dat aantal verdubbeld. Waarom? Iets nieuws maakte van het pad gebruik: geld. En plaatsen om het op te slaan. Terwijl er in heel wat staten wetten bestaan die beperkingen opleggen aan het aantal bijkantoren dat een bank mag hebben, zegt de wetgevende macht van Noord-Carolina: 'Wees vruchtbaar en vermenigvuldig u.'

En dat deden ze dan ook. De talrijke bijkantoren leidden tot talrijke stortingen, en de talrijke stortingen leidden tot erg veel vrucht. Om een lang verhaal kort te maken, de Koninginnestad biedt onderkomen aan twee zwaargewichten in de bankindustrie: de Bank of America en Wachovia. En zoals de burgerij van Charlotte maar niet moe wordt luid gniffelend op te merken, hun stad is na New York het op één na belangrijkste financiële centrum van het land.

Trade en Tryon Streets vallen samen met de oude handelsweg en het haaks erop staande pad. Dit kruispunt wordt tegenwoordig gedomineerd door het Bank of America Corporate Center, een passende totem van gestroomlijnd glas, steen en staal.

Vanaf Trade en Tryon spreidt de kern van Charlotte zich naar buiten toe uit als een blok van kwadranten die, weinig creatief, First, Second, Third en Fourth Wards worden genoemd. Verblind door het idee dat hun stad een kind van het Nieuwe Zuiden is, hebben de inwoners van Charlotte zich historisch gezien weinig gelegen laten liggen aan het beschermen van deze stukken binnenstad. De enige en relatief recente uitzondering hierop is nummer vier.

Het noordwestelijke kwadrant, Fourth Ward, werd door de negentiende-eeuwse elite van de stad gebouwd, om vervolgens stilletjes in verval te raken. Halverwege de jaren zeventig, daartoe aangezet door de machtige maar tegelijkertijd uiterst vrouwelijke dames van de Junior League en mede mogelijk gemaakt door vriendelijke financieringen van de banken, werd Fourth Ward het middelpunt van intensieve restauratiewerkzaamheden. Vandaag de dag delen de grote oude huizen daar de smalle straatjes met ouderwets ingerichte pubs en curieuze moderne herenhuizen. Gaslantaarns. Klinkers als plaveisel. Parkjes in het midden. U ziet het voor u.

Vroeger was Second Ward precies het tegenovergestelde van het lelieblanke Fourth. Liggend ten zuidoosten van het stadscentrum, besloeg Log Town, later bekend onder de naam Brooklyn, een groot deel van het oppervlak van deze wijk. Onderdak biedend aan zwarte predikers, artsen, tandartsen en leraren, is de Brooklynbuurt nu grotendeels verdwenen, afgebroken ten behoeve van de bouw van Marshall Park, het Education Center, een complex met overheidsgebouwen en een verbindingsweg naar de I-77.

First en Third Ward liggen respectievelijk in het noordoosten en het zuidwesten. Ooit bestonden die voornamelijk uit opslagplaatsen, spoorwegemplacementen en fabrieken, maar die wijken staan tegenwoordig vol appartementen, herenhuizen en koopflats. Courtside. Quarterside. The Renwick. Oak Park. Ondanks het stedelijk beleid van platgooien en vervangen, zijn hier en daar een paar oude blokjes woningen bewaard gebleven. Larabees aanwijzingen volgend kwam ik uit bij een zo'n blokje in Third Ward.

Toen ik op de I-77 de afslag Morehead nam, bleef mijn blik rusten op de monolieten die de skyline van de stad tegenwoordig vormen. One Wachovia Center. Het Westin Hotel. Het Panthersstadion met zijn vierenzeventigduizend zitplaatsen. Wat, vroeg ik me af, zouden de inwoners van Nawvasa vinden van de metropool die op de plaats van hun dorpje was verrezen?

Aan het eind van de afrit sloeg ik links af, ik sloeg nog een keer links af Cedar Street op en reed langs een groepje recentelijk tot woningen verbouwde pakhuizen. Een ingekort stuk spoorrails. De Light Factory, een fotostudio annex galerie. Een tehuis voor daklozen.

Rechts van mij strekte zich het trainingscomplex van de Panthers uit, oefenvelden in het gedempte groen van het daglicht zoals dat alleen vlak voor de schemering te zien is. Ik draaide linksaf Greenleaf op en reed een tunnel van wilgeneiken in. Recht voor me uit lag een uitgebreid open terrein waarvan ik wist dat het Frazier Park was.

Een dubbelmodale verzameling huizen omzoomde beide kanten van de straat. Veel daarvan waren gekocht door yuppies die graag in de buurt van het centrum wilden wonen, vervolgens gemoderniseerd en geschilderd in kleuren als Queen Anne-lila of Smythe Tavern-blauw. Andere waren nog eigendom van hun oorspronkelijke Afro-Amerikaanse bewoners, en zagen er in bepaalde gevallen tussen hun opgewaardeerde buren nogal verweerd en vervallen uit, terwijl de eigenaars waarschijnlijk vol angst uitkeken naar de volgende aanslag van de onroerendgoedbelasting.

Ondanks het contrast tussen de wedergeborenen en hen-die-nog-moesten-renoveren, was het resultaat van hun zorgzame handen het hele huizenblok duidelijk aan te zien. De trottoirs aangeveegd. De gazons gemaaid. De bloembakken onder de ramen bogen door onder de goudsbloemen en chrysanten.

Het adres dat Larabee me had gegeven vormde een van de weinige uitzonderingen: een verwaarloosd huisje waarvan de houten wanden hier en daar gerepareerd waren, enigszins doorgezakt en met afbladderende verf. De tuin bestond grotendeels uit kale aarde en op de voorveranda stond een enorme lading niet-afbreekbaar afval. Ik parkeerde de auto langs de stoeprand achter een patrouillewagen van het CMPD – Charlotte-Mecklenburg Police Department –

en vroeg me af hoeveel potentiële kopers op de verschoten groene deur van deze woning hadden aangeklopt.

Ik stapte uit, deed de Mazda op slot en haalde mijn uitrusting uit de achterbak. Twee huizen verderop was een jongen van een jaar of twaalf bezig met het gooien van een basketbal in een tegen de garage gemonteerde ring. Uit zijn radio kwam keiharde rap, terwijl zijn bal zacht op de oprit stuiterde.

Daar waar boomwortels vlak onder het trottoir lagen vertoonde dat onregelmatige bulten. Ik hield mijn blik naar beneden gericht toen ik de kromgetrokken traptreden naar de veranda besteeg.

'U bent degene met wie ik moet praten voor ik naar huis kan?'

Mijn blik gleed omhoog.

Op een geroeste en vervaarlijk scheefhangende schommel zat een man. Hij was lang en mager, en zijn haar had de kleur van abrikozenjam. Boven de borstzak was de naam *Arlo* geborduurd, en vlak eronder een gestileerde moersleutel.

Arlo had met zijn knieën wijd uiteen gezeten, de ellebogen op de bovenbenen steunend, het gezicht rustend op de naar boven gedraaide handpalmen. Bij het horen van mijn voetstappen had hij zijn hoofd omhooggebracht om te spreken.

Voor ik kon antwoorden, stelde Arlo weer een vraag.

'Hoe lang moet ik hier nog blijven?'

'U bent de man die het alarmnummer heeft gebeld?'

Arlo trok een grimas, waarbij rechts onderin een rotte tand zichtbaar werd.

Ik stapte de veranda op. 'Kunt u beschrijven wat u hebt gezien?'

'Dat heb ik al gedaan.' Arlo sloeg zijn vuile handen ineen. De linkerknie van zijn grijze broek was opengehaald.

'Hebt u een verklaring afgelegd?' Behoedzaam. Uit de lichaamstaal van de man sprak oprechte ontreddering.

Arlo knikte, waarbij hij zijn hoofd diagonaal ten opzichte van zijn bovenlichaam bewoog, dat onder dezelfde hoek gekanteld was als de schommel.

'Kunt u samenvatten wat u hebt gezien?'

Nu schudde hij zijn hoofd, van de ene naar de andere kant. 'Duivelswerk.'

Oké.

'Bent u Arlo...?'
'Welton.'
'De loodgieter.'
Arlo knikte een paar keer. 'Ik ben nu al dertig jaar met leidingen in de weer. Maar iets dergelijks heb ik nog nooit meegemaakt.'
'Vertel eens wat er is gebeurd.'
Arlo slikte moeizaam iets weg. Slikte nog een keer.
'Ik was bezig met het vervangen van wat aansluitingen. De vrouw van de nieuwe eigenaar is van plan om zo'n nieuwerwetse wasmachine te kopen, zo'n groene die goed is voor het milieu. Daar zijn nieuwe aansluitingen voor nodig. God mag weten waarom ze daaraan begint, als je ziet wat er verder nog aan dit huis gedaan moet worden. Maar dat is mijn zaak niet. Hoe dan ook, ik begin in de muur te hakken en er valt een stuk steen naar beneden dat een hap uit het zeil meeneemt. Ik denk bij mezelf: Arlo, je hebt een scheur in dat vloermateriaal gemaakt, ze zullen de reparatie daarvan wel op je loon inhouden. Dus ik rol het spul op en zie vervolgens een brede, oude houten plank.'
Arlo zweeg.
Ik wachtte.
'Ik weet niet waarom, maar ik drukte er lichtjes met mijn tenen tegenaan, en toen kwam de andere kant omhoog.'
Opnieuw deed Arlo er het zwijgen toe, hij haalde zich alles weer voor de geest. Ik vermoedde dat het veel meer was geweest dan een licht drukken.
'Was die plank onderdeel van een luik dat openging?'
'Het ding dekte een soort schuilplaats af. Ik geef het onmiddellijk toe, maar mijn nieuwsgierigheid won het op dat moment van me, en ik pakte mijn zaklantaarn en scheen ermee in het gat.'
'In die kelderruimte.'
Arlo haalde zijn schouders op. Ik gaf hem tijd om zijn verhaal te vervolgen. Maar dat deed hij niet.
'En?' drong ik opnieuw aan.
'Ik ga elke zon- en woensdag trouw naar de kerk. Ik heb de duivel nog nooit gezien, maar ik geloof wel in hem. Ik geloof dat hij bij ons op de wereld is, om onder ons zijn boosaardige werk te doen.'
Arlo haalde de rug van zijn hand langs zijn mond.

'Wat ik zag was Satan zelf.'

Hoewel de dag nog steeds warm was, voelde ik een huivering door me heen gaan.

'U hebt gemeld dat u een menselijke schedel hebt gezien.' Een en al zakelijkheid.

'Jawel, mevrouw.'

'Wat nog meer?'

'Ik heb geen woorden voor dat walgelijks. Het is beter om het met eigen ogen te zien.'

'U bent die kelder niet in geweest?'

'Absoluut niet.'

'Wat hebt u gedaan?'

'Ik ben zo snel mogelijk naar boven gegaan. De politie gebeld.' Arlo benadrukte de tweede lettergreep van het woord politie en liet de *i* wat langer doorklinken. 'Kan ik nu gaan?'

'Is de agent beneden?'

'Jawel, mevrouw. Door de hal en dan via de keuken.'

Arlo had gelijk. Het was het beste om het met eigen ogen te aanschouwen.

'Dank u, meneer Welton. Ik ben zo terug.'

Ik stak de veranda over en ging het huis binnen. Achter me sloeg de hordeur dicht terwijl Arlo zijn gezicht weer op zijn handen liet steunen.

De voordeur gaf toegang tot een smalle gang. Rechts bevond zich een galgroene woonkamer. Een kapotte ruit was afgedicht met een stuk karton dat met isolatietape op z'n plaats werd gehouden. Het meubilair was aan de spaarzame kant. Een door de motten geteisterde leunstoel. Een bank die hevig te lijden had gehad van poezennagels.

Links lag de eetkamer, die op een vurenhouten buffet, een matras en een stapel autobanden na verder leeg was. Ik vervolgde mijn weg door het centrale halletje en stapte linksaf de keuken binnen, die al in 1956 retro moest zijn geweest. Philco-koelkast met ronde bovenkant. Kelvinator-fornuis. Eettafel en -stoelen van rood formica en chroom. Een aanrechtblad van gespikkeld grijs formica.

Links van de Kelvinator stond een deur open. Aan de andere kant ervan zag ik een houten trap; ik hoorde van beneden stemmen komen.

Ik bracht mijn koffertje naar mijn rechterhand over, pakte de leuning en begon de trap af te dalen. Twee treden lager al kwamen de haartjes in mijn nek recht overeind.
Onbewust begon ik door mijn mond adem te halen.

3

Hoewel zwak, hing er onmiskenbaar een geur. Zoet en kwalijk riekend, kondigde het de aanwezigheid van rottend vlees aan.

Maar dit was niet de weeïge, misselijkmakende geur waarmee ik zo vertrouwd ben. De stank van actieve verrotting. Van ingewanden die door maden en aaseters zijn aangevreten. Van vlees dat door het water groen en opgezwollen is. Daar kan geen enkele andere stank tegenop. Het dringt door tot in je poriën, je neusgaten, je longen, je kleding, gaat met je mee naar huis als de sigarettenrook in een café. Nog lang nadat je onder de douche bent geweest blijft het nog in je haar hangen, in je mond, in je hoofd.

Dit was iets minder indringend. Maar nog steeds onmiskenbaar.

Ik hoopte op een eekhoorn. Of een wasbeertje dat zich een weg door een wand had geknaagd en in de kelder vast was komen zitten. Aan Larabees woorden en Arlo's ontreddering denkend, betwijfelde ik sterk dat het een van beide scenario's zou zijn.

Met elke stap die ik naar beneden ging zakte de temperatuur. De vochtigheid nam toe. Tegen de tijd dat ik beneden arriveerde voelde de leuning kil en glibberig in mijn handpalm aan.

Een zwak gelig licht werd verspreid door een peertje dat aan een pluizig snoertje aan het plafond hing. Ik stapte op de aangestampte aarde en keek om me heen.

De kelder, die nauwelijks een meter tachtig hoog was, was onderverdeeld in een aantal kleine vertrekken die rond een centrale open ruimte waren gegroepeerd. Triplex wanden en prefabdeuren wekten de indruk dat de opsplitsing lang na de bouw van het huis had plaatsgevonden.

Elke deur in mijn blikveld stond open. Door een ervan zag ik allerlei smalle planken, van het soort dat werd gebruikt om zelfgemaakte jam en potten tomaten op te slaan. Door een ander waren enkele wastobbes te zien. Door weer een ander op elkaar gestapelde dozen.

Een geüniformeerde agent van het Charlotte-Mecklenburg PD stond aan de andere kant van de kelder, vlak naast een verwarmingsketel die eruitzag alsof Jules Verne hem zelf nog in elkaar had gezet. In tegenstelling tot de andere drie zag de deur pal achter hem er oud uit. Het eiken was massief, het vernis erop dik en gelig van ouderdom.

De agent stond met de voeten iets uit elkaar, de duimen achter zijn koppel gehaakt. Het was een ietwat gedrongen man, met Beau Bridges-wenkbrauwen en Sean Penn-gelaatstrekken: geen geslaagde combinatie. Toen ik dichterbij kwam, kon ik het naamplaatje op zijn overhemd lezen. *D. Gleason.*

'Wat hebben we hier?' vroeg ik nadat ik mezelf had voorgesteld.

'Hebt u de loodgieter gesproken?'

Ik knikte.

'Rond zestienhonderd uur heeft Welton het alarmnummer gebeld. Zei dat hij dode mensen in een kruipruimte had aangetroffen. Ik ben hierheen gestuurd, heb stoffelijke resten gezien die volgens mij van mensen afkomstig zijn. Heb me vervolgens gemeld. Meldkamer vertelde me dat ik hier moest blijven. Ik heb tegen Welton gezegd dat dat ook voor hem gold.'

Ik mocht Gleason wel. Kort en bondig.

'Ben je benedendeks geweest?'

'Nee, mevrouw.' In het vertrek achter Gleason hing nog een peertje. Het schijnsel dat door de deur viel wierp schaduwen van zijn wenkbrauwen, en zorgde ervoor dat zijn toch al scherpe gelaatstrekken nog dieper in zijn huid werden uitgehouwen.

'De lijkschouwer zei dat je vermoedde dat het om meer dan één lijk ging.'

Gleason wapperde met zijn hand. Misschien wel, misschien niet.

'Zijn er hier beneden zaken waarvan het handig is als ik het weet?'

Ik moest weer aan een kelder onder een pizzazaak in Montreal denken. Rechercheur Luc Claudel had ratten onschadelijk gemaakt terwijl ik beenderen opgroef. In gedachten zag ik hem weer voor me, in zijn kasjmieren overjas en Gucci-handschoenen, en moest bijna glimlachen. Bijna. De beenderen bleken van tienermeisjes te zijn.

Gleason begreep mijn vraag verkeerd. 'Het lijkt wel op een of andere voodootoestand. Maar u mag het zeggen, dok.'

Goede antwoord. Op de niet-ingewijden maakten skeletten vaak een sinistere indruk. Zelfs glimmend witte van kunststof die voor onderwijsdoeleinden werden gebruikt. Die gedachte beurde me enigszins op. Misschien was het wel iets dergelijks. Een nepschedel die jarenlang vergeten in een kelder lag.

Ik moest opnieuw aan de zaak rond die pizzatent denken. De aanvankelijke zorg was de PMI geweest. De postmortem interval, de tijd tussen overlijden en vondst van het lijk. Hoe lang zou het slachtoffer al dood zijn? Tien jaar? Vijftig? Honderdvijftig?

Nog een hoopvol scenario. Misschien zou straks blijken dat het hier om een oude schedel ging die bij een archeologische vindplaats was weggehaald.

Laboratoriummodellen en oude schedels ruiken niet naar rotting.

'Je hebt gelijk,' zei ik tegen Gleason. 'Maar ik vroeg me eigenlijk af of er hier ratten waren, of slangen.'

'Tot nu toe geen gezelschap. Ik hou eventuele ongenode gasten wel op afstand.'

'Dat waardeer ik zeer.'

Ik stapte achter Gleason aan een vensterloos vertrek binnen dat ongeveer drie bij drieënhalve meter mat. Twee bakstenen muren leken de buitenwanden te vormen, als onderdeel van de oorspronkelijke fundamenten. De twee andere waren binnenwanden. Tegen die wanden aan stonden werkbanken.

Ik liet mijn blik snel over het allegaartje aan spullen op de tafels glijden. Roestig gereedschap. Dozen met spijkers, schroeven, sluitringen. Rollen draad. Harmonicagaas. Een bankschroef.

Op de vloer onder de werkbanken lagen grote rollen grijs plastic waarvan één kant van een soort structuur was voorzien. Aan de onderkant ervan zat aarde geplakt.

'Wat is dat voor plastic?'
'Dat is G-floor.'
Mijn wenkbrauwen gingen vragend omhoog.
'Vinyl vloerbedekking. Ik heb het vorig jaar in mijn garage aangebracht. Gewoonlijk zit het spul met plakband en voegstrips vast. Hier lag het gewoon los over de aarde en het luik uitgerold.'
'Welton heeft het opgerold en opzijgezet.'
'Dat zegt hij.'
Op de werkbanken en de rollen vinyl na was het vertrek verder leeg.
'De opening is hier.' Gleason ging me voor naar de hoek waar de twee buitenmuren haaks op elkaar stonden.
In de oostelijke muur was ruwweg op schouderhoogte een gat van dertig bij zestig centimeter zichtbaar. Aan de grillig gevormde randen en het duidelijke kleurverschil was te zien dat de opening nog maar kort geleden tot stand was gekomen. Op de vloer eronder lagen kapotte bakstenen en stukken pleister. Welton had op die plek een gat gemaakt om bij de leidingen te kunnen komen.
Door de opening zag ik een heel labyrint van buizen. Op de grond, vlak naast het hoopje puin, gaapte een zwarte rechthoek, gedeeltelijk afgedekt door een gehavend luik dat van een stel oude planken was gemaakt.
Ik zette mijn koffertje opzij en tuurde in de duisternis. Niets wees op wat eronder zou kunnen liggen.
'Hoe diep is het?'
'Vier, vijf meter. Misschien een oude voorraadkelder. Sommige van deze huizen hebben er nog een.'
Ik onderging het bekende huiveringwekkende voorgevoel. Het beklemmende gevoel in mijn borst.
Kalm aan, Brennan.
'Waarom zo diep?' vroeg ik, terwijl ik mijn stem tot kalmte dwong.
Gleason haalde zijn schouders op. 'Warm klimaat, geen elektrische koeling.'
Ik deed mijn koffertje open, pakte de overall en stapte erin. Toen ging ik op mijn buik liggen, met mijn gezicht boven het gat.
Gleason gaf me zijn zaklantaarn aan. De lichtbundel danste langs

geïmproviseerde houten traptreden die erg steil naar beneden leidden, meer een ladder dan een trap.

'Het spul ligt bij de oostelijke muur.'

Ik scheen met de lantaarn de betreffende kant uit. Roestig metaal werd zichtbaar, rode en gele vlekken. Iets spookachtig wits, als het vlees van een kadaver. Toen zag ik het.

De schedel rustte op een of ander kort, rond voetstuk, de onderkaak ontbrak, terwijl het voorhoofd er in het kleine ovaal van licht vreemd bespikkeld uitzag. Midden op de schedel stond een voorwerp.

Ik tuurde. De lege oogkassen tuurden terug. De tanden grijnsden, alsof ze me uitdaagden dichterbij te komen.

Ik duwde me overeind, zodat ik op mijn knieën zat, en klopte de aarde van mijn borst en armen. 'Ik zal een paar foto's maken, dan halen we die planken weg en ga ik naar beneden.'

'Die treden zien er erg oud uit. Zal ik eens kijken of ze nog stevig genoeg zijn?'

'Ik heb liever dat jij boven blijft en gereedschap aangeeft dat ik misschien nodig heb.'

'Geen probleem.'

Het klikken van mijn sluiter. Het gekletter van aarde die van de onderkant van het luik naar beneden valt. Elk geluid leek in de absolute stilte van de kelder uitvergroot te worden. Absurd genoeg kon ik het gevoel niet van me afzetten dat die stilte onheilspellend was.

Nadat ik mijn handschoenen had aangetrokken stopte ik mijn Maglite tussen mijn broekband. Daarna probeerde ik de eerste traptrede uit. Die was voldoende stevig. Met mijn gezicht naar de treden greep ik met één hand de leuning beet, terwijl ik met de andere tijdens het afdalen steeds een tree vasthield.

De lucht werd steeds bedompter. De geur van de dood werd met elke stap krachtiger. En mijn neus begon flarden van heel andere zaken op te vangen, eerder aromatische hinten dan duidelijke geuren. Indrukken van urine, zure melk, stukken textiel die aan het vergaan waren.

Al na zes treden drong er van boven bijna geen licht meer door. Ik bleef even staan om mijn pupillen aan de duisternis te laten wennen. Om mijn zenuwen in de gelegenheid te stellen greep te krijgen op de omgeving. De tunnel waar ik door afdaalde mat zestig bij zestig centimeter, was vochtig en stonk.

Mijn hart ging als een gek tekeer. Ik had het gevoel dat mijn keel werd dichtgesnoerd.

Daar had je het al. Brennan, de legendarische tunnelrat, had last van claustrofobie.

Diep inademen.

Terwijl ik de leuning omklemde daalde ik nog vier treden af. Mijn hoofd kwam nu uit in een gedeelte dat wat breder was. Toen ik op de vijfde stapte, drong een splinter door het latex omhulsel van mijn handpalm. Automatisch schokte mijn hand.

Nog meer aanwijzingen aan mezelf.

Kalm blijven.

Inademen.

Nog twee treden.

Inademen.

Met een vreemde, lichte klik raakte mijn teen vaste grond. Behoedzaam tastte ik met mijn voet achter mij. Ik vond niets.

Ik stapte de trap af en sloot mijn ogen, een reflex om de door mijn lichaam kolkende adrenaline te kalmeren. Zinloos. Het was pikdonker.

Ik liet de leuning los, deed mijn zaklantaarn aan, draaide me om en richtte de lichtbundel boven me en om me heen.

Ik stond in een kubus van tweeënhalve bij tweeënhalve meter, waarvan de wanden waren versterkt door ruwhouten balken. De aarden vloer was bedekt met hetzelfde ribbeltjesplastic dat boven was gebruikt.

Het gebeuren speelde zich ergens rechts van me af. Voorzichtig schuifelde ik die kant uit, waarbij mijn lichtbundel tot diep in de schaduwen doordrong.

Kookpotten, een grote en een kleine. Een roestige juspan. Triplex. Gereedschap. Beeldjes. Kandelaars. Aan het plafond hingen kralenkettingen en geweien.

Gleason had het juist gezien. Hier was inderdaad sprake van een soort rituele opstelling.

Het middelpunt werd zo te zien gevormd door de grote kookpot, terwijl de rest van de attributen eromheen leek gegroepeerd. Ik stapte over kandelaars die samen een halve cirkel vormden en richtte mijn lichtbundel op het middengedeelte.

De kookpot was van ijzer en gevuld met aarde. Vanuit het middelpunt ervan rees een macabere piramide op. De onderkant daarvan werd gevormd door een schedel van een of ander dier. Afgaande op de vorm en wat ik van de tanden kon zien, vermoedde ik dat het om een kleine herkauwer ging, misschien een geit of een schaap. Rond de oogkassen en andere openingen waren nog resten volkomen uitgedroogd weefsel te zien.

Midden op de herkauwer stond de menselijke schedel die de loodgieter de stuipen op het lijf had gejaagd. Het bot was glad en ontdaan van elk weefsel. De hersenpan en het voorhoofd waren vreemd luminescent, en werden weer wat donkerder door een onregelmatige vlek. Een vlek die exact de roodbruine kleur had van opgedroogd bloed.

Boven op de menselijke *cabeza* bevond zich een kleine schedel van een vogel. Ook daar zaten nog resten gedroogde huid en spierweefsel aan vast.

Ik richtte mijn lichtbundel op de vloer.

Vlak voor de kookpot lag iets wat eruitzag als een stukje spoorlijn. Op het spoor lag een onthoofde en gedeeltelijk al in staat van ontbinding verkerende kip.

De bron van de stank.

Ik liet mijn lichtbundel naar links glijden, naar de juspan. Drie halfronde voorwerpen namen vorm aan. Ik boog me om ze wat beter te kunnen bekijken.

Het schild van een schildpad. Twee halve kokosnootdoppen.

Ik richtte me weer op en schoof voor de grote kookpot langs naar de kleinere, die ook vol aarde zat. Boven op de aarde lagen drie spoorspijkers, een gewei en twee kettingen met gele kralen. Een mes was tot aan het gevest in de aarde gestoken. Rondom de kookpot zat vlak onder de rand een ketting gewikkeld. Links was er een machete tegenaan gezet, en rechts een stuk triplex.

Ik liep naar het triplex en hurkte neer. Er waren symbolen op aangebracht, vermoedelijk met zwarte viltstift.

Het volgende in de rij was een goedkoop gipsen beeld. De vrouw droeg een lang wit gewaad, een rode cape en een kroon. In haar ene hand had ze een miskelk en in de andere een zwaard. Naast haar stond een miniatuurkasteel of -toren.

Ik probeerde me de katholieke iconen uit mijn jeugd te herinneren. Moest dit de Maagd Maria voorstellen? Een of andere heilige? Hoewel het beeld me vaag bekend voorkwam, lukte het me niet de identiteit van de dame vast te stellen.

Schouder aan schouder met het beeld stond een uitgesneden houten beeltenis met twee gezichten die elk een andere kant uit keken. Ongeveer dertig centimeter hoog, had de menselijke gestalte lange, slanke ledematen, een bierbuik en een rechtovereind staande, vastgeklonken penis.

Dit was duidelijk níét de Maagd Maria, schoot het door me heen.

De laatste in de rij waren twee poppen met gelaagde gingangjurken aan die rijkelijk van ruches waren voorzien, een gele en een blauwe. Beide poppen waren van vrouwelijke kunne en zwart. Beide droegen armbanden, grote oorringen en halskettingen met medaillons. De blauwe had een kroontje op het hoofd. Van de gele ging het haar schuil onder een hoofddoek.

En haar borst was doorboord met een miniatuurzwaard.

Ik had genoeg gezien.

De schedel was niet van plastic. Er waren menselijke resten aanwezig. Die kip was nog niet zo heel lang dood.

Misschien dat de rituelen die bij dit altaar werden uitgevoerd onschuldig waren. Misschien ook niet. Om daar zeker van te zijn, moest het juiste bergingsprotocol worden gevolgd. Lampen. Camera's. Moest alles zodanig worden gedocumenteerd dat iedereen te allen tijde precies wist wie het betreffende materiaal onder zijn hoede had gehad.

Ik liep naar de trap. Toen ik de tweede trede had bereikt, hoorde ik een geluid en ik tuurde omhoog. Door de opening keek een gezicht op me neer.

Het was een gezicht dat ik helemaal niet wilde zien.

4

Erskine 'Skinny' Slidell is rechercheur bij de afdeling Ernstige Misdrijven van het Charlotte-Mecklenburg PD. De jongens die moorden mochten oplossen.

Ik heb in de loop der jaren regelmatig met Slidell samengewerkt. Hoe ik over hem denk? Die knaap heeft de persoonlijkheid van een dichtzittend neusgat. Maar hij heeft ook een goed instinct.

Slidells hoofd, waarvan het haar met Brylcreem in bedwang werd gehouden, hing boven de tunnelopening.

'Dok.' Slidell begroette me op zijn gebruikelijke slome manier.

'Rechercheur.'

'Zeg me dat ik naar huis kan, een Pabst achterover kan slaan en kan gaan juichen voor m'n jongens op SmackDown.'

'Vanavond niet.'

Slidell zuchtte geïrriteerd en verdween uit het zicht.

Ik klom naar boven en overdacht de laatste keer dat onze wegen elkaar hadden gekruist.

Augustus. De rechercheur stapte de rechtbank van Mecklenburg County binnen. Ik had net getuigd en liep naar buiten.

Slidell is niet bepaald een snelle denker als hij rondloopt. Of in het getuigenbankje zit. Eigenlijk is dat een understatement. Een beetje scherpe advocaat maakt gehakt van Skinny. Die ochtend was duidelijk te zien dat hij bloednerveus was, en aan de donkere wallen onder zijn ogen kon worden afgeleid dat hij die nacht geen oog had dichtgedaan.

Toen ik uit het trapgat omhoogkwam zag ik dat Slidell er vandaag marginaal beter uitzag. Dat kon echter niet van zijn jasje worden gezegd. Groen polyester met oranje schouderstukken erop gestikt; veel te opzichtig, zelfs in dit onderaardse schemerlicht.

'De agent hier zegt dat we met een medicijnman te maken hebben.' Slidell knikte in de richting van Gleason.

Ik beschreef wat ik in de onderste kelder had gezien.

Slidell keek op zijn horloge. 'Als we dit nou eens morgenochtend doen?'

'Heb je soms een afspraak vanavond, Skinny?'

Achter me bracht Gleason een gedempt keelgeluid ten gehore.

'Zoals ik al zei: sixpack en Superstars.'

'Dan had je je TiVo maar moeten inschakelen.'

Slidell keek me aan alsof ik hem zojuist had voorgesteld de volgende shuttle-missie te programmeren.

'Het is niet veel moeilijker dan een gewone videorecorder,' legde ik uit terwijl ik een handschoen uittrok.

'Het verbaast me dat dit nog geen aandacht heeft getrokken.' Hij keek naar de opening bij mijn voeten. Hij refereerde aan de media.

'Laten we proberen dat zo te houden,' zei ik. 'Gebruik je mobieltje om CSS te bellen.'

Ik trok de kapotte handschoen van mijn vingers. De muis van mijn duim was rood, opgezwollen en deed verdomde pijn.

'Zeg tegen ze dat we een generator en werklampen nodig hebben.' Beide handschoenen gingen in mijn koffertje. 'En iets waarmee we een grote kookpot vol aarde kunnen ophijsen.'

Hoofdschuddend begon Slidell een telefoonnummer op zijn mobieltje in te toetsen.

Vier uur later stapte ik afgemat in mijn Mazda. Greenleaf baadde in het maanlicht. Ikzelf baadde in het zweet.

Toen hij uit het huis kwam had Slidell een vrouw gezien die met een kleine digitale camera door een keukenraam foto's stond te maken. Nadat hij haar had weggestuurd had hij kort na elkaar twee Camels gerookt, iets gemompeld over eigendomsaktes en belastinggegevens, en hij was vervolgens in zijn Taurus weggescheurd.

De CSS-technici waren met hun bestelwagen vertrokken. Ze zouden de poppen, beelden, kralen, gereedschap en andere artefacten bij het forensisch lab afleveren.

Ook de auto van het mortuarium was gearriveerd en weer vertrokken. Joe Hawkins, de lijkschouwer van Mecklenburg County, kort en bondig aangeduid met MCME, die op dat moment dienst had, bracht de schedels en de kip naar de gerechtelijke medische dienst over. En dat gold ook voor de kookpotten. Hoewel Larabee niet bepaald blij zou zijn met de troep die het zou opleveren, gaf ik er de voorkeur aan de aarde onder laboratoriumomstandigheden te onderzoeken.

Zoals verwacht bleek de grote kookpot de meeste moeilijkheden op te leveren. Omdat hij zo'n beetje even zwaar was als het Vrijheidsbeeld, was voor het van zijn plaats krijgen veel wrikken, veel spierkracht en een hele selectie kleurrijke woorden nodig geweest. Ik trok op en reed over Greenleaf Avenue. Recht voor me uit vormde Frazier Park een zwarte uitsnede in het stadslandschap. Uit de schaduwen rees een klimrek op, een zilverachtig kubistisch beeldhouwwerk probeerde boven de donkere, serpentineachtige glimlach van het ondiepe ravijn waarin de Irwin Creek te vinden was zijn evenwicht te bewaren.

Terugrijdend via Westbrook naar Cedar, reed ik om de binnenstad heen en zette koers in zuidoostelijke richting, op weg naar de buurt waar ik woonde, Meyers Park. In de jaren dertig gebouwd als de eerste buitenwijk van waaruit je met de tram naar de binnenstad kon, is dat gedeelte van de stad tegenwoordig te duur, te burgerlijk en te republikeins. Hoewel niet echt oud, mag de buurt elegant worden genoemd en landschappelijk smaakvol ingericht, kortom, Charlottes antwoord op de Shaker Heights in Cincinnati en de Coral Gables in Miami. Maar wat dondert het, we zitten per slot van rekening niet in Charleston.

Tien minuten nadat ik Third Ward achter me had gelaten, had ik mijn auto naast mijn patio geparkeerd. Ik deed de Mazda op slot en liep naar mijn rijtjeshuis.

Wat enige verklaring vergt.

Ik woon op het terrein van Sharon Hall, een negentiende-eeuws buitenhuis dat in appartementen was opgesplitst en pal tegenover de campus van de Queens University lag. Het bijgebouw waarin ik woon wordt de 'Annex' genoemd. Maar ik zou niet weten van wát het een bijgebouw is. Niemand weet het trouwens. Het kleine gebouw van twee verdiepingen staat op niet een van de oorspronkelijke bouwtekeningen van het buiten. De Hall staat erop. Het koetshuis ook. De kruiden- en de strak ingedeelde tuin. Maar géén bijgebouw. Duidelijk een latere toevoeging.

Speculaties, afkomstig van vrienden, familie en gasten, varieerden van rokerij via broeikas tot drogerij. Ik ben niet gefixeerd op het identificeren van de oorspronkelijke bedoeling van het gebouw. De woning mag dan maar nauwelijks honderd vierkante meter groot zijn, hij voldoet perfect aan mijn behoeften. Slaap- en badkamer zijn boven. Keuken, eet-, zit- en studeerkamer beneden. Ik ben erin getrokken toen mijn huwelijk met Pete implodeerde. Tien jaar later voldoet hij nog steeds.

'Hé, Bird,' riep ik naar de lege keuken.

Geen kat.

'Birdie, ik ben thuis.'

Het gezoem van de koelkast. Een serie zachte slagen van de klok op de schoorsteenmantel, de klok die ik van mijn oma had gekregen.

Ik telde. Elf uur.

Mijn blik gleed naar de boodschapindicator van mijn telefoon. Er knipperde niets.

Ik zette mijn tas neer en liep door naar de douche.

Terwijl ik de viezigheid en de stank van de kelder probeerde uit te bannen met behulp van groene thee bodygel, rozemarijn en muntshampoo en water dat zó heet was dat ik net niet levend verbrandde, dwaalden mijn gedachten af naar dat zo eigenzinnig donkere voicemail-licht, naar de stem die ik hoopte te horen.

Bonjour, Tempe. Ik mis je. We moeten praten.

Pop-up beeld. Slungelachtige bouw, zandkleurig haar, Carolinablauwe ogen. Andrew Ryan, *lieutenant-détective, Section des crimes contre la personne, Sûreté du Québec*.

Dus daar heb je het Quebec-gebeuren. Ik heb twee banen, een in Charlotte, Noord-Carolina, VS, en een in Montreal, Quebec, Canada, waar ik forensisch antropoloog ben bij het *Bureau du coroner*. Ryan is rechercheur Moordzaken bij de provinciale politie. Met andere woorden, bij moorden in La Belle Province, bekijk ik de slachtoffers en doet Ryan het onderzoek.

Jaren geleden, toen ik voor het lab in Montreal ging werken, had Ryan de reputatie van dé bureaumacho. En ik hanteerde de regel dat je geen relatie moest beginnen met iemand op je werk. Maar toen bleek dat de lieutenant-détective zich helemaal niets van regels aantrok. Toen mijn hoop mijn huwelijk te kunnen redden uiteindelijk op de schroothoop was beland, begonnen we met elkaar uit te gaan. Een tijdje ging het goed. Heel erg goed.

In mijn hoofd startte een *slideshow* vol gedenkwaardige gebeurtenissen – maar dan wel gebeurtenissen voor boven de achttien. Beaufort, Zuid-Carolina, de eerste afgeweerde avances, ik in een afgeknipte spijkerbroek met verder niks eronder, aan boord van een Chris-Craft van twaalfenhalve meter lang in de jachthaven van Lady's Island. Charlotte, Noord-Carolina, de eerste keer raak, ik in een zwarte jurk waarmee je moeiteloos mannen verslindt, en eronder een van Victoria Secrets spannendste strings.

Toen ik me nog enkele andere sportieve momenten herinnerde, onderging ik een wee gevoel in mijn onderbuik. Inderdaad, zó goed was die knaap. En hij zag er ook nog eens ongelooflijk goed uit.

Maar toen brak Ryan mijn hart. De dochter die hij recentelijk had ontdekt maar nooit had gekend, Lily, was opstandig, boos, en verslaafd aan heroïne. Gekweld door schuldgevoelens had pappie besloten zich weer bij mammie te voegen om gezamenlijk te proberen dochterlief te redden.

En ik was net zo uit de mode als de kleuren lippenstift van verleden jaar. Dat was vier maanden geleden.

'Barst.'

Het hoofd omhoog gericht naar de douchekraan barstte ik los in een verhaspelde versie van Gloria Gaynor.

'*I will survive. Oh, no not I. I've got all my life to live...*'

Plotseling werd het water koud. En had ik een enorme trek. Totaal opgaand in het doorzoeken van de kelder en stijf van de zenuwen vanwege de ondergrondse context waarin ik gedwongen was te werken, was ik me volkomen onbewust van de honger geweest. Tot dit moment.

Toen ik me aan het afdrogen was, trippelde Bird de badkamer binnen.

'Sorry,' zei ik. 'Avonddienst. Ik had geen keus.'

De kat keek me sceptisch aan. Of vragend. Of verveeld.
'Wat dacht je van even lekker uit je dak gaan?'
Bird likte aan een van zijn voorpootjes om aan te geven dat eventuele vergeving niet versneld werd door plotseling met kattenkruid op de proppen te komen
Ik trok een nachtpon en donzige roze sokken aan, en liep terug naar de keuken.
Nog zo'n tekortkoming in mijn karakter. Ik heb een enorme hekel aan boodschappen doen. Naar de stomerij gaan. Of naar de garage voor een onderhoudsbeurt. Naar de supermarkt. Ik mag dan wel allerlei lijstjes maken, maar daadwerkelijk iets doen wordt gewoonlijk uitgesteld tot ik met mijn rug tegen de muur sta. Het gevolg daarvan was dat mijn koelkast de volgende delicatessen te bieden had.
Eén ingevroren stuk gehaktbrood dat als hoofdgerecht dienst kon doen. Ingevroren bami-goreng. Blikjes tonijn, perziken, tomatenpuree en groene bonen. Een pot champignons, zakjes groente- en kipnoedelsoep. Pakjes gedroogde macaroni, kaas en champignonrisotto.
Bird liet zich weer zien op het moment dat ik de bami-goreng uit de magnetron haalde. Ik zette het blad op het aanrecht, haalde de zak met kattenkruid uit de kast en stopte dat in haar muis.
De kat liet zich op haar zij vallen, klauwde met vier poten naar het stukje speelgoed en snoof eraan. Haar zwakke punt, karaktertechnisch gezien? Zij wil graag zo snel mogelijk high worden.
Ik at staande aan het aanrecht, terwijl Bird haar feromone receptoren een beetje oppepte. Toen stapten Ozzy Osbourne en ik in bed.

Hoewel ik zo snel mogelijk met het analyseren van de schedels en de kookpotten wilde beginnen, werden mijn dinsdagen altijd door de UNCC in beslag genomen.
Zeer tot Slidells ongenoegen.
Als kleine tegemoetkoming had ik beloofd om 's ochtends vroeg eerst even bij de MCME langs te gaan.
Een uur lang was ik bezig met het nemen van monsters van de kip en de geitenkop, en het opnieuw controleren van het ongedierte dat ik in de kelder had aangetroffen. Gelukkig had ik gisteren de tijd

genomen om ze ter plekke te separeren en van labeltjes te voorzien.

Nadat de insecten verpakt en verzonden waren naar een entomoloog op Hawaï, haastte ik me naar de campus om daar mijn ochtendseminar te geven. 's Middags adviseerde ik studenten. Hele legioenen, en dat had alles te maken met de aanstaande examens. De schemering was niet meer dan een herinnering toen ik eindelijk het gebouw verliet.

Op woensdag was ik opnieuw tegelijkertijd op met de zon. Opstaan bij het aanbreken van de dag is niet bepaald mijn stijl. Ik vond het maar niets.

De lijkschouwer van Mecklenburg County is gevestigd aan Tenth en College Street, aan de rand van het noordelijk deel van de binnenstad, in een gebouw dat oorspronkelijk een Sears-tuincentrum herbergde. En daar lijkt het dan ook precies op, maar dan zonder viooltjes en filodendrons. Rechthoekig en karakterloos, biedt de één etage hoge bakstenen bunker ook onderdak aan een aantal satellietkantoren van het Charlotte-Mecklenburg PD.

In overeenstemming met het oorspronkelijke mall-thema, bestaat het omringende landschap uit zo'n vierduizend vierkante meter asfalt. Slecht nieuws als je had gehoopt hier een vleugje *Southern Homes and Gardens* op te kunnen doen. Goed nieuws als je je auto ergens wilde parkeren.

En dat wilde ik, om 7.35 uur in de ochtend.

Met mijn magneetkaart passeerde ik de dubbele glazen deuren en kwam in een lege ontvangstruimte terecht. Een zoemende stilte vertelde me dat ik de eerste in het gebouw was.

Doordeweeks bekeek Eunice Flowers de bezoekers door een glazen ruit vlak boven haar bureau, en liet dan sommige daarvan binnen, terwijl ze weer andere de toegang ontzegde. Zij regelde de planning, tikte verslagen uit en registreerde die dan, terwijl ze documenten opborg in grijze archiefkasten die langs de wanden van haar domein stonden.

Hoe het weer ook mocht zijn, mevrouw Flowers kleding was altijd keurig gestreken en haar uitgebalanceerde kapsel zat keurig netjes. Hoewel ze vriendelijk was en gul, zorgde deze vrouw er toch altijd weer voor dat ik me een sloddervos voelde. Hoe groot de chaos ook in de rest van het laboratorium mocht zijn, haar bureaublad zag er altijd en eeuwig leeg en overzichtelijk uit. Alle papieren lagen bijna militair ordelijk gerangschikt, alle Post-its op het prikbord zaten op dezelfde hoogte en hadden dezelfde tussenruimte. Ik ben niet in staat tot zo'n geordendheid, en wantrouw iedereen die wel zo is.

Ik wist dat de poortwachteres over exact vijftien minuten zou arriveren. Mevrouw Flowers had nu al meer dan twee decennia lang om 7.50 uur ingeklokt, en zou dat blijven doen tot aan haar pensioen. Of tot haar tenen omhoog wezen.

Ik sloeg rechts af en liep langs een rij afgescheiden ruimtes waar doodsoorzaken konden worden onderzocht naar een groot wit bord dat achteraan tegen de muur was aangebracht. Terwijl ik in het vierkantje naast mijn naam de datum van die dag neerpende, keek ik naar de vakken naast de namen van de drie pathologen.

Dr. Germaine Hartigan was een week met vakantie. Dr. Ken Siu had drie dagen afgekruist waarin hij op de rechtbank als getuige zou moeten optreden.

Dat was een tegenvaller voor Larabee. Hij was de hele week in z'n eentje.

Ik keek naar de kolom waarin de nieuwe gevallen werden ingeschreven. In de loop van de nacht waren er met viltstift twee nieuwe zaken genoteerd.

Een verbrand lijk dat in een vuilcontainer achter een Winn-Dixie-supermarkt was ontdekt. MCME 522-08.

Een menselijke schedel zonder onderkaak was in een kelder aangetroffen. MCME 523-08.

Mijn kantoortje bevindt zich achterin, vlak bij dat van de pathologen. Het aantal vierkante meters is van dien aard dat het vertrek beter als 'kast' kan worden betiteld.

Ik deed de deur van het slot, schoof aan mijn bureau en legde mijn tas in een la. Toen pakte ik een formulier uit een van de plastic bakjes die achter me op een archiefkast stonden, vulde het nummer van de betreffende zaak in en noteerde een korte omschrijving van de stoffelijke resten en de omstandigheden waaronder die waren ontdekt. Toen ik klaar was met die aantekeningen haastte ik me naar de kleedkamer.

In het MCME-onderkomen bevinden zich twee sectieruimtes, elk met één enkele ontleedtafel. De kleinste van de twee is van een speciale ventilatie voorzien waarmee vreemde geuren te lijf kunnen worden gegaan.

De stinkkamer. Voor lijken die in staat van ontbinding verkeren en die uit het water zijn gehaald, de zogenaamde 'drijvers'. Mijn soort gevallen.

Nadat ik de camera's, een krompasser, een scherm, priemen en een kleine troffel had klaargelegd, liep ik naar het mortuarium. De roestvrijstalen deur ging met een zucht open en ik werd omhuld door de geur van gekoeld vlees. Ik knipte het lampje aan.

En sprak een dankgebed tot Joe Hawkins uit. Overdrachtelijk bedoeld dan.

Op dinsdag was ik vanwege het vreselijk vroege uur nog te humeurig geweest om het op te merken. Het dilemma drong tot me door toen ik mijn rubberen schoonmaakplunje aantrok. Als die kookpotten op de vloer stonden, hoe moest ik ze dan verplaatsen?

Geen probleem. Hawkins had ze beide op het brancardonderstel laten staan waarmee hij ze uit Greenleaf had vervoerd. Ik zette de kartonnen doos met daarin de schedels en de kip erbij, haalde hem van de rem, keerde en duwde met mijn achterste tegen de deur. Die vloog open.

Handen vingen me op toen ik met volle vaart achterover dreigde te tuimelen. Ik wist nog net mijn evenwicht te hervinden, en draaide me om.

Tim Larabee lijkt nog het meest op een cowboy die te lang in de woestijn heeft doorgebracht. Als marathonjunk heeft zijn lichaam door al dat dagelijks trainen een grijzige teint gekregen, lijkt zijn huid wel verbrand en waren zijn toch al ingevallen wangen nog holler geworden.

Larabee keek me enigszins verontschuldigend aan. Zijn ogen stonden veel te diep. 'Sorry. Ik wist niet dat hier al iemand anders was.'

'Mijn schuld. Ik liet me leiden door mijn kont.'

'Ik zal je een handje helpen.'

Terwijl we de brancard uit de koelruimte naar de snijkamer reden, vertelde ik hem over de kelder.

'Voodoo?'

Ik haalde mijn schouders op. Wie zou het zeggen?

'Ik neem aan dat je geen röntgenfoto's wilt maken van de aarde zelf.' Larabee gaf een klap tegen de ijzeren kookpot.

'Daar vlieg ik blind op,' was ik het met hem eens terwijl ik mijn handschoenen aantrok. 'Maar ik laat Joe zodra hij hier is foto's van de schedels maken.'

Larabee wees naar de kartonnen doos. 'Snel even kijken?'

Ik sloeg de kleppen opzij. Elke schedel zag er nog precies zo uit als ik hem had achtergelaten, omhuld door een plastic zak met druksluiting en voorzien van een etiket. Het had geen zin om de zak te controleren. De stank vertelde me dat de kip er nog steeds in zat.

Terwijl de lijkschouwer zijn handschoenen aantrok haalde ik de menselijke schedel uit de doos en legde die midden op de snijtafel op een ronde stabilisator van kurk.

'Onderkaak?'

Ik schudde ontkennend mijn hoofd.

Larabee liet een vingertop over het voorhoofd en de kruin glijden. 'Het ziet eruit alsof het van was is gemaakt,' zei hij.

Ik knikte instemmend.

Larabee raakte de vlek aan die een halo vormde op de randen van de drab waarmee de schedel bedekt was. 'Bloed?'

'Dat vermoed ik.'

'Menselijk?'

'Ik zal een monster nemen, dan testen we dat even.'

Larabee gebaarde met zijn handpalm naar boven. Ik wist wat hij wilde.

'Dit is alleen nog maar voorlopig,' waarschuwde ik.

'Begrepen.'

Ik nam de schedel tussen mijn handen, waarbij het verhemelte en de *foramen magnum*, het achterhoofdsgat, naar boven wezen.

'Ik wacht uiteraard op de röntgenfoto's, maar het ziet er naar uit dat de derde kiezen net doorkwamen, en de andere vertonen nog maar nauwelijks slijtage. De *basilaire suture* zijn recentelijk aaneengegroeid.' Ik refereerde aan de hechting tussen het wigge- en het achterhoofdsbeen bij de schedelbasis. 'Die configuratie wijst op een leeftijd ergens tussen de vijftien en achttien.'

Ik draaide de schedel om.

'De achterkant van het hoofd is glad, zonder uitstulping waaraan gewoonlijk de nekspieren bevestigd zitten.' Ik wees naar de driehoekige knobbel die onder de rechter ooropening naar beneden uitstak. 'De oorbotten zijn klein. En moet je eens kijken hoe deze uitstekende rand bij het eind van het jukbeen vervlakt.'

'Hij loopt niet achterlangs de gehoorgang door.'

Ik knikte. 'Dat wijst er allemaal op dat het om een vrouwelijk persoon moet gaan.'

'De wenkbrauwranden zijn nauwelijks om over naar huis te schrijven.'

'Nee. Maar op deze leeftijd hoeven ze hun definitieve vorm nog niet te hebben.'

'Om welk ras zou het gaan?'

'Dat is lastig. De neusgaten zijn niet bepaald breed te noemen, maar de neusbotten sluiten vrij laag op de brug aan, als een nissenhut. Het lagere neusschot en de neusrug zijn beschadigd, dus aan de hand daarvan is de vorm niet vast te stellen.' Ik draaide de schedel op z'n kant. 'Het onderste gedeelte van het gezicht steekt wat uit.' Ik keek op de kruin neer. 'De schedelvorm is lang maar zeker niet opvallend smal.'

Ik legde de schedel weer op de kurken ring.

'Ik zal de afmetingen eens door Fordisc 3.0 halen, maar mijn voorgevoel zegt dat het om een negroïde schedel gaat.'

'Afro-Amerikaans.'

'Of Afrikaans. Caribisch. Zuid-Amerikaans. Midden-Amerikaans.'

'Een zwart tienermeisje.'

'Voorlopig alleen maar.'

'Ja, ja. PMI?'

'Daar is wel enige tijd voor nodig.'

'Honderd jaar? Vijftig? Tien? Een?'

'Ja,' zei ik. 'Ik heb gisteren de insecten per FedEx verstuurd.'

'Ik wist niet dat je hier was geweest.'

'Ik was hier al vroeg, en was ook zo weer weg,' zei ik.

'Wat nu?' vroeg Larabee.

'Ik ga nu eens kijken of ik iets in die twee potten met aarde kan vinden.'

De deur ging open en Joe Hawkins stak zijn hoofd naar binnen.

'Heb je gezien wat ik gisteren in de koffiekamer heb achtergelaten?'

Larabee en ik schudden ontkennend het hoofd.
'Ik ben de hele dag op de universiteit geweest,' zei ik.
'En ik zat in Chapel Hill,' zei Larabee.
'Maar goed ook. Jullie zullen het niet leuk vinden.'

5

We liepen achter Hawkins aan door een kleine gang die naar een kleine personeelskantine leidde. Aan de linkerkant bevond zich een kleine keuken, met kastjes, een aanrecht, een fornuis en een koelkast. Op de ene kant van de balie stonden een telefoon en een kleine televisie. Een koffieapparaat en een mandje met zakjes suiker en creamer stonden op de andere kant. Een ronde tafel en vier stoelen namen het grootste gedeelte van de rechterhelft van het vertrek in beslag.

Joe Hawkins sleepte al sinds Eisenhower president was met lijken en is het levende bewijs dat we worden gevormd door datgene wat we doen. Kadavermager, met donkere randen rond zijn ogen, borstelige wenkbrauwen en zwartgeverfd haar dat strak naar achteren was gekamd, is hij het archetype van de man die in een B-film onderzoek doet naar de doodsoorzaak.

Zonder ook maar zoiets als een flauwe glimlach op zijn gezicht liep Hawkins naar de tafel en priemde een vinger in de richting van de *Charlotte Observer* van dinsdag.

'De krant van gisteren.'

Larabee en ik bogen ons naar voren om te lezen.

De katern met plaatselijk nieuws. Pagina vijf. Een kop over drie klommen. Eén foto.

DEMONEN OF GEWOON GEDUMPT?

De politie stond voor een raadsel toen ze maandagavond na een telefoontje bij een huis op Greenleaf arriveerde. Tijdens restauratiewerkzaamheden was een loodgieter op aanzienlijk meer dan alleen verroeste buizen gestoten. Enkele uren later werden schedels, kookpotten en een heel assortiment vreemde voorwerpen uit de kelder van het huis omhoog gehaald en naar het mortuarium van de MCME en het forensisch lab van het CMPD overgebracht.

De bergingsoperatie stond onder leiding van forensisch antropoloog dr. Temperance Brennan en rechercheur Moordzaken Erskine Slidell. Op vragen of er ook menselijk resten waren gevonden, weigerde de politie commentaar te geven.

De loodgieter, Arlo Welton, vertelde dat er, nadat hij een gat in een muur had geslagen, een geheimzinnige onderaardse ruimte zichtbaar werd. Welton beschreef een altaar en satanische attributen die, volgens hem, duidelijk op demonische rituelen wezen.

Duivelsaanbidding? Of een ondergrondse plek om lijken te dumpen? Het onderzoek duurt voort.

De foto was korrelig, genomen van een te grote afstand en met te weinig licht. Op de foto stonden Slidell en ik, staande naast de scheefhangende schommel op de veranda. Mijn haren hadden zich grotendeels losgemaakt uit het knotje dat ik droeg. Ik had mijn overall aan. Skinny haalde iets uit zijn oor. Geen van beiden leken we er klaar voor om in het televisieprogramma *The View* op te treden. Volgens de kleine lettertjes zou de foto door Allison Stallings gemaakt zijn.

'Lief,' zei Larabee.

'Shit,' zei ik.

'Mooi kapsel.'

Mijn vinger vertelde Larabee wat ik van zijn humor vond.

Alsof het afgesproken werk was, ging de telefoon. Terwijl Hawkins opnam las ik het artikel nog een keer door en voelde ik de gebruikelijke irritatie. Hoewel ik een gretig consument van nieuws ben, zowel gedrukt als elektronisch, vind ik het vreselijk om journalisten bij me in het lab te hebben of ermee in het veld geconfronteerd te worden als ik aan het werk ben. Naar mijn mening gaan camera's en microfoons niet samen met stoffelijke overschotten. Naar hun mening behoren noch het lab en noch de openbare ruimte mij toe, en heeft het publiek het recht alles te weten. We co-existeren naast elkaar in een toestand van geforceerde verzoening, en geven alleen maar aan de ander toe als het niet anders kan.

Allison Stallings. De naam kwam me niet bekend voor. Misschien een nieuweling bij de krant? Ik dacht dat ik iedereen kende die in de stad de werkzaamheden van de politie volgde.

'Mevrouw Flowers wordt bedolven door telefoontjes van de pers.' Hawkins hield de telefoonhoorn tegen zijn borst gedrukt. 'Ze heeft tot nu toe steeds "geen commentaar" gezegd. Maar nu jij hier bent wil ze graag aanwijzingen.'

'Laat ze maar zeggen dat ze dood kunnen vallen,' zei ik.

'"Geen commentaar" is prima,' besliste Larabee.

Hawkins gaf de boodschap door. Luisterde. Opnieuw drukte hij de hoorn tegen zijn overhemd.

'Ze zegt dat ze blijven aandringen.'

'Mysterieus? Satanisch?' De minachting dróóp van mijn stem. 'Ze hopen vast op een gekookte baby voor het nieuws van vijf uur.'

'Geen commentaar,' herhaalde Larabee.

De rest van de dag hield ik me bezig met de voorwerpen die uit Greenleaf afkomstig waren.

Nadat ik de menselijke schedel had gefotografeerd, begon ik aan een gedetailleerde analyse, te beginnen met het gebit.

Helaas waren er nog maar tien van de oorspronkelijke zestien boventanden en -kiezen aanwezig. Niets sinisters. De tanden aan de voorkant van de arcade hebben één enkele wortel. Als het tandvlees verdwijnt, volgen de snijtanden en de hoektanden niet veel later.

Het ouder worden van het gebit 101. Het is geen wet van Meden en Perzen dat je een bepaalde tand of kies krijgt. Daar is niets nieuws aan. Iedereen weet dat zoogdieren twee stel tanden en kiezen krijgen, een melkgebit, en daarna een definitief. En dat elk stel arriveert als een gespecialiseerd team. Snijtanden, voorkiezen, hoektanden, kiezen. Maar de ontwikkeling van het gebit is aanzienlijk complexer dan simpelweg een voorstelling in twee aktes. Veel van de actie vindt achter de coulissen plaats.

Hier volgt het script. Om te beginnen verschijnt er diep in de kaak het begin van een kroon. Op dat ontluikende kroontje verschijnt een laagje glazuur, terwijl een wortel omhoog of naar beneden in de betreffende holte begint te groeien. De kroon komt aan de oppervlakte. De wortel wordt steeds langer, en loopt uiteindelijk uit in een punt. Met andere woorden, nadat de tand is doorgekomen, blijft de vorming ervan doorgaan totdat de wortel voltooid is. Tegelijkertijd spelen ook de andere tanden hun rol, afhankelijk van hun moment van opkomst.

Röntgenopnamen van schedels lieten een gedeeltelijk doorkomen van de derde kiezen en de gedeeltelijke voltooiing van de wortels van de tweede kiezen. Die combinatie, alsmede het samengroeien van de schedelnaad, wees op een leeftijd van ergens tussen de veertien en zeventien. Mijn intuïtie gaf de voorkeur aan de wat hogere leeftijd.

Een hertaxatie van de schedeldetails bracht geen verandering in mijn aanvankelijke indrukken betreffende geslacht en afkomst teweeg. Desondanks, als controle, mat ik ook zorgvuldig de afmetingen op en voerde die in mijn laptop in.

Fordisc 3.0 is een antropometrisch programma dat gebruikmaakt van een statistische procedure die *discriminant function analysis* of DFA wordt genoemd. DFA's gaan uit van een vergelijking met referentiegroepen die zijn samengesteld op basis van bekende verwantschap, in dit geval schedels van individuen waarvan het ras en het geslacht goed zijn gedocumenteerd, en waarvan de afmetingen in de database zijn opgeslagen. 'Onbekenden', zoals de Greenleaf-schedel, worden vergeleken met de 'bekenden' in de referentiegroepen, en worden geëvalueerd met betrekking tot overeenkomsten en verschillen.

Voor het determineren van het geslacht bestaan een aantal referentiegroepen, waarvan elke groep is samengesteld uit bekende mannelijke en bekende vrouwelijke schedels met specifieke raciale of etnische achtergronden. Omdat nauw omsluitende jukbeenderen en een relatief lange schedel in dit geval een Aziatische en Indiaans-Amerikaanse afkomst uitsloten, zette ik een vergelijking in gang waarbij ik gebruikmaakte van gegevens van Indo-Europese en negroïde schedels.

Ik werd niet met een verrassing geconfronteerd. Of ik nou naar zwart of blank keek, de Greenleaf-schedel bleef ingedeeld worden bij de meisjes.

De evaluatie van het ras ligt aanzienlijk lastiger. Net als bij het vaststellen van het geslacht, zijn de potentiële referentiegroepen samengesteld uit beide seksen van gegeven zwarten, blanken, indianen en Japanners, en uit Guatemalteekse, Zuid-Amerikaanse, Chinese en Vietnamese mannen. Dat is allemaal in de Fordisc-database te vinden.

Ik liet een wederkerige vergelijking tussen zwarte en blanke vrouwen uitvoeren.

Mijn onbekende liet zich indelen bij de eersten. Maar dan ook maar net.

Ik raadpleegde de verklarende statistieken.

Een *posterior probability* – a posteriori waarschijnlijkheid – of PP, geeft de waarschijnlijkheid waarmee iemand deel uitmaakt van een groep, gebaseerd op zijn relatieve nabijheid tot alle groepen. De belangrijkste aannames zijn dat de variatie ruwweg hetzelfde is bínnen groepen; dat gemiddelde waarden verschillen tussen groepen; en dat de onbekende in feite behoort tot een van de referentiegroepen die je hanteert. Dat laatste is niet noodzakelijkerwijs het geval. Een DFA zal elke groep afmetingen rubriceren, zelfs als je onbekende een chimpansee of een hyena is.

Een *typicality probability* – typerende waarschijnlijkheid – of TP, is een betere indicator tot welke feitelijke groep iets behoort. De TP suggereert de aannemelijkheid dat een onbekende wel eens tot een specifieke groep zou kunnen behoren, gebaseerd op de gemiddelde variabiliteit van alle groepen die bij de analyse betrokken zijn. Een TP evalueert absolute ruimtes, geen relatieve ruimtes, zoals bij een PP het geval is.

Bekijk het eens op deze manier. Als je een van je onbekenden in een van de referentiegroepen van het programma wilt passen, vertelt een PP je welke de beste keus is. Een TP geeft aan of die keus realistisch is.

De PP op mijn scherm zei dat voor mijn onbekende een zwarte afkomst waarschijnlijker was dan een blanke. De TP suggereerde dat haar hoofd niet op dezelfde manier in elkaar zat als die van de zwarte dames in de databank.

Ik mat opnieuw en rekende opnieuw.

Zelfde resultaat.

De cijfers wijzen de ene kant uit en de globale, op deductie gebaseerde beoordeling de andere? Niet ongewoon. Ik hou me vast aan m'n ervaring. En aangezien genen zich niets aantrekken van statistieken, wist ik dat de mogelijkheid van gemengde afkomst bestond.

Ik sloeg het dekvel opzij en vulde de vakjes van het casusformulier in.

Geslacht: Vrouwelijk.
Afkomst: Negroïde. (Mogelijke blanke vermenging.)
Leeftijd: Veertien tot zeventien jaar.
Jezus. Nog maar een kind.

Terwijl ik in de lege oogkassen staarde probeerde ik te visualiseren wie deze jonge vrouw geweest zou kunnen zijn. Haar dood veroorzaakte een triest gevoel bij me. Mijn hersenen waren in staat om een grof beeld van haar te vormen, gebaseerd op de zwarte meisjes die ik om me heen zag. Katy's vriendinnen. Mijn studenten. De kinderen die in het park aan de overkant van College Street rondhingen. Ik zag donkere haar en dito ogen voor me, een chocoladekleurige huid. Maar wat had ze gevoeld? Gedacht? Welke uitdrukking had er op haar gezicht gelegen als ze 's avonds in slaap was gevallen, en als ze 's ochtends wakker was geworden?

Veertien tot zeventien. Half vrouw half kind. Had ze van lezen gehouden? Reed ze op een fiets rond? Of op een Harley? Had ze in het winkelcentrum rondgehangen? Had ze een vast vriendje? Wie miste haar?

Hadden er in haar wereld overdekte winkelcentra bestaan? Wanneer was ze gestorven? Waar?

Doe wat je moet doen, Brennan. Probeer erachter te komen wie ze was. Wat er met haar is gebeurd.

Ik zette de sentimentele mijmeringen van me af en concentreerde me op de wetenschap.

In de volgende vakjes op het formulier moesten de PMI en de MOD worden ingevuld. *Postmortem interval*, oftewel het waarschijnlijke tijdstip waarop de dood was ingetreden, en *Manner of death*, de doodsoorzaak.

Met droge beenderen, uitgeloogd en waarop geen organische

component meer te vinden is, is het vaststellen van het tijdstip van de dood vaak nog lastiger dan het bepalen van het ras.

Behoedzaam tilde ik de schedel op, die in mijn handpalm rustte, en probeerde te bepalen hoe zwaar hij was. Het been zag er stevig uit, en zo voelde het ook aan, niet poreus of gedegenereerd, zoals je ze bij oude stoffelijke resten op het kerkhof of op een archeologische vindplaats wel aantreft. Alle zichtbare oppervlakken waren gevlekt in een uniforme theebruine tint.

Ik ging op zoek naar culturele veranderingen, zoals de vulling van een tand, het aan elkaar groeien van de schedel, een afgeplat achterhoofd of chirurgische boorgaten. Helemaal niets.

Ik keek naar tekenen die wezen op een teraardebestelling in een kist. Op de schedel was geen spoor te vinden van zaken die door een begrafenisondernemer werden gebruikt, zoals vloeibare was, trocarts of oogkapjes. Geen draad of stukjes stof. Er was ook geen gebalsemd weefsel. Geen schilfers van het compact been. Geen hoofd- of schaamhaar.

Ik scheen met een kleine zaklantaarn door het *foranum magnum*, het grote gat waardoorheen het ruggenmerg met de hersenen in verbinding staat. Afgezien van wat aarde dat eraan vastgeplakt zat was de binnenkant van de schedel leeg.

Gebruikmakend van een tandartsenhaakje, schraapte ik langs de binnenkant van het *cranium*. Op het brancardonderstel vormde zich een klein hoopje materiaal. Hoewel iets glimmender, zag het materiaal er min of meer eender uit als dat in de kookpot. Het leverde één pissebed op, één pop en geen plantaardige insluitsels.

Nog steeds met behulp van het haakje tikte ik de schedel op z'n kant en onderzocht de neus- en oor openingen. Nog meer aarde daalde op het hoopje neer.

Het uit de schedel afkomstige schraapsel, het insect en de pop schoof ik in een ziplock, zo'n plastic zakje met druksluiting, en ik noteerde vervolgens het ID-nummer van de MCME, de datum en mijn naam aan de buitenkant op het plastic. Misschien zou dit monster nooit worden onderzocht, maar het was verstandig om met de mogelijkheid rekening te houden.

Gebruikmakend van een scalpel haalde ik wat schilfers van het kaarsvet dat de buitenrand van de kruin bedekte en borg die op in een andere ziplock. Afgeschraapte resten van de 'bloedvlek' gingen in een volgende.

Toen richtte ik mijn aandacht weer op de röntgenopnames. Langzaam werkte ik me door de foto's die Hawkins voor me had gemaakt: opnames van voren, van beide zijkanten, van achteren, van boven en van onderen.

De schedel vertoonde geen tekenen van trauma of aandoeningen. Geen metaalsporen die zouden kunnen wijzen op een schotwond. Geen breuken, geen door kogels veroorzaakte intrede- of uittredegaten, geen door een scherp voorwerp toegebrachte beschadigingen. Geen verwondingen, onvolkomenheden of aangeboren afwijkingen. Geen restauraties, implantaten of aanwijzingen van cosmetische of plastische chirurgie. Geen enkele aanwijzing met betrekking tot de gebitstechnische of medische geschiedenis van het meisje. Geen enkele aanwijzing met betrekking tot de doodsoorzaak.

Gefrustreerd onderzocht ik opnieuw de schedel en de röntgenfoto's, maar nu onder het vergrootglas.

Niets. Het cranium was opvallend onopvallend.

Enigszins ontmoedigd liep ik in mijn hoofd het lijstje na met methodes om met droog gebeente tot een PMI-inschatting te komen. Ultraviolette fluorescentie, verkleuringsproef met indophenol en Nijl-blauw, supersonische geleiding, histologische of radiografische structuuranalyse, stikstof- of aminozuur inhoudevaluatie, kunstmatige C14-proeven, het berekenen van vettransgressie-, carbonaat- of serologische proteïneniveaus, benzidine of niet-menselijke serumreactie.

Hoewel ik de pissebed en de pop naar de entomoloog zou sturen, betwijfelde ik of die iets nuttigs zouden opleveren. Die hadden wellicht al in de aarde gezeten, om lang nadat het meisje was overleden in de schedel terecht te komen.

Die Bomb C14 was een mogelijkheid. Uit de proeven zou naar voren kunnen komen of de dood, ruwweg, voor of na 1963 had plaatsgevonden, de einddatum voor het atmosferisch testen van thermonucleaire instrumenten. Maar afgaand op de kwaliteit van het bot betwijfelde ik of de PMI groter dan vijftig jaar kon zijn. Bovendien, gezien de beperkte financiële middelen waarover we beschikten, zou Larabee nooit in staat zijn de fondsen voor C14-tests op te hoesten.

Ik pakte een Stryker-zaag, zette hem aan en verwijderde een klein vierkant stukje bot uit het rechter wandbeen en stopte dat in een ziplock. Daarna haalde ik een rechter tweede kies uit de kaak en deed die ook in een plastic zakje. Ook al konden we ons geen C14-tests veroorloven, misschien hadden we deze specimens nodig voor het bepalen van de DNA-sequentie.

Nadat ik al het materiaal had ingepakt en van labeltjes had voorzien, vulde ik de nog blanco vakjes op het casusformulier in.

PMI: Vijf tot vijftig jaar.

MOD: Onbekend.

Ik zag Slidells gezicht al voor me terwijl ik dat aan hem meldde. Ik zag niet bepaald uit naar dat gesprek.

Ontmoedigd richtte ik mijn aandacht op de niet-menselijke resten.

Inderdaad. De geit en de kip.

Op beide schedels zaten nog restjes uitgedroogd vlees. In de schedelruimte en het gehoorkanaal van de geit vond ik een paar larven en poppen.

Ik had dinsdag al monsters genomen van de kip, en wist dat het een bijna onuitputtelijke bron zou vormen. Volwassen vliegen. Larven. In het kadaver hadden zelfs een paar kevers en enkele zeer grote kakkerlakken gezeten. Ik zat te wachten op nieuws van de entomoloog, maar ik twijfelde er niet aan dat het kippetje de afgelopen paar maanden haar verdiende loon had gekregen.

Ik richtte mijn aandacht op de grote kookpot.

Eerst nam ik foto's. Daarna zette ik een roestvrijstalen teil in de gootsteen, zette er een zeef overheen, deed een masker voor en ging de kookpot met een troffel te lijf. De aarde viel met een zachte plof door het gaas. Om me heen steeg een gronderige geur op.

Een schep. Drie. Vijf. Een paar kiezelstenen, lege slakkenhuisjes en onderdelen van insecten bleven op de zeef liggen.

Bij de twaalfde keer scheppen voelde ik weerstand. Ik liet de troffel voor wat hij was en groef met mijn hand verder. Enkele seconden later had ik een verschrompelde massa bevrijd met een diameter van een centimeter of vijf.

Ik legde de vondst op het brancardonderstel en onderzocht het geheel met mijn vingers.

De massa leek weliswaar gekrompen, maar voelde sponsachtig aan.

Bezorgdheid begon aan mijn hersenen te knagen. Datgene wat ik onderhanden had was iets organisch.

Terwijl ik voorzichtig de aarde ervan afveegde, werden er wat meer details zichtbaar. Hersenwindingen. Plooien.

Herkenning.

Ik zat met mijn vingers in een brok gemummificeerde grijze massa te peuren.

Mijn eigen zenuwcellen kwamen vlammend en al met een naam omhoog.

Mark Kilroy.

Ik onderdrukte die gedachte weer.

Het menselijke brein heeft een inhoud van ongeveer 1400 kubieke centimeter. Dit ding mat daar slechts een fractie van.

Geit? Kip?

Een plotselinge weerzinwekkende gedachte. Zou het een kwab van de grote hersenen van een mens kunnen zijn?

Dat was een vraag voor Larabee.

Nadat ik mijn vondst had ingepakt en van een label had voorzien, ging ik door met het onderzoeken van de aarde uit de pot.

En deed mijn volgende ijzingwekkende ontdekking.

6

Mijn eerste gedachte was een heiligenplaatje, een in grote aantallen geproduceerd religieus stukje drukwerk dat door katholieke gelovigen werd gebruikt. Mijn zus, Harry en ik verzamelden die dingen toen we nog kind waren. Ze zijn iets kleiner dan een betaalkaart, en op elke kaart is een heilige of een bijbels tafereel afgebeeld, terwijl er ook nog een passend gebed op staat afgedrukt. De goede beloven aflaat, een minder lang verblijf in het vagevuur, waar je sowieso naartoe moest omdat je er op aarde een puinhoop van had gemaakt.

Maar zoiets was het helemaal niet. Toen ik het uit zijn plastic hoesje had gehaald, bleek het beeld dat zichtbaar werd in feite een portret, het soort foto's dat in jaarboeken van scholen staat afgebeeld.

De geportretteerde was vanaf het middel te zien, leunde tegen een boom en stond met het gezicht recht naar de lens gekeerd. Ze droeg een bruine sweater met lange mouwen, hoewel er nog net een stukje buik zichtbaar was. Haar ene hand rustte tegen de boomstam, terwijl de duim van de andere hand achter een riemlus van een verschoten spijkerbroek was gestoken.

Midden in het haar van het meisje, dat tot achter de oren naar achteren was gekamd, zat een scheiding. Haar haar was zwart. Haar ogen hadden de kleur van pure chocola, en haar huid was nootmuskaat. Ze zag eruit als rond de zeventien.

Ik voelde hoe er in mijn borst iets samen werd getrokken.

Een zwart tienermeisje.

Mijn ogen schoten naar het brancardonderstel. Mijn god, zou dit haar schedel zijn? Als dat zo was, hoe was het dan in die kelder terechtgekomen? Was het meisje vermoord?

Ik keek weer naar haar foto.

Het meisje hield haar hoofd nauwelijks waarneembaar ietsjes scheef, en haar schouders waren lichtjes opgetrokken. Ze keek in de camera met een ondeugende grijns. Ze zag er gelukkig uit, barstend van het zelfvertrouwen en het vertrouwen in het leven. Waarom zat haar foto in een kookpot begraven?

Zou Arlo Welton gelijk hebben? Had hij inderdaad een altaar blootgelegd dat voor satanische rituelen werd gebruikt? Waren hier mensen geofferd? Ik had daarover in de kranten wel eens iets gelezen, en ik wist ook, hoewel het zelden voorkwam, dat dit soort monsterlijke daden wel eens plaatsvonden.

De telefoon ging doordringend, en verdere overdenkingen met betrekking tot de afschuwelijke mogelijkheden werden me bespaard.

'Vandaag weer als eerste aanwezig?' Zoals gewoonlijk klonk mevrouw Flowers weer net iets té vrolijk.

'Ik heb een hoop te doen.'

'De media zijn helemaal door het dolle heen van dat keldergedoe.'

'Ja.'

'De telefoon rinkelt van de haak. Ach, ik neem aan dat er tegenwoordig eigenlijk geen haken meer zijn. Dus bij wijze van spreke dan.'

Ik keek naar de wandklok. Tien over half een.

'Die laten ons wel weer met rust zodra er iets anders hun aandacht opeist. Maar ik dacht dat het beter was u het even te laten weten. Trouwens, er is een rechercheur op weg naar u toe.'

'Slidell?'

'Jawel, mevrouw. Met zijn partner.'

'Ik zal op mijn tellen passen.'

Ik legde net neer toen de deur van de autopsieruimte openzwaaide. Slidell stapte naar binnen, op de voet gevolgd door een slungelachtig skelet dat een Italiaanse lederen diplomatenkoffertje bij zich had.

Skinny Slidell en Eddie Rinaldi waren al sinds de jaren tachtig partners, tot verbazing van iedereen, aangezien het tweetal elkaars tegenpolen leken.

Rinaldi was een meter negentig en was net zeventig kilo zwaar. Slidell is een meter vijfenzeventig en torst aanzienlijk meer gewicht met zich mee, waarvan het overgrote deel ten zuiden zat van de lijn waar zijn middel zou moeten zitten. Rinaldi's gelaatstrekken waren scherp, die van Slidell vlezig en kwabbig, en de wallen onder zijn ogen hadden het formaat van empanada's.

Waarom de bijnaam Skinny? Typische politiehumor.

Maar de verschillen beperken zich niet tot hun lichaamsbouw. Slidell is een sloddervos. Rinaldi is netjes. Slidell werkt junkfood naar binnen. Rinaldi eet tofu. Slidell is Elvis, Sam Cook en de Coasters. Rinaldi is Mozart, Vivaldi en Wagner. Slidells kleding is opzichtig. Die van Rinaldi is óf designer- óf maatkleding.

Maar op de een of andere manier bleef het tweetal bij elkaar. Kom er maar eens achter.

Slidell zette zijn namaak-Ray-Ban af en hing hem met één pootje aan zijn jaszak. Vandaag was het jasje polyester, een ruitpatroon dat waarschijnlijk naar de een of andere golfbaan in Schotland was vernoemd.

'Hoe staat het, dok?' Slidell ziet zichzelf als Charlottes bloedeigen Dirty Harry. Hollywood-politietaal is onderdeel van het spelletje.

'Een interessante ochtend.' Ik knikte naar Rinaldi. 'Rechercheur.'

Rinaldi maakte een kort wuifgebaar, zijn aandacht al helemaal op de kookpotten en schedels gericht.

Dat was Rinaldi. Een en al aandacht. Geen grapjes of flauwekul. Geen geklaag of opschepperij. Er worden geen persoonlijke problemen of overwinningen uitgewisseld. In dienst was hij permanent beleefd, gereserveerd en niet van zijn stuk te krijgen.

En als hij geen dienst had? Daar wist eigenlijk niemand het fijne van. Rinaldi, die in West-Virginia was geboren, had maar kort op college gezeten en was ergens in de jaren zeventig naar Charlotte gekomen. Hij was getrouwd, maar kort daarna was zijn vrouw aan kanker gestorven. Ik heb wel eens iets over een kind gehoord, maar heb het de man nog nooit over een zoon of dochter horen hebben.

Rinaldi woonde in z'n eentje in een klein bakstenen huis in een bezadigde, keurig verzorgde wijk die Beverly Woods wordt genoemd.

Afgezien van zijn lengte, zijn verheven smaak qua muziek en zijn voorkeur voor dure kleding, bezat Rinaldi geen fysieke eigenschappen of vreemde trekjes waar andere agenten de draak mee staken. Naar mijn weten was hij nog nooit het doelwit geweest van grappen met betrekking tot blunders of gênante incidenten. Misschien is dat de reden dat hij nooit een bijnaam heeft gekregen.

Kort samengevat: Rinaldi was niet de knaap die ik op mijn margaritafeestje zou uitnodigen, maar in een bedreigende situatie, zou híj degene zijn die ik het liefst als rugdekking had.

Slidell bracht een hand omhoog en bewoog hem traag heen en weer. 'Een of andere idioot die vond dat dít zijn ideale freakshow is?'

'Misschien niet.'

Het heen en weer bewegen hield abrupt op.

Ik bracht hem in het kort op de hoogte van het biologische profiel dat ik aan de hand van de schedel had samengesteld.

'Maar dat spul is zo oud als wat, hè?'

'Ik vermoed dat het meisje minimaal vijf jaar dood is, en maximaal vijftig jaar. Mijn gevoel zegt me dat het waarschijnlijk dichter in de buurt van de vijf dan van de vijftig ligt.'

Slidell blies tussen zijn lippen door lucht naar buiten. Zijn adem rook naar tabak.

'Doodsoorzaak?'

'De schedel vertoont geen tekenen van ziekte of verwondingen.'

'En dat betekent?'

'Dat ik het niet weet.'

'Waar is de onderkaak?'

'Dat weet ik niet.'

'Nou komen we ergens.'

Kalm, Brennan.

'Ik heb dit in een grote kookpot gevonden. Op ongeveer tien centimeter diepte in de aarde.'

Ik legde de schoolfoto op de brancard. De mannen deden een stapje naar voren om hem te kunnen bekijken.

'Nog iets anders?' Slidells blik bleef op de foto gericht.

'Een brok hersenen.'
Rinaldi's wenkbrauwen gingen omhoog. 'Van een mens?'
'Ik hoop van niet.'
Rinaldi en Slidell keken van de foto naar de schedel en weer naar de foto en terug.
Rinaldi zei als eerste iets. 'Denk je dat het dezelfde jongedame is?'
'Er is aan de schedel- of gelaatsarchitectuur niets te vinden wat die mogelijkheid uitsluit. Leeftijd, geslacht en ras kloppen allemaal.'
'Zou je hier een fotomontage van kunnen maken?'
'Zonder onderkaak is dat weinig zinvol.'
'Ik neem aan dat dat ook geldt voor een globale reconstructie van het gezicht?'
Ik knikte. 'Zo'n beeld wordt veel te speculatief, en is bij het identificeren misschien zelfs contraproductief.'
'Wel verdomme.' Slidells hoofd wiebelde heen en weer.
'We zullen eerst maar eens beginnen met het nalopen van MP's.' Rinaldi refereerde aan het register met vermiste personen.
'Ga tot tien jaar terug. Als er niets naar boven komt, dan kunnen we de tijdsspanne altijd nog uitbreiden.'
'Het heeft weinig zin haar door het NCIC te halen.'
NCIC staat voor het National Crime Information Center van de FBI, een gecomputeriseerd register met strafbladen, namen van mensen die op de vlucht zijn, gestolen goederen en vermiste en niet-geïdentificeerde personen. Door details te vergelijken die door recherchediensten en justitie worden ingevoerd, is het systeem in staat om lijken die op de ene locatie zijn gevonden, te matchen met personen die op andere locaties vermist zijn geraakt.
Maar die database is gigantisch groot. Met alleen leeftijd, geslacht en ras als identificerende factoren, en een tijdsspanne die kon oplopen tot vijftig jaar, zou de lijst die uit de computer kwam rollen nog het meest op een telefoonboek lijken.
'Nee,' was ik het met hem eens. 'Dan hebben we meer nodig.'
Ik vertelde de rechercheurs over de insecten en de kip.
Rinaldi begreep de implicatie onmiddellijk. 'Die kelder wordt nog gebruikt.'

'Afgaande op de toestand van de kip, zou ik zeggen dat dat de afgelopen paar maanden nog het geval moet zijn geweest. Misschien nog wel recenter.'

'Wil je soms beweren dat de een of andere medicijnman een meisje mee onder de grond heeft genomen en vervolgens haar hoofd heeft afgehakt?'

'Dat zeg ik helemaal niet.' Cool. 'Hoewel ik wel denk dat die kip dat inderdaad is overkomen.'

'Dus die maffe loodgieter zou wel eens gelijk kunnen hebben?'

'Ik wil alleen maar zeggen dat er een mogelijkheid bestaat dat...'

'Medicijnmannen? Mensenoffers?' Zijn ogen ten hemel slaand begon Slidell het thema van *Twilight Zone* te neuriën.

Hoewel het er verhoudingsgewijs maar weinig zijn, lopen er op aarde toch nog een stuk of wat mensen rond die de gave hebben me te irriteren, die kans zien me er dingen uit te laten flappen terwijl ik eigenlijk van plan was gewoon mijn mond te houden. Slidell is een van die lieden. Ik vind het afschuwelijk mijn zelfbeheersing te verliezen en beloof mezelf elke keer plechtig dat het nooit meer zal gebeuren. Tegenover Slidell wordt de belofte regelmatig door mij gebroken.

Zoiets gebeurde nu ook weer.

'Vertel dat maar eens aan Mark Kilroy.' Die opmerking schoot eruit voor ik tijd had om hem te overdenken.

Heel even was het stil. Toen priemde Rinaldi met een lange, benige vinger mijn kant uit.

'Knaap uit Brownsville, Texas. Verdween in Matamoros, Mexico, in negenentachtig.'

'Kilroy werd verkracht, gemarteld en vervolgens vermoord door Adolfo de Jesus Constanzo en zijn volgelingen. Rechercheurs troffen zijn hersenen aan drijvend in een kookpot.'

Slidells blik vloog naar beneden. 'Wat nou, verdomme?'

'Kilroys organen werden uit zijn lijk gehaald en voor rituele doeleinden gebruikt.'

'Wil je soms zeggen dat we daar in dit geval ook mee te maken hebben?'

Ik had nu al spijt dat ik Slidells fantasie had aangewakkerd door het geval-Kilroy ter sprake te brengen.

'Ik moet het onderzoek aan die kookpotten afronden. En ik ben benieuwd waarmee het forensisch lab op de proppen komt.'

Slidell pakte de schoolfoto en gaf die aan zijn partner door.

'Als je naar de kleding en het haar kijkt, ziet dat beeld er niet bepaald oud uit,' zei Rinaldi. 'We zouden de foto op televisie kunnen laten zien, kijken of iemand haar herkent.'

'Laten we daar nog even mee wachten,' zei Slidell. 'Als we foto's gaan laten zien van alle kinderen die we niet kunnen vinden, houdt het publiek het binnen de kortste keren voor gezien.'

'Daar ben ik het mee eens. We weten niet eens óf ze wel vermist wordt.'

'Er kunnen toch niet al te veel studiofoto's in deze stad zijn die opnames van kauwgom kauwende jongelui maken.' Slidell stak de foto in zijn zak. 'Laten we daar maar eens mee beginnen.'

Ik knikte. 'Hoewel het natuurlijk ook iemand van búíten de stad kan zijn. Ben je nog iets wijzer geworden omtrent het huis aan Greenleaf?'

Rinaldi haalde een klein, in leer gebonden notitieboekje tevoorschijn uit de binnenzak van zijn jasje dat een schril contrast vormde met dat van zijn partner. Marineblauw, twee rijen knopen, heel duur.

Met een gemanicuurde vinger sloeg hij een paar bladzijden om.

'Nadat het huis kort na de oorlog door de familie Horne werd aangekocht, is het maar een paar keer in andere handen overgegaan, en dan alleen nog maar aan familie. We hebben het hier over de Tweede Wereldoorlog.' Rinaldo keek van zijn aantekeningen op. 'Als de omstandigheden dat noodzakelijk maken kunnen we ook nog oudere gegevens opvragen.'

Ik knikte.

'Roscoe Washington Horne was van 1947 tot 1972 eigenaar van het huis; Lydia Louise Tillman Horne tot 1994; Wanda Belle Sarasota Horne tot aan haar overlijden zo'n anderhalf jaar geleden.'

'De oude familieplantage,' snoof Slidell vol verachting

Rinaldi ging rustig verder met het oplezen van zijn aantekeningen.

'Na het overlijden van Wanda is het huis en de grond in handen gekomen van een achterneef, Kenneth Alois Roseboro.'

'Heeft Roseboro in het huis gewoond?'
'Daar ben ik nog mee bezig. Roseboro verkocht het aan Polly en Ross Whitner. Beiden zijn import uit New York. Zij is lerares. Hij is accountmanager bij de Bank of America. Het passeren van de akte vond plaats op de twintigste september van dit jaar. De Whitners wonen momenteel in een huurappartement in Scaleybark. Alles wijst erop dat dit tweetal van plan is het huis aan Greenleaf ingrijpend te verbouwen.' Rinaldi sloeg zijn boekje dicht en stopte het terug in zijn binnenzak.

Er heerste een ogenblik van stilte. Die stilte werd verbroken door Slidell.

'We hebben de kranten gehaald.'

'Ik heb het artikel gezien. Maakt Stallings regelmatig foto's voor de *Observer*?'

'Niet dat ik weet,' reageerde Rinaldi.

Slidells foute Ray-Ban gleed op zijn plaats.

'We hadden die tante ter plekke moeten neerschieten.'

De lunch bestond uit een mueslireep die met cola light werd weggespoeld. Na de maaltijd trof ik Larabee in de grote sectieruimte, waar hij druk bezig was met het opensnijden van het lijk uit de vuilcontainer.

Ik bracht hem op de hoogte van mijn vorderingen en van mijn gesprek met Slidell en Rinaldi. Hij luisterde, de ellebogen gebogen, zodat zijn bloederige handen uit de buurt van zijn lichaam bleven.

Ik beschreef de hersenen. Hij beloofde in de loop van de dag ook even te kijken. Om twee uur was ik weer terug bij mijn twee kookpotten.

Ik was twintig minuten bezig met zeven, toen mijn mobieltje ging. Volgens de nummerherkenning was het Katy, op haar werk.

Ik trok een van de handschoenen uit en drukte op de ontvangstknop.

'Hoi, lieverd.'

'Waar zit je ergens?'

'In het pand van de lijkschouwer.'

'Wat?'

Ik liet het masker zakken en herhaalde wat ik had gezegd.

'Gaat het werkelijk om satanisten?'
'Je hebt de krant gelezen.'
'Leuke foto.'
'Dat heb ik ook gehoord, ja.'
'Volgens mij is het een of andere studentengrap. Deze stad is véél te netjes voor het aanbidden van de duivel. Satanisme betekent excentriciteit. Exotica. Nonconformisme. Vind je dat ook niet veel te zwaar klinken voor dit goede oude Charlotte?'
'Wat is er aan de hand?' vroeg ik, nadat ik de ontevreden ondertoon had herkend.

Katy had dit jaar eindelijk haar baccalaureaat psychologie gehaald, iets waarvoor ze zes jaar nodig had gehad. Uiteindelijk was het tóch afstuderen niet het gevolg geweest van academische passie, maar van het ouderlijke dreigement de subsidiekraan dicht te draaien. Het was een van de weinige punten waarop Pete en ik het helemaal met elkaar eens waren. Zes jaar is wel héél erg lang, dame.

En de reden waarom Katy zo lang over haar studie deed? Bepaald geen gebrek aan intelligentie. Hoewel ze voor vijf hoofdvakken had gekozen, was haar gemiddelde cijfer 7,5.

Nee, het lag echt niet aan een tekort aan intelligentie. Mijn dochter is snugger en vindingrijk. Het probleem is alleen dat ze zo ongedurig is als de pest.

'Ik overweeg hier weg te gaan,' zei Katy.
'Hm-mm.'
'Deze baan is hartstikke saai.'
'Je wilde zelf op het kantoor van de pro-Deoadvocaat gaan werken.'
'Ik dacht dat ik…' Uitgeblazen lucht. 'Ik weet het niet. 'Interessante dingen te doen zou krijgen. Net als jij.'
'Ik ben momenteel aarde aan het zeven.'
'Je weet wat ik bedoel.'
'Het zeven van aarde is eentonig.'
'Wat voor aarde?'
'Uit die kookpotten.'
'Dat is een stuk beter dan het sorteren van papieren.'
'Het hangt ervan af wát voor papieren het zijn.'
'Heb je al wat gevonden?'

'Een paar dingen.' Ik was onder geen beding van plan om het over de foto of de hersenen te hebben.

'Om hoeveel kookpotten gaat het?'

'Twee.'

'Hoever ben je ermee?'

'Ik ben nog met de eerste bezig.'

'Als je het zat bent, begin je gewoon aan de volgende.'

Typisch Katy. Als je je verveelt, zoek je het gewoon een eindje verderop.

'Dat is niet bepaald zinvol.'

'Jezus, wat ben jij vastgeroest. Waarom dan niet?'

'Protocol.'

'Af en toe wisselen verandert echt niets aan de inhoud van die potten.'

Daar moest ik haar gelijk in geven.

'Hoe is het met Billy?' vroeg ik.

'Dat is een stomme idioot.'

Oké.

'Zullen we vanavond samen wat gaan eten?' vroeg ik.

'Waar?'

'Volare, om een uur of zeven.'

'Mag ik dan de tong bestellen?'

'Ja.'

'Ik zal er zijn. Ervan uitgaande dat ik tegen die tijd niet van pure verveling ben gestorven.'

Ik ging verder met zeven.

Slakken. Poppen. Kakkerlakken. Een spektorretje of twee. Een duizendpoot. Heel opwindend.

Tegen een uur of drie begon ik te gapen en kostte het me moeite me te concentreren.

Mijn blik viel op de andere kookpot.

Ik had al foto's gemaakt en de plastic zakjes voor het bewijsmateriaal van etiketten voorzien. Van iets nieuws zou ik alleen maar opfleuren, hield ik mezelf voor. Mijn waarnemingsvermogen zou er alleen maar door worden aangescherpt.

Dat kwam niet bepaald geloofwaardig over.

Waarom ook niet, verdomme?

Dat was een stuk beter.

Nadat ik zowel de troffel als het gaas had schoongemaakt, zette ik mijn schop erin.

En stuitte onmiddellijk op een rijke vondst.

7

Anderhalf uur later was de kleine kookpot helemaal leeg. Op de balie achter mij lag een macaber sortiment voorwerpen.
Eenentwintig stokjes.
Vier kralenkettingen, een wit, twee met afwisselend rode en zwarte kralen, en een afwisselend zwart en wit.
Zeven spoorspijkers, waarvan er vier zwart waren geschilderd en drie rood.
Vogelbotjes, waarvan sommige afkomstig van een kip, andere mogelijk van duiven.
Veren met bloedvlekken erop.
Twee stukken doorgezaagd bot, beide afkomstig van een ledemaat van een of ander dier. Na raadpleging van Gilberts *Mammalian Osteology*, concludeerde ik dat de een van een geit was, en de andere van een hond.
Twee kwartjes, vier dubbeltjes en een stuiver. De meest recente munt droeg het jaartal 1987.
Ik voelde een milde voldoening. De vindplaats van de munt diep in de pot, hield in dat ik 1987 als vroegste datum voor het vullen van de kookpot kon aanhouden. Dat jaartal viel binnen de door mij berekende PMI-periode voor de schedel.
Denk nou eens goed na, Brennan. Die schedel kan lang nadat de kookpot werd gevuld aan de collectie zijn toegevoegd, en kan ook nog eens lang daarvoor al tot schedel zijn geworden.
Hoe dan ook, vol hernieuwde energie keerde ik naar de grote kookpot terug.
Ooit wel eens tijdens een lange autorit besloten om bij een Ken-

tucky Fried Chicken te eten? Je bent er recentelijk wel een miljoen gepasseerd, maar nu is er bij niet één enkele afrit ook maar een stukje kip te vinden. Je gaat toch van de grote weg af, consumeert een burger. En nog geen twee kilometer verderop kijkt de glimlachende Colonel vanaf een billboard op je neer.

Dát had ik gedaan. Ik had te snel opgegeven.

Bij de tweede duik met de troffel begon de grote kookpot resultaten op te hoesten. Stokjes. Kralen. Halskettingen. Veren. IJzeren voorwerpen, waaronder spoorspijkers, hoefijzers en van een schoffel zonder handvat. Centen, waarvan de leesbare data van aanmaak varieerden van de jaren zestig tot de jaren tachtig.

Ik keek op de klok. Vijf voor zes. Ik kon kiezen. Naar huis om een douche te nemen en te föhnen. Of doorgaan met zeven, hier toilet maken en met natte haren bij Katy arriveren.

Ik vervolgde het graven en zeven.

Tien over zes. Mijn troffel stuitte op iets hards. Net als bij de hersenen groef ik verder met mijn vingers.

Er verscheen een bruine knoop. Ik groef de aarde eromheen weg. De knoop werd een champignon, met het hoedje erbovenop en direct daaronder een dikke steel. In het hoedje zat één klein kuiltje.

O-o.

Ik volgde de steel.

Larabee opende de deur en zei iets. Ik antwoordde zonder echt naar hem te luisteren. Hij kwam naast me staan.

De steel liep vanaf een afgeplat uiteinde horizontaal naar de andere kant van de kookpot. Ik groef verder, schatte de lengte in en, terwijl de omtrek bloot kwam te liggen, ook de diameter.

Enkele minuten later zag ik dat het buisvormige voorwerp uitliep in twee ronde uitsteeksels, gewrichtsknokkels voor het kunnen bewegen van de knie van een tweevoeter.

'Dat is een dijbeen,' zei Larabee.

'Ja.' Ik voelde een neuraal gegons van opwinding.

'Van een mens?'

'Ja.' Ik schraapte aarde weg als een rat die druk bezig was een holletje te maken.

Er werd nog een knoop zichtbaar.

'Er ligt er nog eentje onder.' Larabee vervolgde zijn gedetailleer-

de verslag. 'Ligt ook op z'n zij, kop omhoog, maar in tegengestelde richting wijzend.'
Ik wierp een snelle blik op de klok.
Zes uur tweeënveertig.
'Verdomme.'
'Wat is er?'
'Ik heb mijn dochter beloofd over twintig minuten bij haar te zijn.'
Snel pakte ik mijn mobieltje en toetste Katy's nummer in.
Geen antwoord. Ik belde haar mobieltje. En kreeg haar voicemail.
'Laat dit nou maar tot morgenochtend rusten,' zei Larabee. 'Ik breng dit wel in veiligheid.'
'Weet je het zeker?'
'Wegwezen.'
Ik holde naar de kleedkamer.

Gelukkig hoefde ik niet ver te rijden.
Al sinds de middelbare school is Volare Katy's favoriete eethuis. In die dagen was het restaurant gehuisvest in een klein winkelcentrum aan Providence Road, in een ruimte waar slechts plaats was voor tien tafeltjes. Enkele jaren geleden waren de eigenaars naar een groter, vrijstaand gebouw in Elizabeth verhuisd, de enige wijk in de Queen City die naar een vrouw is vernoemd. Is hier sprake van enige ironie?
En hier is de reden van dit alles. In 1897 koos Charles B. King de stad Charlotte uit als de plaats om er een klein lutheraans college op te zetten, en vernoemde de school naar zijn schoonmoeder: Anne Elizabeth Watts. Slimme zet, Charlie.
In 1915 verhuisde Elizabeth College naar Virginia. In 1917 werd het terrein aangekocht door een net beginnend ziekenhuis. Bijna een eeuw later is het oorspronkelijke gebouw er niet meer, maar het Presbyterian Hospital-complex dat er nu staat, is enorm uitgebreid.
Kort samengevat, het college verdween, maar de naam is blijven hangen. Vandaag de dag biedt Elizabeth, naast Presby, Independence Park en Central Piedmont Community College, nog ruimte

aan een allegaartje aan klinieken, cafés, galerieën, tweedehandswinkels, kerken – uiteraard – en oude, door veel lommerrijke schaduw omgeven huizen.

Om tien over zeven kwam ik langs de stoep van Elizabeth Avenue tot stilstand. Inderdaad. De oude dame heeft er ook nog een straatnaam aan overgehouden.

Toen ik me naar de deur haastte voelde ik een steek van spijt. Natuurlijk, het is nu veel gemakkelijker om een tafeltje bij Volare te reserveren, maar de intimiteit van het kleine zaakje is verdwenen. Desalniettemin is het eten er nog steeds uitstekend.

Katy zat aan een tafeltje achterin, nipte van haar rode wijn en sprak met een kelner. De knaap leek helemaal gebiologeerd door haar. Niets nieuws onder de zon. Mijn dochter heeft nu eenmaal altijd die uitwerking op dat gedeelte van de bevolking dat staande plast.

Ik dacht aan Pete, zoals zo vaak wanneer ik haar zag. Met dat tarweblonde haar en die jadegroene ogen is ze een genetische weerspiegeling van haar vader. Telkens als ik een van hen zie wordt ik aan die gelijkenis herinnerd.

Katy zwaaide. De kelner bleef doorkletsen.

'Sorry dat ik te laat ben.' Ik schoof zijwaarts op een stoel. 'Ik heb geen enkel excuus.'

Katy bracht een goedverzorgde wenkbrauw omhoog. 'Wat zit je haar mooi.'

Ik hoorde dat de laatste tijd wel vaker.

'Ik wist helemaal niet dat de *wet look* terug was.'

De kelner vroeg of ik iets wilde drinken.

'Een Perrier met limoen. En heel veel ijs.'

Hij keek Katy aan.

'Ze is alcoholiste.' Mijn dochter heeft heel wat innemende eigenschappen, maar tact maakt daar geen onderdeel van uit. 'Maar geef mij nog maar een Pinot.'

De kelner verdween alsof hij zojuist een belangrijke pauselijke opdracht had gekregen.

Katy en ik negeerden de menukaart. We wisten precies wat erop stond.

'Zullen we samen een Caesar-salade nemen?' vroeg ik.

'Goed.'

'Sole meunière?'

Katy knikte.

'Ik denk dat ik maar eens voor de veal piccata ga.'

'Je gaat altijd voor de veal piccata.'

'Dat is niet waar.' Maar ze zat wel dicht in de buurt.

Katy leunde naar voren, haar ogen wijd open. 'Zo. Voodoo, vampiers, of veganistische duivelsaanbidders?'

'Leuke alliteratie. Wanneer gaan we eens shoppen met elkaar?'

'Zaterdag. Doe niet alsof je mijn vraag niet hebt gehoord. De kelder?'

'Die werd gebruikt voor iets' – wat precies? – 'ceremonieels.'

Twee jadegroene ogen werden vertwijfeld ten hemel geslagen.

'Je weet dat ik niets over een lopend onderzoek kan zeggen.'

'Wat? Ben je bang dat ik met een primeur naar wsoc loop?'

'Je weet best waarom.'

'Jezus, mam. Die onderaardse kerker ligt nagenoeg in Coops achtertuin.'

Katy woonde twee blokken bij Greenleaf vandaan, in het herenhuis van een op geheimzinnige wijze afwezig heerschap dat naar de naam Coop luisterde.

'Ik zou het niet bepaald een kerker willen noemen. Vertel eens. Wie is Coop?'

'Een knaap met wie ik op college wel eens uitging.'

'En waar is Coop?'

'In Haïti. Hij zit bij het Vredescorps. Het is een win-winsituatie. Ik krijg korting op de huur, en hij heeft iemand die op zijn huis past.'

De kelner bracht ons onze drankjes en keek vervolgens glimlachend Katy aan, vol hoop en met zijn pen in de aanslag.

Ik gaf onze bestelling op. De kelner vertrok.

'Hoe gaat het met Billy?'

Billy Eugene Ringer. Het huidige vriendje. Eentje van een hele reeks die terugging tot aan het begin van Katy's middelbare school.

'De eikel.'

Was dat een promotie of een degradatie, vergeleken met stomme idioot? Ik zou het niet kunnen zeggen.

'Zou je wat specifieker willen zijn?'
Een theatrale zucht. 'We passen niet bij elkaar.'
'Is dat zo?'
'Eigenlijk moet ik zeggen dat hij bij iedereen past.' Katy nam een slok van haar Pinot. 'Bij Sam Adams en Bud. Billy houdt ervan om bier te drinken en naar sport te kijken. Dat is het wel zo'n beetje. Het lijkt wel of je uitgaat met een knikker. Begrijp je me een beetje?'
Ik maakte een nietszeggend keelgeluid.
'We hebben niets gemeen.'
'En je had een jaar nodig om daar achter te komen?'
'Ik kan me niet eens meer herinneren waar we het in het begin over hebben gehad.' Nog een slok Pinot. 'Ik denk dat hij te oud voor me is.'
Billy was achtentwintig.
Katy's handpalmen kwamen hard op het tafelblad neer. 'Wat ons bij pa brengt. Je gelóóft die shit met Summer toch niet? Ik begrijp niet dat je je zo coöperatief opstelt.'
Mijn alleenwonende echtgenoot was bijna vijftig. We zijn al jaren geleden uit elkaar gegaan, maar waren nooit daadwerkelijk gescheiden. Recentelijk had Pete toch om een scheiding gevraagd. Hij wilde hertrouwen. Summer, zijn geliefde, was negenentwintig.
'Die vrouw knijpt voor haar beroep in kattenklieren.' De manier waarop Katy dat zei was een feitelijke herdefinitie van het begrip minachting.
Summer was assistente van een dierenarts.
'De status van ons huwelijk is iets tussen jouw vader en mij.'
'Waarschijnlijk heeft ze hem helemaal plat gepijpt om dit...'
'Ander onderwerp.'
Katy ging weer achterover in haar stoel zitten. 'Oké. Hoe gaat het met Ryan?'
Gelukkig arriveerde op dat moment onze salade. Terwijl de kelner peper maalde met een molen die ongeveer even groot was als mijn stofzuiger, dacht ik na over mijn eigen aan-uitrelatie met, tja, met wát, mijn vriendje?
Wat zou Ryan op dit moment aan het doen zijn? Was hij weer gelukkig herenigd met zijn geliefde van al die jaren geleden? Kookten

ze samen? Etalages kijken terwijl ze hand in hand door de rue Ste-Catherine wandelden? Naar muziek luisteren in Hurley's Irish Pub?

Ik voelde iets zwaars in mijn borst. Ryan was uit mijn leven verdwenen. Voorlopig. Voorgoed? Wie zou het zeggen?

'Hal-lo?' Katy's stem bracht me weer terug in de werkelijkheid.

'Ryan?'

'Lutetia en hij proberen samen weer een echtpaar te vormen. Om zo voor wat stabiliteit voor Lily te zorgen.'

'Lutetia is zijn oude vriendin. Lily is zijn dochter.'

'Ja.'

'De drugsverslaafde.'

'Ze doet het vrij goed in de ontwenningskliniek.'

'Dus je bent eruit gekinkeld.'

'Lily maakt een enorm moeilijke tijd door. Ze heeft haar vader echt nodig.'

Katy gaf daar maar geen antwoord op.

De kelner arriveerde met ons eten. Toen hij weg was, veranderde ik van koers.

'Vertel me eens wat meer over je werk.'

'Dat is on-ge-loof-lijk saai.'

'Dat zei je al.'

'Ik ben een veredelde secretaresse. Nou, streep dat maar door. Er is helemaal niets veredelds aan wat ik doe.'

'En dat is?'

'Mappen bijhouden. Informatie in de computer invoeren. Criminele loopbanen op een rijtje zetten. Mijn opwindendste klus vandaag was het nalopen van financiële gegevens. Je zou er hartkloppingen van krijgen.'

'Had je dan verwacht dat je onmiddellijk voor het hooggerechtshof zou moeten argumenteren?'

'Nee.' Het klonk defensief. 'Maar ik had ook niet verwacht met ongelooflijk geestdodend werk te worden opgezadeld.'

Ik liet haar stoom afblazen.

'Ik verdien nauwelijks iets. En de mensen met wie ik samenwerk worden bijna geplet door de hoeveelheid zaken die ze moeten doen en werken eigenlijk alleen maar toe naar strafvermindering in ruil voor een bekentenis, zodat ze aan het volgende dossier kunnen beginnen. Ze hebben nauwelijks tijd om met het personeel te overleggen. Over saaie lieden gesproken. Er loopt maar één pittige knaap rond, en die is volgens mij vijftig.' Katy's toon veranderde enigszins. 'In feite is hij onmiskenbaar hot. Als hij niet zo oud was zou ik het helemaal niet erg vinden om zíjn strakke onderbroek van zijn billen te stropen.'

'Te veel informatie.'

Katy denderde door.

'Je zou die knaap best aardig vinden. En hij is alleen. Buitengewoon triest. Zijn vrouw is op elf september om het leven gekomen. Als ik me niet vergis was ze investeringsbankier of iets dergelijks.'

'Ik vind wel op eigen kracht een man, dank je.'

'Oké, oké. Hoe dan ook, de helft van het personeel zijn fossielen, de andere helft is te gestrest om te beseffen dat er nog een wereld búíten het kantoor is.'

Ik begon het probleem door te krijgen. Billy beantwoordde niet langer aan de verwachtingen en er stond geen aantrekkelijke advocaat van rond de vijfentwintig in de coulissen te wachten.

Enkele ogenblikken lang aten we zwijgend verder. Toen Katy opnieuw het woord nam, wist ik dat haar gedachten een volledige cirkel hadden beschreven.

'Dus wat ga je aan Summer doen?'

'Wat mij betreft helemaal niets.'

'Jezus, mam. Die vrouw loopt nog met melktanden rond.'

'Je vader bepaalt zelf wat hij met zijn leven doet.'

Katy zei iets dat klonk als 'tsja', en ging toen met haar vork de vis te lijf. Ik nam nog een hapje van mijn kalfsvlees.

Enkele seconden later hoorde ik een gefluisterd 'Omijngod'.

Ik keek op.

Katy staarde over mijn schouder naar iets achter mij.

'Omijngod.'

8

'Wat is er?'
'Niet te geloven.'
'Wát?'
Katy verfrommelde haar servet, zette zich af tegen het tafeltje en beende met grote passen door het restaurant.
Ik draaide me om, in verwarring gebracht en ongerust.
Katy sprak met een erg lange man in een erg lange regenjas. Ze had het duidelijk naar haar zin en glimlachte.
Ik ontspande me enigszins.
Katy wees mijn kant uit en wuifde. De man wuifde ook. Hij zag er bekend uit.
Ik fladderde even met mijn vingers.
Het tweetal kwam mijn kant uit gelopen.
Die lichaamsbouw van een NBA'er. De soepele loop. Het zwarte haar dat door Hugh Grant zelf van een middenscheiding voorzien leek te zijn.
Ping.
Charles Anthony Hunt. Vader: eerst guard bij de Celtics, later voor de Bulls. Moeder: een Italiaanse alpineskiër.
Charlie Hunt had bij me in de klas gezeten op Meyers Park High. Excelleerde in drie sporten, was voorzitter geweest van de Young Democrats. In het jaarboek werd voorspeld dat hij al vóór zijn dertigste beroemd zou zijn. Bij mij gingen de meeste leerlingen ervan uit dat ik stand-upcomédienne zou worden.
Na het behalen van mijn middelbareschooldiploma was ik vanuit Charlotte naar de universiteit van Illinois vertrokken, en had daar-

na de hogeschool aan Northwestern bezocht, en was daarna met Pete getrouwd. Charlie had op een sportbeurs op Duke gezeten, en had vervolgens aan de universiteit van Noord-Carolina-Chapel Hill rechten gestudeerd. In de loop der jaren hoorde ik dat hij getrouwd was en ergens in het noorden een praktijk had.

Charlie en ik speelden beiden tennis op de universiteit. Hij zat in het state-team. Ik won mijn meeste wedstrijden. Ik vond hem aantrekkelijk. Iedereen deed dat trouwens. Het Zuiden onderging in de jaren zeventig radicale veranderingen, maar oude mores stierven maar langzaam uit. We spraken nooit met elkaar af.

Het Labor Day-weekend voor we van de universiteit vertrokken zwaaiden Charlie en ik met iets meer dan alleen onze rackets. Tequila en de achterbank van een Skylark waren ook bij de wedstrijd betrokken.

Ik kromp inwendig ineen en richtte mijn aandacht op het kalfsvlees.

'Mam.'

Ik keek op.

Charlie en Katie stonden naast me, en beiden wierpen me een glimlach toe die met erg veel witte tanden gepaard ging.

'Mam, dit is Charles Hunt.'

'Charlie.' Glimlachend stak ik een hand uit.

Charlie nam die aan met vingers die lang genoeg waren om het Toronto Skydome mee te omvatten. 'Leuk je weer eens te zien, Tempe.'

'Kennen jullie elkaar?'

'Jouw mama en ik hebben samen op de middelbare school gezeten.' Charlies accent was vlakker en afgemetener dan ik me kon herinneren, misschien het resultaat van een jarenlang verblijf in het noorden, misschien het product van opzettelijke aanpassing.

'Je zegt ook nooit iets.' Katy gaf een zachte stomp tegen Charlies biceps. 'Bezwaar, edelachtbare. Dit is het achterhouden van bewijs.'

'Katy heeft me alles over je successen verteld.' Charlie hield nog steeds mijn vingers vast, en staarde me aan met zijn 'jij bent in dit universum de enige die voor mij bestaat'-blik.

'Zo, heeft ze dat gedaan?' Ik wist mijn hand weer terug te krijgen en wierp met half dichtgeknepen ogen een blik op mijn dochter.

'Ze is een trotse jongedame.'

De trotse jongedame bracht een ongelooflijk onecht lachje ten gehore. 'Mam en ik hadden het net over jou, Charlie, en dan kom je zo binnenwalsen. Wat een toeval.'

Zoals knoflook en slechte adem ook uiterst toevallig zijn, bedacht ik.

'Zou ik me moeten schamen?' Jongensachtige grijns. Het ging hem goed af.

'Het was alleen maar gunstig,' zei Katy.

Charlie keek gepast verrast en bescheiden.

'Ik moet weer door,' zei hij. 'Ik liep hier langs, zag door het raam Katy zitten en dacht: kom, laat ik eens naar binnen gaan om haar te vertellen wat voor een fantastisch werk ze voor ons doet.'

'Ze geniet enorm van de uitdaging,' zei ik. 'Vooral het intikken van data. Katy vindt het heerlijk om gegevens in de computer in te voeren. Dat heeft ze altijd al gehad.'

Deze keer was het Katy's beurt om me met half dichtgeknepen oogjes aan te kijken.

'Nou, we vinden het in elk geval erg prettig haar bij ons op kantoor te hebben.'

Ik moest toegeven dat Charlie, met zijn smaragdgroene ogen en wimpers waarvoor je zou willen sterven, nog steeds even knap was als willekeurig welke filmster dan ook. Zijn haar was zwart, zijn huid een prettig compromis tussen Afrika en Italië. Hoewel de jas zijn middensectie aan het oog onttrok, leek hij maar weinig kilogrammetjes meer met zich mee te torsen dan destijds in de Skylark.

Charlie maakte aanstalten te vertrekken. Katy keek mijn kant uit, vertrok haar gezicht tot een 'zeg iets'-uitdrukking en boog wanhopig haar vingers.

Ik tikte tegen mijn hoofd en grinnikte haar geluidloos toe.

'Mam is bezig met die kookpottenzaak, je weet wel, in die kelder,' zei Katy veel te opgewekt. 'Daarom is haar haar zo' – ze wapperde met een hand mijn kant uit – 'nat.'

'Ze ziet er anders prima uit.' Charlie keek me stralend aan.

'Ze ziet er met mascara en blusher een stuk beter uit.'

Mijn niet-geblushte wangen werden vuurrood.

'Make-up aanbrengen op dat gezicht is zonder meer een zonde.

Net zoiets als het inkleuren van een Renoir. Oké, pas goed op jullie zelf.'

Charlie draaide zich om, aarzelde toen, en keerde weer om, helemaal in de stijl van Columbo.

Daar zul je het hebben, dacht ik.

'Ik neem aan dat onze teams tegen elkaar spelen.'

Uit mijn blik moet verwarring gesproken hebben.

'Jij stopt ze achter de tralies, ik probeer ze weer op vrije voeten te krijgen.'

Ik bracht een wenkbrauw omhoog.

'Dat zou best wel eens iets kunnen zijn voor een interessant gesprek bij een kop koffie.'

'Je weet dat ik niets kan zeggen over…'

'Natuurlijk kun je dat niet. Maar er is geen wet tegen het ophalen van herinneringen.'

De man knipoogde zelfs.

Tegen de tijd dat ik thuiskwam was het tegen tienen. Katy had al een boodschap op mijn voicemail achtergelaten, een herhaling van het gesprek dat we ná Charlie hadden gehad. Doe niet zo dwaas. Geef hem een kans. Hij is zo cool.

Charlie Hunt mocht dan een prins zijn, maar ik was niet van plan om met hem uit te gaan. Een door mijn kroost georganiseerde date was nou net het soort vernedering waaraan ik geen behoefte had.

Er waren nog twee andere boodschappen. Pete. Bel me even. Een hoveniersbedrijf. Maak gebruik van onze tuinonderhoudservice.

Teleurstelling. Gevolgd door het gebruikelijke mentale bekvechten.

Dacht je nou echt dat Ryan zou bellen?

Nee.

Zo is het maar net.

Precies.

Hij woont samen met een andere vrouw.

Ze zijn niet getrouwd.

Hij zou met zijn mobieltje gebeld kunnen hebben.

Mobieltje.

Ik trok mijn tas naar me toe, haalde mijn mobieltje tevoorschijn en keek of er boodschappen waren.
Laat hem toch los.
Ik mis de gesprekken met hem.
Praat dan met de kat.
We zijn nog steeds bevriend met elkaar.
Geloof je het zelf?
Toen ik eenmaal in bed lag, zette ik het nieuws aan.
Een zevenenvijftigjarige onderwijzeres daagde het schooldistrict voor de rechter omdat het bestuur daarvan haar zou hebben ontslagen op basis van leeftijdsdiscriminatie. Een werkloze vrachtwagenchauffeur had in de Powerball-loterij vijftien miljoen dollar gewonnen.
Bird sprong op het bed en rolde zich op naast mijn knie.
'Dat is mooi voor die chauffeur,' zei ik, terwijl ik het dier over haar kop aaide.
De kat keek me aan.
'De man heeft vijf kinderen en geen werk.'
Nog steeds geen enkele reactie van de kat.
Er was een echtpaar gearresteerd voor het stelen van koper uit een winkel aan Tuckaseegee Road. Naast diefstal werd het vindingrijke ouderpaar beschuldigd van het in de hand werken van criminaliteit bij minderjarigen. Ma en pa namen de kinderen tijdens het inbreken altijd mee.
De autoriteiten onderzochten de dood van een vierenzestigjarige man die in zijn huis te Pineville was doodgeschoten. Hoewel de politie geen aanwijzingen had gevonden dat er misdaad in het spel was, werden de omstandigheden wel als 'verdacht' beschouwd. De lijkschouwer zou sectie verrichten.
Ik dommelde weg.
'... aanbidding van satan in de kelders en achterkamertjes van onze stad. Heidense verafgoding. Offerandes. Aderlatingen.'
De stem was een bariton, de klinkers dikker dan stroop.
Mijn ogen schoten open.
De clip liep op z'n end. Veel te dik en met een rood gezicht vergaste Boyce Lingo het publiek op een van zijn bombastische mediapreken.

'Tegen hen die Lucifer volgen dient snel en met harde hand opgetreden te worden. Het kwaad dat zij aanrichten moet gestopt worden voordat dat tot onze speeltuinen en scholen doorsijpelt. Vóórdat het weefsel van onze samenleving wordt aangetast.'

Lingo, predikant en wethouder, was een casestudy van extremistische ideologie, pseudo-christelijkheid, pseudo-patriottisme en nauwelijks bedekte suprematie van de blanke man. Hij had een achterban die wilde dat de economie zo gedereguleerd mogelijk werd, dat de verzorgingsstaat zo min mogelijk te betekenen zou hebben, dat het militaire apparaat zo krachtig mogelijk werd, de burgerij blank, stuk voor stuk in Amerika geboren, en strikt nieuwtestamentisch.

'Imbeciel!' Als ik de afstandsbediening in mijn hand had gehad, zou ik er zeker mee hebben gegooid.

Birdie schoot van het bed af.

'Jij stomme idioot!' Mijn handpalmen beukten het matras.

Ik hoorde zacht getrippel, en ging ervan uit dat Birdie wat meer afstand tot me nam. Het interesseerde me niet. Dat op het publiek spelen was typisch Lingo. De man volgde een vast patroon: hij hechtte zich aan alles wat ook maar enige media-aandacht kon genereren, al was het maar een minuutje televisie of een krantenbericht van een centimeter.

Ik deed de tv en het licht uit en lag languit in het duister, gespannen en kwaad. Ik draaide me constant om, trapte de dekens van me af, sloeg hard op het kussen, terwijl tegelijkertijd gedachten en beelden in mijn hoofd over elkaar heen tuimelden. De kookpotten. De halfvergane kop. De menselijke schedel en dijbeenderen.

De schoolfoto.

Wie was dat meisje? Was Skinny's beslissing verstandig geweest? Of hadden we de foto van het meisje op de televisie moeten laten zien?

Was die foto misschien al op tv-schermen te zien geweest, maar dan een eind uit de buurt, in een uitzendgebied dat losstond van Charlotte en omgeving? Had de een of andere omroeper misschien al een vermist tienermeisje gemeld, spoorloos verdwenen op weg naar huis na een partijtje honkbal, of na het eten van een pizza met vriendinnen? En wanneer? Was dat nog voor de opkomst van centra voor vermiste kinderen geweest, vóór er van Amber-alerts sprake was?

Hadden haar ouders misschien al een oproep voor de camera gedaan, met een huilende moeder en een vader met vaste stem? Hadden buren en stadsbewoners al soelaas geboden, inwendig dankbaar voor het feit dat hún kinderen veilig waren? Dat het noodlot aan hén deze keer voorbij was gegaan?

Hoe was die foto in de kookpot terechtgekomen? De schedel? Wás het haar schedel eigenlijk wel?

En hoe zat het met die beenderen? Waren die van één enkel persoon afkomstig?

Vertegenwoordigden de schedel, de dijbeenderen en de foto één en dezelfde persoon? Twee? Drie? Meer?

Mijn klokradio gaf 11.40 uur aan. Tien voor half een. Tien over een. In de tuin kwaakten wel een miljoen boomkikkers. Grillige windstoten lieten takken met bladeren langs de hor van mijn slaapkamerraam schrapen.

Waarom was het zo laat in de herfst nog zo warm? In Quebec moest het nu al behoorlijk koud zijn. Misschien dat er in Montreal al sneeuw was gevallen.

Ik dacht na over Andrew Ryan. Ik miste hem. Maar de pragmatistische hersencellen hadden onmiskenbaar gelijk. Ik moest verder.

Toen ik aan Katy's 'toevalligheid' van net na de maaltijd dacht, moest ik glimlachen. Haar koppelpogingen waren al enkele jaren geleden begonnen, en waren na het op het toneel verschijnen van Summer geïntensiveerd. Judd de apotheker. Donald de dierenarts. Barry de zakenman. Sam de wát? Ik was nooit zeker van mezelf. Ik weigerde alle aanbiedingen.

Mijn dochter, dé bemoeial van Dixie.

En nu was het Charlie, de pro-Deoadvocaat.

Maar Katy had gelijk. Charlie Hunt was intelligent, zag er goed uit, was beschikbaar en had belangstelling. Waarom niet een poging wagen?

Charlie was door 11 september weduwnaar geworden. Dat betekende dat hij een verleden met zich meedroeg. Was hij wel klaar voor een nieuwe relatie? Was ík daar wel klaar voor? Ik torste ook het een en ander met me mee.

81

Puh-leeze. The man offered coffee.
Allerlei dichtregels kwamen in mijn hoofd op. England Dan en John Ford Coley.
I'am not talking 'bout moving in.
And I dont't want to change your life...
Daar heb je het al.
Intrekken. Verder trekken.
Die goeie ouwe Pete trok duidelijk verder.
Hoe luidde Summers achternaam ook alweer? Glotsky? Grumsky? Ik maakte een mentale aantekening dat ik daar toch eens naar moest vragen.
Maar steeds weer keerden mijn gedachten terug naar de kelder.
Ik zag de pop weer voor me waarvan de borst met dat miniatuurzwaard was doorboord. Het mes.
De kip was onthoofd. Was de geit op dezelfde manier afgeslacht?
Was hier werkelijk sprake van een mensenoffer? Net als bij Mark Kilroy, de student die in Matamoros was omgebracht. Lingo insinueerde iets dergelijks, maar die kletste alleen maar uit zijn nek. Hij beschikte over geen enkele informatie. Maar dat gold ook voor mij.
Ik besloot achter die informatie aan te gaan.

9

Hoewel ik maar weinig had geslapen, stond ik opnieuw vroeg op. Koffie en een muffin, en ik was op weg naar het MCME.

Om half negen lagen beide dijbeenderen op de werktafel. Evenals drie andere stukken lang bot. Die laatste waren doorgezaagd en afkomstig van een klein zoogdier. Of zoogdieren. Aangezien er geen anatomische oriëntatiepunten meer waren, had ik niets aan het handboek osteologie – beenderleer – en was ik nu helemaal afhankelijk van de histologie – weefselleer – om de soort en de grootte vast te stellen.

Om tien uur had ik de grote kookpot geleegd. In de resterende aarde trof ik nog eens drie rode kralen aan, een segment van een gewei, mogelijk van een hert, en een klein plastic skelet.

Nadat ik de collectie had gefotografeerd richtte ik mijn aandacht op de menselijke dijbeenderen. Beide waren vrij dun en misten opvallende spieraanhechtingspunten. Het ene was een linker, het ander een rechter dijbeen. Beide waren recht, met een schacht die nauwelijks concaaf was, eigenlijk een eigenschap die je eerder Afro-Amerikaans dan Europees mocht noemen.

Net als van de schedel noteerde ik ook van deze beenderen de afmetingen. Maximale lengte. Bicondylaire breedte. De omtrek halverwege de schacht. Toen ik twee sets van negen metingen had voltooid, liet ik de gegevens verwerken door Fordisc 3.0.

Beide beenderen kwamen als vrouwelijk uit de bus. Beide behoorden aan een zwart iemand toe.

Ik richtte mijn aandacht op de leeftijd.

Net als bij de schedel, is wat lange beenderen betreft een wat nadere toelichting nodig. Het zit ongeveer zo.

Terwijl het enigszins platte gedeelte, de schacht, tijdens de jeugd langer wordt, vormen zich daaromheen knieschijven, gewrichtsknokkels, bekkenkammen en knobbelachtige verdikkingen. Het is het verbinden van al deze lastige onderdelen met het rechte gedeelte, dat tot het midden en soms tot laat in de adolescentie voortduurt, dat elk been zijn karakteristieke vorm geeft.

Het aaneengroeien gebeurt in een vaste volgorde, en op ruwweg voorspelbare leeftijden. Elleboog. Heup. Enkel. Knie. Pols. Schouder.

Op beide dijbeenderen waren identieke patronen te zien. De heupuiteinden waren volledig volgroeid, wat inhoudt dat de hoofden volledig aan de halzen vastzaten, en dat de kleine en grote draaiers aan de schachten waren vastgegroeid. Daar stond tegenover dat de kronkelige lijnen boven het gewrichtoppervlak erop wezen dat de gewrichtsknobbels de boel bij de knie nog steeds stevig omsloten hielden. Uit dit alles was op te maken dat de dood ergens aan het eind van de tienerjaren moest zijn ingetreden.

De beenderen waren afkomstig van een jonge zwarte vrouw. En datzelfde gold voor de schedel.

Ik voelde me... ja wat? Opgelucht? Berustend? Ik wist het niet precies.

Ik wierp een snelle blik op het meisje op de foto. Die heel moderne foto.

Ik keek nog eens aandachtig naar de kookpotten en de voorwerpen die erin hadden gezeten. Dacht aan de kip, de geit, het beeld, de poppen, de uit hout gesneden beeltenis.

De menselijke resten.

Diep vanbinnen had ik een sterk vermoeden wat dit alles betekende.

Tijd voor onderzoek.

Anderhalf uur later was ik het volgende te weten gekomen:

Een geloof dat twee of meer culturele en spirituele ideologieën tot een nieuwe godsdienst combineert, wordt een syncretische religie genoemd.

In Amerika zijn de meeste syncretische religies van Afro-Caribische oorsprong, en ontwikkelden zich in de achttiende en negentiende eeuw als gevolg van de slavenhandel. Afrikaanse slaven, aan wie het recht ontzegd werd hun traditionele religies uit te oefenen, camoufleerden hun riten door aan hun goden het beeld van een katholieke heilige mee te geven.

In de Verenigde Staten zijn de bekendste syncretische religies santería, voodoo en brujería. De meeste volgelingen daarvan wonen in Florida, New Jersey, New York en Californië.

Santería, oorspronkelijk lucumi genoemd, manifesteerde zich voor het eerst op Cuba en kwam voort uit de Yoruba-cultuur, uit het zuidwesten van Nigeria. In Brazilië staat het bekend als candomblé, en in Trinidad als shango.

Santería erkent een veelheid aan goden, die orisha's worden genoemd. De zeven grote jongens zijn Eleggua, Obatalla, Chango, Oshun, Yemaya, Babalu Aye en Oggun. Elk heeft zijn of haar functie of macht, wapen of symbool, kleur, getal, feestdag en favoriete vorm van offerande.

Elke godheid heeft een corresponderend katholiek syncretisme: Eleggua: Sint-Antonius van Padua, de Heilige Beschermengel, of het Christuskind; Obatalla: Onze Vrouwe van Las Mercedes, de Heilige Communie, Christus Verrezen; Chango: Sint-Barbara; Oshun: Onze Vrouwe van Liefde; Yemaya: Onze Vrouwe van Regla; Babalu Aye: Sint-Lazarus; Oggun: Sint-Pieter.

Bij Santería staan overledenen op gelijk niveau met de orisha's, dus is voorouderverering een centraal geloofspunt. Zowel de goden als de doden moeten geëerd en tevredengesteld worden. De concepten van *ashe* en *ebbo* zijn van fundamenteel belang.

Ashe is de energie die zich verspreidt door het universum. Die is in alles terug te vinden – mensen, dieren, planten, rotsen. De orisha's zijn grootschalige gebruikers daarvan. Bezweringsformules, ceremonieën en toverspreuken zijn allemaal nodig om *ashe* te verkrijgen. *Ashe* geeft het vermogen om dingen te veranderen, om problemen op te lossen, vijanden te onderwerpen, liefde te winnen, geld binnen te krijgen.

Ebbo heeft alles te maken met offers doen. Je doet het om aan *ashe* te komen. *Ebbo* kan een offerande van vruchten zijn, of bloemen, kaarsen, of voedsel, maar het kan ook het offeren van een dier zijn.

Priesters en priesteressen staan bekend als *santero's* en *santera's*. De priesterhiërarchie is complex, en de hoogste rang is *babalawo*. Net als bij pausverkiezingen hoeven meisjes niet naar die baan te solliciteren. Ze kunnen een machtige priesteres worden, maar deze topfunctie is voor hen uitgesloten.

Op de extra goden na, en al het kleinvee, komt de hele set-up redelijk katholiek op me over.

Voodoo is ontstaan in Dahomey, dat tegenwoordig Republiek Benin wordt genoemd, onder de Nago's, Ibo's, Arada's, Dahomeyse en andere culturele groepen, en ontwikkelde zich tijdens de slaventijd verder in Haïti.

Voodoo kent heel wat goden, die collectief bekendstaan als *loa*, die stuk voor stuk corresponderen met een katholieke heilige. Dambala is Patricius, Legba is Pieter of Antonius, Azaka is Isidoor, enzovoort. Net als de orisha's heeft elk zijn of haar eigen icoon, sfeer van verantwoordelijk en voorkeursoffer.

Voodoo-altaren staan opgesteld in kleine kamertjes en worden *badji* genoemd. De rituelen zijn identiek aan die bij santería worden uitgevoerd. Het priesterdom is vrij losjes georganiseerd, waarbij de mannen bekendstaan als *houngan* en de vrouwen als *mambo*. Net als bij santería concentreert men zich op witte, of positieve, magie.

Maar voodoo heeft ook zijn donkere kant, de *bokors*. Hollywoods portrettering van deze specialisten in linkshandige, of zwarte magie heeft aanleiding gegeven tot het beeld van de kwaadaardige tovenaar die banvloeken uitspreekt om zo onheil te creëren, of om zombieslaven uit het graf te laten oprijzen. Het is met name deze stereotype die de publieke perceptie van voodoo aantast.

Brujería, dat een combinatie is van Azteekse mythen, Europese hekserij en Cubaanse santería, heeft Mexicaanse culturele en religieuze wortels. In de zestiende eeuw, toen Spaanse priesters de heidense godin Toantzin rooms-katholiek verklaarden, gingen Toantzins priesteressen ondergronds en werden ze *brujas*. De godsdienst ontwikkelde zich daarna rond Onze Lieve Vrouwe van Guadaloupe, een alwetende en oppermachtige godin die wensen van stervelingen inwilligt mits ze op de juiste manier gunstig wordt gestemd.

Elke *bruja* bewaart haar banvloeken in een *libreta*, te vergelijken met een Boek der Schaduwen zoals dat bij de traditionele hekserij wordt gebruikt. De meesten werken alleen, maar soms organiseren ze zich in een groep die met een heksenbijeenkomst kan worden vergeleken.

Ik maakte net aantekeningen uit een artikel in de *Journal of Forensic Sciences*, toen mevrouw Flowers belde. Slidell en Rinaldi waren net binnengekomen.

Er had best een behoorlijke wind gestaan toen ik thuis was vertrokken, waardoor de bladeren van de takken werden geslagen en vervolgens over de gazons en de trottoirs werden gejaagd. Slidell zag eruit alsof hij zojuist door een windtunnel was gereden. Zijn stropdas hing over zijn schouder en zijn haar leek aan een kant op dat van Grace Jones.

'Wat hebben we hier, dok?' Slidell deed zijn das recht en haalde een handpalm over zijn kruin, wat enigszins hielp.

'Twee beenderen van een menselijk been, beide afkomstig van een zwart tienermeisje.'

'Dezelfde persoon als de schedel?' Rinaldi zag er onberispelijk uit, met elke dunne grijze lok evenwijdig langs zijn hoofd geplakt.

'Zou kunnen. Nog geluk gehad bij de fotozaken?'

Rinaldi schudde zijn hoofd.

'Ik heb monsters genomen voor een DNA-test.' Ik gaf hem de lijst waarop ik de voorwerpen had ingevuld. 'Dat is de inhoud van beide kookpotten.'

Rinaldi opende zijn aktetas en gaf me een bruine envelop met de opdruk *cmpd Crime Lab*. Terwijl hij en Slidell snel mijn inventarislijst doornamen, bekeek ik de foto's.

Afgezien van een betere belichting en meer details, zagen de voorwerpen eruit zoals ik ze me uit de kelder herinnerde. Afgaande op mijn research herkende ik het beeld nu als dat van Sint-Barbara.

'Heb je gisteren Lingo nog gezien?' Slidells vraag was aan mij gericht.

'O, ja,' zei ik.

'Zit daar enige waarheid in?'

'Kijk hier eens naar.'

Ik wees op een close-up van het stuk triplex met de met viltstift aangebrachte symbolen. Slidell pakte de foto op en Rinaldi kwam naast hem staan.

'Zie je soms pentagrammen of omgekeerde kruisen?'

'Nee.'

'Ik betwijfel of dit iets met satanisme te maken heeft.'

'Grandioos. Nou weten we wat het níét is.' Slidell bracht op theatrale wijze zijn handen omhoog, de handpalmen naar boven gekeerd. 'Wat is het dan, verdorie? Voodoo?'

'Het lijkt meer op santería.'

'Is dat een of ander occult kruidendoktergedoe?'

'Ja en nee.'

Ik legde de grondbeginselen uit. Syncretisme. Orisha's. *Ashe* en *ebbo*.

Rinaldi maakte aantekeningen met een Mont Blanc-pen.

Toen ik klaar was, haalde ik een tweede foto uit het stapeltje en gebaarde naar het heiligenbeeld. 'Sint-Barbara is het beeld naar buiten voor Chango.' Ik pakte een andere foto en tikte, een voor een, op de halskettingen. 'Afwisselend rode en zwarte kralen, Eleggua. Afwisselend rode en witte, Chango. Gele en witte, Oshun. Allemaal wit, Obatalla.'

Ik pakte een foto waarop de tweezijdige beeltenis te zien was. 'Eleggua, de bedrieger-god.'

'Omschrijf die godheden eens.' Rinaldi hield zijn pen boven het papier in de aanslag.

Ik nam een minuutje de tijd om mijn gedachten op een rijtje te zetten.

'Ze lijken wel enigszins op katholieke heiligen. Of Griekse goden. Elk heeft een functie of een vermogen tot iets. Chango beheerst de donder, de bliksem en het vuur. Babalu Aye is de patroon van de zieken, vooral mensen met een huidziekte. Elk kan met bepaalde zaken helpen maar ook bepaalde straffen opleggen. Obatalla kan bijvoorbeeld blindheid, verlammingen en misvormingen bij de geboorte veroorzaken.'

'Je beledigt Babalu en je krijgt onmiddellijk last van steenpuisten?'

'Lepra of gangreen.' Ik was kortaf, want ik moest niets hebben van Slidells sarcasme.

'*Ashe* is min of meer te vergelijken met het christelijke concept goedertierenheid,' merkte Rinaldi op.

'In zekere zin wel,' was ik het met hem eens. 'Of mana, het bovenmenselijke. Mensen die erin geloven proberen *ashe* na te streven omdat het hen de macht zou geven dingen te veranderen. *Ebbo* is als penitentie, of het neerknielen op as.'

'Onthouding tijdens de vasten.'

Ik moest glimlachen om Rinaldi's vergelijking. 'Katholiek?'

'Met een achternaam als Rinaldi?'

'Ik onthield me elk jaar van chocola.'

'Stripboeken.'

'Deze synthetische godsdiensten, doen die ook aan dierenoffers?' vroeg Slidell.

'Syncretische. Ja. Aangezien verschillende soorten offers bij verschillende soorten problemen passen, kan een ernstig probleem of een lastig verzoek wel eens een bloedoffer vereisen.'

Slidell stak zijn handen omhoog. 'Santería, voodoo, wat maakt het allemaal uit? Ze zijn allemaal knettergek.'

'Dok zegt dat er belangrijke verschillen in zitten.' Rinaldi, de stem van de rede. 'Santaría heeft zich op Cuba ontwikkeld, dat is Spaanstalig. Voodoo ontwikkelde zich in Haïti, dat is Franstalig.'

'*Ex-cuse-ee-moi*. Hoeveel van dit soort gevleugelde dwazen lopen er rond? Een handvol?'

'Santería, mogelijk een miljoen of wat. Voodoo, wereldwijd misschien wel zestig miljoen.'

'Ja?' Slidell dacht hier even over na en zei toen: 'Maar dan hebben we het over "zorg ervoor dat ik de loterij win", "help mijn kind van zijn buikpijn af" en "zorg ervoor dat ik weer een stijve krijg", toch?'

'De meeste volgelingen van voodoo en santaría doen niemand kwaad, maar er zit ook een donkere kant aan vast. Wel eens van Palo Mayombe gehoord?'

Twee hoofden die ontkennend heen en weer bewogen.

'Palo Mayombe combineert de geloven van de Kongo met die van de Yoruba en het katholicisme. Beoefenaren ervan worden palero's of mayombero's genoemd. De rituelen concentreren zich niet op orisha's, maar op de doden. Palero's gebruiken magie om te manipuleren, mensen in te palmen en te overheersen, vaak voor hun eigen boosaardige doeleinden.'

'Ga door.' Er klonk nu geen enkele humor meer door in Slidells stem.

'De machtsbron door palero's is hun kookpot, of *nganga*. Juist daar wonen de geesten van de doden. Menselijke schedels of beenderen worden vaak in de *nganga* geplaatst.'

'En hoe komt men daaraan?' vroeg Rinaldi.

'De meeste worden aangeschaft bij biologische groothandels. En af en toe worden er zaken op begraafplaatsen weggehaald.'

'Maar hoe past dit meisje in dit alles?' Slidell keek naar de schedel.

'Dat weet ik niet.'

'En hoe past dat doden van dieren in dit alles?'

'Een *palero* dient een verzoek in. Veroorzaakt ziekte, een ongeluk, de dood. Als de geest van de *nganga* dat verzoek inwilligt, wordt er bloed geofferd als uitdrukking van dankbaarheid.'

'Mensenbloed?' vroeg Rinaldi.

'Gewoonlijk van een geit of een vogel.'

'Maar mensenoffers komen ook wel voor?'

'Ja.'

Slidell priemde een vinger mijn kant uit. 'Die jongen in Matamoros.'

Ik knikte. 'Mark Kilroy.'

Rinaldi onderstreepte iets in zijn aantekenboekje. Onderstreepte het nog een keer.

Slidell opende zijn mond om iets te zeggen. Zijn telefoon ging. Hij klemde zijn kaken op elkaar en klikte hem aan.

'Zeg het maar.'

Slidell bewoog zich door de deuropening op het moment dat Larabee erin verscheen, met een gelaat dat zo gespannen stond dat het leek alsof het aan het bot vast gegoten zat.

'Wat is er gebeurd?' vroeg ik Larabee.

'Wanneer?' Vanuit de hal kwam Slidells stem naar binnen gezweefd.

'Ik ben net gebeld over een lijk dat in Lake Wylie is gevonden,' zei Larabee tegen me. 'Misschien heb ik je hulp nodig.'

'Godverdomme!' Slidell klonk geagiteerd.
'Waarom?' vroeg ik.
'We komen eraan.' Slidell klapte zijn mobieltje dicht.
'Het hoofd van het slachtoffer ontbreekt,' zei Larabee.

10

Larabee reed met Hawkins mee in het busje. Hoewel Slidell me een lift aanbood, was ik bekend met zijn autohygiëne. Aanzienlijk minder tolerant dan Rinaldi, nam ik mijn eigen auto.

Twintig minuten nadat ik bij de MCME vertrokken was draaide ik vanaf de I-485 Steele Creek Road op. Hawkins aanwijzingen opvolgend reed ik bij de eerstvolgende splitsing in zuidwestelijke richting Shopton Road op, stak Amohr Creek over en maakte toen een serie bochten door een stukje bos dat voorlopig nog aan de bijl van de projectontwikkelaar was ontsnapt. Hoewel ik niet wist waar ik me precies bevond, had ik het gevoel dat McDowell Nature Reserve ruwweg ten zuiden van me lag, en de grens met Gaston County ergens ten westen van me moest liggen.

Opnieuw sloeg ik links af en ik zag toen een patrouilleauto van het CMPD staan, scherp afstekend tegen het blauwe, door de wind ruwe water. Een geüniformeerde agent leunde half zittend tegen de achterkant van zijn wagen. Ik bracht mijn auto in de berm tot stilstand, stapte uit en liep naar hem toe.

Zich uitstrekkend van de Mountain Island-dam in het noorden tot aan de Wylie-dam in het zuiden, is Wylie een van de elf meren in het deel van de Catawba dat door Duke Energy wordt beheerd. Op kaarten lijkt hij nog het meest op een harige ader die zich vanuit Tar Heel, de bijnaam voor de staat Noord-Carolina, in de Palmette-staat – Zuid-Carolina – kronkelt.

Ondanks het feit dat langs de zuidwestelijke oever een kerncentrale staat te zoemen, wordt Lake Wylie omringd door een serie duurdere woongebieden, die deels nog in de ontwikkelingsfase verkeren: River Hills, de Palisades, de Sanctuary.

Palissaden tegen wie? vroeg ik me af. Een sanctuarium voor wat? Feloranje baars en achtpotige padden?

Wat de bedreiging ook mocht zijn, er stonden aan deze kant van het meer geen gefortificeerde buitenhuizen. De paar huizen die ik was gepasseerd bestonden strikt uit vinyl gevelbeplating, aluminium markiezen en roestende carports. Sommige waren weinig meer dan hutten, restanten uit een tijd dat de inwoners van Charlotte nog naar 'de rivier' gingen om aan de druk van het wonen in de stad te ontsnappen. Ze hadden geen idee.

Toen de politieman me zag aankomen duwde hij zich overeind en nam een behoedzame houding aan. Zijn gezicht en lichaam waren mager, zijn zonnebril was rechtstreeks uit de *Matrix* afkomstig. Op vijf meter afstand kon ik de naam *Radke* lezen, gegraveerd op een klein koperen plaatje dat op zijn rechterborst was bevestigd.

Ik zwaaide heel even, een groet die niet werd beantwoord.

Achter Radke lag een in plastic omwikkelde hoop op de oever.

Ik vertelde hem hoe ik heette en legde uit wie ik was. Radke ontspande een fractie en gebaarde met zijn kin naar de hoop.

'Daar ligt het lijk. Deze inham is een magneet voor troep.'

Op mijn gezicht moet iets af te lezen zijn geweest. Verrassing? Afkeuring?

Blozend sloeg Radke zijn armen over elkaar. 'Ik refereer niet aan het slachtoffer. Ik bedoel, het ziet ernaar uit dat hier een hoop dingen aanspoelen. Het is een ongelooflijk krachtig verzamelgebied.'

Mijn blik ging langs Radke. Op zonnige weekenden is Wylie een mierennest vol boten. Vandaag voeren er misschien een stuk of acht in de buurt.

'Heb je de omgeving doorzocht?'

'Ik heb langs de oever gelopen, misschien een meter of twintig, beide kanten op. Heb in het gebladerte gepord. Niets systematisch.'

Ik was bezig met het vormen van nog een vraag, toen ik het geluid van een motor hoorde, direct gevolgd door het geknars van grind. Toen ik me omdraaide zag ik een Ford Taurus die neus aan neus met mijn Mazda werd geparkeerd.

Twee portieren gingen open. Rinaldi ontvouwde zich uit een ervan en liep kaarsrecht op ons af. Slidell hees zich moeizaam uit het andere en sjokte achter hem aan, de Ray-Ban weerkaatsend in het zonlicht terwijl hij zijn hoofd naar links draaide, en toen naar rechts.

'Agent.' Slidell knikte in Radkes richting.

Radke knikte terug.

Knikjes. Rinaldi-Brennan. Brennan-Rinaldi.

'Wat hebben we hier?' Slidell liet zijn blik over het meer glijden, en vervolgens over de oever, het bos, de situatie inschattend.

'Een lijk zonder hoofd.'

'Dat heb ik gehoord.'

'Gevonden door een knaap die zijn hond uitliet.'

'Die moet onder een gunstig gesternte geboren zijn.'

'Ik zet mijn geld op het keffertje.'

'Zet je dat in je rapport, Radke?'

'De hond leek zich over naamsvermelding niet al te druk te maken.'

Slidell negeerde deze poging tot luchthartigheid. 'Wat voor een verhaal had hij?'

'Hij was aan het poepen.'

De Ray-Ban kroop naar de *Matrix*.

'Dat was grappig, Radke. Die regel over de hond. Waar ik alleen een probleem mee heb is je timing. Daar moet je wat meer op oefenen. Je moet je grappen zo plannen dat ze niet een heel stuk van mijn dag in beslag nemen.'

Schouderophalend haalde Radke een notitieblokje tevoorschijn.

'De knaap heet Funderburke. Woont een eindje verderop, laat zijn hond uit om zeven uur, om twaalf uur 's middags en dan nog een keer om zes uur 's avonds. Zegt dat hij het lijk ergens tussen zijn ochtend- en middaguitje op dinsdag voor het eerst heeft gezien.'

'Heeft hij ernaar gekeken?'

'Vandaag pas. Hij zegt dat hij dacht dat het afval was. En de hond wilde poepen.' Korte stilte. 'De naam van de hond is Digger.'

'Ik zal daar een notitie van maken.'

'Met twee g's.' Met een stalen gezicht.

Ik mocht Radke wel.

'Heeft-ie het pakje opengemaakt?'

Radke schudde zijn hoofd. 'Hij zag een voet. Heeft toen onmiddellijk het alarmnummer gebeld.'

Ik liet de mannen achter en liep naar het lijk, terwijl mijn hersenen allerlei indrukken registreerden.

Grond stevig aangestampt. Dichtbegroeid met dennen en hardhout tot circa anderhalve meter uit de kant. Talud modderig, aflopend en bezaaid met allerlei afval.

Ik maakte in gedachten de inventaris op. Bier- en frisblikjes, sandwichverpakkingen, plastic rondjes waarmee sixpacks bij elkaar gehouden werden, een doorweekte gymp, een stuk piepschuim, een in de war zittende vislijn.

Het lijk lag óp, niet ónder, het afval, en zag er tegen de uit meer en horizon bestaande achtergrond meelijwekkend klein uit. Vliegen dansten in een onafgebroken actie-reactieballet om het blauwe plastic.

Ik trok mijn latex handschoenen aan, liep er wat dichter naartoe en ging op mijn hurken zitten. Het gezoem zwol aan tot een waanzinnig gegons, terwijl de vliegen heen en weer schoten, hun lijfjes fluorescerend groen in het zonlicht.

De meeste mensen walgen van vliegen. En terecht. Net als de vliegen die tegen mijn gezicht en haar op vlogen, planten heel wat soorten zich voort op, en voeden ze zich met rottend organisch materiaal. En wat het menu betreft zijn ze weinig kieskeurig. Fecaliën of Whoppers, voor hen is het allemaal voedsel. En dat geld ook voor vlees, van mensen én dat van dieren.

Hoewel ze weerzinwekkend zijn, zijn aasetende insecten ook nuttige burgers. Met hun uitsluitend op eten en reproduceren gerichte belangstelling, versnellen ze langs dit onvermijdelijke pad de ontbinding. Als sleutelspelers in het recyclegebeuren van de natuur werken ze keihard om de doden aan de aarde terug te geven. Vanuit forensisch standpunt gaan insecten er stevig tegenaan.

Maar voorlopig negeerde ik ze.

Ik negeerde ook het voorwerp van hun interesse, afgezien dan van het feit dat ik vaststelde dat het losjes in een blauw plastic zeil was gewikkeld, hoewel ik onmogelijk kon zeggen of het zeil er opzettelijk omheen was gewikkeld of dat het lijk erin verstrikt was geraakt toen het nog in het meer had gedreven.

Maar ik merkte wel dat er niets te ruiken viel. Vreemd, gezien de warme temperaturen van de afgelopen dagen. Als het lijk hier al sinds dinsdagochtend lag, moet het spul in dat plastic zeil wel zo'n beetje het kookpunt hebben bereikt.

Ik kwam overeind en nam de onmiddellijke omgeving in me op. Geen laarsafdrukken. Geen bandensporen. Geen sleepsporen.

Geen afgedankte schoenen of kledingstukken. Geen recentelijk gekantelde stukken steen.

Geen hoofd.

Nog geen minuut later werd het gegons van de *Calliphoridae* overstemd door motor- en bandengeluiden.

Ik wierp een blik in de richting van de weg.

Larabee kwam met grote passen mijn kant uit, camera in de ene hand, zijn koffertje met instrumenten in de andere. Hawkins deed de achterdeuren van het busje open. Beiden droegen Tyvek-overalls.

De vliegen werden helemaal gek toen Larabee zich bij me voegde.

'Vleesvliegen. Ik heb de pest aan vleesvliegen.'

'Hoezo?'

'Ik word helemaal gek van dat gegons.'

Ik vertelde Larabee wat Radke had gezegd.

De patholoog-anatoom keek op zijn horloge. 'Als Funderburke gelijk heeft, hebben we een tijdsspanne van pakweg achtenveertig uur.'

'Achtenveertig uur híér,' zei ik, en ik wees op de grond.

Mensen hebben de neiging om lijken van de ene plek naar de andere te brengen. En dat geldt ook voor water. De Post Mortem Interval zou kunnen variëren tussen achtenveertig uur en ruwweg achtenveertig dagen.

Maar in beide gevallen zou er toch van enige geur sprake moeten zijn.

'Daar zeg je iets.' Larabee sloeg een vlieg van zijn voorhoofd.

Terwijl Hawkins videobeelden en foto's maakte, liepen Larabee en ik langs de oever. Naast ons sloegen de golfjes onverschillig tegen de modder.

Toen we daarmee klaar waren, doorzochten we systematisch het bos, waarbij we naast elkaar optrokken en zochten met onze ogen en voeten. We kwamen niets verdachts tegen. Geen hoofd.

Toen we naar het lijk terugkeerden was Hawkins nog steeds bezig met het maken van opnamen. Slidell en Rinaldi waren bij hem. De rechercheurs hielden volkomen zinloos een zakdoek tegen hun neus gedrukt. De een was van een monogram voorzien, gemaakt van linnen. De ander was van rood polyester. Grappig, de dingen die je zo opvallen.

'Dat moet het zo'n beetje zijn.' Hawkins liet de camera tegen zijn borst vallen. 'Zullen we de kurk maar eens van de fles halen?'

'Geef op het plastic aan waar je precies snijdt.' Larabees stem klonk vlak. Ik vermoedde dat hij zich even weinig enthousiast voelde als ik.

Toen Hawkins op het lijk af stapte, verhieven de vliegen zich in een waanzinnige wolk vol protest.

Met een Scripto-pen trok de lijkschouwer een lijn over het plastic, waarna hij de rol over de hele lengte opensneed. Mocht het noodzakelijk zijn om dit stuk plastic te vergelijken met de rol waar het ooit van afkomstig was geweest, dan konden gereedschapssporenanalisten Hawkins snijmarkeringen moeiteloos onderscheiden van die die door de daders waren achtergelaten toen ze het stuk plastic afsneden.

Het lijk lag met de billen omhoog, de benen gebogen, en met de borst en gezicht naar de grond gekeerd. Als er een gezicht aanwezig was geweest. De torso eindigde bij een stomp halverwege de schouders, die bespikkeld was met vliegeneitjes. Ook rond de anus was sprake van een redelijk drukke insectenactiviteit.

'Zo naakt als een pasgeboren baby.' En dat gesproken door rood polyester.

Hawkins hervatte het fotograferen. Larabee en ik deden een mondkapje voor en stapten naar voren.

'Ziet er jong uit,' zei Rinaldi.

Daar was ik het mee eens. De ledematen waren slank, nauwelijks lichaamsbeharing, en op de voeten zaten geen eeltknobbels, littekens, dikke nagels of andere zaken die wezen op een al wat gevorderde leeftijd.

Slidell boog zich opzij en tuurde onder het omhoog gedraaide achterste. 'Heeft een volledig klok- en hamerspel.'

Hoewel misschien niet echt elegant verwoord, was Slidells waarneming correct. De genitaliën waren die van een man en volledig tot wasdom gekomen.

'Het gaat hier ongetwijfeld om een blanke jongen,' zei Rinaldi. De huid zag er spookachtig uit, bedekt met fijne, lichte, goudblonde haartjes.

Ik liet me op mijn knieën zakken. De vliegen werden helemaal gek. Ze opzij meppend kwam Larabee naast me zitten.

Van dichtbij zag ik lichtgeel been in het weefsel van de afgeknotte nek glinsteren. Het helderroze weefsel. Daar was iets vreemds aan.

'De wond ziet er zo rood uit als een biefstuk.' Larabee sprak datgene uit wat ik dacht.

'Ja,' was ik het met hem eens. 'Het hoofd is er niet afgevallen, het is er afgehaald. Uitgaande van een PMI van een dag of twee, is het hele lijk wonderbaarlijk goed bewaard gebleven.'

Larabee betastte een defect ter hoogte van de tiende rib, in de rechterspiermassa die evenwijdig liep aan de wervelkolom.

'Enig idee wat dat zou kunnen zijn?'

De inkepingen zagen eruit als een serie van zes korte, evenwijdige strepen, met een zevende die daar in een hoek van negentig graden op stond.

'Contact met brokstukken van het een of ander?' Eigenlijk geloofde ik daar zelf niet in.

'Zou kunnen.' Larabee onderzocht eerst de ene naar boven gekeerde handpalm, en toen de andere. 'Geen wonden opgelopen bij het zich verdedigen. Het ziet ernaar uit dat we over bruikbare vingerafdrukken kunnen beschikken.' Tegen Hawkins zei hij: 'Zorg ervoor dat de handen meegaan.'

'Komt deze knaap uit het water?' vroeg Slidell.

'Hij ziet er totaal anders uit dan de meeste drijvers die ik heb gezien,' zei ik.

'Geen tekenen van aquatische aanvreting,' zei Larabee.

'Misschien heeft hij maar heel kort in het water gelegen.'

Larabee haalde zijn schouders op ten teken dat dat wellicht het geval kon zijn geweest. 'Je hoeft in elk geval niet te kijken of er water in zijn longen zit. Mocht hij uit het meer zijn komen aanspoelen, dan haalde hij in elk geval geen adem meer toen hij erin terechtkwam.'

'Dus, met hoeveel tijd hebben we hier te maken?' vroeg Slidell.

'Het lijk is híér al lang genoeg om vleesvliegen te laten arriveren en eitjes te laten leggen, waarvan er al een stuk of wat zijn uitgekomen.' Ik zag dat de paar aanwezige larven nog jong waren, en dat er geen poppen of lege omhulsels te zien waren.

'Ga je dat nog voor ons, gemiddelde tobbers, vertalen?'

'Vliegen moeten het lijk binnen enkele minuten hebben gevonden, vooral met zo'n enorme open wond. Binnen enkele uren moeten er eitjes zijn gelegd. Het uitkomen moet ergens tussen twaalf tot achtenveertig uur later hebben plaatsgevonden, afhankelijk van de temperatuur.'

'Het is warm geweest,' zei Rinaldi.

'Dat moet het een en ander hebben versneld.'

'Dus wat denk je?' Slidell herhaalde zijn vraag, deze keer met een ondertoon van irritatie.

Gezien Funderburkes verhaal, dacht ik dat er iets niet klopte. Ik hield dat voor me.

'Ik ben geen entomoloog,' zei ik. 'Ik zal monsters verzamelen voor analyse.'

Naast het ontbreken van stank en de geringe mate van insectenactiviteit, zat me nog iets dwars. Als het lijk gedumpt was op de plek waar het lag, of als het maar korte tijd in het meer had gelegen, zou dat de afwezigheid van aquatische aanvreting verklaren. Maar volgens het relaas van Funderburke zou het afgelopen dinsdag langs de oever terechtgekomen moeten zijn. De plaatselijke wildpopulatie zou hier onmiddellijk een gaarkeuken hebben geopend. Waarom waren er dan geen sporen te vinden van door dieren aangerichte schade?

Slidell stond op het punt een opmerking te maken toen twee csstechnici tussen de bomen tevoorschijn kwamen. De vrouw was lang, met opgeblazen wangen en met spelden tegen het hoofd vastgemaakte vlechten. De man was zongebruind en droeg een Maui Jim-zonnebril.

Larabee bracht ze op de hoogte. Geen van beiden leek geïnteresseerd in een lange uitleg. Zo heel gek was dat niet. Ze stonden voor een lange middag waarin alles moest worden gedocumenteerd en bewijsmateriaal en resten moesten worden bijeengebracht.

We wachtten terwijl er markers werden geplaatst, foto's werden genomen en metingen werden verricht. Nadat het voorbereidende werk was voltooid, keken beide techneuten naar de patholoog-anatoom.

Terwijl hij zich naar mij omdraaide maakte Larabee een uitnodigend gebaar met zijn arm.

We liepen naar het lijk, ik bij de heupen, Larabee bij de schouders.

Achter ons kwam een boot huilend dichterbij, om zich weer snel terug te trekken. Een serie golven sloeg tegen de oever.

'Klaar?' Boven zijn mondkapje liepen de wenkbrauwen van de patholoog-anatoom grimmig in elkaar over. Het moment van de waarheid. Het keren van het lijk.

Ik knikte.

Samen rolden we het lijk op zijn rug.

Iedere aanwezige daar was veteraan, gewend aan moord, verminking, en alle andere afschuwelijke dingen die de ene mens de andere kan aandoen. Ik betwijfel of een van de mensen die aanwezig waren dit ooit eerder had gezien.

Rinaldi sprak voor ons allemaal.

'Jezus christus.'

11

Hoewel contact met de grond de meeste vliegen had ontmoedigd, waren er toch een paar geharde vliegen erin geslaagd zich onder het lijk te manoeuvreren. Een witte cirkel bruiste in de bleke, haarloze borst. Een kleinere ovaal ziedde op de buik.

'Wat is dat, verdomme?' klonk het gedempt door het rode polyester.

Toen ik me wat verder over het lijk boog, zag ik dat de massa eitjes niet gelijkmatig waren verspreid, maar zich in bepaalde patronen hadden gegroepeerd. Met een in latex gestoken vinger schoof ik de eitjes aan de rand naar de dikkere strepen die om de cirkel lagen en er hier en daar ook dwars overheen liepen.

En voelde hoe zich in mijn borst een kilte samenklonterde.

De eitjes vormden een omgekeerde vijfpuntige ster.

'Het is een pentagram,' zei ik.

De anderen deden er het zwijgen toe.

Gebruikmakend van dezelfde vinger ging ik verder met het 'schoonmaken' van de ovaal tot het patroon duidelijk te zien was: 666.

'Dat is heel iets anders dan je op *Old Time Gospel Hour* te horen krijgt.' Slidells stem klonk schor van walging.

'Hoe...?' Rinaldi's vraag bleef onuitgesproken.

'Vliegen zijn net als wij,' zei ik. 'Als ze het voor het kiezen hebben, nemen ze de gemakkelijkste route. Lichaamsopeningen. Open wonden.'

Slidell wist wat ik daarmee bedoelde. 'Deze knaap is met een scherp voorwerp bewerkt.'

'Ja.'
'Voor of na zijn hoofd eraf is gehakt?' Boos.
'Dat weet ik niet.'
'Dus Lingo heeft gelijk.'
'We moeten niet te snel conclusies tr…'
'Heb je soms een andere theorie?'
Die had ik niet.
'Laten we gaan.' Met een strak gezicht beende Slidell weg.
'Dit betekent geen gebrek aan respect.' Rinaldi's toon was verontschuldigend. 'Zijn nichtje heeft wat problemen op de middelbare school gehad.' Hij stopte, overwoog of hij verder uit zou wijden. Deed dat toch maar niet. 'Hoe dan ook, hij wil die Greenleaf-zaak zo snel mogelijk afronden. We hebben informatie over Kenneth Roseboro, de knaap die het huis heeft geërfd.'
'De neef van Wanda Horne,' zei ik.
'Ja.' Opnieuw gaf Rinaldi geen verdere uitleg. 'Wil je soms dat er een speurhond komt om de omgeving af te zoeken, om misschien zelfs wel het hoofd op te sporen?'
Ik knikte.
'Ik zal er een verzoek voor indienen.'
Toen ik met mijn koffertje van de auto terugkeerde, was Hawkins druk bezig met het maken van video-opnamen en speurde het CSS-team de omgeving af. De oever stond al vol met oranje markers die op de aanwezigheid van potentieel sporenbewijs duidden. Sigarettenpeuken. Snoeppapiertjes. Tissues. Het meeste ervan zou blijken geen enkele waarde te hebben, maar in deze fase wist niemand wat relevant was en wat het gevolg was van een toevallige samenkomst van omstandigheden.
Ik opende mijn koffertje en spreidde mijn instrumentarium uit. Naast me haalde de patholoog-anatoom een thermometer uit het hoesje om die vervolgens in de anus te steken. Of in de massa eitjes. Ik kon dat onmogelijk zeggen. Twee uur lang verzamelden we materiaal en voorzagen dat van etiketten; Larabee van het lijk, Brennan van de beestjes.
Eerst nam ik close-ups, voor het geval er tijdens het transport naar de entomoloog iets uit zou botten tot iets heel anders. Ik heb die fout één keer gemaakt.

Gebruikmakend van een vochtig kinderpenseeltje veegde ik de eitjes bij elkaar. De helft ervan bewaarde ik in verdunde alcohol. RIP. De rest wilde ik in leven houden, zodat de entomoloog ze tot volle wasdom kon laten uitgroeien en de soort zou kunnen bepalen. Die bofkonten stopte ik met wat lever en een vochtige tissue in enkele medicijnflesjes.

Toen ging ik op zoek naar maden. Aangezien de weinige larven die aanwezig waren tot dezelfde soort leken te behoren en recentelijk uitgekomen, deed ik geen moeite ze op grootte te sorteren, maar enkel op vindplaats: nek, anus, de omringende aarde. Net als met de eitjes stopte ik de ene helft met lucht, voedsel en vulmateriaal in flesjes. De rest ging in warm water, en daarna in een alcoholoplossing.

Nadat ik wat volwassen vliegen had gevangen en ingepakt, verzamelde ik vertegenwoordigers van elk species die ik binnen een meter afstand van het lijk aantrof. Mijn inventaris omvatte twee kakkerlakken, een lang, bruin kruipend ding en een handvol mieren. De wesp liet ik gaan.

Nadat de insecten luchtdicht waren ingepakt en van een etiket voorzien, verzamelde ik wat grondmonsters en maakte toen aantekeningen over de omgeving: zoetwatermeer, loofbomen en dennen, nogal zure grond, hoogte honderdvijftig tot honderdtachtig meter, een temperatuur die varieerde tussen de twintig en dertig graden Celcius, geringe luchtvochtigheid, zonnig en onbewolkt.

Ten slotte noteerde ik bijzonderheden omtrent het lijk. Naakt. Op z'n buik, billen omhoog, armen recht langs de zij liggend. Onthoofd, geen bloed of lichaamssappen ter plekke aangetroffen. Hoofd ontbreekt. Met scherp voorwerp aangebrachte verwondingen op borst en buik. Minimale decompositie. Niet aangevreten door gediertte en ook niet door water. Massa's eitjes op de nek en rondom de anus met een inwendige temperatuur van respectievelijk 36 en 37 graden Celsius. Onbekende doodsoorzaak.

Het was al half vijf toen ik eindelijk klaar was. Larabee en Hawkins leunden tegen de achterkant van het busje en dronken uit een plastic flesje water.

'Dorst?' vroeg Hawkins.

Ik knikte.

Hawkins haalde een half-literflesje uit een koelbox en gooide me dat toe.

'Bedankt.'

We dronken nu met z'n allen en tuurden naar het meer. Larabee was degene die de stilte verbrak.

'Slidell is ervan overtuigd dat we lieden in ons midden hebben die de duivel aanbidden.'

'Wethouder Lingo krijgt straks de dag van zijn leven.' Het lukte me niet de minachting in mijn stem te onderdrukken.

Hawkins schudde zijn hoofd. 'Old Boyce liet zich nog geen vierentwintig uur nadat jij en Skinny klaar waren in die kelder al van zich horen.'

'Weet je het dan niet? Lingo heeft een hotline met God.'

Larabee liet een verachtelijk gesnuif horen.

'Herinner je je die steekpartij nog aan Archdale?' Hawkins gebaarde met zijn flesje in Larabees richting. 'Een lesbische dame die niet blij was dat haar partner met anderen rotzooide? De lijkzak is nog maar nauwelijks dichtgeritst of Lingo orakelt over de boosaardigheid van de homoseksualiteit.'

'En geen kik vorige week toen die vrachtwagenchauffeur het vriendje van zijn ex-vrouw aan gort schoot. Dat was tenminste een gerechtvaardigde heteroseksuele moord,' zei Larabee. 'En een bijbels motief. Als ik haar niet krijg, krijgt niemand haar.'

'Als Lingo lucht krijgt van dit geval, neemt hij het vast mee in zijn huidige soap.' Hawkins gooide zijn lege fles op een Winn-Dixiezak naast de koelbox. *'The Devil Goes Down to Georgia.'*

'Dan zit-ie er helemaal naast,' zei ik.

'Je krijgt hier toch geen satanische gevoelens van?' vroeg Larabee.

'Van deze wel, ja. Maar van dat spul uit de kelder niet.'

Ik beschreef wat ik had gevonden.

'Klinkt niet bepaald dat we hier met de baptisten te maken hebben,' merkte Hawkins op.

Ik omschreef in korte bewoordingen wat ik aan Slidell en Rinaldi over syncretische religies had verteld. Santería. Voodoo. Palo mayombe.

'Bij welke komen er dieroffers voor?'

'Bij allemaal.'

'Satanisten?'
'Ja.'
'Waar baseer je dat op?' Larabees fles voegde zich bij die van Hawkins.
'De gekleurde kralen, de munten, en de katholieke heilige wijzen op Santería. De houten stokjes en de van een hangslot voorziene *nganga* wijzen in de richting van palo mayombe.'
'En de stoffelijke resten?'
Ik stak gefrustreerd mijn handen in de lucht. 'Kies maar uit. Voodoo. Santería. Palo mayombe. Satanisme. Maar in de kelder hebben we geen omgekeerde pentagrammen of kruisen gevonden, geen zes-zes-zessymbolen, geen zwarte kaarsen of wierook. Niets dat wijst op duivelsaanbidding.'
'Niet te vergelijken met deze knaap hier.' Larabee knikte met zijn hoofd naar het meer.
'Nee.'
'Denk je dat er een connectie is?'
Ik zag in gedachten het verminkte lijk langs de oever liggen.
De schedel uit de kookpot en de beenderen.
Ik wist het niet.

Toen ik naar de snelweg reed passeerde ik twee auto's. Het zien van de eerste deed me goed. De andere niet.
In de SUV zat de speurhond die door Rinaldi was beloofd. Ik wenste de hond meer geluk dan ik had gehad bij het lokaliseren van het ontbrekende hoofd.
De Honda Accord werd bestuurd door dezelfde vrouw die ik dinsdagavond bij het huis in Greenleaf had gezien. Hoe luidde de credit ook alweer die bij de foto in de *Observer* had gestaan? Allison Stallings.
'Moet je nóú eens kijken!' Ik sloeg met mijn hand hard tegen het stuur. 'Wie bén jij verdómme, Allison Stallings?'
Ik prentte me het kenteken van haar auto in en wenste Radke veel geluk bij Stallings uit de buurt houden van het lijk.
Net toen ik na de oprit aan het invoegen was op de I-77, ging mijn mobieltje. Het was behoorlijk druk, maar we reden nog niet bumper aan bumper zoals dat straks het geval zou zijn.

Nummerherkenning liet me een onbekend telefoonnummer zien, afkomstig uit het gebied met kengetal 704.
Nieuwsgierig geworden zette ik hem aan.
'Go Mustangs,' zei een mannenstem.
Ik was moe, met mijn gedachten heel ergens anders, en eerlijk gezegd teleurgesteld dat het om een plaatselijk telefoontje ging en daarom niet van Ryan afkomstig kon zijn. Mijn reactie was dan ook niet al te vriendelijk.
'Met wie spreek ik?'
Het antwoord was de eerste regel van het strijdlied van de Myers Park High School.
'Hoi, Charlie.'
'Heb je zin in die kop koffie?'
'Het komt me niet goed uit.'
'Zes uur dan? Zeven? Acht? Zeg het maar.'
'Ik heb de hele dag buiten gezeten. Ik ben moe en vies.'
'Als ik het me goed herinner, kun jij jezelf hartstikke schoon boenen.' Een oud gezegde uit het Zuiden.
Ik ben prestatiegericht. Ga er tijdens het spel hard tegenaan. Ga er ook in mijn werk stevig tegenaan. Er zijn mensen die die dingen ook doen en er tegelijkertijd in slagen er nog goed uit te zien ook. Ik hoor daar niet bij. Na onze tennistoernooien zag Charlie er gewoonlijk steevast uit als een model uit *Gentlemen's Quarterly*. Ik zag er gewoonlijk uit als een slecht gepermanente shih tzu.
'Bedankt. Ik denk erover na.'
'Volgens Katy houd je van lamskoteletten.'
Deze koerswijziging overviel me volkomen.
'Ik...'
'Mijn specialiteit. Wat vind je hiervan? Jij gaat onder de douche terwijl ik langs de Fresh Market ga. We zien elkaar om zeven uur bij mij thuis. Jij kunt dan even ontspannen terwijl ik een salade klaarmaak en wat koteletten op de grill gooi.'
Wauw, wat een grote jongen!
'Katy is uiteraard ook uitgenodigd. Die vang ik wel op voor ze hier vertrekt.'
Ik vermoedde dat zijn medesamenzweerder op dat moment pal naast hem stond.

'Het is een lange dag geweest,' zei ik.
'Een lekkere douche zal een volkomen nieuwe vrouw van je maken.'
'Maar de oude zal morgenochtend toch weer aan het werk moeten.' Zelfs op míj kwam dat ongeloofwaardig over.
'Hoor eens. Jij houdt van lamskoteletten, ik hou van lamskoteletten. Jij hebt geen zin om momenteel te koken. Ik wel.'
Daar had hij gelijk in.
'Ik moet eerst even langs het kantoor van de patholoog-anatoom om wat insecten voor de koerier in te pakken.'
'Dode mieren, dode mieren.' Gezongen op de openingsregels van het *Pink Panther*-thema.
'Voornamelijk vliegen.' Ik moest onwillekeurig grinniken.
Curtis Mayfield. Geen tekst.
'Superfly,' raadde ik.
'Heel goed,' zei Charlie.
'Ik kan niet lang blijven.'
'Ik gooi je er op tijd weer uit.'
Vlak voor me kwam een auto mijn rijstrook binnenrijden, waardoor ik hard moest remmen. Het mobieltje viel in mijn schoot. Met één hand sturend bracht ik het terug naar mijn oor.
'Ben je er nog?'
'Ik dacht dat je had opgehangen,' zei Charlie.
Achteraf gezien had ik dat misschien beter kunnen doen.

Mijn kleren gingen rechtstreeks de was in. Mijn lichaam ging rechtstreeks de douche in.
Toen ik daar onder uit kwam trof ik Birdie aan, die druk bezig was een vleesvlieg over de badkamervloer te meppen. Voor ik iets kon doen at ze hem op.
'Gedverderrie, Bird.'
De kat zag er trots uit. Of zelfvoldaan. Of introspectief, diep nadenkend over de verschillende nuances vlieg.
Glimlachend smeerde ik me helemaal in met oranjebloesem bodycrème over mijn huid uit.
Charlie had gelijk. Ik was als herboren. Vrolijk zelfs. Uitgaan was een goed idee. Nieuwe vrienden maken was een gezonde zet.

Een groepje geheugencellen bood een collage van beelden, vaag, als foto's die je in de regen had laten liggen.

De Skylark.

Charlie in een spijkerbroek met afgeknipte pijpen. Met alleen die broek aan.

Ik in een korte broek en een topje met veel bling op de voorkant. Een levenslustige vlinder. Of was het een vogel? Een gelaagd kapsel, zo'n lachwekkend geval uit de jaren zeventig.

Bekleding die pijn deed aan mijn zonverbrande rug.

Misschien was dit toch niet zo'n goed idee.

Een hernieuwde kennismaking met óúde vrienden, rectificeerde ik mijn denken. Vrienden. Gewoon vrienden.

O-o, zeiden de geheugencellen.

In de slaapkamer aangekomen zette ik het nieuws aan en liep naar de toilettafel.

'... tovenaars en echtbrekers en moordenaars en fanatieke volgelingen, en iedereen die van de onwaarheid houdt en die beoefent. Die woorden uit de Openbaringen hebben nooit waarachtiger geklonken. Lucifer bevindt zich hier, pal voor de poorten van onze stad.'

Ik verstarde, een slipje half uit de la getrokken.

12

Boyce Lingo stond op de trappen van het nieuwe gerechtshof, camera's en microfoons gericht op zijn gezicht. Achter hem stond een man van middelbare leeftijd met kortgeknipt haar, Brad Pitt-wangen en een prominente kin. Afgaande op zijn conservatieve kledij, vermoedde ik dat het om een naaste medewerker ging. Marineblauwe blazer, wit overhemd, blauwe das en een grijze pantalon. Hij en Lingo zagen eruit als modeklonen.

De wethouder keek recht in de lens.

'Vandaag is er opnieuw een lijk gevonden. Weer een onschuldig slachtoffer, van wie het hoofd is afgesneden en wiens lichaam is geschonden. Waarom zo'n wreedheid? Om satan te dienen. En wat zeggen de autoriteiten? Geen commentaar.'

Mijn vingers kromden zich rond het slipje.

'Ze geven geen commentaar op een lijk zonder hoofd dat drie dagen geleden is geïdentificeerd, een twaalf jaar oud kind dat uit de Catawba is gehaald. Ze geven geen commentaar op een menselijke schedel die afgelopen maandag in een kelder in Third Ward is gevonden.'

Ik stond nog steeds bewegingloos.

'Geen commentaar, laat me niet lachen.' Lingo schudde zijn hoofd in theatrale verbijstering. 'Waarom zouden we het publiek attent maken op de goddeloze verdorvenheid die onze stad binnensluipt?'

Lingo wachtte even om het effect nog wat te verhogen.

'Burgers van Charlotte-Mecklenburg, we moeten "geen commentaar" niet langer meer accepteren. Wij moeten antwoorden eisen. Snelle en krachtige actie. We moeten erop staan dat deze moordzuchtige duivelsaanbidders níét de kans krijgen ongestraft door te gaan.

Ik zal u iets vertellen. Een triest verhaal. Een afschuwwekkend verhaal. In Londen werd in 2001 in een rivier een lijkje gevonden zonder hoofd. Het kind wordt Adam genoemd omdat zijn naam tot de dag van vandaag onbekend is gebleven. Wat wél bekend is dat de kleine Adam door mensenhandelaars Engeland is binnengesmokkeld om als mensenoffer te dienen.'

Lingo liet zijn vinger waarschuwend voor de camera heen en weer gaan.

'We moeten onze kinderen beschermen. Deze zondaars moeten worden vernietigd. De schuldigen moeten worden gearresteerd en voor de rechter gebracht. Satans volgelingen moeten uit onze gelederen worden verdreven. In onze stad is geen ruimte voor een Night Stalker. Een Andrea Yates. Een Columbine. Een arme kleine Adam.'

Birdie likte oranjebloesem van mijn been. Ik kon mijn blik onmogelijk losmaken van Lingo. Richard Ramírez? Andrea Yates? Eric Harris en Dylan Klebold?

'Het hangt van elk van ons af of we erop staan dat deze moorden de hoogste prioriteit krijgen. We moeten onvermurwbaar zijn. We moeten er bij onze broeders en zusters bij de overheid en de politie op aandringen dat ze Gods wapenrusting aangorden en de strijd opnemen tegen de Prins der Duisternis. We moeten hand in hand en met heel ons hart onze prachtige stad en ons prachtige land van dit gezwel zuiveren.'

Dit onderdeel van de reportage was afgelopen en de omroeper kwam in beeld. Hij sprak over Anton LaVey, stichter en tot aan zijn dood in 1997 hogepriester van de Kerk van Satan, en schrijver van de *Satanic Bible*. Achter hem verscheen een hele lijst van websites.

Kinderen en tieners voor Satan
Synagoge van Satan
Kerk van Satan
Supersnelweg naar de hel
Satanisch netwerk
Brieven aan de duivel

Birdie gaf een kopje tegen mijn been.

Ik liet het ondergoed vallen, pakte mijn kat op en drukte haar tegen mijn borst, terwijl er een akelig voorgevoel door me heen golfde.

De reportage werd beëindigd met beelden uit LaVeys documentaire uit 1993, getiteld *Speak of the Devil*.

De clip was nog maar nauwelijks afgelopen toen mijn gewone telefoon rinkelde.

'Heb jij met Lingo gesproken?'

'Natuurlijk heb ik niet met Lingo gesproken.' Ik reageerde met gepaste woede op de woede van Slidell.

'Die opgeblazen oude zak heeft zojuist een persconferentie gegeven.'

'Ik heb het meeste ervan gezien.'

'Hij beschuldigt de politie ervan de boel toe te dekken. Vertelt de burgerij dat ze maar vast een strop moeten maken voor een lynchpartijtje in naam van de Heer. Het lijkt wel of hij met alle geweld wil dat de pleuris uitbreekt.'

Hoewel Slidell voor een groot deel overdreef, was ik het wel met hem eens.

'Waar haalt die klootzak zijn informatie vandaan?'

'Toen ik vandaag bij de plaats delict wegreed zag ik Allison Stallings ernaartoe rijden.'

'Die madame die op Greenleaf Avenue rondsnuffelde?'

Slidell was volgens mij de laatste persoon die sinds de jaren vijftig de aanduiding 'madame' had gebruikt. Dat betekende dat hij naast *ex-cuse-ee-moi* nog minstens één andere Franse uitdrukking kende.

'Ja,' zei ik.

'Ik heb een belletje gepleegd. Stallings werkt niet voor de *Observer*.'

'Waarom duikt ze dan steeds op mijn plaatsen delict op?'

'Ik kom daar wel achter.'

Een ogenblik lang zeiden we geen van beiden iets. Op de achtergrond hoorde ik hoe Slidells televisie de mijne nadeed.

'Denk je dat Stallings info doorgeeft aan Lingo?'

'Dat is mogelijk.'

'Wat wordt zíj daar wijzer van?'

'Die knaap is een druktemaker. Misschien is zij ook op aandacht uit, of een freelancer die af en toe foto's aan de pers verkoopt. Misschien denkt ze dat Lingo de situatie op die manier tot een nog sensationeler verhaal opblaast dan anders het geval zou zijn, waardoor er ook enige roem en wat geld haar kant uit komt.'

Ik wachtte tot Slidell daar even over had nagedacht.

'En waar krijgt Stallings haar informatie dan vandaan?'

'Ze zou een politiescanner kunnen hebben.'

'Waar zou een deerne als deze een politiescanner vandaan moeten halen?' Slidell sprak het woord politie uit met een erg lange O en erg veel geringschatting.

'Bij de RadioShack.'

'Ga weg. Hoe weet ze nou hoe ze met zo'n apparaat moet omgaan?'

Slidells onnozelheid op technologisch gebied verbijsterde me steeds weer. Ik had geruchten gehoord dat Skinny thuis nog steeds geen telefoon met druktoetsen had laten installeren.

'Het is niet bepaald hogere wiskunde. Zo'n ding zoekt uit zichzelf een groep frequenties af, op zoek naar eentje die wordt gebruikt, en stopt dan, zodat je mee kunt luisteren. Net als de SCAN-knop op je autoradio.' Ik kon me niet voorstellen dat Slidell dit voor het eerst hoorde. 'Stallings kan Rinaldi's verzoek om een speurhond te sturen hebben opgepikt. Of misschien heeft Lingo wel een eigen scanner.'

Ik wachtte tot hij nog wat mentaal kauwwerk had verricht. Toen vroeg hij: 'Wie is die Antoine LeVay?' Slidells toon was nu iets minder geagiteerd.

'Anton. Hij heeft de Kerk van Satan gesticht.'

'Meen je dat?'

'Ja.'

'Hoeveel leden?'

'Niemand weet dat precies.'

'Wie is die andere knaap over wie Lingo het had?'

'Anson Tyler. Wat dat betreft zit Lingo er een heel eind naast. Tylers hele bovenlichaam ontbrak, niet alleen zijn hoofd.'

'Waar is dat weggeraakt?'

'Als een lijk drijft, hangen de zwaardere onderdelen naar beneden. Een menselijk hoofd weegt ongeveer vier, vijf kilo.' Ik zweeg. Kon Slidell eigenlijk wel overweg met metrische maten en gewichten? 'Ongeveer even zwaar als een gegrilde kalkoen. Dus het hoofd valt er vrij snel af.'

'Dat is geen antwoord op mijn vraag.'

'De ontbrekende onderdelen zijn daar waar ze door de stroom naartoe zijn gevoerd.'

'Dus je zegt dat er geen connectie bestaat tussen het kind uit de Catawba en de knaap die vandaag is ontdekt?'

'Ik zeg alleen maar dat Anson Tyler zijn hoofd kwijt is geraakt ten gevolge van een natuurlijk proces, en niet door opzettelijke onthoofding. Nergens op zijn skelet was ook maar één snijspoor te vinden.'

'En hoe zit het met de schedel in die kookpot?'

'Dat ligt een stuk lastiger.'

'Heb je daar sporen van een scherp voorwerp op gevonden?'

'Nee.'

'En op die beenbotten?'

'Ook niet.'

'Wat hij over dat kind in Londen vertelde, is dat waar?'

'Ja.'

'Vertel me er eens wat meer over.'

'In 2001 is ter hoogte van de Tower Bridge het lijkje van een vier tot zes jaar oud jongetje uit de Theems gevist, een lijkje zonder hoofd en ledematen. De politiemannen hebben hem Adam genoemd. Uit de sectie bleek dat hij nog maar kort in dat deel van de wereld had vertoefd.'

'Waarop was dat gebaseerd?'

'Het voedsel in zijn maag en het stuifmeel in zijn longen. Ook bleek tijdens de sectie dat hij in de achtenveertig uur vóór zijn dood een drankje tot zich had genomen waarin giftige calabarbonen waren verwerkt.'

'En?'

'Die calabarbonen, die ook wel heksenbonen worden genoemd, veroorzaken verlammingsverschijnselen terwijl het slachtoffer bij bewustzijn blijft. Het spul wordt veelvuldig gebruikt bij heksenrituelen in West-Afrika.'

'Ga door.' Slidells stem klonk beslist.
'De beenderen van Adam werden geanalyseerd om vast te stellen uit welk deel van de wereld ze afkomstig waren.'
'Hoe werkt dat?'
'In voedsel zitten sporen van de grondsoort waarop het is verbouwd of gefokt.' Ik hield het simpel. 'Monsters die bij Adam zijn afgenomen en vergeleken zijn met verschillende gebieden rond de wereld, lijken erop te wijzen dat hij afkomstig was uit de buurt van de stad Benin, in Nigeria. Er zijn rechercheurs naar Afrika afgereisd, maar die hebben daar maar bitter weinig ontdekt.'
'Zijn er nog mensen gearresteerd?'
'Nee. Maar er zijn wel een paar mensen die van belang zijn. Voornamelijk Nigerianen, waarvan sommigen in verband zijn gebracht met mensensmokkel.'
'Maar er is onvoldoende bewijs om ze in staat van beschuldiging te stellen.' Skinny is nooit kampioen geweest op het gebied van de individuele burgerrechten. De walging was duidelijk te horen.
'Dat heb je juist geconcludeerd.'
Terwijl twee stemmen de sportuitslagen in mijn slaapkamer uitstrooiden, net als aan de andere kant van de stad in een appartement waar ik me niet eens een voorstelling van wílde maken, overlegde ik met mezelf. Zou ik Slidell met het meest zorgelijke element confronteren en zo het risico lopen dat ik hem de verkeerde kant op zou sturen? Of zou ik het voor me houden en het risico lopen het onderzoek te belemmeren?
'Er is nog meer,' zei ik. 'De autoriteiten in Londen beweren dat er de afgelopen jaren ongeveer driehonderd donkergekleurde jongens zijn verdwenen en nooit meer op school zijn teruggekeerd. En slechts twee daarvan zijn ooit opgespoord.'
'Waar zijn die families dan, verdomme?'
'Als ze worden ondervraagd, zeggen de verzorgers en familieleden steevast dat de jongens het Verenigd Koninkrijk hebben verlaten en naar Afrika zijn teruggegaan.'
'En niemand kan dat bevestigen?'
'Precies.'
'Denkt de politie daar dat die knapen zijn vermoord?'
'Sommigen van hen wel.'

Mijn blik gleed in de richting van de klokradio. Half zeven. Ik was naakt, had nog geen make-up op, en in de war zittend nat haar dat nog het meest op zeewier leek.
En ik had beloofd om over een half uurtje bij Charlie te zijn.
Ik moest opschieten. Maar ik wilde weten wat Slidell en Rinaldi hadden ontdekt over het terrein aan Greenleaf.
'Wat zijn jullie over Kenneth Roseboro te weten gekomen?'
'Kenny-boy is de een of andere musicus die in Wilmington woont. Beweert dat hij dé minuut dat tante Wanda de ogen sloot en het huis van hem was, een advertentie heeft geplaatst en de bouwval heeft verhuurd.'
Terwijl Slidell sprak probeerde ik met één hand het slipje aan te trekken.
'Roseboro heeft nooit in het huis gewoond?'
'Nee.'
'Hoeveel verschillende huurders hebben in het huis gewoond?'
'Een. Een rechtzinnig burger die naar de naam Thomas Cuervo luistert. Voor zijn vrienden en zakenrelaties T-Bird.'
'Wat voor soort zaken?'
'Een of ander flutwinkeltje aan South Boulevard.' Slidell liet een verachtelijk gesnuif horen. 'La Botánica Buena Salud. Natuurgeneesmiddelen, vitaminen, kruidenmiddeltjes. Ik kan me niet voorstellen dat er mensen zijn die geld aan dat soort flauwekul uitgeven.'
Hoewel ik het niet helemaal oneens was met Slidell, was ik niet in de stemming voor zijn ideeën met betrekking tot holistische healing.
'Heeft Cuervo een strafblad?'
'Naast hersentonicums en flatulentiepoeders heeft T-Bird regelmatig gehandeld in wat krachtiger farmaceutica.'
'Is het een drugsdealer?'
'Centenwerk. Stuiverhoeveelheden. Is een paar keer veroordeeld voor openbare dronkenschap en verstoring van de openbare orde.'
Terwijl ik mijn Karate Kid *crane kick*-manoeuvre uitvoerde slaagde ik erin mijn slipje over mijn omhooggestoken voet te krijgen. Ik viel om en mijn elleboog kwam keihard met de muur in aanraking.
'Shit!'
Birdie schoot onder het bed.

'Wat ben jíj verdomme aan het doen?'
'Waarom wilde Roseboro het verkopen?' Ik liet het ondergoed los om over mijn elleboog te wrijven.
'T-Bird is ervandoor gegaan, met achterlating van een grote huurschuld.'
'Waar is-ie heen gegaan?'
'Roseboro zegt dat hij dat erg graag zou willen weten.'
'Heb je hem naar de kelder gevraagd?'
'Ik heb dat bewaard voor ons gesprekje morgenochtend.'
'Vind je het erg als ik daarbij als waarnemer aanwezig ben?'
Even was het stil.
'Ach, waarom ook niet?'

13

Ik parkeerde op de grens tussen Fourth en First Wards. Terwijl ik door Church Street liep, moest ik onwillekeurig denken aan het feit dat de wijk in feite een uithangbord was voor de recentelijk opbloeiende binnenstad van Charlotte.

Charlies woning bevond zich halverwege een rij splinternieuwe herenhuizen. Schuin ertegenover stond het McColl Center for Visual Art, een complex met ateliers en galerieën dat in een gerestaureerde kerk was ondergebracht.

Op een leeg perceel, vlak naast het voormalige godshuis, getuigde een hoop puin van een recente implosie. Lang na de uiterste houdbaarheidsdatum was het Renaissance Place Appartment-gebouw alsnog omvergehaald om ruimte te maken voor een piekfijne nieuwe wolkenkrabber.

Twee blokken meer naar het zuidoosten kende ik nog een paar gebouwen die op de nominatie stonden om gesloopt te worden, waaronder het Mecklenburg County Government Services Center, en onze eigen wedergeboren Sears Garden Shop. Iedereen op het bureau van de MCME zag die verandering met afgrijzen tegemoet.

C'est la vie, maar dan op z'n Charlottes. Een nieuw landschap dat uit het oude oprijst.

Ik belde om 7.23 uur bij Charlie aan, met mijn nog natte haar in een hoge paardenstaart gebonden. Leuk. Maar het was me wel gelukt nog enige mascara en blusher aan te brengen.

Mijn aanbellen werd beantwoord door een gastheer die er buitensporig goed uitzag. Een vale spijkerbroek. Instappers, geen sokken.

Sweater met een rits aan de voorkant die nét iets van zijn borstpartij liet zien.

'Het spijt me dat ik zo laat ben.'

'No problemo.' Charlie drukte heel even zijn wang tegen de mijne. Hij rook ook lekker. Burberry?

Flitsbeeld van de Skylark.

Charlie liet zijn blik over mijn legging en nieuwe Max Maratuniek gaan en knikte instemmend. 'Zeker weten. Eenmaal onder de douche geweest glimt ze weer als vanouds.' Hij leek het laatste woord enigszins te benadrukken.

'Volgens mij heb je iets dergelijks vandaag al eerder gezegd.'

'Uit ervaring heb ik geleerd hoe waardevol gematigdheid kan zijn.'

'Gematigdheid.'

'Als ik ongebreideld grappig ben, komen overal uit de stad de vrouwen op me af. Ik heb eens op een avond drie leuke opmerkingen geplaatst, waarna de politie afzettingen moest plaatsen.'

'Wat vervelend voor de buren.'

'De vereniging van eigenaren heeft me een schriftelijke klacht doen toekomen.'

Ik sloeg mijn ogen ten hemel.

'Lopen of rijden?' vroeg Charlie.

Ik hield mijn hoofd een tikkeltje scheef, vragend.

'Dit huis heeft vier woonlagen.'

'Je hebt een lift,' raadde ik.

Charlie glimlachte me toe met een blik van 'ik kan er ook niets aan doen'.

'Gaan we helemaal naar de bovenste?'

'De keuken is op twee.'

'Laat ik het me maar eens moeilijk maken,' zei ik.

Charlie ging me voor en legde uit hoe het huis in elkaar zat. Het kantoor en de garage beneden, woon/eetkamer, keuken en hobbykamer op één, slaapkamers op twee, ontvangstruimte en terras op drie.

Het decor was Pottery Barn-modern, waarbij gebruik was gemaakt van bruine en crème tinten. Of omber en ecru in designertaal.

Maar de inrichting vertoonde wel degelijk een persoonlijke touch. Schilderijen, voornamelijk modern, maar ook een paar traditionele, die duidelijk antiek waren. Houten en metalen sculpturen. Afrikaans houtsnijwerk. Een masker waarvan ik vermoedde dat het Indonesisch was.

Terwijl we de trappen bestegen, moest ik onwillekeurig naar de foto's kijken. Familiebijeenkomsten, waarop sommige van de gezichten de kleur hadden van een hele variëteit aan koffiesoorten, terwijl op andere de huid meer mokka/olijfkleurig was.

Geposeerde opnamen van een lange zwarte man met een Celticsshirt aan. Charles 'CC' Hunt in zijn NBA-dagen.

Ingelijste kiekjes. Een skitrip. Een dagje naar het strand. Een zeiltocht. Op de meeste ervan stond of zat Charlie naast een slanke, elegante vrouw met lang zwart haar en een geelbruine huid. De echtgenote die op 11 september om het leven was gekomen? Ik kreeg antwoord toen ik op de schoorsteenmantel in de woonkamer een trouwfoto zag staan.

Ik wendde mijn blik af, triest. In verlegenheid gebracht? Charlie keek toe. Zijn gezicht betrok, maar hij zei verder niets.

De keuken was één en al roestvrij staal en hout. Charlies culinaire hoogstandjes bedekten een granieten aanrecht.

Hij gebaarde naar de borden. 'Met rozemarijn ingewreven lamskoteletten. Gemarineerde courgettes. Gemengde salade à la Hunt.'

'Indrukwekkend.' Mijn ogen gleden in de richting van de tafel. Die was gedekt voor twee.

Charlie zag dat ik het zag.

'Helaas is er bij Katy plotseling iets tussengekomen.'

'Hm-mm.' Ongetwijfeld haar haar wassen.

'Wijn? Martini?'

Blijkbaar had mijn dochter mijn kleurrijke verleden niet ter sprake gebracht.

'Perrier, graag.'

'Met citroen?'

'Perfect.'

'Drink je niet?' Gesproken vanachter een geopende koelkastdeur.

'Mm.'

Hoewel Charlie wist dat ik op de middelbare school best heel wat bier achterover had geslagen, vroeg hij niet naar mijn veranderde relatie ten opzichte van drank. Dat beviel me wel.

'Kom je bij me zitten op het terras? Het uitzicht is best aardig.'

Ik ben nooit een herfstmens geweest. Ik vind dat jaargetijde bitterzoet, een laatste oprisping van de natuur voor de klokken worden teruggedraaid en het leven neerhurkt voor de lange, donkere winter.

Vergeet Johnny Mercers *Autumn Leaves*. Volgens mij is de oorspronkelijke Franse titel aanzienlijk veelzeggender: *Les Feuilles Mortes*. De dode bladeren.

Misschien komt het door mijn werk, mijn dagelijkse nabijheid tot de dood. De avond was zo sprankelend dat hij bijna tot leven gekomen leek, het soort avond dat je krijgt als het zomerse stuifmeel is gaan liggen en het herfstgebladerte nog geen aanstalten maakt los te laten. Ontelbare miljoenen sterren bespikkelden de hemel. De in het licht badende torens en wolkenkrabbers in het centrum van de stad leken nog het meest op een Disney-creatie. De Wild Ride van Mr. Money.

Terwijl Charlie aan het grillen was, praatten we wat, testten we wat zijpaden uit. Uiteraard leidde de allereerste naar vroeger.

Feestjes op de 'Rock'. Voorjaarsvakantie op Myrtle Beach. We lachten om het hardst om de herinneringen aan onze middelbareschoolpraalwagen, een walvis van papier-maché en kippengaas, met een schoppende gelaarsde voet uit zijn open bek. *Whale Not Swallow De-Feet*. Walvis die zijn nederlaag niet slikt. Toentertijd vonden we dat die kreet kon wedijveren met een van Groucho Marx.

We krompen in elkaar bij herinneringen aan onszelf tijdens het absolute dieptepunt van de modegeschiedenis. Velours jasjes. Gehaakte petjes met bierlogo's. Macramé tasjes. Uiterst kleurrijke schoenen met hoge hakken.

Er werd niet gerefereerd aan de Skylark.

Nadat de koteletten en de groenten waren gegrild, daalden we af naar de eetkamer. Zodra we ons wat meer op ons gemak voelden, verschoof onze conversatie naar wat serieuzer onderwerpen.

Charlie sprak over een tiener wiens verdediging hij op zich had genomen. De jongen, die geestelijk enigszins gehandicapt was, werd beschuldigd van de moord op twee van zijn grootouders.

Ik bracht de twee kookpotten ter sprake, Anson Tyler, en Boyce Lingo's laatste theatrale optreden. Waarom ook niet? Lingo en Stallings hadden zich op dit gebied behoorlijk uitgesloofd.

'Suggereert Lingo dat deze zaken met elkaar in verband staan?' vroeg Charlie.

'Hij impliceert het wel. Maar hij zit er helemaal naast. Om te beginnen was Anson Tylor helemaal niet onthoofd. En hoewel ik moet toegeven dat de Lake Wylie-verminkingen op satanisme zouden kunnen wijzen, is er in de kelder aan Greenleaf geen enkele aanwijzing voor duivelsaanbidding te vinden. Het kleinvee, het beeld van Sint-Barbara, de uitgesneden Eleggua, de kookpotten. Het riekt allemaal naar de een of andere vorm van santería.'

'Negeer hem verder maar. Lingo positioneert zich voor de verkiezingen; hij wil graag een zetel in de staatssenaat en heeft dus publiciteit nodig.'

'Wie stemt er nou op zo'n stommeling?'

Charlie beschouwde mijn vraag als een retorische. 'Zin in dessert?'

'Graag.'

Hij ging weg en keerde terug met stukken taart ter grootte van een slagschip.

'Vertel me alsjeblieft dat je dit niet zelf hebt gemaakt.'

'Bananenijs gekocht bij Edible Art. Hoewel van galactische omvang, kennen mijn vaardigheden helaas ook grenzen.' Charlie ging zitten.

'Goddank.'

'Lingo's hysterische gebral over satanisten en kindermoordenaars maakt de mensen doodsbang. Erger nog. Hij zou zijn wereldvreemde rechtervleugel wel eens zover kunnen brengen dat ze kruisen in brand gaan steken op de gazons van Asjkenazim en Athabasken. Ik heb het wel eerder zien gebeuren. Een of andere idioot die zich heiliger dan heilig wil gedragen komt op televisie, en het volgende moment verzamelen lieden zich bij de buurtwinkel om er eens lekker tegenaan te gaan.' Ik prikte met mijn vork in de lucht om mijn woorden te benadrukken. 'Beelden? Kralen? Uitgeholde kokosnoten? Vergeet het. Satan stond helemaal niet op het lijstje in die kelder.'

Charlie bracht zijn handen omhoog, en gebaarde mijn kant uit. 'Leg je wapen neer, dan kan niemand van ons iets gebeuren.'

Ik legde de vork op mijn bord neer. Veranderde van gedachten, pakte hem weer op en dook ermee de taartpunt in. Ik zou er straks wel spijt van krijgen. Jammer.

'Lingo weet jou echt woedend te krijgen,' zei Charlie.

'Dat is een van zijn specialiteiten.' Tussen kruimels en banaan nauwelijks verstaanbaar.

'Ben je klaar met je hart luchten?'

Ik begon te protesteren. Stopte toen, gegeneerd.

'Sorry. Je hebt gelijk.'

Beiden aten we zwijgend verder. Toen: 'Athabasken?'

Ik keek op. Charlie glimlachte.

'Asjkenazim?'

'Je begrijpt wat ik bedoel. Minderheidsgroepen die zich niet begrepen voelen.'

'Aleoeten?' stelde hij voor.

'Dat is een goeie.'

We moesten beiden lachen. Charlie stak zijn hand uit, stopte toen, alsof hij verrast was door de beweging van zijn hand. Ietwat onhandig stak hij één vinger uit.

'Er zit slagroom op je lip.'

Ik veegde dat er met mijn servet af.

'Zo,' zei ik.

'Zo,' zei hij.

'Dit was lekker.'

'Dat was inderdaad lekker.' Charlies gezicht was gefixeerd in een uitdrukking die ik niet kon interpreteren.

Op vreemd terrein.

Ik stond op en begon de vuile borden te stapelen.

'Vergeet dat maar.' Overeind schietend nam Charlie de borden van me over. 'Mijn huis. Mijn regels.'

'Dictatoriaal.'

'Dat klopt,' beaamde hij.

Een uur later lag ik opgerold in mijn bed. Alleen. Misschien kwam het door het omvallen tijdens mijn poging mijn slipje aan te trekken. Hoe dan ook, Birdie hield afstand.

Het was stil in mijn kamer. Strepen maanlicht vielen over de kleerkast.

Gezien de kalmte van het vertrek en de eisen die er overdag aan mij waren gesteld, had ik snel in slaap moeten vallen. Maar toch tolden mijn gedachten als in een mallemolen door mijn hoofd.

Ik had genoten van Charlies gezelschap. De conversatie was soepel verlopen, niet zo gestrest als ik had verwacht.

Een plotseling besef. Ik was bijna de hele tijd aan het woord geweest. Was dat goed? Was Charlie Hunt het stille, nadenkende type? Stille wateren hebben diepe gronden? Ondiepe wateren stromen bijna niet?

Charlie had de indruk gewekt dat hij mijn frustratie ten opzichte van Lingo begreep. Hoewel ik inderdaad uiting aan mijn gevoelens had gegeven, had hij me niet behandeld als een slapeloze kleuter.

Onze dialoog had zich strikt in de tegenwoordige tijd afgespeeld. Eerdere huwelijken, verloren geliefden en vermoorde echtgenotes werden niet genoemd. Geen discussie over de jaren tussen de Skylark en nu.

Ik herinnerde me de trouwfoto weer. Charlies gelaatuitdrukking. Wat was het dat ik in zijn ogen had gezien? Wrok? Schuld? Verdriet voor een vrouw die door fanatici was opgeblazen?

Niet dat ik zo graag geheimen wilde vertellen aan Charlie Hunt. Ik had Pete en zijn verloofde van twintig en nog iets, Summer, niet ter sprake gebracht. Of Ryan en zijn geliefde van lang geleden en zijn beschadigde dochter. We hanteerden een vorm van wederzijdse, onuitgesproken medeplichtigheid, waarbij we beiden langs de randen van onze respectieve verledens dansten. Het was beter zo.

Ryan.

Ik had helemaal niet verwacht dat Ryan zou bellen. Maar toch, toen ik thuiskwam had ik gehoopt het knipperende rode lampje te zullen zien.

Drie voicemailberichten. Katy. Pete. Iemand die had opgehangen.

Mijn dochter wilde het hebben over het winkelen van aanstaande zaterdag. Dat zou vast wel.

De van mij vervreemde echtgenoot hoopte een dinertje te mogen organiseren, zodat ik eindelijk Summer eens zou kunnen ontmoeten. Dat leek me even onwaarschijnlijk als varkenskoteletten op sabbat.

Mijn hersenen maalden nog steeds door.

Ryan.

Was hij inderdaad blij weer met Lutetia verenigd te zijn? Was het echt over en uit tussen ons beiden? Vond ik dat erg?

Dat was een gemakkelijke.

Zóú ik het erg moeten vinden?

Pete.

Ga daar niet op in.

Charlie.

Zo was het wel genoeg.

Het lijk uit Lake Wylie.

Wat had me steeds dwarsgezeten met betrekking tot dat stoffelijk overschot? De geringe hoeveelheid maden, afgaand op de verklaring van Funderburke? De afwezigheid van geur en tekenen die erop wezen dat het lijk aangevreten was? De symbolen die in de huid waren gekerfd?

Tuurlijk, ja.

Stond de Lake Wylie-zaak op de een of andere manier in verband met de Greenleaf-kelder? Als dat zo was, hoe dan? Die eerste zaak zou een geval van satanisme kunnen zijn. De tweede leek op santería of een variant daarvan, zoals palo mayombe.

Wat was er met het hoofd van de knaap uit Lake Wylie gebeurd?

Plotseling zag ik in gedachten iets. Het stuk hersenen dat in de kookpot in de kelder zat begraven.

Was het van een mens afkomstig? Aantekening: aan Larabee vragen.

Mijn pessimistische hersencellen gooiden er een gedachte uit.

Mark Kilroys hersenen werden drijvend in een kookpot aangetroffen.

Adolfo de Jesus Constanzo en zijn volgelingen waren een afsplitsing van palo mayombe. Het waren geen duivelsaanbidders.

Kenneth Roseboro.

Vertelde Roseboro de waarheid over het huis aan Greenleaf?

Over zijn huurder? Waar hing T-Bird Cuervo ergens uit?

Cuervo. Was dat niet het Spaanse woord voor 'kraai'? Thomas Kraai. T-Bird. Geraffineerd.

Wat voor een verhaal zou Roseboro morgenochtend te vertellen hebben?

De verminkte jongen bij Lake Wylie.

De beenderen in de kookpot.

De schoolfoto.

Boyce Lingo.

Charlie Hunt.

Pete's bruiloft.

Ryans détente met Lutetia.

En meer.

En meer.

Over elkaar heen buitelende beelden. Verwarde gedachten.

Maar nog niet zo verward als ze op het punt stonden te worden.

14

Het hoofdbureau van het CMPD, het politiekorps van Charlotte, Mecklenburg, is ondergebracht in het Law Enforcement Center, een geometrisch blok beton dat hoog boven de hoek van Fourth en McDowell oprijst. Aan de overkant van de kruising ligt het nieuwe Mecklenburg County Courthouse, de plaats waar Boyce Lingo zijn meest recente voorstelling had gegeven.

Alle recherchediensten bevinden zich op de tweede etage van het Law Enforcement Center. Om acht uur in de ochtend liet ik mijn legitimatie zien, passeerde de bewaking en ging met de lift omhoog, als sardientjes in een lik met agenten en burgers die bijna allemaal een beker Starbucks- of Caribou-koffie omklemd hielden.

Columbus Day. Ik was totaal vergeten dat maandag een feestdag was.

Geen picknick of barbecue voor jou. Loser.

Kenneth Roseboro meldde zich anderhalf uur later dan Slidell hem op het hart had gedrukt. Zijn late verschijning zorgde ervoor dat Skinny in een niet ál te beste bui verkeerde.

En dat gold ook voor het bocht dat in de ruimte van Moordzaken voor koffie moest doorgaan. Tijdens het wachten sloegen Slidell en ik een hele pot koffie achterover. Rinaldi was buiten de deur, druk bezig de uit de kookpot afkomstige foto aan schoolfotografen te laten zien, dus was ik met het slechte humeur van zijn partner helemaal op mezelf aangewezen.

De telefoon op Slidells bureau ging om 9.37 uur eindelijk. Roseboro bevond zich in verhoorkamer drie. De geluids- en videosystemen waren al ingeschakeld.

Voor we naar binnen gingen bleven Slidell en ik enkele ogenblikken staan om het neefje van Wanda Horne door een doorkijkspiegel te bekijken.

Roseboro zat, zijn in sandalen gestoken voeten heen en weer wiegend, de broodmagere vingers in elkaar gestoken op het tafelblad. Hij was misschien een meter vijfenvijftig, vijfenvijftig kilo, met een vreemd uitgerekt hoofd dat als een grasparkiet op een hoge tak balanceerde.

'Mooi kapsel,' merkte Slidell vol verachting op.

Roseboro's schedel was omgeven door concentrische cirkels: een serie richels en groeven.

'Hij heeft een drie-zestig wave,' zei ik. 'Net als Nelly.'

Slidell keek me uitdrukkingsloos aan.

'De rapper.'

Zijn blik veranderde niet.

'Vrolijk shirt,' ging ik naadloos verder. Het was limoenkleurig en groot genoeg om er een racepaard onder te verstoppen.

'Aloha.' Slidell hees zijn broek op. De riem nestelde zich boven een vetrol die net deed of hij zijn middel was. 'We zullen die zak eens stevig laten transpireren.'

Roseboro maakte aanstalten op te staan toen we het vertrek binnen gingen.

'Zitten!' blafte Slidell hem toe.

Roseboro ging zitten.

'Fijn dat je toch nog kans hebt gezien langs te komen, Kenny.'

'Het was erg druk op straat.'

'Dan had je eerder van huis moeten gaan.' Slidell keek Roseboro aan alsof hij met een drol in de goot te maken had.

'Ik had helemaal niet hoeven komen.' Roseboro's toon viel ergens tussen knorrig en verveeld.

'Daar heb je inderdaad gelijk in.' Slidell knalde een map op tafel en liet zich in een stoel tegenover zijn gesprekspartner vallen. 'Maar een fatsoenlijke burger als jij draait zijn hand toch niet om voor dit kleine persoonlijke ongemak, hè?'

Rosebore haalde één benige schouder op.

Ik ging naast Slidell zitten.

Roseboro's ogen gleden mijn kant op. 'Wie is die meid?'

'De dókter heeft me geholpen bij het opruimen van je kelder, Kenny. Had je daar misschien iets over te zeggen?'
'Wat ben ik je schuldig?' Er klonk een aanstellerig lachje.
'Denk je soms dat je leuk bent?'
Opnieuw het ophalen van die ene schouder.
Slidell draaide zich naar mij om. 'Heb jij iets leuks gehoord?'
'Nog niet,' zei ik.
'Ik heb ook niets leuks gehoord.' Slidell richtte zijn blik weer op Roseboro. 'Je zit in de problemen, Kenny.'
'Iedereen zit in de problemen.' Nonchalant nu.
'Maar niet iedereen heeft een huisje aan Greenleaf.'
'Dat heb ik je al gezegd. Ik ben sinds mijn negende niet meer in dat huis geweest. Het overdonderde me helemaal toen dat ouwetje het aan mij naliet.'
'Tantes favoriete neef.'
'Tantes enige neef.' Nog steeds onbekommerd.
'Had ze zelf geen kinderen?'
'Eentje: Archie.'
'En waar hangt Archie vandaag de dag ergens uit?' Slidell bleef een smalende toon hanteren.
'Kerkhof.'
'Verbazingwekkend. Ik vraag waar Archie is, en jij komt met het gevatte antwoord "kerkhof". Om je te barsten te lachen, zomaar, zonder na te denken.' Opnieuw draaide Slidell zich naar mij om. 'Wat een grapjurk, hè? Hij vuurt one-liners op je af of het niets is.'
'Ik lach me dood,' was ik het met hem eens.
'Archie stierf bij een auto-ongeluk toen hij zestien was.'
'Gecondoleerd met het verlies. Laten we het eens over die kelder hebben.'
'Het enige wat ik me kan herinneren, zijn spinnen, ratten, roestig oud gereedschap en een enorme hoeveelheid schimmel.' Roseboro knipte met zijn vingers, alsof hij plotseling iets begreep. 'Dát is het. Jullie arresteren me omdat ik mijn huisdieren niet goed verzorgd heb. Het in gevaar brengen van dieren, ja?'
'Je bent om te gillen, Kenny-boy. Volgens mij probeer je het Comedy-kanaal te halen.' Opnieuw een voorzet van Slidell mijn kant uit. 'Wat denk je? Zullen we inderdaad op een avond rustig zitten

zappen, om dan plotseling met Kenny met een microfoon in zijn hand te worden geconfronteerd?'

'Seinfeld is ook als stand-upcomedian begonnen.'

'Er is alleen één probleem.' Slidell doorboorde Roseboro met een blik die zei dat hij allesbehalve geamuseerd was. 'Jij gaat helemaal geen stand-up doen, je loopt ook niet weg, jij gaat helemaal nergens naartoe, als je hier niet eerst een beetje je best doet, klootzak.'

Op Roseboro's gezicht was alleen maar onverschilligheid te zien.

'Chateau Greenleaf?' Slidell klikte op een ballpoint en hield die klaar boven een geel schrijfblok.

'Voor zover ik me kan herinneren werd de kelder gebruikt als washok en als provisiekast. En ik geloof dat er ook nog een soort werkplaatsje was.'

'Verkeerde antwoord.'

'Ik heb geen idee waar je het over hebt, man.'

'Ik heb het over moord, stomme zak.'

Roseboro's apathie vertoonde zijn eerste breuklijntje.

'Wat?'

'Vertel het nou maar, Kenny. Misschien mag je straks weg op basis van vrijheid van godsdienst.'

'Wát moet ik vertellen?'

'John Gacy. Jeffrey Dahmer. Regel nummer één, dommerd. Verberg nooit lichaamsdelen in je eigen huis.'

'Lichaamsdelen?' Roseboro was nu duidelijk geïnteresseerd.

Slidell keek hem alleen maar woedend aan.

Met wijd opengesperde ogen richtte Roseboro een vraag aan mij. 'Waar hééft-ie het over?'

Slidell sloeg de map open en gooide een voor een foto's van de plaats delict op tafel. De kookpot. De beelden van Sint-Barbara en Eleggua. De dode kip. De geitenschedel. De menselijke resten.

Roseboro bekeek ze maar raakte de foto's niet aan. Na tien volle seconden veegde hij met een hand langs zijn mond.

'Dit is bullshit. Ik kan toch onmogelijk weten wat een huurder mijn kelder in sleept. Ik heb het je al gezegd. Ik heb er nooit een voet in gezet.'

Slidell bleef zwijgen. En zoals gebruikelijk in zo'n geval voelde

Roseboro zich min of meer verplicht die stilte te vullen.
'Moet je horen. Ik kreeg van een of andere notaris een brief waarin stond dat het huis van mij was. Ik heb die papieren ondertekend en een advertentie geplaatst. Vervolgens word ik opgebeld door een knaap die Cuervo heette, die bereid was het huis een jaar van me te huren.'
'Heb je zijn achtergrond nagetrokken?'
'Ik had geen kantoorruimte in de Trump Tower in de aanbieding. We werden het over de prijs eens. Cuervo kwam met het geld over de brug.
'Wanneer was dat?'
Roseboro keek naar het plafond, terwijl de vingers van zijn ene hand een wondkorstje op de andere onmogelijk met rust konden laten. Na een tijdje antwoordde hij: 'Maart een jaar geleden.'
'Heb je een kopie van de huurovereenkomst?'
'Ik ben er nooit aan toegekomen om het op papier te zetten. Cuervo betaalde elke maand en heeft nooit iets gevraagd. Na een tijdje ben ik dat papierwerk vergeten. Stom, naar nu blijkt.'
'Hoe heeft Cuervo betaald?'
'Zoals ik al zei: contant.'
Slidell boog zijn vingers snel achter elkaar, waarmee hij leek te willen zeggen 'heb je nog meer te vertellen?'.
'Hij stuurde het via de post. Ik had het ook prima gevonden als hij een bankrekening had gebruikt, maar ik was niet van plan om elke maand naar Charlotte te rijden.'
'Deze manier van betalen had zeker niets met de belasting te maken, hè?'
Roseboro's vingers begonnen nu nóg sneller aan het korstje te frunniken. 'Ik betaal m'n belastingen.'
'Hm-mm.'
Op het tafelblad verscheen een hoopje korstjes endotheel.
'Wil je daar onmiddellijk mee ophouden,' zei Slidell. 'Mijn maag draait ervan om.'
Roseboro liet zijn handen in zijn schoot vallen.
'Vertel me eens wat meer over Cuervo.'
'Latino. Leek best een aardige knaap.'
'Vrouw? Gezin?'

Opnieuw het optrekken van een schouder. 'We schreven niet bepaald lange brieven aan elkaar.'
'Is hij legaal hier?'
'Ik zit toch niet bij de grenspolitie?'
Slidell haalde een uitdraai uit zijn map. Vanaf mijn plek zag de foto er donker en korrelig uit.
'Is dat 'm?'
Roseboro wierp een snelle blik op het gezicht en knikte.
'Ga door.' Slidell pakte zijn ballpoint. Ik vermoedde dat het aantekeningen maken voornamelijk voor de show was.
Opnieuw haalde Roseboro een schouder op. Hij had die beweging uitstekend onder de knie.
'Na juni hield hij op met betalen, hij reageerde ook niet meer wanneer ik hem op zijn mobieltje belde. Tegen september had ik zo de smoor in dat ik hierheen ben gereden om hem eruit te gooien.' Roseboro schudde gedesillusioneerd zijn hoofd toen hij weer aan zijn gevallen medemens moest denken. 'Maar die klootzak was verdwenen. Hij heeft me gewoon belazerd.'
'Ik moet bijna van je huilen, Kenny. Om een fatsoenlijk iemand als jij zo te beduvelen. Had Cuervo zijn spullen meegenomen?'
Roseboro schudde zijn hoofd. 'Hij had alles laten staan. Maar het was alleen maar troep.'
'Heb je zijn telefoonnummer?'
Roseboro haalde het mobieltje uit het etui aan zijn riem, zette hem aan en scrolde langs het adresboek.
Slidell noteerde de cijfers. 'Ga door.'
'Ik heb verder niets te vertellen. Ik heb een makelaar in de hand genomen en heb het huis verkocht. Einde verhaal.'
'Niet helemaal.' Nadat Slidell de foto's op een hoopje had gelegd, schoof hij een opname van alleen de menselijke schedel naar voren. 'Wie is dit?'
Roseboro's blik daalde af naar de foto, maar schoot toen weer met een ruk omhoog. 'Jezus christus, hoe moet ík dat weten?'
Slidell haalde een afdruk van de schoolfoto uit zijn map en hield hem omhoog. 'En dit?'
Roseboro zag eruit als een man wiens hersenen als een gek waren gaan malen. Probeerde hij zich te beheersen? Probeerde hij het te

begrijpen? Zocht hij naar een verklaring? Was hij op zoek naar een uitweg?'

'Ik heb dat kind mijn hele leven lang nog nooit gezien. Hoor eens. Ik mag dan geprobeerd hebben hier en daar wat belasting te ontduiken, maar eerlijk waar, ik weet hier helemaal niets van. Ik zweer het.' Roseboro's blik schoot van Slidell naar mij en weer terug. 'Ik woon in Wilmington. Ik zit daar al een jaar of vijf. Controleer het maar.'

'Ga daar maar van uit,' zei Slidell.

'Als je wilt ben ik bereid een test met de leugendetector te ondergaan. Nu desnoods. Doe het nu maar, als je wilt.'

Zwijgend verzamelde Sildell de foto's, hij legde de folder op het schrijfblok en kwam overeind.

Ik ging ook staan.

Samen liepen we naar de deur.

'En hoe zit het dan met mij?' klonk de klagerige stem van Roseboro achter ons. 'Wat gaat er nou met mij gebeuren?'

Slidell sprak zonder zich om te draaien.

'Ik zou voorlopig geen audities inplannen.'

'Indrukken?' vroeg ik toen we weer in Slidells kantoor waren teruggekeerd.

'Het is een snotterend stuk onderkruipsel. Maar mijn gevoel zegt dat hij de waarheid spreekt.'

'Jij loopt aan Cuervo te denken?'

'Of tantetje.'

Ik schudde mijn hoofd. 'Wanda is anderhalf jaar geleden gestorven. Ik ben er nagenoeg zeker van dat die kip de afgelopen paar maanden gedood moet zijn. Ik zal mijn entomoloog eens bellen en kijken of hij een voorlopige mening durft te geven.'

'Als blijkt dat Wanda er niets mee te maken heeft, zou ik graag Cuervo eens willen horen. Vooropgesteld dat Roseboro ons niet in de maling neemt.'

'Mag ik die politiefoto eens zien?'

Slidell diepte de print uit zijn map op.

De kwaliteit was inderdaad belabberd. De man was één en al tanden en rimpels, terwijl zijn dikke grijze haar uit zijn gezicht was geveegd.

'Als Cuervo een Latino is, dan zou santería kunnen kloppen,' zei Slidell. 'Of dat andere.'

'Palo mayombe.' Ik hoopte dat dat niet het geval was. En als het wel zo was, hoopte ik dat het niet de Adolfo de Jesus Constanzo-variëteit zou zijn. 'Wat ga je met Roseboro doen?'

'Ik laat hem even afkoelen, en ga dan weer naar binnen om hem nog even stevig onder handen te nemen. Angst wil de grijze cellen nog wel eens stevig door elkaar schudden.'

'En dan?'

'Dan laat ik hem los en ga ik op zoek naar Cuervo. Ik begin met zijn mobieltje.'

'En de belastingdienst. Hoewel Cuervo daar wel eens onbekend zou kunnen zijn.'

Slidell sloeg zijn ogen ten hemel toen ik dat zei. 'Als hij illegaal was zou dat Roseboro's voorkeur voor contante betaling wel eens kunnen verklaren.'

'Heeft Rinaldi zich al gemeld?'

Slidell keek naar zijn voicemail en mobieltje, en schudde toen zijn hoofd.

'Ik ga naar het kantoor van de lijkschouwer,' zei ik. 'Laat me weten als Rinaldi iets aan de weet is gekomen. Zo niet, dan is het misschien tijd om het portret van het meisje in de openbaarheid te brengen. Ik bel zodra Larabee en ik klaar zijn met de Lake Wylie-torso.'

'Goed plan,' zei Slidell.

We wisten niet dat zich al een ander plan aan het ontvouwen was. Een plan dat op een dodelijke ramkoers lag met dat van ons.

15

Het weekend betekent je salaris krijgen en de gelegenheid om drank achterover te slaan. Het gevolg daarvan is dat het aantal ruzies, vechtpartijen, ongelukjes en ongelukken tussen einde werktijd op vrijdag en de kerkdienst op zondag, aanzienlijk toeneemt. Aan het begin van de week was het dan ook vaak een gekkenhuis in het mortuarium. Aan het eind van de week daarentegen is het vaak rustig.

Maar dat was op deze vrijdagochtend bepaald niet het geval.

Twee blokken ervan verwijderd wist ik al dat er iets helemaal fout was. De weinige parkeerplaatsen tegenover het MCME stonden vol, terwijl ook de trottoirs van College en Phifer Avenue vol auto's stonden.

Toen ik dichterbij kwam herkende ik de logo's. WBTV. WDOC. WCCB. News 14 Carolina.

Ik schoot de parkeerplaats op, zette mijn wagen snel op de parkeerrem, gooide het portier open en holde in de richting van het gebouw. Televisieverslaggevers, krantenreporters en fotografen blokkeerden de hoofdingang. Met het hoofd omlaag en de ellebogen naar buiten ging ik de mensenmassa te lijf.

'Dokter Brennan,' riep iemand.

Ik negeerde het, ploegde verder, terwijl woede elke spier in mijn lichaam deed verstrakken. Nadat ik me met veel moeite door de menigte had gebaand en heel wat lieden mijn naam hadden geroepen, slaagde ik er eindelijk in door te breken.

Boven aan de trappen werd hofgehouden door Boyce Lingo. Net als eerder werd zijn flank beschermd door Borstelkop-Eekhoornwangen.

'We zijn een tolerante maatschappij.' Lingo's vriendelijke glimlach veranderde geleidelijk aan in een strenge blik. 'Maar het is nu geen tijd voor toegeeflijkheid. Een houding die het aanbidden van de duivel toestaat, staat ook elke andere vorm van kwaad toe. Dronkenschap, overspel, afgoderij, homoseksualiteit. Alle soorten morele perversiteiten die tegen het gezin zijn gericht.'

Ik deed een stap naar voren, mijn armen omhooggestoken als een klaarover. 'Deze persconferentie is afgelopen.'

Cameralenzen werden mijn kant uit gedraaid. Microfoons schoten in de richting van mijn gezicht.

Ik hoorde gemompel. Mijn naam. Antropoloog. UNCC.

'Uw aanwezigheid hier maakt het ons onmogelijk ons werk behoorlijk te doen.'

Lingo verstarde, terwijl zijn armen een V vormden, de vingers in elkaar gestoken voor zijn genitaliën.

'U dient hier allemaal te verdwijnen.'

'Is het waar dat Anson Tylers hoofd is afgehakt?' riep een verslaggever.

'Nee,' snauwde ik, en ik had onmiddellijk spijt dat ik me tot een antwoord had laten verleiden.

'Wat kunt u ons over de zaak-Tyler vertellen?' vroeg een vrouwenstem.

'Geen commentaar.' IJzig.

'Hoe zit het met het lijk dat langs Lake Wylie is gevonden?' Toegeschreeuwd vanuit de achterste gelederen.

'Geen commentaar.'

'De wethouder zegt dat er satanische symbolen in het vlees zijn gekerfd.'

'Geen. Commentaar.'

Ik keek woedend naar Lingo, waarbij de razernij van het ene zenuwuiteinde naar het andere oversprong.

'Waarom komt u niet gewoon met de waarheid, dokter Brennan?' Lingo, de betrokken activist.

'U herkent de waarheid nog niet eens als die u in uw kont zou bijten.'

Een kort, collectief happen naar adem. Een paar mensen giechelden nerveus.

'De bevolking van Charlotte heeft recht op een antwoord.'
'De bevolking van Charlotte zit allesbehalve te wachten op de nergens op gebaseerde angst die u ze probeert aan te praten.' Vergeleken met Lingo's stroperige bariton klonk mijn stem schril.

Lingo glimlachte minzaam, een liefhebbende ouder die naar een slechtgehumeurd kind kijkt. Ik had zin om deze schijnheilige klootzak de trap af te schoppen.

'Is het LeVay? De Kerk van Satan?' Geschreeuw.

'Is het waar dat deze mensen dieren martelen en doden?'

'Hoe groot is het heksengenootschap in Charlotte?'

'U verspreidt u nu, anders zal de politie deze plek ontruimen.'

Mijn dreigende woorden werden volkomen genegeerd.

'Heeft de politie al een verdachte opgepakt?'

'Waarom wordt alles in de doofpot gestopt?'

Een microfoon draaide mijn kant uit. Ik sloeg hem opzij. De hengel zwiepte weer terug en klapte tegen mijn wang.

Ik ging door het lint.

'Er! Wordt! Niets! In! De! Doofpot! Gestopt! Er bestaat helemaal geen samenzwering!'

Ik hoorde hoe er furieus foto's werden gemaakt.

'Jullie worden gemanipuleerd!' Ik deed een stap naar voren, greep een televisiecamera en draaide die in de richting van de menigte. 'Kijk eens naar jezelf. Jullie zijn bezig met een heksenjacht!'

Ik hoorde de glazen deur achter me openzwaaien.

'Opgelazerd!'

Vingers sloten zich om mijn pols.

Ik rukte me vrij en maakte met mijn vingers een onderhandse veegbeweging.

'Snel! Misschien kunnen jullie nog een non vinden die net verkracht is. Of een in elkaar geslagen omaatje die door haar poedel is opgegeten.'

'Kalm maar.' Gefluisterd. Toen ik mijn schouders draaide, duwde Larabee me behoedzaam naar de ingang.

Vóór de deur dichtging slaagde ik erin er nog een laatste suggestie uit te gooien.

Tien minuten later had ik me weer enigszins in de hand.
'Hoe erg was het?'
Larabee recapituleerde de hoogtepunten.
'Een grote puinhoop?'
Larabee knikte.
'Hebben de microfoons dat opgepikt?' Achter beide oogbollen kondigde zich een hoofdpijn aan.
'O, zeker weten.'
'Mijn god.'
'Hij ook. Laten we hopen dat de baas het niet te horen krijgt.'
Noord-Carolina heeft een lijkschouwingsdienst die de hele staat bestrijkt, en het kantoor van het hoofd van de pathologen-anatomen bevond zich in Chapel Hill.
'Hij zal er de pest in hebben.'
'Ga daar maar van uit,' was Larabee het met me eens.
'En nu?'
'Jij en ik gaan nu eerst sectie verrichten op die knaap uit Lake Wylie.'
En dat deden we.

Tegen drieën straalden de röntgenopnamen ons vanaf de lichtkasten tegemoet, bedekten vingerafdrukformulieren de ene balie, dreven stukjes orgaan in potjes en lagen botspecimens in roestvrij stalen kommen. Lever, alvleesklier, long, maag, nier en hersenen voor de patholoog-anatoom. Sleutelbeenderen, schaamvoegen, halswervels en een vijf centimeter lang stuk dijbeen voor mij.

Het pentagram en het 666-teken hingen lijkbleek in hun formalinebad. Grijsroze kraters markeerden de plekken op borst en buik waarin gesneden was.

Als al het snijwerk, het wegen en bekijken is gedaan, naait een assistent het lijk gewoonlijk weer dicht. Die assistent sorteert ook alle specimens en maakt de boel ten slotte schoon, zodat de patholoog door kan gaan met de andere aspecten van de sectie.

Vandaag bleven Larabee en ik waar we waren, verbijsterd en gefrustreerd.

'Het is allemaal net omgekeerd,' zei Larabee terwijl Hawkins druk bezig was organen in de geopende borstruimte terug te plaatsen. 'Er is sprake van meer aërobe dan anaërobe ontbinding.'

'Alsof het lijk eerder van binnenuit aan het ontbinden is dan vanaf de buitenkant,' zei ik.
'Precies. En van beide is er te weinig, uitgaande van een minimale PMI van achtenveertig uur.'
'De temperatuur heeft de hele week zo rond de zevenentwintig graden geschommeld,' zei ik. 'En dat stuk oever ligt meer dan tien uur per dag in het volle zonlicht. Het lijk zat losjes ingepakt. Met die combinatie had het toch erg snel in staat van ontbinding moeten raken.'
'Heel erg snel,' beaamde Larabee.
'En dan hadden er ook tekenen van dierlijke aanvreting te zien moeten zijn geweest.'
'Ja.'
Hawkins legde de lever terug. Dat ging met een zacht, nat plopgeluid gepaard.
'En uit niets blijkt dat dit lijk een tijdje in het meer heeft gelegen.'
'Nee.'
'Wat zou er dan gebeurd zijn?'
'Daar vraag je me wat.'
Hawkins stak een korte kromme naald in de borst van de jongen. Naarmate hij de randen van de Y-incisie dichter tegen elkaar aan trok, werd de huid iets omhoog getrokken.
'Uit de maaginhoud valt op te maken dat deze knaap enkele uren voor zijn dood nog iets gegeten heeft. Bonen. Pepers. Een of andere zuidvrucht, citroen, hoewel het ook limoen kan zijn geweest.'
'Hopelijk leveren die vingerafdrukken iets op,' zei ik.
'Jij denkt dat zijn leeftijd tussen de zestien en de achttien moet liggen?'
Ik knikte. Mijn voorlopige conclusie was gebaseerd op het sleutelbeen, de schaamvoegen en de röntgenopnamen.
'Dit zou wel eens erg lastig kunnen worden. Elke dag verdwijnen er wel tieners.' Larabee knikte met zijn hoofd in de globale richting van de binnenstad. 'De meesten zitten daar, leven op straat. Als ouders op zoek gaan, gaat zo'n kind ondergronds. En als iemand niet meer komt opdagen, denkt de groep dat het kind ergens anders heen is gegaan.'

Hawkins draaide zich naar Larabee om. De patholoog-anatoom knikte.

Hawkins bracht het lijk van de tafel over naar een klaarstaande roestvrijstalen brancard, bedekte het met plastic, ontkoppelde met zijn voet de rem en reed het geheel naar de gang. Achter hem klikte de deur weer op z'n plaats.

'Ik zal de wervels eens goed bekijken,' zei ik. 'Als er iemand gearresteerd wordt, kunnen snijsporen wel eens nuttig blijken te zijn.'

'Ervan uitgaande dat de dader zijn gereedschap bij zich heeft gehouden en dat door de politie gevonden wordt. Denk je aan een zaag?'

'De groeven wijzen op een getand of gekarteld blad. Ik zal alles nog eens goed onder het vergrootglas bekijken.'

Larabee stroopte zijn handschoenen uit. 'Ik zal contact met Slidell opnemen, die ervoor zal zorgen dat de prints door het systeem worden gehaald.'

Plotseling herinnerde ik het me weer. 'Heb je nog naar de hersenen gekeken?'

Larabee knikte. 'Ik ben geen neuro-anatoom, maar de structuur lijkt me menselijk.'

'We zouden een bezinkselproef kunnen uitvoeren.'

Ik refereerde aan een procedure waarin antihumane antilichamen, verkregen door het injecteren van een konijn met menselijk bloed, samen met een onbekend monster op een agarose gel worden gelegd. Als zich op de plaats waar de twee monsters elkaar tegenkomen een neerslaglijn vormt, dan is het onbekende monster niet van een mens afkomstig. De test kan worden uitgevoerd met antihond, antihert of elke andere species waarvan sprake is. Hoewel de test gewoonlijk met bloed wordt uitgevoerd, vermoedde ik dat het ook met hersenmaterie moest kunnen.

'Het is het proberen waard,' zei Larabee.

'Ik zal er vaart achter zetten.'

Om de tafel heen lopend pakte ik mijn kommetjes en ging op weg naar de stinkruimte.

Wat betreft de snijmarkeringen had ik gelijk.

Hoewel de nekbeenderen niet ideaal zijn voor het vasthouden

van bladkarakteristieken, was de vierde nekwervel overdwars doorgesneden, waardoor een serie fijne strepen bewaard waren gebleven die een concave kromming lieten zien waarvan de ronding steeds een vaste radius vertoonde, en die bij het afscheidingspunt wegdraaide, en niet eromheen. De vijfde wervel had één enkele valse start met een breedte van 2,28 mm breed. Elk snijvlak zag er uniform, bijna glad uit. Ik vond maar weinig in- en uitgangafbrokkeling.

Alles wees op een elektrische cirkelzaag.

Nadat ik de doorgezaagde wervels had gefotografeerd, belde ik de entomoloog aan wie ik dinsdagochtend de monsters uit de Greenleaf-kelder had toegestuurd. Hij had ze ontvangen. Hij had er naar gekeken.

Hij had het over de vliegen uit de familie *Phoridae* die in de kip en de lege poppen in de kop van de geit waren aangetroffen. Hij ging door en had het over de *Collembola*, *Dermestidae* en kakkerlakken die in de aarde zaten. Hij kwam met cijfers en statistische mogelijkheden over de brug.

Ik vroeg om een eindconclusie.

Afhankelijk van nog enkele laatste waarnemingen, was volgens hem de kip ruwweg zes weken dood.

Ik gaf hem de noodzakelijke gegevens van de Lake Wylie-zaak door en zei hem dat er nog wat monsters naar hem op weg waren.

Daar was hij niet blij mee.

Ik vertelde hem dat we vermoedden dat het om een lijk ging dat ter plekke was gedumpt, maar dat we de mogelijkheid dat de knaap uit het meer was aangespoeld graag wilden elimineren. Hij zei dat ik het plastic waarin hij gewikkeld had gezeten mocht sturen. Ik zei dat ik dat zou doen.

Ik werkte snel een sandwich naar binnen en begon het stuk been dat ik uit het Lake Wylie-lijk had gehaald in dunne schijfjes te snijden. Als Slidell geen geluk had met de vingerafdrukken, hoopte ik dat histologie me zou helpen bij het verfijnen van mijn schatting.

Gewoonlijk is de procedure tandenknarsend eentonig. Met een uiterst scherpe diamantsnijder maak je plakjes bot van slechts honderd micron dik. Althans, zo gebeurde het vroeger. De micron was in 1967 officieel uitgebannen door de CGPM, de intergalactische raad die ons vertelt hoe we moeten wegen en meten. De micron heet tegenwoordig micrometer. Maakt niet uit. De kleine opdonder is nog steeds 0,04 inch. Daarom noemen we de plakjes dunne secties. Eenmaal op glasplaatjes gelegd, worden die secties bekeken door een lichtmicroscoop met een vergroting van 100 x. Dan kun je dingen tellen.

Dit is de vooronderstelling. Bot is een dynamisch weefsel, dat zichzelf constant repareert en vervangt. Tijdens het bestaan nemen de microscopische deeltjes in aantal toe. Een telling van osteons, osteonfragmenten, lamellen en kanaalsystemen, stelt ons dan in staat om een leeftijd nader te bepalen.

De uitkomst van die tellingen ondersteunde mijn aanvankelijke schatting van ergens tussen de zestien en achttien jaar.

Dat was dus geen verrassing.
Maar iets anders was dat wel.
Tijdens het tellen merkte ik vreemde verkleuringen op in verschillende kanalen van Havers, de uiterst kleine tunneltjes in het beenderweefsel waardoor zenuwen en bloedvaten lopen.

Een of ander zich verspreidend micro-organisme? Verkleuring ten gevolge van de grond? Minerale afzetting? Microfracturen?

Hoewel ik de vergroting op twee keer zo krachtig zette, waren de onregelmatigheden nog steeds niet duidelijk. Deze defecten konden iets betekenen, maar voor hetzelfde geld waren ze van geen enkele betekenis. Om zekerheid te krijgen moest ik een veel krachtiger microscoop gebruiken. Dat betekende een scan onder de elektronenmicroscoop.

Ik pakte mijn mobieltje en toetste het nummer van een collega bij de afdeling Opto-elektronica van de UNCC in. Een opgewekte stem vertelde me dat de eigenaar van het toestel op dinsdag weer op zijn post zou zijn, en wenste me vervolgens een plezierig lang weekend.

Behalve dat ik me moe en gefrustreerd voelde, voelde ik me ook nog eens de grootste loser van de wereld.

Ik liet een duidelijk minder vrolijk bericht achter, toen ik het piepje van een binnenkomend telefoontje hoorde. Ik schakelde onmiddellijk over.

Slidell stond bij de voordeur. Hij stond te wachten en was ongeduldig.
Ik keek naar de klok. Mevrouw Flowers was al uren geleden vertrokken.
Ik liep naar de hal en liet Slidell binnen.
'Ik was even bang dat ik buiten van ouderdom zou sterven.'
'Ik ben met twee zaken tegelijk bezig.' Ik deed net of ik Slidells opmerking niet gehoord had.
'Heb je de leeftijd van die Lake Wylie-knaap al bepaald?'
'Zestien tot achttien.'
'Snijgereedschap?'
'Elektrische cirkelzaag.'
'Ja?'
'Ja.'
Slidell tuitte zijn lippen, knikte en haalde een velletje papier uit zijn zak.
'Ik heb hier iets wat je best een goed idee zult vinden.'
Ik stak een hand uit.
Hij had gelijk.
Ik vond het een goed idee.

16

Slidell had een huiszoekingsbevel voor Cuervo's winkel weten te regelen.
'Ik ben onder de indruk.' En dat was ook zo.
'Erskine B. Slidell laat er geen gras over groeien. En, tussen haakjes, Thomas Cuervo is een officieel ingezetene van deze Verenigde Staten, compleet met groene kaart.'
'Meen je dat?'
'Het ziet er naar uit dat mama erin geslaagd is het land binnen te glippen, een kind te werpen, de papieren van kleine Tommy te regelen, om er vervolgens weer snel naar Ecuador vandoor te gaan. In de jaren tachtig begon Cuervo regelmatig bezoekjes naar ons land af te leggen. Hij woont hier permanent vanaf 1997. De belastingdienst heeft geen vast woonadres van hem, niet hier en niet in Zuid-Amerika.'
'Dat verbaast me niets.'
'Na een tweede sessie met Roseboro, waarin ik hem heb verteld dat-ie kon opsodemieteren, ben ik eens langs Cuervo's apotheekje gereden. De winkel was dicht, maar ik ben er met zijn foto langsgegaan. Jezus, ik dacht dat ik in Tijuana rondliep.'
Slidell maakte een gebaar waarvan de bedoeling me totaal ontging.
'Uiteindelijk ben ik erin geslaagd twee *hombres*' – hij sprak het woord uit als *hom-brees* – 'uit hun hol te verdrijven die erkenden dat ze hem oppervlakkig kenden. De jongens hadden enige moeite met het Engels, maar wat dacht je wat, nadat ik met een paar biljetten van twintig dollar had gezwaaid, verbeterden hun communicatieve vaardigheden aanzienlijk. Zo te horen vormen het uitbaten van ver-

sterkende middelen en wiet slechts twee talenten van *señor* Cuervo. Deze jongen is blijkbaar ook nog eens een graag geziene gebedsgenezer.'
'Een *santero?*'
'Of misschien dat andere.'
'Palero?'
Slidell knikte.
Palo mayombe.
Mark Kilroy.
Ik duwde die gedachte zo ver mogelijk naar de achtergrond.
'Waar is Cuervo nu?'
'Cisco en Pancho waren daar een beetje vaag over. Ze zeiden dat de winkel alweer een paar maanden gesloten was. Ze opperden dat Cuervo misschien wel naar Ecuador was teruggekeerd.'
'Heeft hij familie hier in Charlotte?'
'Volgens de twee amigo's niet.'
'Hoe heb je een rechter zover gekregen dat hij een huiszoekingsbevel heeft getekend?'
'Het lijkt erop dat die goeie ouwe T-Bird nog anderen reden had om zijn snor te drukken. Er bleek nog een arrestatiebevel tegen hem te lopen.'
'Cuervo kwam niet opdagen bij een zitting op de rechtbank?' raadde ik.
'Een aanklacht in verband met drugs. Op 29 augustus.'
'Nog geluk gehad met zijn mobieltje?'
'Volgens de telefoonmaatschappij is er sinds 25 augustus zowel van uitgaand als binnenkomend verkeer geen sprake meer geweest. Het nalopen van individuele nummers zal enige tijd in beslag nemen.'
'Was je van plan die zaak nu te doorzoeken?'
Slidell schudde zijn hoofd. 'Morgen. Vanavond ga ik eerst Larabees vingerafdrukken eens nalopen.'
Dat klonk zinnig. In de Lake Wylie-zaak ging het onmiskenbaar om moord. We wisten niet eens zeker of er zich in de Greenleafkelder wel criminele activiteiten hadden afgespeeld.
Ik haalde de vingerafdrukformulieren in de grote sectieruimte op en gaf ze aan Slidell.

'Ik wil er bij zijn,' zei ik.
'Eh,' zei hij.
Ik beschouwde dat als een instemming.
Nadat Slidell was vertrokken keek ik op mijn horloge. Tien over half negen. Blijkbaar was Skinny's sociale leven even triest als het mijne.
Ik stopte de schedel opnieuw in een plastic zak, toen me iets te binnen schoot. Je kent dat wel. Iedereen heeft dat wel eens. In strips staat dat altijd afgebeeld als lampjes boven het hoofd van iemand, en dan is aan de stralingslijntjes te zien dat ze net zijn aangesprongen.
Vingerafdrukken.
Was.
Hoe groot is de kans?
Het gebeurt wel eens.
Met behulp van een scalpel bracht ik haaks op elkaar staande lijnen in de waslaag boven op de schedel aan, waardoor een vierkant van ruwweg vijf bij vijf centimeter ontstond. Na enig frunniken liet er een stukje los.
Ik deed dat net zolang tot de hele waslaag in stukjes en beetje op een roestvrijstalen blad lag. Elk van die stukjes bekeek ik aandachtig onder de microscoop.
Ik was op drie kwart toen ik het op de concave kant van een segment zag zitten dat aan de rechter wandbeen vastgekleefd had gezeten. Een perfecte afdruk van een duim.
Waarom de onderkant? Had de was de afdruk van de onderliggende schedel getild? Was de vinger van de dader in aanraking geweest met de hete was toen die eroverheen was gegoten of er vanaf een kaars bovenop was gedrupt?
Het deed er niet toe. De afdruk zat er en die kon tot een verdachte leiden.
Ik voelde me opgetogen en belde Slidell. Ik kreeg zijn voicemail. Ik liet een boodschap achter.
Nadat ik de afdruk zowel met direct licht als schuin invallend licht had gefotografeerd, onderzocht ik de schilfer twee keer: zowel van boven als van onder. Ik vond niets.
De klok wees 10.22 uur aan.

Tijd om te gaan.
Ik reed net mijn oprit op toen Slidell belde.
Zijn nieuws overtroefde dat van mij.

'James Edward Klapec. Werd Jimmy genoemd. Zeventien. Ziet er beter uit mét hoofd, maar niet veel beter.'
Slidells opmerking irriteerde me meer dan gebruikelijk. We hadden het over een dood kind. Ik zei niets.
'Ouders wonen oostelijk van hier, in Jacksonville,' vervolgde Slidell. 'Pa is een gepensioneerde marinier die bij een tankstation werkt, en ma werkt in Camp Lejeune in de basiswinkel. Ik heb gebeld en kwam erachter dat kleine Jimmy afgelopen februari van huis is weggelopen.'
'Wisten zijn ouders dat hij in Charlotte woonde?'
'Ja. De jongen belde om de paar maanden naar huis. Het laatste telefoontje dateert van begin september. Ze konden zich de precieze datum niet meer herinneren. Je moet niet vergeten dat deze mensen niet elke dag bij de post kijken of er een uitnodiging van MENSA bij zit.'
Ik vroeg me af hoe Slidell van het bestaan van MENSA afwist, maar liet het maar zo.
'De familie Klepac is niet naar Charlotte gekomen om hun zoon mee naar huis te nemen?'
'Volgens pa was het kind zestien en kon het doen waar het zin in had.' Slidell zweeg even. 'Dat zei hij me, maar die zak was te lezen als een open boek. Het kind was homoseksueel en Klapec wilde niets met hem te maken hebben.'
'Waarom zeg je dat?'
'Hij noemde hem een flikker.'
Duidelijk.
'Waarom zat Klapec in het systeem?'
'De knaap was een *chicken hawk*.'
Dat sloeg nergens op. In het taaltje van mijn homoseksuele vrienden waren *chicken hawk*s al wat oudere homoseksuele mannen die op zoek waren naar jong bloed.
'Ik weet dat je me dat gaat uitleggen,' zei ik.
'Jonge homo's die in de buurt van gay-bars rondhangen, wach-

tend op prooi. Je weet wel, rondcirkelen, net als *chicken hawks*. Grandioze manier van leven. Iemand pijpen, een paar centen krijgen om vervolgens te worden vermoord.'

Ik moest even slikken.

Dus de Lake Wylie-jongen was het gebruikelijke pad voor weglopers gevolgd. Het kind loopt van huis weg in de verwachting een Ken Kesey and his Merry Pranksters-busritje te krijgen, maar het draaide erop uit dat hij uit vuilcontainers moet eten en allerlei lieden aan hun gerief moet helpen. Het is een hartverscheurende maar voorspelbare gang van zaken.

'Heb je met de moeder gesproken?'

'Nee.'

'Heb je verteld in welke staat het lijk verkeert?'

Het was even stil. Toen: 'Misschien vinden we het hoofd en hoeven ze het niet te weten.'

Dus rotzak Slidell bleek toch over een hart te beschikken.

Ik omschreef de wasafdruk.

'Het lijkt me zinvol om hem door het systeem te halen,' zei Slidell. 'Klapec was werkzaam in NoDa, rond Thirty-six en North Davidson.' NoDa. Dat stond voor North Davidson. Charlottes versie van SoHo. 'Rinaldi zorgt ervoor dat zijn foto verspreid wordt, en dan maar kijken wat de jongens uit de buurt bereid zijn aan ons te vertellen. Voor hij daarnaartoe gaat zal ik hem vragen of hij jouw wasafdruk komt halen en die naar het lab brengt.'

'Hoe laat ga jij Cuervo's toko doorzoeken?'

'Acht uur precies. En, dok?'

Ik wachtte.

'Je kunt maar beter uit de spotlight blijven.'

In de loop van de nacht kwam er vanuit de bergen een front opzetten, dat de warme deken die over de Piedmond hing verdrong. Ik werd wakker van de geur van natte bladeren en het geluid van regen die tegen mijn ramen roffelde. Aan de andere kant van de hor hadden de magnoliatakken het in de wind hard te verduren.

De winkel van Cuervo lag net iets ten zuiden van de binnenstad, in een buurt die niet bepaald een paradepaardje van de Queen City genoemd kon worden. Heel wat bedrijven leken zo uit het Zuiden van de jaren vijftig en zestig afkomstig: fastfoodzaken, franchises van de bekende ketens, body-shops, barbecuetenten. Andere toko's hielden rekening met meer recent gearriveerde inwoners. Tienda Los Amigos. Panadería Miguel. Supermercado Mexicano. Die bevonden zich allemaal in winkelstraten die hun beste tijd hadden gehad.

La Botaníca Buena Salud vormde daarop geen uitzondering. Opgetrokken uit baksteen, met een donker, bruingetint raam, werd de zaak geflankeerd door een tattooshop en een zonnebankstudio. Een ijssalon, een verzekeringskantoor, een winkel voor loodgietersartikelen en een pizzeria completeerden het geheel.

Een aftandse Mustang en een antieke Corolla namen een smalle strook asfalt vlak voor de winkels in beslag. Elke wagen glom alsof hij zojuist door een trotse eigenaar was opgepoetst. Een stevige stortbui kan dat met oud roest doen.

Ik parkeerde en stemde op WFAE af. Nippend van de koffie in de reisbeker, luisterde ik naar *Weekend Edition*.

Tien minuten gingen voorbij zonder dat er van de CSS of Slidell ook maar iets te bekennen was. Dat acht uur precies sloeg ook nergens op.

De regen transformeerde de neonverlichting van de tattooshop tot oranje en blauwe strepen. Door het water op mijn voorruit zag ik hoe een dakloze man het afval doorzocht, terwijl een drijfnat sweatshirt tot op zijn knieën hing.

Scott Simon had het op de radio net over gemuteerde kikkers toen mijn blik in de richting van de zijspiegel aan de bestuurderskant ging. Het spiegelglas werd gevuld met Slidells beeltenis. Pal eronder stond de tekst: VOORWERPEN IN DE SPIEGEL ZIJN DICHTERBIJ DAN HET LIJKT.

Een ontnuchterende gedachte.

Ik bracht de motor tot zwijgen en stapte uit.

Slidell probeerde ook onderweg te ontbijten, een Bojangles worstenbroodje en Nehi-sinas.

'Wat een hoosbui, hè?' klonk het enigszins vervormd.

'Mm.' Het water doorweekte mijn haar en liep langs mijn gezicht. Ik trok de capuchon van mijn sweater over mijn hoofd. 'Komt de CSS ook?'

'Ik vond dat we eerst maar eens rond moesten neuzen, dan kunnen we daarna kijken of ze nodig zijn.'

Slidell gaf er altijd de voorkeur aan om plaatsen delict te onderzoeken als ze nog volkomen onaangeroerd waren, en zijn werkwijze was dan ook om er eerst even alleen rond te kijken voor hij de technische recherche erbij haalde.

Slidell werkte het laatste stuk worstenbrood naar binnen en dronk de sinas op, waarna hij het karton in het blikje propte, om het volgende moment met een triomfantelijk gebaar een stel sleutels tevoorschijn te halen. 'De klootzak van het managementbureau heeft problemen met de punctualiteit.'

Een eindje verderop was een rioleringsafvoer verstopt, waardoor het asfalt in een ondiepe vijver was veranderd. Slidell en ik ploeterden samen naar de winkel.

Ik wachtte terwijl hij sleutel na sleutel probeerde. Er denderde een bus voorbij, waarvan alle wielen een watergordijn opwierpen.

'Moet ik het eens proberen?' bood ik aan.

'Het lukt me wel.'

De sleutels bleven rinkelen.

Regen kletterde op Slidells windjack neer en droop van de klep van zijn pet. Mijn sweater begon zwaar te worden en net zo lang als dat van de zwerver.

In de verte begon een autoalarm te loeien.

Eindelijk klikte er iets. Slidell duwde. De deur zwaaide open en het zachte tingelen van belletjes klonk.

De winkel was donker en zodanig met geuren gevuld dat het nauwelijks doenlijk was om één enkel aroma te identificeren. Thee. Munt. Stof. Zweet. Andere geurtjes leken alleen maar te flirten. Schimmel? Kruidnagel? Gemberwortel?

Mijn ogen probeerden zich nog steeds aan te passen toen Slidell het lichtknopje vond.

De ruimte was ongeveer zes bij zes meter. Langs de muren stonden aluminium stellingen, terwijl er in het midden ook enkele rijen stonden. Slidell liep er op eentje af.

Ik zette koers naar een andere en las rechts van me wat willekeurige labels. Energieverhogers. Hersenverjongers. Tand- en tandvleesherstellers.

Ik draaide om mijn as en keek naar de producten achter mij. Huidkompressen. Vruchtbaarheidsoliën. Aloëbalsem. Iepentinctuur, berberis, venkel, jeneverbes.

'Hier heb je een mooie.' In de muffe stilte klonk Slidells stem extra hard. 'Tegen Parkinson. Nooit meer last van trillende ledematen, ammehoela.' Ik hoorde de tik van glas dat op metaal wordt neergezet, gevolgd door voetstappen. 'Daar gaan we. Passieolie. Volgens oud hindoerecept. Goed. Daar gaat je Pasen-en-Pinksteren glimlachend van overeind staan.'

Hoewel ik het niet met hem oneens was, gaf ik maar geen commentaar.

Achter de stellingen bevond zich evenwijdig aan de achterwand van de winkel een soort houten toonbank. Erbovenop stond een oude, gewoon uitziende kassa. Midden achter de toonbank was een doorgang zichtbaar met een gordijn ervoor.

Slidell kwam bij me staan, zijn gelaatstrekken gerimpeld van minachting.

'Het ziet er nogal standaard uit allemaal,' zei ik.

'Hm-mm.' Slidell tilde een scharnierende houten klep op die de toonbank met de muur verbond. 'Eens kijken wat onze Prins der Passie achterin allemaal heeft opgeslagen.'

Het passeren van de drempel was als het betreden van een heel andere tijd en plaats. Zelfs de geuren ondergingen een metamorfose. Achter de met een gordijn afgesloten toegang was de alomvattende indruk er een van flora en fauna en andere zaken die al lang geleden dood waren gegaan. Het vertrek had geen vensters en het weinige licht sijpelde hier vanaf de voorkant naar binnen. Opnieuw wist Slidell het lichtknopje te lokaliseren.

In het schijnsel van het ene kale peertje aan het plafond, zag ik dat het vertrek ruwweg drie bij vierenhalve meter mat. Net als aan de voorkant, bevonden zich langs beide tussenmuren stellingen. Van hout deze keer, niet van aluminium. Rechts waren ze verdeeld in vakken die twintig bij twintig centimeter groot waren. In het midden van elk hokje lag een zakje met het een of ander.

De planken links waren omgebouwd tot uitschuifbakken, van het soort waarin je los te koop zijnde zaden of meel bewaarde.

Langs de hele achterwand stond een tafel. Over het blad verspreid stonden een ouderwetse weegschaal en ongeveer twintig glazen potten. In sommige daarvan zaten herkenbare zaken. Gemberwortel. Boomschors. Distels. In weer andere zaten donkere, knoestige voorwerpen waarvan ik de herkomst slechts kon vermoeden. Voor de tafel stonden twee klapstoeltjes. Precies ertussenin stond een grote ijzeren kookpot.

'Hall-lo, kijk nou eens,' zei Slidell.

Rechts van de tafel was een half openstaande deur.

Slidell beende met grote passen naar voren, stak zijn hand naar binnen en tastte met zijn vingers langs de muur. Enkele seconden later was er in het oranjeachtige licht een onder de roestvlekken zittend toilet en dito fonteintje te zien.

Ik liep net naar het hokje toe toen ik een bel hoorde tingelen.

Ik bleef stokstijf staan. Mijn blik kruiste die van Slidell heel even. Hij gebaarde kort met zijn hand naar achteren.

Geluidloos stelden we ons links van de deur op. Slidells hand kwam omhoog en bleef in de buurt van zijn heup hangen. Met onze rug tegen de muur gedrukt wachtten we af.

Er klonken voetstappen in de winkel.

Het gordijn werd met een ruk opzij getrokken.

17

Als de mummie van Hatsjepsoet op dat moment in de deuropening was verschenen had ik niet verraster kunnen zijn.

Het meisje was jong, zestien, zeventien misschien, met een nootmuskaatkleurige huid en haar, dat in het midden gescheiden was, achter de oren gestoken. Alleen haar middel verschilde nogal van de schoolfoto. Afgaande op de omvang van de buik vermoedde ik dat ze bijna was uitgerekend.

Het meisje liet haar blik door de winkel glijden, oplettend en alert.

'*¿Está aquí, señor?*' fluisterde ze.

Ik hield mijn adem in.

Nog steeds met het gordijn in haar hand deed het meisje een stap naar voren. Door het tegenlicht uit de winkel zag ik het vocht in haar haar glinsteren.

'*¿Señor?*'

Slidell liet zijn hand zakken. Het geluid van ruisende nylon.

Het gezicht van het meisje schoot met een ruk onze kant op, de ogen wijd opengesperd. Ze gooide het gordijn opzij en zette het op een lopen.

Zonder na te denken schoot ik langs Slidell en sprintte door de winkel. Tegen de tijd dat ik de stellingen achter me had was het meisje de deur al uit.

De regen viel nog steeds met bakken uit de hemel en kletterde op het trottoir. Met mijn hoofd naar beneden holde ik achter mijn prooi aan, waarbij het water uit mijn sneakers waaierde.

Ik was in het voordeel. Ik was niet zwanger. Ter hoogte van de pizzeria had ik de afstand tussen ons beiden voldoende overbrugd om een uitval te kunnen doen en de sweater van het meisje vast te grijpen. Ze reikte naar achteren en begon met haar knokkels op mijn hand te slaan.

Het deed verdomde pijn, maar ik bleef vasthouden.

'We willen alleen maar met je praten,' probeerde ik schreeuwend boven de regen uit te komen.

Het meisje hield op met het beuken op mijn handwortelbeentjes en begon in plaats daarvan aan haar ritssluiting te rukken.

'Alsjeblieft.'

'Laat me met rust!' Ze probeerde zich uit haar sweater te worstelen.

Ik hoorde gespetter achter me.

'Blijf jij eens staan, jongedame.' Slidell klonk als een walvis die lucht uitblies.

Het meisje ging steeds wanhopiger tekeer. De regen die op haar hoofd neerkletterde spetterde in mijn gezicht.

'Laat me los. Jullie hebben geen...'

Slidell greep het meisje vast en klemde haar armen tegen haar zij.

Ze haalde fel met een voet naar achteren uit. Haar hiel trof doel.

'Wel verd...'

'Ze is zwanger,' riep ik.

'Vertel dat maar eens aan m'n scheenbeen.'

'Het is oké,' zei ik tegen haar met een, naar ik hoopte, geruststellende stem. 'Je zit niet in de nesten.'

Het meisje keek me met woedende ogen aan.

Ik glimlachte en hield haar blik vast.

Het meisje probeerde zich te bevrijden en trapte van zich af.

'Jij mag kiezen,' zei Slidell hijgend. 'Of we doen dit beschaafd, of ik doe je handboeien om en we praten op het bureau verder.'

Het meisje kalmeerde, misschien wel razendsnel haar alternatieven nalopend. Toen liet ze haar schouders zakken en balde ze haar vuisten.

'Goed. Nu ga ik je loslaten en jij doet geen domme dingen, oké?'

Daar stonden we, hortend en stotend naar adem happend. Na enkele ogenblikken liet Slidell haar los en deed een stap achteruit.

'Goed. Nu lopen we kalm en beheerst naar mijn auto.'
Het meisje rechtte haar rug en haar kin ging tartend omhoog. Ik zag een klein gouden kruis in de holte van haar hals liggen. Vlak eronder ging een ader woest tekeer.
'Zitten we allemaal op één lijn?' vroeg Slidell.
'Als je me maar zo snel mogelijk met rust laat,' zei het meisje.
Slidell pakte haar arm weer beet en gebaarde mij dat ik mee moest komen. Dat deed ik en ik keek naar de druppels die de poel aan mijn voeten deden rimpelen.
Slidell liet het meisje op de passagiersstoel plaatsnemen. Terwijl hij om de motorkap heen liep, schoof ik een geplette pizzadoos, een zak van een afhaalchinees en een stelletje oude sportschoenen opzij, en stapte achterin. Het interieur van de Taurus rook naar ondergoed dat al een week lang gedragen was.
'Jezus.' Het meisje sloeg haar linkerhand voor haar neus. Er zat geen ring aan de vierde vinger. 'Is hier iets doodgegaan?'
Slidell gleed achter het stuur, trok het portier dicht, leunde ertegenaan en wees vervolgens met een sleutel haar kant uit.
'Hoe heet je?'
'Hoe heet jíj?'
Slidell liet haar zijn identiteitsbewijs zien.
Het meisje blies lucht tussen haar lippen door.
'Hoe heet je?' vroeg Slidell opnieuw.
'Waarom wil je dat weten?'
'Voor het geval we elkaar uit het oog mochten verliezen.'
Het meisje sloeg haar ogen ten hemel.
'Naam?'
'Patti LaBelle.'
'Gordels vast.' Slidell draaide zich met een ruk om en maakte zijn autogordel vast, waarna hij het sleuteltje in het contact ramde.
Het meisje bracht een hand omhoog ten teken dat ze even tijd nodig had, en legde toen beide handen op haar buik. 'Oké.'
Slidell liet zich weer tegen de rugleuning zakken. 'Naam?'
'Takeela.'
'Da's tenminste een begin.'
Opnieuw werden even de ogen ten hemel geslagen. 'Freeman. Takeela Freeman. Wil je dat ik het voor je spel?'

Slidell haalde een notitieboekje en een pen tevoorschijn, 'Telefoonnummer, adres, naam van ouder of voogd.'
Takeela krabbelde het een en ander op en gooide het boekje vervolgens op het dashboard. Slidell pakte het op en las.
'Isabella Cortez?'
'Mijn oma.'
'Hispanic.' Meer een vaststelling dan een vraag. 'Woon je bij haar?'
Een kort knikje.
'Hoe oud ben je, Takeela?'
'Zeventien.' Defensief.
'Zit je op school?'
Takeela schudde haar hoofd. 'Dat is allemaal bullshit.'
'Hm-mm. Ben je getrouwd?'
'Dat is nog meer bullshit.'
Slidell gebaarde naar Takeela's buik. 'Is er sprake van een vader?'
'Nééé. Ik ben de onschuldige Maagd Maria.'
'Wat?' klonk het scherp.
'Waarom vraag je me het hemd van het lijf?'
'De naam van de vader?'
Een diepe zucht. 'Clifton Lowder. Hij woont in Atlanta. We hebben geen ruzie gehad en zijn ook niet uit elkaar. Cliff heeft daar kinderen.'
'En hoe oud is Cliff Lowder?'
'Zesentwintig.'
Slidell maakte het geluid van een terriër die zich in een stuk lever verslikte.
'Is er ook nog een mevrouw Lowder in Atlanta?' vroeg ik.
Takeela priemde een duim mijn kant uit. 'Wie is zíj?'
'Geef antwoord op de vraag. Heeft Mr. Wonderful een echtgenote?'
Takeela haalde een schouder op. Doet het er iets toe?
Ik voelde een hele golf emoties. Woede. Triestheid. Weerzin. Voornamelijk weerzin. Slidell ging genadeloos door.
'Wat voor een lul gaat op het schoolplein op zoek naar een meisje dat hij kan naaien?'
'Dat zei ik al. Ik zit niet op school.'

'Fantastische carrièreplanning. En heeft Big Cliff zich nog met die beslissing bemoeid?'
'Hij is goed voor me.'
'Ja. En ik durf te wedden dat-ie hartstikke lekker danst. Die klootzak heeft je zwanger gemaakt, meisje. En vervolgens heeft-ie je gedumpt.'
'Ik zei het al. Hij heeft me niet gedumpt.'
'Is meneer Lowder van plan je met de baby te helpen?' Ik probeerde sympathiek te klinken.
Opnieuw schouderophalen.
'Wanneer ben je jarig?' Slidells stem klonk verre van sympathiek, integendeel zelfs.
'Hoezo? Ga je me in je adresboekje zetten? Om me elk jaar een e-card te sturen?'
'Ik vroeg me af hoe oud je was toen jij en je loverboy de koffer in doken. Als je nog geen zestien was, zou hij wel eens voor aanranding vervolgd kunnen worden.'
Takeela klemde haar kaken op elkaar tot haar mond een harde lijn vormde.
Ik veranderde van tactiek. 'Vertel eens wat meer over Thomas Cuervo.'
'Ik ken helemaal geen Thomas Cuervo.'
'Je bent net zijn zaak uitgerend,' beet Slidell haar toe.
'Heb je het soms over T-Bird?'
'Inderdaad.'
Opnieuw werd er een schouder opgehaald. 'Ik kwam net langs en zag de deur bij T-Bird openstaan.'
'Je kwam net langs. Tijdens een wolkbreuk.'
'Ik was op zoek naar sleutelbloemolie om mijn buik mee in te smeren.'
'We kunnen zwangerschapsstrepen onze onderbuikdromen toch niet laten bederven.'
'Waarom doe je zo kloterig tegen me?'
'Ik denk dat het een gave is. Waar is T-Bird ergens?'
'Hoe moet ík dat weten, verdomme?'
Een volle minuut lang zei niemand iets. De regen roffelde op het dak en liep in stroompjes langs de raampjes.

Nadat ik had toegezien hoe een plastic zak over de straat schoot om zichzelf vervolgens tegen de voorruit te plakken, verbrak ik de stilte.
'Woon je bij je oma, Takeela?'
'Nou en?'
'Ik heb gehoord dat T-Bird een verbazingwekkende genezer is.'
'Dat is, de laatste keer dat ik het heb nagekeken, niet bij de wet verboden.'
'Nee,' zei ik. 'Dat is niet door de wet verboden.'
'Waarom had T-Bird jouw foto?' kwam Slidell tussenbeide.
'Wat voor een foto?'
'De foto die op mijn bureau ligt. De foto die we op het bureau samen wat beter kunnen bekijken.'
Takeela spreidde haar vingers en zette grote ogen op. 'Ooo! Wat ben ik nóú bang!'
Slidells kaakspieren zwollen op. Zijn blik gleed mijn kant op. Ik kneep mijn ogen half naar hem dicht en probeerde duidelijk te maken dat hij iets kalmer aan moest doen.
'T-Bird is al een aantal maanden niet meer gezien,' zei ik. 'De politie maakt zich zorgen dat er misschien iets met hem is gebeurd.'
Voor het eerst draaide ze zich naar me toe. Ik zag verwarring in haar ogen.
'Wie zou T-Bird nou kwaad willen doen? Hij helpt mensen alleen maar.'
'Hoe helpt hij ze?'
'Als iemand iets speciaals nodig heeft.'
Ik wees op het kruis om haar nek. 'Ben jij een christen?'
'Dat is een stomme vraag. Waarom vraag je dat?'
'Is T-Bird een *santero*?'
'Het ene heeft niets met het andere te maken. Als je wilt bidden ga je naar de kerk, en als je actie wilt ga je naar T-Bird.'
'Wat voor soort actie?'
'Nou, als je een zere keel hebt. Als je een baantje nodig hebt. Wat dan ook.'
Plotseling klikte het.
'Je bent naar T-Bird toe gegaan omdat je zwanger bent.'
Takeela haalde heel even en nietszeggend haar schouders op.
Abortus? Gezonde baby? Een jongetje of een meisje? Wat

had dit meisje bij een *santero* te zoeken gehad?'

Ik leunde tussen de twee stoelen in iets naar voren en legde een hand op haar arm.

'Jij hebt T-Bird jouw schoolfoto gegeven om bij een ritueel te kunnen gebruiken.'

Plotseling was alle verzet verdwenen. Ze zag er nu alleen nog maar vermoeid en nat uit. En zwanger. En heel erg jong.

'Ik wilde dat Cliff voor mij en de baby zou zorgen.'

'Maar hij wil niet bij zijn vrouw weg,' raadde ik.

'Hij is van mening veranderd.' Zonder dat ze het zich bewust was streek ze met een hand over haar buik.

'Heb je enig idee waar T-Bird naartoe gegaan zou kunnen zijn?' vroeg ik zacht.

'Nee.'

'Heeft hij familie?'

'Ik weet niets van familie af.'

'Wanneer heb je hem voor het laatst gezien?'

'Misschien afgelopen zomer.'

'Is er sowieso iets wat je ons kunt vertellen?'

'Het enige wat ik weet is dat mijn oma zegt dat als je graag wilt dat iets gebeurt, T-Bird dat voor elkaar kan krijgen.'

Takeela verstrengelde haar vingers boven haar ongeboren kind en keek Slidell aan.

'Ga je een aanklacht tegen me indienen?'

'Blijf in de stad,' zei Slidell. 'De kans bestaat dat we op korte termijn opnieuw met je moeten praten.'

'Zorg de volgende keer dan voor wat feestmutsen.' Takeela pakte de deurhendel, trok zich overeind naar buiten, en liep weg over het trottoir.

Plotselinge gedachte. Zou ze zich beledigd voelen? Ach, wat deed het er ook toe. Ik wist wat haar toekomst zou zijn als ze haar huidige koers zou aanhouden. Ongetrouwde moeder. Minimumloonbaantjes. Een leven vol vervlogen hoop en lege portemonnees.

Ik stapte uit.

'Takeela.'

Ze draaide zich half om, haar handen lichtjes rustend op haar gezwollen middel.

'Als je wilt kan ik wat telefoontjes plegen, kijken wat voor hulp er beschikbaar is.'
Haar ogen zweefden mijn kant uit.
'Ik kan niets beloven,' voegde ik eraan toe.
Ze aarzelde heel even, en zei toen: 'Ik ook niet, dame.'
Ik krabbelde een nummer op mijn kaartje en gaf het aan haar.
'Dat is mijn privénummer, Takeela. Je kunt me altijd bellen.'
Terwijl ik toekeek hoe ze wegliep, stapte Slidell uit de Taurus. Samen gingen we op weg terug naar de *botánica*.
'Dus het kind in de kookpot is niet het kind op de foto.'
'Nee,' beaamde ik.
'Wie ter wereld zou het dán zijn?'
Ik ging ervan uit dat het als een retorische vraag bedoeld was en gaf geen antwoord.
'Doet er niet toe. Deze engerd had toch de schedel van een of ander kind en wat beenderen in zijn kelder liggen. Cuervo is er meer bij betrokken dan iemand die je alleen maar van een druiper afhelpt.'
Ik wilde antwoorden, maar Slidell gaf me geen kans.
'En hoe zit het met Jimmy Klapec? Het staat voor mij vast dat dat moord is. Maar jij zegt dat satanisten en Cuervo daar niet aan doen, hè?'
Gefrustreerd bracht ik beide handen omhoog.
'En waar hangt Rinaldi verdomme ergens uit?' Slidell ging op zoek naar zijn mobieltje.
Terwijl ik me door de regen haastte bleven er allerlei gedachten door mijn hersenen malen.
Takeela Freeman.
Jimmy Klapec.
T-Bird Cuervo.
Santería.
Palo mayombe.
Satanisme.
Ik had niet kunnen vermoeden dat we aan het eind van de dag nog twee identiteiten vastgesteld zouden hebben, een oude zaak hadden opgelost en met wederom een verbijsterende godsdienst geconfronteerd zouden worden.

18

Een uur lang de winkel van Cuervo doorzoeken leverde niets sinisters op. In de *botánica* huisden geen schedels, geslachte dieren of gespietste poppen.

'Dus T-Bird beperkte zijn beenderverzamelact tot de opslagkelder aan Greenleaf.'

Ik zette de pot neer die ik aan het onderzoeken was en wierp een blik naar Slidell. Met zijn door de regen vastgeplakte haar en kleding zag hij eruit als de televisieverslaafde uit *Black Lagoon*, maar ik zag er ook niet bepaald op mijn voordeligst uit.

'Dat klinkt zinnig,' zei ik. 'Die kelder was geheim, en daardoor veiliger.'

'Kookpotten zijn typerend voor dat palo-gedoe.' Ik wist niet zeker of Slidell een vraag stelde of hardop nadacht.

'Palo mayombe. Maar uit Takeela's omschrijving van Cuervo lijkt hij me eerder een huis-, tuin- en keuken-*santero*.'

'Als hij zo onschuldig is, waarom heeft hij dan van die kookpotten?'

'Santaría kent geen vastomlijnde regels.'

'Wat bedoel je daarmee?'

'Misschien dat T-Bird alleen maar gek op potten is.'

'En karkassen.' Slidell trapte met het puntje van zijn instapper heel even tegen de kookpot. Het veroorzaakte een hol, galmend geluid. 'Waarom is deze leeg?'

'Ik weet het niet.'

'En waar hangt die gozer verdomme ergens uit?'

'Ecuador?' opperde ik.

'Wat mij betreft kan die klootzak daar blijven. Ik moet achter Klapec aan.'
Met die woorden schoof Slidell het gordijn opzij.
Ik ging achter hem aan.
Buiten was de regen overgegaan tot een trage, gestage motregen. Terwijl Lidell de winkel afsloot ging zijn mobieltje.
'Ja?'
Aan de andere kant van de lijn hoorde ik een stem gonzen.
'Is dat kind geloofwaardig?'
Opnieuw klonk gegons.
'Is het waard om daar wat leren zool aan te spenderen?'
Leren zool? Ik wist nog net te voorkomen dat ik mijn ogen ten hemel sloeg.
Slidell beschreef onze sessie met Takeela en onze zoektocht in de *botánica*. Nog meer gegons, langer deze keer.
'Je meent het.' Slidells blik bleef op mij rusten. 'Ja. Ze heeft zo haar momenten.'
Slidell moest vervolgens naar een lange reeks gonzende geluiden luisteren.
'Is dat een huidig adres?'
Opnieuw keek Slidell mijn kant uit. Ik had geen flauw idee wat er aan de andere kant gezegd werd.
'Blijf jij bij Rick. Ik ga wel langs Pineville. Dan zien we elkaar vanmiddag wel.'
Gegons.
'Begrepen.'
Slidell drukte op de 'eindegesprek'-toets.
'Rinaldi?' vroeg ik.
Slidell knikte. 'Een of andere jongen uit de buurt zag Klapec met een klant lopen op de avond dat hij uit het zicht verdween. Een al wat oudere knaap met een honkbalpet. Geen vaste cliënt. De jongen vertelde Rinaldi dat hij de kriebels van die knakker kreeg.'
'Wat wil je daarmee zeggen?'
'Wie zal het zeggen? Herinner jij je Rick Nelson nog? Die rock-'n-rollzanger die in de jaren tachtig bij een vliegtuigongeluk is omgekomen?'

'Ozzie and Harriet.'
'Ja. Herinner jij je *Travelin' Man*? Over een knaap die over de wereld meisjes had zitten. Een *Fräulein* in Berlijn, een *señorita* in Mexico. Grandioos lied.'
'Wat heeft Rick Nelson met Rinaldi's getuige te maken?' vroeg ik, terwijl ik me al afvroeg hoe ik moest voorkomen dat Slidell zou gaan zingen.
'Dat genie zei dat Klapecs klant eruitzag als Rick Nelson met een honkbalpet op. Een fantastische ingeving, hè?'
'Wat is er in Pineville?' vroeg ik.
Slidell hield grinnikend zijn hoofd scheef.
Niet in de stemming voor vraag- en antwoordspelletje hield ik mijn hoofd ook scheef.
'Rinaldi zegt dat je goed bent.'
'Dat ben ik ook. Wat is er in Pineville?'
'Asa Finney.' Slidells grijns werd nog wat breder, waardoor er tussen zijn ondertanden rechts iets groens zichtbaar werd. 'Sprong er vrijwel onmiddellijk uit toen Rinaldi jouw vingerafdruk door het systeem haalde.'
'Die afdruk in de was?'
'De afdruk in de was.'
'Waarom zit Finney in het systeem?' Ik fleurde helemaal op.
'Een D-en-D, zes jaar geleden.' Slidell refereerde aan een aanklacht wegens openbare dronkenschap en verstoring van de openbare orde. 'De stommeling dacht dat pissen op een grafsteen kunst was.'
'Wat is het voor iemand?'
'Een computerknakker. Vierentwintig jaar oud. Woont in Pineville, werkt vanuit zijn huis. Ben je hier klaar voor?'
Ik wuifde ongeduldig met mijn vingers.
'Finney heeft een website.'
'Miljoenen mensen hebben een website.'
'Maar er zijn geen miljoenen mensen die beweren heks te zijn.'
'Je bedoelt *santero*? Net als Cuervo?'
'Rinaldi had het over heks.'
Dat sloeg nergens op. Santaría had niets met hekserij te maken.
'Gaan we er nú naartoe?'

Slidell was zo lang stil dat ik ervan overtuigd was dat hij zou exploderen. Maar zijn antwoord verraste me.

'We nemen één auto,' zei hij. 'Die van mij.'

Pineville is een kleine, slaperige gemeenschap die opgerold ligt tussen Charlotte en de grens met Zuid-Carolina. Net als de Queen City heeft het stadje zijn bestaan te danken aan oude paden en riviertjes. Al ver vóór Columbus liep een route westelijk naar de Catawba-natie, het andere was het goede oude Handelspad. De riviertjes waren de Sugar Creek en de Little Sugar Creek.

Boerderijen. Kerken. De spoorweg kwam en ging. Fabrieken gingen open en dicht. Het enige waarop het oord zich kan beroemen, is het feit dat het de geboorteplaats is van James K. Polk, de elfde president van de Verenigde Staten. Dat was in 1795. Sinds die tijd is er niet veel gebeurd. In de jaren negentig maakte de aanleg van een tweede ringweg van Pineville een slaapstadje.

Finneys huis was ná de ringweg gebouwd, en was van gele gevelbeplating en zwarte nepluiken voorzien. Een leuke, keurige ranch die je onmiddellijk weer zou vergeten.

Op de oprit stond een donkerblauwe Ford Focus geparkeerd. Slidell en ik stapten uit en liepen naar huis.

De stoep was van beton, terwijl de deur van metaal was, maar net als de luiken zwart geschilderd. Midden op de deur zat een kleine plastiek, een vlinder met vleugels van kant.

Slidell drukte op de bel. Binnen waren gedempte harpgeluiden te horen.

Seconden gingen voorbij.

Slidell belde opnieuw en hield de knop een tijdje ingedrukt.

Heel veel harp.

Er klonk gerammel en toen zwaaide de deur naar binnen toe open.

Haar bolde uit Finneys voorhoofd op als een golf die het strand op rolde. Boven elke slaap waren borstelsporen te zien die recht naar achteren liepen. Zijn wimpers waren lang, en zijn glimlach die van een ondeugende jongen. Als zijn huid niet vol had gezeten met acnelittekens, had de man er even goed uitgezien als een rockster.

'Bent u Asa Finney?' vroeg Slidell.

'Wat jullie ook in de aanbieding mogen hebben, ik ben niet van plan iets van jullie te kopen.'
Met een strak gezicht liet Slidell zijn identiteitsbewijs zien. Finney bekeek het aandachtig.
'Wat wilt u?'
'Praten.'
'Dit is niet de...'
'Nu.'
Bedachtzaam deed Finney een stapje achteruit.
Slidell en ik stapten een klein halletje met een glimmende tegelvloer binnen.
'Kom maar mee.'
We liepen achter Finney aan een goedkoop gemeubileerde zit-/eetkamer naar een kleine keuken achter in het huis. Een tafel en enkele stoelen van nepvurenhout stonden midden in het vertrek. Een halfleeg pak yoghurt en een kom muesli stonden op een placemat, en uit beide stak een lepel.
'Ik was net aan het lunchen.'
'Laat u zich daar door ons niet van afhouden,' merkte Slidell op.
Finney ging weer op zijn stoel zitten. Ik ging tegenover hem zitten. Slidell bleef staan. Ondervragingstechniek: hoogtevoordeel.
Finney trommelde met zijn vingers op het tafelblad. Nerveus? Geïrriteerd door het feit dat Slidell hem te slim af was geweest door te blijven staan?
Slidell sloeg zijn armen over elkaar en zei niets. Ondervragingstechniek: stilte.
Finney legde zijn servet over een knie. Pakte zijn lepel op. Legde hem weer neer.
Ik keek om me heen. De keuken zag er smetteloos uit. Een stenen vijzel en stamper stonden op een werkblad, vlak naast een bak met kruiden die werden gevoed door enkele lange tl-buizen.
Boven het aanrecht hing een ingewikkelde reliëfafbeelding van een naakte, met een gewei uitgeruste gestalte met links van hem een mannetjeshert en rechts van hem een stier. Rond een van zijn armen zat een slang gewikkeld die een ramskop droeg.
Finney volgde mijn blik ernaartoe.
'Dat is Cernunnos, de Keltische vader der dieren.'

'Vertel er eens wat meer over.' Slidells stem was als ijs.
'Cernunnos is de echtgenoot van Moeder Aarde.'
'Hm-mm.'
'Hij vormt de essentie van het mannelijke aspect van het evenwicht in de natuur. Op deze afbeelding is de god omringd door een hert, een stier en een slang, symbolen van vruchtbaarheid, macht en mannelijkheid.'
'Raak je opgewonden door dat soort dingen?'
'Finneys blik schoot terug naar Slidell. 'Pardon?'
'Seks. Macht.'
Finney begon aan een van zijn wangen te plukken. 'Waar doelt u precies op?'
'Woon je in je eentje, Asa?' Ondervragingstechniek: plotseling op een ander onderwerp overstappen.
'Ja.'
'Leuk huis.'
Finney zei niets.
'Zal best het een en ander kosten, een optrekje als dit.'
'Ik heb mijn eigen zaak.' Finneys gekrab had een felrode plek op zijn pokdalige wang gecreëerd. 'Ik ontwerp videospelletjes en stuur een stuk of wat websites aan.'
'Er wordt gezegd dat je er ook zelf een hebt.'
'Bent u daarom hier?'
'Zeg het maar.'
Finneys neusgaten versmalden zich, werden toen weer breder. 'Dezelfde domme onverdraagzaamheid als altijd.'
Slidell hield zijn hoofd een tikkeltje scheef.
'Luister, het is geen geheim. Ik ben een wicca.'
'Wicca?' Een en al minachting. 'Je bedoelt zoals heksen en duivelaanbidders?'
'We beschouwen onszelf als heks, ja. Maar we zijn geen satanisten.'
'Dat is een hele opluchting.'
'Wicca is een neopaganistische religie waarvan de oorsprong teruggaat tot eeuwen vóór het christendom. We aanbidden een god en een godin. We nemen de acht sabbats van het jaar en de vollemaanesbats in acht. We leven volgens een strikt ethische code.'

'Valt moord ook binnen die ethische code?'
Finneys wenkbrauwen zakten. 'Wicca omvat specifieke rituele vormen, bezweringsformules, kruidengeneeskunde, waarzeggerij. Wicca's gebruiken hekserij uitsluitend om het goede te bevorderen.'
Slidell maakte een van zijn niet thuis te brengen geluiden.
'Zoals zo veel volgelingen van minderheidsgeloven, worden wij wicca's voortdurend dwarsgezeten. Verbaal en fysiek molesteren, schietpartijen, lynchpartijen zelfs. Maakt dit daar soms ook deel van uit, rechercheur? Nog meer vervolging?'
'Ik stel hier de vragen.' Slidells opmerking was puur ijs. 'Wat weet je van de kelder aan Greenleaf Avenue?'
'Helemaal niets.'
Ik lette bij Finney op tekenen die op ontwijking zouden kunnen wijzen, maar ik zag alleen maar weerzin.
'Daar hebben we kookpotten en dode kippen aangetroffen.'
'Wicca's doen niet aan dierenoffers.'
'En menselijke schedels.'
'Geen sprake van.'
'Ken je een knaap die T-Bird Cuervo heet?'
Rond Finneys ogen was een subtiele gespannenheid te zien.
'Hij is niet een van ons.'
'Dat vroeg ik niet.'
'De naam heb ik misschien wel eens opgevangen.'
'In welke context?'
'Cuervo is een *santero*. Een genezer.'
'Dansen jullie samen in het maanlicht?'
Finneys kin kwam een stukje omhoog. 'Santería en wicca verschillen heel erg van elkaar.'
'Geef antwoord op mijn vraag.'
'Ik ken de man niet.'
Opnieuw een rimpeling in de onderste oogleden?
'Jij zou toch zeker niet tegen me liegen, hè, Asa?'
'Ik hoef uw intimidaties echt niet te nemen. Ik ken mijn rechten. Dettmer versus Landon. 1985. Een districtsrechtbank in Virginia heeft bepaald dat wicca een van rechtswege erkende religie is die recht heeft op alle daarmee overeenstemmende privileges. Nog

eens bekrachtigd in 1986 door het Federale Hof van Beroep. Wen er maar aan, rechercheur. We zijn volkomen legaal en we zijn van plan dat te blijven.'

Op dat moment piepte mijn mobieltje. Uit de nummerherkenning bleek dat het Katy was. Ik stond op, liep naar de woonkamer en deed de deur achter me dicht.

'Hoi, Katy.'

'Mam. Ik weet wat je gaat zeggen. Dat ik je altijd dump. En, ja, ik heb je waarschijnlijk al veel te vaak laten zitten. Maar ik ben uitgenodigd voor een grandioze picknick, en als je het niet erg vindt zou ik daar heel erg graag naartoe willen.'

Ik had geen idee waar ze het over had, maar plotseling herinnerde ik het me weer. Zaterdag. Winkelen.

'Dat is geen enkel probleem.' Ik sprak zacht, zodat niemand me zou kunnen horen.

'Waar ben je?'

'Ga maar, geniet ervan.'

Door de deur heen hoorde ik de twee stemmen. De scherpe van Slidell, de gekrenkte van Finney.

'Weet je het zeker?'

O, ja.

'Absoluut.'

Terwijl we spraken bekeek ik de titels van enkele boeken die in de kast stonden die tegen de muur was geplaatst. *Coming to the Circle: A Wiccan Initiation Ritual*; *Living Wicca*; *The Virtual Pagan*; *Pagan Paths*; *Earthly Bodies Magical Selves: Contemporary Pagans and the Search for Community*; *Living Witchcraft: A Contemporary American Coven*; *Book of Magical Talismans*; *An Alphabet of Spells*.

Op een lagere plank trokken twee boeken mijn aandacht. *Satanic Bible* en *Satanic Witch*, beide geschreven door Anton LaVey. Hoe pasten díé in dit geheel?

'Charlie zei dat het gisteren gezellig was.'

'Mm.'

Mijn ogen gleden langs een beeldje van een godin met de armen omhoog, een stenen schaaltje met kristallen, een popje van maïsbladen. Toen ik een zacht geklepper hoorde keek ik op.

Een miniatuur windklok wiegde zachtjes aan een haak die boven op de buitenste staander van de boekenkast was vastgeschroefd. De schelpen hingen aan draadjes die aan een roze aardewerken vogel vastzaten.

Katy zei iets wat mijn hersenen op de een of andere manier niet registreerden. Mijn blik was blijven rusten op een voorwerp dat achter de ronddraaiende kauri's nauwelijks zichtbaar was.

'Tot ziens, liefje. Veel plezier.'

Ik stak het mobieltje in mijn zak, trok een stoel naar de boekenkast, klom erbovenop en stak mijn hand uit naar de bovenste plank.

19

Nauwelijks ademhalend doorliep ik een mentale checklist.
In de onderkaak zaten geen snij- of hoektanden. De verstandskiezen waren gedeeltelijk doorgebroken. Op alle tanden was minimale slijtage te zien. Het bot was massief en theebruin gekleurd.
Elk detail kwam overeen met de onderkaakloze Greenleafschedel.
In de keuken legde Finney uit hoe het script voor een videospelletje tot stand kwam. Slidell zag eruit alsof hij zojuist een lading afval had moeten doorslikken.
Toen ze de deur hoorden draaiden beiden zich naar me om.
Zwijgend legde ik de onderkaak op tafel, en ik gooide de twee boeken van LaVey ernaast neer.
Finney keek me aan, en ik zag hoe hij vanonder zijn boord rood begon te worden.
'Hebt u een vergunning om mijn bezittingen te doorzoeken?'
'Het lag duidelijk voor iedereen zichtbaar boven op de boekenkast,' zei ik.
'Je hebt ons uitgenodigd binnen te komen,' beet Slidell hem toe. 'We hebben helemaal geen huiszoekingsbevel nodig.'
'Zijn deze boeken van jou?' wilde Slidell weten.
'Ik streef ernaar dingen uit verschillende perspectieven te bezien.'
'Dat zal vast wel.'
'Ik zal uiteraard een volledig onderzoek doen,' zei ik, 'maar ik ben ervan overtuigd dat deze onderkaak bij de schedel hoort die in de kelder van T-Bone Cuervo is aangetroffen.'

Finney sloeg zijn ogen neer, maar ik zag nog net hoe zijn onderlip trilde.

'Nou, klootzak, wil je me alsjeblieft uitleggen hoe deze onderkaak in jouw huis is terechtgekomen, ervan uitgaand dat je Cuervo en zijn griezelwinkeltje aan Greenleaf niet zou kennen?'

Finney keek op, recht in het woedende gelaat van Slidell.

'Weet je wat ik denk?' Slidell wachtte niet tot zijn vraag beantwoord werd. 'Ik denk dat jij en je makkers tijdens een van jullie freakfeestjes een of ander kind hebben gedood, en vervolgens haar schedel en wat beenderen hebben bewaard om jullie zieke spelletjes mee te spelen.'

'Wat? Nee.'

Slidell beende naar de tafel en boog zich voorover naar het oor van Finney, alsof hij hem iets vertrouwelijks wilde toefluisteren. 'Het is met je gebeurd, klootzak,' beet hij hem toe.

'Nee!' Hoog en klagerig, meer het geweeklaag van een tienermeisje dan van een volwassen man. 'Ik wil een advocaat.'

Slidell rukte Finney overeind, draaide hem om en deed hem handboeien om. 'Maak je geen zorgen. In deze stad wonen meer advocaten dan er krokodillen in het moeras ronddrijven.'

'Dit is een aanslag op mijn lichamelijke integriteit!'

Slidell las Finney zijn rechten voor.

Toen we de stad inreden zat Finney met zijn hoofd voorover en met afgezakte schouders, zijn handen geboeid op zijn rug.

Slidell belde Rinaldi op, vertelde hem over de onderkaak en over Finneys arrestatie, en verzette hun rendez-vous. Rinaldi meldde dat zijn onderzoek steeds meer bijzonderheden opleverde.

Ik vroeg aan Slidell of hij me op weg naar het hoofdbureau bij mijn auto wilde afzetten. Bij Cuervo's winkel wachtte ons een onplezierige verrassing. Allison Stallings stond met haar neus tegen het glas gedrukt, een digitale Nikon in een hand geklemd.

'Nou, is dat niet ongelooflijk briljant?'

Slidell duwde met zijn schouder het portier open, kwam achter het stuur vandaan en beende met grote passen over het asfalt. Ik liet mijn raampje zakken. Finney tilde zijn hoofd op en keek belangstellend toe.

'Wat denk je verdomme dat je aan het doen bent?'
'Research.' Stallings wist Slidell in het kader van haar lcd-schermpje te vangen en drukte op de sluiterknop.
Slidell probeerde de camera te pakken te krijgen. Stallings bracht hem omhoog, maakte een foto van de Taurus en stopte de camera vervolgens razendsnel in haar rugzakje.
'Blijf verdomme uit de buurt van mijn auto en mijn arrestant,' reageerde Slidell ziedend.
'Laten we gaan,' schreeuwde ik, in de wetenschap dat het te laat was.
Stallings liep recht op de Taurus af, boog zich voorover en tuurde naar de achterbank. Slidell stormde met een hoofd zo rood als een biet achter haar aan.
Voor ik kon reageren, boog Finney zich naar mijn geopende raampje en schreeuwde: 'Ik ben Asa Finney. Ik heb niets strafbaars gedaan. Geef dat aan het publiek door. Dit is puur religieuze vervolging!'
Ik gaf een klap op het betreffende knopje. Terwijl mijn raampje omhoogschoof bleef Finney doorschreeuwen.
'De politie maakt zich schuldig aan wangedrag!'
Hijgend liet Slidell zijn omvangrijke lichaam achter het stuur glijden en trok het portier met een klap achter zich dicht.
'Hou verdomme je bek!'
Finney deed er verder het zwijgen toe.
Slidell ramde de hendel van de automaat in 'reverse'. We schoten achteruit. Hij ramde opnieuw en we stoven van onze parkeerplek, waarbij de banden een lading regenwater opzij sproeiden.

Terwijl Slidell Finney liet insluiten, ging ik naar de MCME om vast te stellen of de onderkaak inderdaad hoorde bij de in de kookpot gevonden schedel. Röntgenfoto's. Biologisch profiel. Toestand waarin de schedel nu verkeerde. Botverbindingen. Afmetingen. Fordisc 3.0-bepaling. Alles klopte.
Toen ik klaar was haalde ik de twee na achterste kies van links uit de onderkaak en stopte die in een plastic zakje. Zo nodig kon er een DNA-vergelijking tussen de onderkaak en de schedel worden gemaakt. Afgezien van het tevredenstellen van advocaten tijdens een

rechtszaak was deze procedure volkomen overbodig. Ik twijfelde er niet aan: de onderkaak en de schedel waren afkomstig van dezelfde jonge zwarte vrouw.

Er bleven twee vragen over. Wie was ze? Hoe was een deel van haar in die kookpot terechtgekomen en een ander deel van haar in het huis van Asa Finney?

Toen ik bij het hoofdbureau aankwam bevond Finney zich in de verhoorruimte waar Kenneth Roseboro zich de vorige dag zo uitstekend had vermaakt. De verdachte had het ene telefoontje dat hem was toegestaan reeds gemaakt.

Slidell en ik aten Subway-sandwiches terwijl we op de komst van de advocaat zaten te wachten.

De raadsheer arriveerde net op het moment dat ik een laatste hap kalkoen en cheddar naar binnen werkte.

Waardoor ik me bijna verslikte.

Charlie Hunt zag er nóg beter uit dan op donderdagavond het geval was geweest. De spijkerbroek en de instappers hadden plaatsgemaakt voor een fraaie blauwe blazer van merinowol met een dubbele rij knopen en glimmende bruine schoenen. Vandaag had hij zelfs een aktetas bij zich. En hij had sokken aan.

Charlie stelde zich aan Slidell voor, en toen aan mij.

We schudden elkaar kort de hand.

Slidell las de aanklacht voor: het onrechtmatig in het bezit hebben van stoffelijke resten. Hij beschreef vervolgens het bewijsmateriaal en legde de link uit tussen Finney en Cuervo's kelder. Voor de goede orde schermde hij ook nog eens met de mogelijkheid dat er verband kon bestaan met de verdwijning van Jimmy Klapec.

'En waarop is dat gebaseerd?' vroeg Charlie.

'Een zekere voorkeur voor de werkjes van ene Anton LaVey.'

'Ik zou graag even tien minuten alleen willen zijn met mijn cliënt.'

'De knaap is een engerd,' merkte Slidell op.

'Dat geldt ook voor Emo,' reageerde Charlie. 'Maar dat maakt hem nog geen moordenaar.'

Met z'n allen liepen we naar verhoorkamer nummer drie.

'Ik vind het niet erg als jullie toekijken.' Charlie keek ons een voor een aan. 'Maar géén microfoons.'

Slidell haalde zijn schouders op.
Charlie stapte de kamer in. Slidell en ik positioneerden ons bij de doorkijkspiegel.
Finney was gaan staan. De mannen schudden elkaar de hand en gingen toen zitten. Finney deed het woord, gebaarde erg veel. Charlie knikte erg veel en maakte aantekeningen.
Acht minuten nadat hij het hokje was binnengestapt, voegde Charlie zich weer bij ons.
'Mijn cliënt heeft informatie die hij bereid is te spuien.' Net als eerder richtte Charlie zich tot ons beiden. Ik vond dat wel prettig.
'Hij wordt blijkbaar verstandig,' zei Slidell.
'In ruil voor volledige immuniteit met betrekking tot al zijn verklaringen.'
'Deze klapzak zou wel eens iemand vermoord kunnen hebben.'
'Hij zweert dat hij nog nooit een vinger naar iemand heeft uitgestoken.'
'Zeggen ze dat niet allemaal.'
'Geloof je hem?' vroeg ik.
Charlie keek me een hele tijd aan. 'Ja,' zei hij. 'Ik geloof hem.'
'Hoe is hij aan de onderkaak van dat kind gekomen?' vroeg Slidell.
'Hij is bereid dat te vertellen.'
'Wat is zijn relatie met Cuervo?'
'Hij beweert dat hij hem nog nooit heeft ontmoet.'
'Hm. Goh. En ik word tot de koning van de goede smaak uitgeroepen.'
'Dan moet je dat geërfd hebben,' zei ik.
Slidell keek me vragend aan.
'Geen verkiezingen in een monarchie.'
Charlie sloeg een hand voor zijn mond.
'Mijn god, wat ben je grappig.' Slidell wendde zich tot Charlie. 'Als die knaap van jou praat, zullen we de onderkaak buiten beschouwing laten, let wel, alleen de onderkaak. Als hij een waarheidsgetrouwe getuigenis aflegt, geven we hem immuniteit met betrekking tot het in bezit hebben van menselijke resten. Als ik het vermoeden heb dat hij liegt, of als ik erachter kom dat hij alleen maar kletspraat verkoopt, dan kan hij de deal meteen vergeten.'

'Dat lijkt me fair,' zei Charlie.
'We zetten het op audio en video.'
'Goed,' zei Charlie.
Met z'n drieën stapten we de verhoorkamer binnen. Charlie ging op een stoel naast Finney zitten. Slidell en ik tegenover hem.
Slidell vertelde Finney dat het verhoor zou worden opgenomen. Finney keek naar zijn advocaat. Charlie knikte en zei hem dat hij kon beginnen.
'De middelbare school was een absolute hel voor me. De enige met wie ik bevriend was, was een meisje dat Donna Scott heette. Een eenling, net als ik. Iemand die door iedereen werd afgewezen. Donna en ik werden naar elkaar toe gedreven omdat we beiden werden gemarginaliseerd, en omdat we beiden belangstelling hadden voor computerspellen. We zijn beiden een groot deel van de tijd online geweest.'
'Woont die Donna Scott in Charlotte?'
'Haar familie is de zomer voor ons laatste jaar naar Los Angeles verhuisd. Toen kwam ze met dat plan aanzetten.' Finney sloeg zijn ogen neer en keek naar zijn handen. Die trilden. 'Donna had het idee van GraveGrab. Dat is een nogal goedkoop spelletje, maar ze vond het leuk, dus speelden we het. In feite komt het erop neer dat je over een kerkhof rondrent en daar doden opgraaft, terwijl je ondertussen moet proberen niet door zombies gedood te worden.'
'Wat was Donna's plan?' vroeg ik.
'Dat we iets uit een graf zouden stelen. Ik dacht niet dat het ons zou lukken, maar ik vond het eigenlijk wel een gaaf idee om naar een begraafplaats te gaan.' Finney haalde diep adem, blies die uit via zijn neus. Het klonk een beetje als lucht die door staalwol werd geperst. 'Donna zat nogal in de gothic scene. Ik niet, maar ik vond het wel prettig om met haar op te trekken.'
'Hebben jullie dat plan ten uitvoer gebracht?' vroeg ik.
Finney knikte. 'Donna was opgewonden over de verhuizing, maar wist dat ik depri was. Het was haar idee om datgene wat we zouden stelen te splitsen; zij zou er een gedeelte van houden, en ik de rest. Je weet wel, de oude truc waarbij mensen een notitie maken of een kaart tekenen, en het briefje dan doormidden scheuren. Als je elkaar dan jaren later weer tegenkomt, passen die stukken nog.

Donna zei dat we op die manier spiritueel met elkaar in contact zouden blijven.'
'Welke begraafplaats?' vroeg Slidell.
'Elmwood Cemetery.'
'Wanneer?'
'Zeven jaar geleden. In augustus.'
'Vertel er eens wat meer over.'
'Donna koos Elmwood uit omdat daar een of andere oude cowboyfilmster begraven zou liggen.'
'Randolph Scott?' opperde ik.
'Ja. En omdat ze ook Scott heette dacht ze dat het misschien wel cool was om iets van hem mee naar huis te nemen.'
Randolph Scott was een man, blank en negenentachtig toen hij stierf. Dat klopte niet met mijn profiel van een jonge zwarte vrouw.
'En is het gelukt?' vroeg ik.
'Nee. We kwamen bij elkaar om midden in de nacht naar *Rocky Horror Picture Show* te kijken, en zijn toen naar Elmwood vertrokken. Het hek stond open. Donna had zaklantaarns bij zich en ik een koevoet.'
Finneys blik gleed naar zijn advocaat. Charlie knikte.
'We gingen op zoek naar Scotts graf, maar konden dat niet vinden. Uiteindelijk liepen we tegen een bovengrondse graftombe aan, in een heel ander deel van het kerkhof, waar een stuk minder van die grote, opvallende graven stonden. Het leek ons een plek waar we niet gezien zouden worden. De scharnieren waren verroest. Ik hoefde maar een paar rukken met de koevoet te geven.'
'Stond er een naam op?' vroeg ik.
'Dat kan ik me niet meer herinneren. Het was donker. Hoe dan ook, we gingen naar binnen, wrongen een doodskist open, haalden er snel een schedel en een kaak en nog wat andere botten uit en gingen ervandoor. Eerlijk gezegd was ik op dat moment behoorlijk bang en wilde ik alleen maar weg. Donna zei dat ik een lafaard was. Ze was enorm opgewonden.'
'Even kijken of ik het goed begrepen heb. Je zegt dat jij de kaak hebt gehouden en Donna de rest?'
Finney knikte bevestigend op Slidells vraag.
'Hoe komt Cuervo dan aan de botten?'

'Dat weet ik niet.'
'Weet je hoe we met Donna in contact kunnen komen?'
'Nee. Haar familie is direct daarna verhuisd. Ze zei dat ze nog zou schrijven of bellen, maar dat heeft ze nooit gedaan.'
'Je hebt haar nooit meer gezien of gesproken?'
Finney schudde somber zijn hoofd.
'Hoe heet haar vader?'
'Birch. Birch Alexander Scott.'
Slidell krabbelde de naam op en onderstreepte hem twee keer.
'Verder nog iets?'
'Nee.'
Stilte vulde het vertrek. Die werd door Finney verbroken.
'Hoor eens. Ik zat helemaal in de knoop. Vier jaar geleden ontdekte ik wicca. Voor het eerst in mijn leven word ik geaccepteerd. Mensen mogen me om wie ik ben. Ik ben nu heel iemand anders.'
'Zal vast wel,' zei Slidell. 'Je bent verdomme net Billy Graham.'
'Wicca is een op de aarde georiënteerde religie die is opgedragen aan een godin en een god.'
'Maakt Lucifer er soms ook nog deel van uit?'
'Omdat we ergens in geloven dat verschilt van de traditionele judeo-christelijke theologie, gaan mensen die er niets van weten ervan uit dat we ook Satan aanbidden. Dat als God de optelsom is van al het goede, er een overeenkomstig negatief wezen moest zijn die de belichaming vormt van het slechte. Satan. Wiccans zijn het daar niet mee eens.'
'Je zegt dat er geen duivel bestaat?'
Finney aarzelde, koos zijn woorden nauwkeurig.
'Wiccans zijn het erover eens dat de gehele natuur uit tegenovergestelden bestaat, en dat deze polariteit deel uitmaakt van iedereen. Goed en kwaad zijn verweven in het onderbewustzijn van ieder persoon. Wij zijn van mening dat het vermogen om boven destructieve impulsen uit te stijgen, negatieve energieën om te vormen in positieve gedachten en daden, normale mensen onderscheidt van verkrachters, massamoordenaars en andere sociopaten.'
'Maak je gebruik van magie om overal bovenuit te stijgen?'
Slidells stem had een dreigende ondertoon.
'Bij wicca wordt magie als een religieuze handeling gezien.'

'En bij dat soort religieuze handelingen wordt er ook in mensen gesneden?'
'Dat heb ik u al verteld. Wiccans maken geen gebruik van destructieve of exploiterende magie. Wij doen niemand pijn. Waarom stelt u die vraag trouwens?'
Slidell beschreef het lijk van Jimmy Klapec.
'Denkt u dat ík die jongen heb vermoord?'
Slidell spietste Finney met een van zijn woedende blikken.
'Ik heb me aan een graf vergrepen toen ik zeventien was. Ik ben een keertje opgepakt omdat ik in het openbaar stond te urineren. Twee stomme misstappen. Maar dat is het wel.'
De woedende blik bleef.
Finneys blik gleed van Slidell naar Charlie en vervolgens naar mij. 'U moet me geloven.'
'Eerlijk gezegd, jongen, geloof ik geen barst van wat je me hier vertelt.'
'Controleer het dan.' Finney stond bijna op het punt in huilen uit te barsten. 'Spoor Donna op. Praat met haar.'
'Daar kun je vergif op innemen.'

20

We lasten even een pauze in. Of liever gezegd, Finney zorgde voor een pauze. Aangezien de vermeende grafroof na 1999 was gebeurd, zat het voorval in de computer van het CMPD opgeslagen. Met het jaartal van de gebeurtenis en Elmwood als zoekwoorden, hadden we het rapport binnen enkele minuten tot onze beschikking.

In de nacht van 3 op 4 augustus zijn een of meer onbekende verdachten onrechtmatig graftombe 109 op Elmwood Cemetery binnengedrongen. De politieman die dit voorval rapporteerde sprak met Allen Burkhead, het hoofd van de begraafplaats. Dhr. Burkhead verklaarde dat hij, kort nadat hij op 4 augustus om 7.20 uur de begraafplaats betrad, ontdekte dat graftombe 109 was opengebroken. Dhr. Burkhead gelooft niet dat, toen hij op 3 augustus om 18 uur zijn werk verliet, de graftombe al beschadigd was. Eenmaal in de graftombe is door de verdachte(n) een grafkist geopend en zijn de stoffelijke resten van Susan Clover Redmon geschonden door haar schedel weg te nemen. De patholoog-anatoom werd op de hoogte gebracht, maar weigerde het graf in ogenschouw te nemen om te zien of er nog andere botten uit de kist zijn gehaald. Ten tijde van het voorval was de begraafplaats dicht en er zijn geen getuigen. Na onderzoek van de administratie bleek de graftombe op naam te staan van Marshall J. Redmon (overleden). Een familielid, Thomas Lawrence Redmon, bleek woonachtig in Springfield, Ohio. Thomas Redmon is geïnformeerd en zal op de hoogte worden gehouden van de ontwikkelingen. Ik verzoek deze zaak aan te houden voor nader onderzoek.'

Ik liet mijn blik snel over de rest van de informatie gaan: *Rapporterend agent: Wade J. Hewlett. Adres van het voorval: 4th Street 600 E. Slachtoffers: Elmwood Cemetery; Marshall J. Redmon. Ontvreemde eigendommen: menselijke schedel en onderkaak.*

Slidell kwam erachter dat Hewlett tegenwoordig bij de Eastway Division was ingedeeld. Hij belde en werd in de wacht gezet. Enkele seconden later kwam Hewlett aan het toestel. Slidell schakelde de luidspreker in, zodat we konden meeluisteren.

'Ja, ik herinner me die inbraak op Elmwood nog wel. Op de een of andere manier blijft dat in je hoofd hangen, aangezien het het enige geval van grafroof is waarmee ik ooit te maken heb gehad. We hebben die zaak nooit kunnen oplossen.'

'Heb jij enige idee hoe het gegaan zou kunnen zijn?'

'Waarschijnlijk kinderen. Ik had die week ook een dubbele moord voor mijn kiezen gekregen, dus vandalisme stond niet erg hoog op mijn prioriteitenlijstje. We hadden geen sporen, geen enkel houvast. De Redmons uit de buurt waren allemaal dood of weggetrokken. Het enige familielid van buiten de staat dat we hadden kunnen lokaliseren interesseerde het allemaal geen barst. Uiteindelijk besloot ik maar gewoon af te wachten tot die schedel een keertje zou opduiken.'

'En is dat nog gebeurd?'

'Nee.'

Ik kwam tussenbeide. 'Waarom kwam de patholoog niet opdagen?'

'Hij vroeg mijn mening. Ik vertelde hem dat ik het idee had dat in de tombe of in de kist verder niets van zijn plaats was gehaald. Toen zei hij dat hij contact zou opnemen met het familielid dat in Ohio woonde.'

'En?'

'Thomas Redmon zei alleen maar dat wat hem betrof de kist weer dicht kon en dat we maar moesten bellen als het hoofd gevonden was.'

'Een echt meevoelend mens,' zei Slidell.

'Redmon was nog nooit in Charlotte geweest, wist niet om welke tak van de familie het ging en had geen flauw idee wie er in die tombe begraven lagen.'
'Heb je de begrafenisgegevens van Susan Redmon nog nagelopen?' vroeg ik.
'Ja. Maar veel was er niet. Alleen de naam, de plaats waar ze begraven lag en de datum van de teraardebestelling. Blijkbaar is haar doodskist er als laatste bijgeplaatst.'
'Wanneer was dat?'
'In 1967.'
'Hoeveel anderen lagen er begraven?'
'Vier in totaal.'
'En aan de andere kisten is men niet geweest?'
'Zo te zien niet. Maar ze verkeerden geen van alle in goede staat.'
Slidell bedankte Hewlett en verbrak de verbinding. Enkele seconden lang bleef zijn hand op de hoorn rusten. Toen draaide hij zich naar mij om.
'Wat vind jij ervan?'
'Ik denk dat Finney liegt over Cuervo. Misschien ook wel over Klapec.'
'Wat dacht je ervan als we eens samen in een graftombe kropen?'

Elmwood is niet de oudste begraafplaats van Charlotte. Dat is namelijk Settlers. Te vinden aan Fifth Street, tussen Poplar en Church Street, barst het op Settlers Graveyard van de helden van de Revolutie, ondertekenaars van de Mecklenburgse Onafhankelijkheidsverklaring en goed in hun slappe was zittende immigranten van vóór de Burgeroorlog.

Elmwood is op de plaatselijke begraafplaatsenscene een relatieve nieuwkomer. Hij werd geopend in 1853, en twee jaar later werd er voor het eerst iemand begraven, volgens de verhalen het kind van ene William Beatty. Toentertijd werd de administratie nog niet zo heel goed bijgehouden.

In eerste instantie werd er op Elmwood maar weinig omzet gemaakt. Maar in de tweede helft van de negentiende eeuw gingen de zaken wat beter, wat voor een groot deel te danken was aan de bevolkingsaanwas die te maken had met het feit dat er textielfabrieken in de stad werden geopend. Het laatste kavel werd verkocht in 1947.

Elmwood, dat vanaf het begin ontworpen was om de levende en de overleden mens ten dienste te staan, blijft een populaire plek voor joggers, wandelaars en zondagse picknicks. Maar zijn veertig hectare hebben meer te bieden dan alleen azalea's en schaduw. Het ontwerp van de begraafplaats vereeuwigt zowel qua bebouwing als landschappelijk de veranderende houdingen in het Nieuwe Zuiden van Amerika.

De oorspronkelijke begraafplaats was *omnis divisa in partes tres*, Elmwood voor de blanken, Pinewood voor de zwarten, Potters Field voor alle anderen die geen geld hadden om een stukje grond te kunnen kopen. En dan uiteraard alleen blanken.

Tussen Elmwood en Pinewood lag geen weg, en de laatstgenoemde kon niet worden bereikt via de hoofdingang van de eerstgenoemde. Sixth Street voor blanken, Ninth Street voor zwarten. Ergens in de jaren dertig werd er een hek geplaatst om ervoor te zorgen dat raciaal bepaalde lijken en hun bezoekers zich niet vermengden.

Ja zeker. Niet alleen moesten de Afro-Amerikanen op hun eigen speciale plekje werken, eten, winkelen en in de bus zitten, hun doden moesten ook nog eens in gebarricadeerde aarde liggen.

Jaren nadat in Charlotte discriminatie met betrekking tot de verkoop van grond op begraafplaatsen verboden werd, bleef dat hek daar staan. Eindelijk, in 1969, na een publieke campagne onder leiding van Fred Alexander, het eerste zwarte gemeenteraadslid van Charlotte, werd de oude afrastering afgebroken.

Tegenwoordig wordt iedereen naast elkaar onder de grond gestopt.

Voor Slidell het hoofdbureau verliet belde hij het van Hewlett gekregen nummer van Thomas Redmon. Verbazingwekkend genoeg nam de man op.

Ga je gang maar, zei Redmon. Maar indien mogelijk, doe dan alles ter plekke. Redmon was er geen voorstander van om de geesten van doden te wekken.

Slidell belde ook het nummer van Allen Burkhead. Burkhead had nog steeds de leiding over Elmwood en was bereid ons te ontvangen.

Hewlett. Redmon. Burkhead. Drie uit drie. Het ging lekker!
Burkhead was een lange man met spierwit haar en met het air van een vijfsterrengeneraal. Met een koevoet in de ene hand en een paraplu in de andere stond hij al op ons te wachten toen we bij het hek op Sixth Street tot stilstand kwamen. Het regende weer, een gestage motregen. Zware grijszwarte wolken wekten de indruk maar weinig aanmoediging nodig te hebben om hun lading over ons uit te storten.

Slidell bracht Burkhead op de hoogte en we liepen door het hek het terrein op. De regen roffelde als een zachte metronoom op de klep van mijn pet, en op de rugzak die ik over mijn schouder had hangen.

Sommige mensen beschouwen stilte als een leemte die nodig gevuld moet worden. Burkhead was er daar een van. Of misschien was hij alleen maar trots op zijn kleine koninkrijk. Onder het lopen deed hij onafgebroken verslag.

'Elmwood is een culturele encyclopedie. Hier liggen de rijkste en armste mensen van Charlotte, veteranen van de Confederatie naast Afrikaanse slaven.'

Maar niet in dit gedeelte, dacht ik toen ik de door het neoclassicisme geïnspireerde obelisken zag, de grote bovengrondse graftomben, de tempelachtige familiegraven waarvan het graniet en marmer uiterst gedetailleerd bewerkt was.

Burkhead gebaarde onder het lopen met de koevoet, als een gids die farao's aanwees in de necropolis van Thebe. 'Edward Dilworth Latta, projectontwikkelaar. S.S. McNinch, voormalig burgemeester.'

Enorme bomen welfden zich over ons hoofd, de bladeren glimmend en de stammen donker van het vocht. Cipressen, bukshout en bloeiende struiken vormden een natte ondergroei. Grafstenen, gebogen naar de horizon, grijs en triest in de niet-aflatende regen. We passeerden het gedenkteken voor de omgekomen brandweerlieden, een kleine stenen blokhut, een monument voor de Confederatie. Ik herkende de gebruikelijke symbolen die je op een begraafplaats aantreft: lammetjes en cherubijnen voor kinderen, vol in bloei staande rozen voor jonge volwassenen, het orthodoxe kruis voor Grieken, de passer en de winkelhaak voor vrijmetselaars.

Op een gegeven moment bleef Burkhead staan bij een grafsteen waar de afbeelding van een olifant op was aangebracht. Plechtig las hij de inscriptie hardop op.

"'Geplaatst door leden van het John Robinson's Circus ter nagedachtenis aan John King, op 22 september 1880 overleden in Charlotte, Noord-Carolina, door toedoen van de olifant Chief. Moge zijn ziel rusten in vrede.'"

'Ja?' gromde Slidell.

'O ja. Het dier plette de arme man tegen de zijkant van een spoorwagon. Het ongeluk veroorzaakte nogal wat sensatie.'

Mijn blik zweefde naar een marmeren vrouwenfiguur, enkele graven verderop. Getroffen door de ontroering die van haar houding uitging, liep ik ernaartoe.

De vrouw zat geknield, terwijl haar hoofd op een van haar handen rustte en ze met haar andere hand losjes een boeketje rozen vasthield. Haar kleding en haar haren waren zeer gedetailleerd weergegeven.

Ik las de inscriptie. Mary Norcott London was in 1919 overleden. Ze was vierentwintig. Haar echtgenoot Edwin Thomas Cansler had het monument laten plaatsen.

In mijn hoofd zweefde een beeld van de schedel in mijn laboratorium. Was die van Susan Clover Redmon?

Mary was Edwins echtgenote geweest. Ze was erg jong overleden. Wie was Susan precies geweest? Welke rampspoed had zo snel al een eind aan haar leven gemaakt? En een einde aan haar geluk, haar lijden, haar hoop, haar angsten?

Hadden treurende ouders Susans doodskist vol liefde in de tombe geplaatst? Zich haar herinnerd als het kleine meisje dat zo haar best op de kleurplaat had gedaan, en met haar splinternieuwe lunchbox in de schoolbus was gestapt? Hadden ze gehuild, diepbedroefd in de wetenschap dat een belofte nooit vervuld zou worden?

Of was er sprake geweest van een echtgenoot die bij haar overlijden had getreurd? Een kind?

Slidells stem klonk dwars door mijn mijmeringen. 'Hé, dok. Kom je?'

Even later haalde ik de anderen weer in.

Verder naar het oosten liep de subtiel rondlopende indeling van de begraafplaats over in een rechthoekig raster. De regen viel nu harder. Ik had mijn doorweekte sweater verruild voor een MCME-windjack. Dat was een slechte zet geweest. Het dunne nylon hield me noch warm noch droog.

Uiteindelijk bereikten we een gebied waar nog maar weinig rijk bewerkte grafstenen stonden. De bomen waren nog steeds erg oud en statig, maar de indeling leek op de een of andere manier wat meer organisch, minder star. Ik ging ervan uit dat we de grens waren gepasseerd waar vroeger het hek had gestaan.

Burkhead ging rustig verder met zijn rondleiding.

'Thomas H. Lomax, A.M.E. Zion Bishop; Caesar Blake, Imperial Potentate of the Ancient Egyptian Arabic Order en tijdens de jaren twintig leider van de Negro Shriners.'

Het meest opvallende element van dit gedeelte was een kleine, aan de voorzijde van een fronton voorzien bouwsel van gele en rode baksteen. Langs de bovenkant vormden uitstekende bakstenen aan de zijkant en achterkant ruitvormige decoratieve motieven, terwijl ze boven een eenvoudige houten deur de naam SMITH vormden.

'W.W. Smith, Charlottes eerste zwarte architect,' zei Burkhead. 'Ik vind het erg toepasselijk dat de tombe van meneer Smith zijn karakteristieke metselwerk weerspiegelt.'

'Hoeveel dooien heb je hier liggen?' vroeg Slidell.

'Ongeveer vijftigduizend.' Burkheads toon gaf een nieuwe betekenis aan de term afkeurend.

'Een grandioos decor voor zo'n film met zombies.'

Zijn toch al rechte schouders nog eens extra rechtend wees Burkhead met zijn koevoet. 'Het vandalisme heeft zich daar afgespeeld.'

Burkhead ging ons voor naar een kleine betonnen kubus te midden van een stuk of wat graven, elk met een steen waarop de middelste of laatste naam steevast REDMON was. Die naam stond ook boven de ingang van de tombe.

Burkhead gaf mij de koevoet, klapte zijn paraplu in en zette die tegen de graftombe. Vervolgens haalde hij een sleutel tevoorschijn en stak die in een hangslot dat op schouderhoogte aan de rechterkant van de deur was bevestigd.

Ik zag dat het slot er glimmender en minder roestig uitzag dan de schroeven en scharnieren die in de houten deur waren aangebracht.

Vlak naast het slot zaten diepe groeven in het hout.
Nadat het slot was opengesprongen, stak Burkhead zowel het hangslot als de sleutel in zijn zak en duwde met één hand tegen de deur. Die zwaaide met een wolkje roest en krakend op z'n Hollywoods naar binnen toe open.
Als één man deden we een stapje terug en knipten onze zaklantaarns aan.
Burkhead ging als eerste naar binnen. Ik ging achter hem aan. Slidell vormde de achterhoede.
De geur die er hing was ondoordringbaar en organisch, de geur van aarde, oude baksteen, rottend hout en stof dat vergaan was. Van motten en rattenpies en vochtigheid en schimmel.
Van Slidells pastrami-adem. De ruimte was zo klein dat we gedwongen waren elleboog aan elleboog te staan.
In het schijnsel van onze zaklantaarns waren recht voor ons en links van de deur ingebouwde richels te zien. Op elk daarvan stond een eenvoudige houten doodskist. Een slecht idee, om op deze manier het einde der tijden af te wachten. Het was veel beter om een snelle sprint richting totale compostering te maken. Elke kist zag eruit alsof hij door een pletmachine was gehaald.
Zwijgend vouwde Burkhead een gefotokopieerd document open en stapte naar de planken tegenover de deur. Schaduwen sprongen langs de wanden toen zijn blik van het papier in zijn hand eerst naar de bovenste en vervolgens naar de onderste kist schoot.
Ik wist wat hij aan het doen was.
De doden blijven niet altijd rustig liggen. Ik heb eens een opgraving laten verrichten waarbij opa drie plaatsen verderop lag dan de plek waar hij ooit was begraven. En in een ander geval lag de overledene in een graf waarin zich twee stapels van elk drie doden bevonden. In plaats van links beneden, zoals op de papieren stond aangegeven, lag de persoon naar wie wij op zoek waren rechts, in de tweede kist van boven.
Regel één bij een opgraving: zorg ervoor dat je de juiste persoon te pakken hebt.
Het vage karakter van oude begraafplaatsgegevens kennend, nam ik aan dat Burkhead foto's of korte mondelinge beschrijvingen vergeleek met eventueel nog zichtbare details. Het model van de

kist, decoraties, het ontwerp van de hengsels. Gezien de duidelijke ouderdom van de kisten, betwijfelde ik of hij het geluk zou hebben een fabricageplaatje van de bouwer of een serienummer aan te treffen.

Nadat hij eindelijk zeker van zijn zaak was, sprak Burkhead.

'Deze overledenen zijn Mary Eleanor Pierce Redmon en Jonathan Revelation Redmon. Jonathan is overleden in 1937, Mary in 1948.'

Burkhead draaide zich naar de zijwand om en herhaalde de procedure. Net als even daarvoor, had hij enkele minuten nodig.

'De overledene helemaal boven is William Boston Redmon, ter aarde besteld op 19 februari 1959.'

Burkheads vrije hand zweefde naar de onderste doodskist.

'Dit zijn de stoffelijke resten die zeven jaar geleden zijn geschonden. Susan Clover Redmon is op 24 april 1967 bijgezet.'

Net als haar familieleden bracht Susan haar eeuwigheid door in een houten kist. De zijkanten en bovenkant ervan waren in elkaar gezakt en veel ijzeren onderdelen lagen op een stuk multiplex dat tussen de kist en de plank was geschoven.

Aan de linkerkant van de bovenkant bevond zich een scheur van wel vijfenveertig centimeter. Daaroverheen had iemand smalle houten strips gespijkerd.

'Meneer Redmon vond het niet nodig om een nieuwe kist aan te schaffen. We hebben ons best gedaan hem te repareren en de bovenkant weer vast te zetten.'

Burkhead draaide zich naar mij om.

'Onderzoekt u de overledene hier?'

'Conform het verzoek van meneer Redmon. Maar ik neem misschien wat monsters mee naar mijn laboratorium voor een laatste controle.'

'Zoals u wenst. Helaas is in de loop der jaren het sleuteltje van de kist verloren gegaan.'

Terwijl Burkhead naar het ene uiteinde van de plank stapte, gebaarde hij dat Slidell aan de andere kant moest gaan staan.

'Voorzichtig, rechercheur. De stoffelijke resten wegen bijna niets meer.'

Samen schoven de twee mannen het multiplex snel naar voren en lieten het toen op de vloer zakken. De verplaatste kist vulde de kleine ruimte, waardoor ons kleine trio gedwongen werd met de rug tegen de muur te gaan staan.

Met nauwelijks voldoende ruimte om me te bewegen opende ik mijn rugzakje en haalde er een op batterijen werkende kleine schijnwerper uit, alsmede een vergrootglas, een standaardformulier en een schroevendraaier.

Burkhead keek gebogen vanuit de in schaduwen gehulde oostelijke hoek toe. Slidell stond vanuit de deuropening te kijken, een zakdoek tegen zijn mond gedrukt.

Ik deed een mondkapje voor, hurkte zijwaarts neer en begon te wrikken.

De schroeven lieten bijna moeiteloos los.

21

Mensen uit het Zuiden doen niet aan dodenwaken. Wij gaan kijken. En dat vind ik ook wel verstandig. Bloedeloos, geparfumeerd en geïnjecteerd met was, komt een lijk nooit meer zich uitstrekkend overeind. Het wordt languit neergelegd voor een laatste inspectie. Om die laatste steelse blik wat te vergemakkelijken, zijn deksels van lijkkisten zodanig geconstrueerd dat ze wel iets weghebben van een dubbele voordeur. Finney en zijn vriendinnetje hadden van die eigenschap gebruikgemaakt door alleen het scharnierende bovenste gedeelte open te wrikken.

Dat is oké voor een snelle greep 's nachts om er vervolgens als een haas vandoor te gaan, maar ik moest bij het hele lijk kunnen.

Dankzij het vandalisme en de natuurlijke aantasting was de bovenkant van Susans doodskist over de hele lengte ingezakt. Mijn ervaring zei me dat ik het deksel er in delen af zou moeten halen.

Nadat ik Burkheads provisorisch aangebrachte reparatiestrips had losgewrikt, hakte ik door de roest die de randen van het deksel afdekte. Daarna ging ik, net als Finney, met de koevoet aan de slag.

Burkhead en Slidell hielpen me door het half verrotte hout en de metalen onderdelen op de nog maar weinige open ruimte op de vloer neer te leggen. Om ons heen steeg een geur op, een mengsel van schimmel en verval. Ik voelde mijn huid prikken, en de haartjes in mijn nek en op mijn armen gingen recht overeind staan.

Een uur later was de kist open.

De stoffelijke resten werden aan het oog onttrokken door een wirwar van fluwelen bekleding en draperieën, stuk voor stuk vol vlekken en bedekt met een witte korstmosachtige substantie.

Nadat ik foto's had genomen trok ik mijn handschoenen aan, onzeker over Hewletts inschatting dat alleen het hoofd uit de kist was weggehaald. Als dat waar was, van wie waren dan de botten die ik in Cuervo's kookpot had gevonden? Ik hield deze zorgelijke vraag maar voor me.

Er waren maar enkele minuten voor nodig om de bekleding weg te halen die de bovenste helft van het lijk bedekte. Slidell en Burkhead keken toe, nu en dan een opmerking plaatsend.

Susan Redmon was waarschijnlijk in een blauwzijden jurk begraven. De verschoten stof lag nu als gedroogde papieren handdoekjes rond haar ribbenkast en armbeenderen gewikkeld. Haar haar zat vast aan het kussen waarop ooit haar hoofd had gelegen, en tussen de lange zwarte strengen zag ik een oogkapje liggen – gebruikt door degene die haar gebalsemd had – en drie snijtanden.

Meer lag er niet op het kussen. Geen hoofd. Geen onderkaak.

Mijn blik gleed naar Slidell. Hij stak een duim naar me op.

Ik nam een monster van het haar en pakte vervolgens de drie snijtanden.

'Zijn dat tanden?' vroeg Slidell.

Ik knikte.

'Hebt u de gebitsgegevens?' vroeg Burkhead.

'Nee. Maar we kunnen kijken of deze drie in de holtes passen en ze vergelijken met de ware kiezen en voorkiezen die nog op hun plaats in de boven- en onderkaak zitten.'

Nadat het haar en de tanden in plastic zakjes zaten, ging ik verder met mijn visuele onderzoek.

Susans jurk was onder het lijfje opengescheurd. Door de scheur zag ik een in elkaar gezakte ribbenkast, met daaronder borstwervels. Drie halswervels lagen verspreid op het vergeelde kant waarmee de hals van de jurk was afgezet. Vier andere lagen op een kluitje tussen de vuile bekleding van de kist en de rand van het kussen.

Heel behoedzaam trok ik de bekleding van de kist opzij totdat ook het onderlichaam te zien was.

De polsuiteinden van de spaakbenen en ellepijpen staken uit beide manchetten. Handbeentjes lagen lukraak in de plooien van de rok en langs de rechterkant van de ribbenkast.

De jurk was enkellang en zat stevig om de botten van de benen gekleefd. De enkeluiteinden van de scheenbenen en de kuitbeenderen staken onder de zoom vandaan, met daaronder de voetbeentjes, min of meer in de juiste anatomische volgorde.

'Alles is even bruin als de schedel die we op Greenleaf hebben gevonden,' zei Slidell.

'Ja,' beaamde ik. Het skelet was donker gekleurd, als de kleur van sterke thee.

'Wat zijn dat?' Slidell priemde een vinger in de richting van de verspreid liggende handbeentjes.

'Verschoven handwortelbeentjes, middenhandsbeentjes en vingerkootjes. Ze is waarschijnlijk begraven met haar handen gevouwen op haar borst of op haar buik.'

Terwijl ik in de halvergane stof knipte, zag ik in gedachten hoe Donna een hand in het onderste gedeelte van de doodskist stak, blind met haar vingers in het rond tastend, graaiend, voortgedreven door adrenaline.

'Gevouwen handen is een standaardhouding. Of op de buik, of op de borst. Vaak wordt een overledene begraven met een dierbaar iets tussen de vingers.'

Burkhead praatte alleen vanwege het praten. Slidell en ik luisterden niet. Wij concentreerden ons op de tere zijde die Susans benen bedekte.

Nog twee knippen met de schaar en toen kon ik de resten van de rok opzijtrekken.

Tussen Susans bekken en haar knieën lag slechts één knieschijf.

'Dus Hewlett heeft er een puinhoop van gemaakt,' merkte Slidell op.

'Beide dijbenen zijn verdwenen.' In mijn stem was duidelijk opluchting te horen.

'Ik ga die klootzak van een Finney eens stevig onder handen nemen. En die zieke vriendin van hem. Zijn we hier klaar?'

'Nee, we zijn hier nog niet klaar,' reageerde ik kortaf.

'Wat nu?' Slidell was in gedachten al bezig met het opsporen van Donna Scott.

'Ik ga nu op zoek naar overeenkomsten tussen dit skelet en de schedel en de beenbotten die we in Cuervo's kookpot hebben gevonden.'

'Ik moet even bellen.' Slidell maakte rechtsomkeert en liep met grote passen de graftombe uit. Enkele seconden later zweefde zijn stemgeluid weer naar binnen.

Ik vouwde de losgeknipte randen van het lijfje opzij en tilde het rechtersleutelbeen op, dat ik schoonborstelde om het middelste gedeelte te kunnen inspecteren. De groeischijf was gedeeltelijk aaneengesloten, wat op een jongvolwassene zou kunnen wijzen die ten tijde van haar dood minimaal zestien jaar oud moest zijn geweest.

Ik pakte het linkersleutelbeen en bekeek ook dat nauwkeurig, en kwam tot dezelfde conclusie

Ik was net bezig aantekeningen te maken op het formulier toen Slidell weer naar binnen stapte.

'Ik heb Rinaldi gevraagd of er al antwoord was op wat vragen die ik naar de politie van Los Angeles heb gestuurd voordat ik hierheen kwam. Over Donna Scott en haar pappie Birch.'

'Ik dacht dat Rinaldi aan het rondvragen was in NoDa.'

'De *chicken hawks* hebben zich tijdelijk teruggetrokken. Hij is op het hoofdbureau en is van plan er straks weer naartoe te gaan, als ze na het invallen van de duisternis weer uit hun hol komen.'

Ik hervatte mijn analyse door de rechterbekkenhelft op te pakken en die te inspecteren. De vorm ervan was typisch vrouwelijk. Op de schaamvoegen waren diepe horizontale richels en groeven te zien, en een dunne schijf been had zich nog net niet helemaal met de bovenrand van het heupblad verbonden.

Ik maakte aantekeningen op het formulier en pakte toen de linkerbekkenhelft. Adipocire, lijkenvet, een kruimelige, zeepachtige substantie, zat aan de randen ervan en aan de schaamvoeg geplakt. En tien minuten durende schoonmaak onthulde kenmerken die identiek waren met die op rechts.

Nog meer aantekeningen.

Ik was net bezig de ribuiteinden te onderzoeken toen Slidells telefoon de stilte verbrijzelde. Hij rukte het apparaatje van zijn heup los en stoof naar buiten. Net als even eerder gingen zijn woorden voor mij verloren, maar was zijn toon door de open deur heen te horen.

Slidells tweede gesprek was langer dan het eerste. Ik legde een wervel goed toen hij de tombe weer binnenstapte.

'De politie van Los Angeles heeft Rinaldi teruggebeld.'

'Dat was snel,' zei ik.
'Zijn computers niet grandioos?'
Burkhead was volkomen bewegingloos. Ik kon duidelijk zien dat hij luisterde.
'Birch Alexander Scott heeft in februari 2001 in Long Beach een huis gekocht, en is daar die zomer met zijn vrouw Annabelle en twee dochters, Donna en Tracy, ingetrokken.'
'Dat klopt met Finneys verhaal,' zei ik.
'Het liep alleen niet zoals papa had bedoeld. Twee jaar na de verhuizing heeft hij na een gigantische hartverlamming het loodje gelegd. Zijn echtgenote woont nog steeds in het huis.'
'Hoe zit het met Donna?'
'Dat klinkt even onbetrouwbaar als altijd. Heeft zich in 2002 laten inschrijven bij de School of Cinematic Arts, een onderdeel van de universiteit van Zuid-Californië.' Slidell sprak de naam van de opleiding met de grootst mogelijke minachting uit. 'Heeft in 2004 haar studie eraan gegeven om te trouwen met ene Herb Rosenberg, leeftijd zevenenveertig. Wel eens van gehoord?'
Ik schudde mijn hoofd.
'Dat is blijkbaar een of andere belangrijke freelanceproducer. Huwelijk hield twee jaar stand. Donna Scott-Rosenberg woont nu in Santa Monica. Werkt sinds juli als researcher voor een of andere tv-serie.'
'Heeft Rinaldi een telefoonnummer doorgekregen?'
'O, ja.' Slidell zwaaide even met zijn mobieltje heen en weer en liep weer naar buiten.
'Wie is Donna Scott?' vroeg Burkhead.
'Dat is iemand die bij het openbreken van deze tombe betrokken zou kunnen zijn.'
Een voor een schatte ik de ouderdom van de langere beenderen.
Met een pijnlijke nek en schouders ging ik eindelijk op mijn hurken zitten.
Sleutelbeenderen. Bekken. Ribben. De langere beenderen. Uit alles bleek dat het overlijden ergens tussen het vijftiende en achttiende levensjaar plaatsgevonden moest hebben.
Leeftijd. Geslacht. Lengte. Bouw. Staat van het lijk. Op het lijk aangetroffen vlekken.

In Cuervo's kookpot hadden enkele lichaamsdelen gezeten van een jonge zwarte vrouw die tussen haar vijftiende en twintigste moest zijn gestorven. Een zwarte vrouw van wie haar hoofd, onderkaak en beide dijbenen ontbraken. Susan Redmon was een perfecte match met het meisje in de kookpot.

Het was al pikdonker toen Slidell en ik Elmwood verlieten. Dikke wolken dekten de maan en sterren af en maakten van bomen en grafstenen compacte silhouetten die afgetekend stonden tegen een achtergrond die nauwelijks minder ondoordringbaar was. Er viel een koude regen en hele legioenen boomkikkers namen het vocaal gezien op tegen hele legers sprinkhanen.

Burkhead nam de verantwoordelijkheid op zich voor het in veiligheid brengen van de stoffelijke resten en het afsluiten van de graftombe. Ik beloofde Finneys onderkaak en de schedel en dijbenen uit de kookpot terug te brengen zodra ik mijn baas ervan had overtuigd dat het inderdaad de ontbrekende onderdelen van Susan Redman waren. Hij van zijn kant beloofde zijn best te doen neef Thomas zover te krijgen dat hij met geld voor een nieuwe doodskist over de brug zou komen.

Slidell was rusteloos en chagrijnig. Hoewel hij boodschappen had ingesproken, had Donna Scott-Rosenberg nog steeds niet teruggebeld.

Slidell belde Rinaldi opnieuw op het moment dat ik mijn autogordel vastklikte.

Ik keek op mijn horloge. Kwart over negen. Het was een erg lange dag geweest. Sinds het broodje kalkoen en cheddar op het hoofdbureau had ik niets meer gegeten.

Ik leunde achterover, sloot mijn ogen en begon over mijn slapen te wrijven.

'Die meid heeft blijkbaar geen haast om me terug te bellen. Ik geef haar tot morgenochtend de tijd, en daarna ga ik wat meer druk uitoefenen. Laten we ons op Klapec concentreren. Nog nieuwe ontwikkelingen daar?'

Rinaldi zei iets. Uit Slidells woorden begreep ik dat hij naar NoDa was teruggekeerd.

'O ja? Is die knaap echt geloofwaardig?'
Rinaldi sprak opnieuw.
'En is hij bereid dat te vertellen?'
Slidell luisterde aandachtig.
'Om tien uur zien we elkaar.'
Slidell klapte zijn mobieltje dicht.
Zwijgend reden we verder. Toen, plotseling: 'Klaar om er vandaag een eind aan te maken, dok?'
'Wat is Rinaldi te weten gekomen?' mompelde ik.
'Zijn mannetje is bereid over de brug te komen met betrekking tot die Rick Nelson-knakker.' Slidell zweeg even. 'Weet je wat ik zo aardig vond aan die Nelson? Zijn haar. Die knaap had haar als een shetlandpony.'
'Wat voor een verhaal heeft die jongen te vertellen?' Ik bracht Slidell weer terug op het spoor.
'Hij omschrijft de knaap als van gemiddelde lengte en lichaamsbouw, blank, conservatief gekleed en niet bepaald een prater. Zegt dat hij Ricky-boy aan z'n gerief hielp totdat laatstgenoemde hem op een gegeven moment in elkaar heeft geslagen.'
Ik deed mijn ogen open. 'Was die man gewelddadig?'
'De jongen beweert dat die klootzak hem behoorlijk heeft afgetuigd.'
'Wanneer was dat?'
'In juni. Toen hij weigerde hem verder nog van dienst te zijn, heeft Klapec het van hem overgenomen.'
'Nog meer bijzonderheden?'
'Zegt dat hij info heeft, maar dat die niet gratis is. Ze gaan de boel opnieuw bespreken. Rinaldi heeft om tien uur een afspraak met hem.'
'Waar?'
'In een of ander Mexicaans eethuis aan North Davidson. Ik ga er langs en zorg eventueel nog voor een kleine bonus van mijn kant. Wil je dat ik je terugbreng naar je auto?'
Mijn maag koos juist dat moment uit om te gaan knorren.
'Nee,' zei ik. 'Ik zou graag zien dat je me op een enchilada trakteert.'

Gevestigd op de hoek van 35th en North Davidson, is Cabo Fish Taco misschien net iets te bovengemiddeld om als een eethuis te worden geclassificeerd. De zaak is meer een kruising tussen een Baja-surfer en een Albuquerque-kunstenaar.

Slidell parkeerde voor het oude Landmark Building, waarin tegenwoordig de Center of the Earth Gallery is ondergebracht. In de etalage hing een stilleven van een glazen beker met daarin een eierdooier, terwijl op de rand de twee kanten van een plastic paasei balanceerden.

We zagen het schilderij toen we uit de Taurus stapten en Slidell snoof verachtelijk en schudde met zijn hoofd. Hij stond op het punt commentaar te leveren toen hij Rinaldi naar ons toe zag komen, vanaf het punt waar Thirty-fifth doodloopt tegen het spoor.

Slidell liet een scherp gefluit horen.

Rinaldi's hoofd kwam omhoog. Hij glimlachte. Denk ik. Zeker weten doe ik het niet. Op dat moment kwam de werkelijkheid volkomen op z'n kop te staan.

Rinaldi's hand kwam omhoog.

Er klonk een schot.

Rinaldi's arm verstijfde, half gebogen. Zijn lichaam rechtte zich. Te veel.

Er denderde nog een schot.

Rinaldi werd opzij geslingerd, alsof hij aan een ketting werd weggetrokken.

'Neer!' Slidell drukte me hardhandig tegen het plaveisel.

Mijn knieën klapten tegen het beton. Mijn buik. Mijn borst.

Er werd nog een schot gelost.

Een auto scheurde met hoge snelheid in zuidelijke richting over Davidson.

Met een hart dat als een gek tekeerging keek ik op, hoewel ik mijn hoofd nauwelijks omhoog bracht.

Met getrokken pistool sprintte Slidell naar de hoek.

Rinaldi lag beweginloos op de grond, zijn lange, spinachtige ledematen op groteske wijze uitgestrekt.

22

Ik krabbelde overeind en rende over Thirty-fifth.
Sirenes huilden in de verte. De even eerder nog totaal verlaten trottoirs vulden zich met nieuwsgierigen. Een eindje verderop vormde zich een cirkel rond Rinaldi. Tussen benen door zag ik zijn bewegingloze gestalte, terwijl een donkere sliert vanonder zijn borst langzaam naar de stoeprand gleed.
Toeschouwers opzijduwend baande ik me een weg ernaartoe. Slidell zat met een vlekkerig gezicht naast hem geknield en hield beide handen tegen de borst van zijn partner gedrukt.
Mijn hart hield heel even op met kloppen.
Rinaldi's oogleden waren blauw, zijn gezicht mortuariumbleek. De regen doorweekte zijn haar en overhemd. Bloed kroop over het trottoir en lekte over de stoeprand. Te veel bloed.
'Achteruit!' schreeuwde Slidell met een stem die trilde van woede. 'Geef die man verdomme een beetje de ruimte!'
De cirkel verwijdde zich, om onmiddellijk weer kleiner te worden. Mobieltjes klikten, foto's makend van het geronnen bloed.
Het huilen in de verte klonk nu harder. Nam toe in aantal. Ik wist dat Slidell de code voor 'agent neergeschoten' had doorgegeven. Overal in de stad hadden patrouillewagens onmiddellijk gereageerd.
'Laat mij dit doen,' zei ik, terwijl ik me naast Slidell liet vallen. 'Hou jij de mensen op een afstand.'
Slidells ogen schoten mijn kant uit. Hij ademde zwaar. 'Ja.'
Ik gleed met mijn handen onder Slidells palmen op Rinaldi's borst. Ik voelde Slidells armen trillen.

'Hard! Je moet hard drukken!' Een ader klopte midden op Slidells voorhoofd. De regen had zijn haar tot een soort halo gevormd.
Ik knikte, niet in staat iets uit te brengen.
Slidell schoot overeind en draaide zich met een ruk om naar de toeschouwers, waarbij zijn voeten bijna uitgleden in de regen en Rinaldi's bloed.
'Achteruit, verdomme!' Slidells omhoog gerichte handpalmen waren angstaanjagend rood.
Ik keek neer, mijn gedachten uitsluitend op één punt gericht.
Stop het bloeden!
'Geef ons een beetje ruimte, verdómme!' bulderde Slidell.
Stop het bloeden!
Het is veel te veel! Lieve god, niemand overleeft zo'n bloedverlies.
Stop het bloeden!
Seconden gingen voorbij. De regen viel traag, een gestage motregen.
Vlakbij kwam een gillende sirene tot stilstand. Een tweede. Een derde. Lichten pulseerden, en veranderden de straat in een rondzwiepende roodblauwe draaikolk.
Stop het bloeden!
Portieren gingen open. Werden dichtgeslagen. Stampende voetstappen. Schreeuwende stemmen.
Stop het bloeden!
Voelend dat er beweging was en ruimte, keek ik heel even op, de handpalmen nog steeds op Rinaldi's borst gedrukt.
Geüniformeerde agenten duwden de kijkers nu hardhandig achteruit.
Mijn ogen keerden terug naar mijn handen, die nu glommen en donker waren geworden.
Stop het bloeden!
Vlak naast mij verschenen voeten, het ene paar in laarzen gestoken, het andere in New Balance-sportschoenen. Onder de modder. Nat.
Laarzen hurkte naast me neer en zei iets tegen me. Tussen de mantra door die mijn hersenen beheerste hoorde ik nauwelijks iets.
Stop het bloeden!

Laarzen zette zijn handen op de mijne op het bloeddoorweekte overhemd. Ik keek in zijn ogen. De irissen waren blauw, het wit doorsneden door een netwerk van uiterst kleine rode adertjes.

Laarzen knikte.

Ik kwam overeind en deed een stapje terug op benen die van rubber waren.

Ik kende de procedure. ABC. *Airway. Breathing. Circulation.* Luchtwegen. Ademhaling. Bloedsomloop. Ik keek verslagen toe hoe de ziekenbroeders snel in actie kwamen, ze onderzochten Rinaldi's luchtpijp, voorzagen hem van zuurstof en voelde aan zijn halsslagader.

Toen bonden ze Rinaldi op een brancard, tilden hem op, schoven hem in de ambulance en sloegen de deuren achter hem dicht.

Ik keek de ambulance na die met hoge snelheid in de Charlottenacht verdween.

Slidell en ik lieten de plaats delict aan anderen over en reden rechtstreeks naar het Charlotte Medical Center, het CMC. Onderweg passeerden we tientallen patrouillewagens die zich naar NoDa haastten. Tientallen andere verstopten de straten. De stad leek te verdrinken in de sirenes en zwaailichten.

In de wachtkamer van de eerstehulp zaten al een stuk of wat politiemensen. Nauwelijks op hun aanwezigheid reagerend blafte Slidell zijn naam en eiste hij Rinaldi's arts te spreken te krijgen.

Een receptionist ging ons voor naar de toiletten, waar we het bloed van onze handen en armen konden wassen. Of misschien was het wel een verpleegkundige. Of een verpleeghulp. Wie kon het zeggen? Nadat we terugkwamen vroeg ze ons plaats te nemen en te wachten.

Slidell begon te razen en te tieren. Ik pakte hem bij een arm beet en leidde hem naar een rij aan elkaar gekoppelde metalen stoeltjes. Zijn spieren waren hard als boomwortels.

Begrip hebbend voor de stemming waarin Slidell verkeerde, liet iedereen ons met rust. Mensen die bij de politie werken begrijpen zoiets. Hun aanwezigheid was voldoende.

Slidell en ik gingen op de stoeltjes zitten en begonnen aan onze wake, elk verloren in onze eigen gedachten.

Ik bleef de schoten horen, zag Rinaldi's gezicht weer voor me, het spookachtige gezicht. Het bloed. Veel te veel bloed.

Om de paar minuten kwam Slidell woest overeind om vervolgens naar buiten te lopen. En elke keer dat hij terugkwam was hij omgeven door sigarettenrook, zoals regen een hond kon omhullen. Ik benijdde hem bijna om deze afleiding.

Langzaam arriveerden er steeds meer politiemensen. Rechercheurs in burger stonden in groepjes bijeen met geüniformeerde agenten, de gezichten strak, hun stemmen nauwelijks meer dan gefluister.

Eindelijk kwam er een arts met een grimmige gelaatsuitdrukking op zijn gezicht aangelopen die een onder de bloedspetters zittende operatiejas aanhad. Een vlek op een van de manchetten had wel iets weg van Nieuw-Zeeland. Waarom moest ik daar op dit moment aan denken?

Slidell en ik stonden op, doodsbang, hoopvol. Op het naamplaatje van de arts stond 'Meloy'.

Meloy vertelde dat Rinaldi door twee kogels in de borst en een in de onderbuik was getroffen. Een kogel was dwars door hem heen gegaan. Er zaten nog twee kogels in zijn lichaam.

'Is hij bij bewustzijn?' vroeg Slidell, zijn gezicht één en al grimmige vastberadenheid.

'Hij wordt momenteel nog geopereerd,' zei Meloy.

'Gaat hij het redden?'

'Meneer Rinaldi heeft erg veel bloed verloren. Weefselschade is ook omvangrijk.'

Slidell dwong zichzelf kalm te spreken. 'Dat is geen antwoord.'

'De prognose ziet er niet goed uit.'

Meloy nam ons mee naar een zitkamer voor het personeel en zei ons dat we daar konden blijven zolang we wilden.

'Wanneer komt hij van de operatietafel?' vroeg Slidell.

'Dat kan ik onmogelijk zeggen.'

Met de belofte dat hij ons op de hoogte zou houden van verdere ontwikkelingen, ging Meloy weer terug.

Rinaldi overleed om 11.42 uur.

Slidell luisterde met een uit steen gehouwen gezicht toen Meloy met het nieuws kwam. Toen draaide hij zich om en beende met grote passen uit het vertrek.

Een politievrouw reed me naar huis. Ik had haar moeten bedanken, maar dat deed ik niet. Net als Slidell was ik te kapot om beleefd te kunnen zijn. Later hoorde ik hoe ze heette en heb ik haar een briefje gestuurd. Ik denk dat ze het begreep.

Eenmaal in bed huilde ik tot ik geen tranen meer had. Daarna viel ik in een droomloze slaap.

Ik werd op zondagmorgen wakker met het besef dat er iets niet goed was, zonder te weten wat precies. Toen ik me alles weer herinnerde, moest ik opnieuw huilen.

De koppen in de *Observer* waren gigantisch, het soort dat gereserveerd was voor het uitbreken van oorlog of vrede. Vette, vijf centimeter hoge hoofdletters schreeuwden me toe: RECHERCHEUR VAN POLITIE VERMOORD!

De televisie en radio schonken op dezelfde uitzinnige manier aandacht aan het voorval, met uitspraken die zonder meer speculatief mochten worden genoemd. *Gangstermoord. Moordaanslag. Schietpartij vanuit rijdende auto. Executieachtige moord.*

Maar ook aan Asa Finney werd aandacht besteed. Finney werd omschreven als iemand die zichzelf uitgaf als heks, en was gearresteerd omdat hij in het bezit was van de op Greenleaf in een kookpot aangetroffen schedel, en omdat hij wellicht van belang kon zijn bij de zaak van de satanische moord op Jimmy Klapec.

De door Allison Stallings gemaakte foto van Finney stond op de voorpagina van de *Observer*, en op internet, en was ook achter somber kijkende nieuwspresentatoren op tv te zien. In alle artikelen werd benadrukt dat Rinaldi zowel met de Greenleaf- als de Klapeczaak bezig was geweest.

Het tot mij nemen van de media die ochtend zorgde ervoor dat ik me wanhopig voelde. En vanaf dat moment werd het alleen maar nog ellendiger.

Katy belde rond tienen om te zeggen dat het haar speet van Rinaldi. Ik bedankte haar en vroeg haar hoe de picknick was geweest. Ze zei dat het ongeveer even leuk was geweest als een steenpuist op je billen. En nu stuurden ze haar naar de een of afgelegen plek in Buncombe County om documenten te sorteren. Ik zei dat haar recente negativisme niet bepaald opbeurend werkte. Of iets soortgelijks ondoordachts. Toen zei zij dat ík degene was die negatief was, dat ik kritiek had op alles wat ze deed. Zoals wat? Haar smaak qua muziek. Dat ontkende ik. Ze daagde me uit om één enkele groep op te noemen die ze goed vond. Dat kon ik niet. Enzovoort. Geïrriteerd en boos hingen we op.

Rond twaalven was Boyce Lingo in de lucht, die tekeerging tegen decadentie en corruptie, en erop stond dat de wereld zich zou reconstrueren naar zijn benepen beeld. Net als eerder moedigde hij de ingezetenen van zijn kiesdistrict aan om een proactieve houding tegen het kwaad aan te nemen, en van de door hun gekozen ambtenaren hetzelfde te eisen.

Boyce wees op Asa Finney als een voorbeeld van alles wat fout was aan de maatschappij van vandaag. Tot mijn verbijstering noemde hij Finney een slaafse volgeling van satan, en suggereerde hij een verband met de moord op Rinaldi.

Op Google zoekend naar Allison Stallings, ontdekte ik even later dat ze schrijfster van waargebeurde misdaadverhalen was, met tot nu toe één boek op haar naam, een lowbudget werkje voor de massamarkt over een moord in Columbus, Georgia. Het boekje was zelfs bij Amazon niet te krijgen.

Stallings had in het verleden ook foto's gemaakt voor de *Columbus Ledger-Inquirer*, en had zelfs een keertje een klapper gemaakt bij Associated Press.

Mijn hemel. Die vrouw was op zoek naar ideeën voor een nieuw boek.

Rond drieën keek ik naar mijn e-mail. Er was een boodschap van het OCME in Chapel Hill. Die bestond uit drie punten. De baas was erg teleurgesteld door mijn tirade van vrijdagochtend. Ik diende af te zien van verdere contacten met de pers. Ik zou donderdagochtend van hem horen.

Ryan belde niet.
Charlie belde niet.
Birdie kotste op het kleedje in de badkamer.
Tussen de e-mails en telefoontjes en het overgeven en de tranen door, maakte ik schoon. Niet de gebruikelijke snelle gang door het huis met de stofzuiger en een stofdoek. Furieus viel ik aan: met een

tandenborstel ging ik over de voegen in de badkamer, ik schuurde de oven, verving de filters in de airconditioning, liet de koelkast ontdooien, gooide nagenoeg alles weg wat in het medicijnenkastje stond.

Deze intensieve lichamelijke activiteit hielp. Totdat ik ermee stopte.

Om zes uur stond ik in mijn glimmende keuken en dreigde verdriet me opnieuw te overweldigen. Birdie had zich boven op de koelkast verschanst.

'Zo gaat het niet, Bird,' zei ik.

De kat keek me aandachtig aan, nog steeds bang voor de stofzuiger.

'Ik moet iets doen om wat minder somber te worden.'

Geen reactie van de verheven positie boven op mijn koelkast.

'Chinees,' zei ik. 'Ik ga chinees bestellen.'

Bird verlegde haar voorpoten, waardoor ze onder haar opgerichte kin kwamen te liggen.

'Ik weet wat je denkt,' zei ik. 'Je kunt niet constant thuis uit witte kartonnen bakjes zitten eten.'

Bird was het noch met me eens noch met me oneens.

'Daar heb je gelijk in. Ik ga naar Baoding en bestel daar al mijn favoriete gerechten.'

En dat is precies wat ik deed.

En op dat moment werd de dag pas echt ongelooflijk klote.

Hoewel het eten in een restaurant een van mijn favoriete bezigheden is, heb ik daarbij altijd behoefte gehad aan een sociale component. Als ik in m'n eentje ben, dan eet ik samen met Birdie, zittend voor de televisie.

Maar Baoding is een weekendtraditie in het zuidoosten van Charlotte. Op zondagavonden zie ik altijd bekenden.

Die avond was geen uitzondering.

Alleen waren het geen bekenden die ik wilde zien.

Martini's zijn een Baoding-specialiteit, vooral voor mensen die wachten op hun afhaalmaaltijd. Niet bijzonder Chinees, maar het is niet anders.

Toen ik naar binnen stapte was Pete aan de bar in een gesprek gewikkeld met een vrouw die rechts van hem zat. Beiden dronken iets waarvan ik vermoedde dat het appelmartini's waren.

Ik wilde op mijn schreden terugkeren.

Te laat.

'Tempe. Hé! Hierheen.'

Pete sprong van zijn kruk en pakte me beet voor ik door de deur naar buiten kon ontsnappen.

'Je móét met Summer kennismaken.'

'Het is daar geen goed mo...'

Breed lachend trok Pete me door het restaurant. Summer had zich omgedraaid en keek nu onze kant uit.

Het was nog erger dan ik had vermoed. Summer was helblond, met borsten ter grootte van strandballen en veel te weinig blouse om ze in te kunnen stoppen. Tijdens het voorstellen legde ze bezitterig haar hand op Petes bovenarm.

Ik feliciteerde ze met hun verloving.

Summer bedankte me. Killetjes.

Pete bleef stralen, zich geen moment bewust van de onderkoeling.

Ik vroeg hoe het met de trouwplannen stond.

Summer haalde haar schouders op en spietste een olijf aan een rood plastic prikkertje.

Gelukkig arriveerde op dat moment hun bestelling.

Summer plofte van haar kruk als een pop met een veer in haar achterste. Ze griste de zak van de balie, mompelde 'Leuk je ontmoet te hebben', en liep in de richting van de deur, waarbij ze een walm van het een of andere onbestemd parfum in haar kielzog achterliet.

'Ze is nerveus,' zei Pete.

'Ongetwijfeld,' zei ik.

'Alles goed met je?' Pete keek me onderzoekend aan. 'Je ziet er moe uit.'

'Rinaldi is gisteren doodgeschoten.'

Petes wenkbrauwen deden dat verwarrende dat ze kunnen doen.

'Eddie Rinaldi. De partner van Slidell.'

'Je hebt het over de moord op die agent die zo uitgebreid in het nieuws is?'

Ik knikte.

'Je kent Rinaldi al eeuwen.'
'Ja.'
'Was je erbij?'
'Ja.'
'Shit, Tempe. Dat spijt me, echt.'
'Dank je.'
'Hou je het een beetje vol?'
'Ja.' Ik was uitsluitend in staat eenlettergrepige antwoorden te geven.
Pete pakte mijn hand beet. 'Ik bel je.'
Ik knikte en forceerde een glimlachje, bang dat spreken de pijn zou ontketenen die zo tastbaar in mijn borst aanwezig was.
'Zo ken ik mijn Tempe weer. Zo hard als een houthakker.'
Pete kuste mijn wang. Toen was hij weg.
Ik sloot mijn ogen en greep de achterkant van Summers lege barkruk beet. Achter me kabbelde de conversatie voort. Opgewekte eters die van het gezelschap van anderen genoten.
Mijn neus ving sesamolie op, knoflook en soja, geuren uit die gelukkige jaren, toen Pete, Katy en ik op zondagavond bij Baoding neerstreken.
De afgelopen paar dagen waren verpletterend geweest. Rinaldi. Katy. De baas. Boyce Lingo. Takeela Freeman. Jimmy Klapec. Susan Redmon. En nu Pete en Summer.
Laag in mijn borst voelde ik wat trillen.
Ik haalde diep adem.
'Wacht je op je bestelling?' De stem klonk vlak naast mijn oor.
Ik opende mijn ogen. Charlie Hunt stond naar me toe gebogen, zijn gezicht dicht bij het mijne.
'Zal ik een Perrier voor je bestellen?' vroeg Charlie.
Van wat ik toen deed zal ik altijd spijt blijven hebben.
'Bestel maar een martini voor me,' zei ik.

23

Van de rest van die avond en een groot deel van de maandag herinner ik me nauwelijks meer iets. Ruzie met Charlie. Aan het stuur. Spullen smijten in een boodschappenwagentje van een supermarkt. Worstelen met een kurkentrekker. Voor de rest zijn er zesendertig uur van mijn leven spoorloos verdwenen.
 Dinsdagochtend werd ik in mijn bed wakker, alleen. Hoewel de zon nog maar net boven de horizon was verschenen, zag ik dat het een heldere dag zou worden. De wind speelde door de magnoliabladeren vlak buiten mijn raam, waardoor er enkele werden omgedraaid, zodat hun lichte onderkant te zien was, scherp afstekend tegen het donkere groen van hun niet-omgedraaide soortgenoten.
 De spijkerbroek die ik zondag had gedragen lag tegen een plint. Mijn blouse en ondergoed hingen over de rugleuning van een stoel. Ik had een joggingpak aan.
 Birdie hield me vanonder de toilettafel in de gaten.
 Beneden stond de tv keihard aan.
 Ik kwam overeind en zwaaide voorzichtig mijn voeten naar de vloer.
 Mijn mond voelde droog aan, mijn hele lichaam leek trouwens uitgedroogd.
 Oké. Het viel mee.
 Ik stond op.
 Bloed explodeerde in de verwijde aderen van mijn hoofd. Woest gebons achter mijn ogen.
 Ik ging weer liggen. Het kussen rook naar parfum en seks.

Mijn hemel. Ik kon mijn studenten in deze toestand onmogelijk onder ogen komen.

Ik wankelde naar mijn laptop en stuurde een e-mail naar mijn lab- en onderwijsassistent Alex met de mededeling dat ik ziek was en of zij het tentamen met betrekking tot beenderen kon afnemen, en de klas vervolgens maar naar huis wilde sturen.

Toen ik mijn oogleden weer omhoog had gekrikt was de kat verdwenen en gaf de klok acht uur aan.

Ik dwong mezelf weer overeind en sjokte naar de douche. Toen ik daarna de natte klitten uit mijn haar borstelde en mijn tanden poetste, trilden mijn handen.

Beneden vertoonde het Classic Movie Channel *The Great Escape*. Ik vond de afstandsbediening en zette te tv uit, precies op het moment dat Steve McQueen met een motorfiets over een prikkeldraadversperring suisde.

De keuken vertelde het verhaal even duidelijk als een stripalbum. In de gootsteen lagen resten van een diepvriespizza en twee Dove Bar-wikkels en de stokjes die in de ijsjes hadden gezeten. Twee lege wijnflessen stonden op het aanrecht. Een derde, halfleeg, stond nog op tafel, naast een enkel glas.

Ik at een kommetje cornflakes en sloeg met enkele slokken koffie twee aspirines achterover. Daarna moest ik overgeven.

Hoewel ik mijn tanden opnieuw had gepoetst, had ik nog steeds een smerige smaak in mijn mond. Ik spoelde mijn mond een paar keer met water. Nam een Advil.

Zoals te verwachten was hielp niets. Ik besefte dat alleen de tijd en mijn stofwisseling uiteindelijk enige verlichting zouden brengen.

Ik was bezig de pizzadoos te pletten toen mijn hersenen weer enigszins gingen functioneren.

Het was dinsdag vandaag. Ik had sinds zondag met niemand meer gesproken.

Hoewel maandag een vrije dag was geweest, moest iemand me toch hebben gemist.

Nadat ik de verfrommelde kartonnen doos in de afvalbak had gegooid, haastte ik me naar de telefoon.

Die gaf geen sjoege.

Ik volgde het snoer naar de muur. De aansluiting zat stevig in het wandcontact. Ik begon de andere toestellen te controleren.

Het snoerloze toestel in de slaapkamer lag begraven onder de weggeworpen spijkerbroek. Het stond nog in de spreekstand, waardoor de rest van het systeem geblokkeerd werd.

Had ik hem uitgezet? Had Charlie dat gedaan?

Hoe lang was ik onbereikbaar geweest?

Nadat ik hem had uitgeschakeld, drukte ik weer op TALK. Kiestoon. Ik zette hem opnieuw uit.

Waar was mijn mobieltje? Ik toetste het nummer ervan op mijn vaste telefoon in.

Niets.

Na een uitgebreide zoektocht vond ik het mobieltje beneden, helemaal achter in een lade van mijn bureau. Het was uitgeschakeld.

Ik betwijfelde of Charlie dat had gedaan, en vroeg me af wat mijn door alcohol benevelde motivatie was geweest.

Ik koppelde het mobieltje net aan zijn oplader, toen de vaste telefoon overging.

'Waar heb jij verdomme gezeten?'

Slidells toon joeg een ijspriem dwars door mijn hersenen.

'Het was een vrije dag,' zei ik defensief.

'Nou, het spijt me dat moord niet aan vrije dagen doet.'

Ik was te misselijk om hem vinnig van repliek te dienen. 'Ben je al wat verder met het opsporen van Rinaldi's schutter?'

Slidell stond me enkele afkoelende momenten van stilte toe. Uit de achtergrondgeluiden meende ik op te kunnen maken dat hij op het hoofdbureau van politie was.

'Ik ben van het onderzoek afgehaald. Ze vinden dat ik te veel geïnvestéérd heb om objectief te kunnen zijn.' Slidell snoof verontwaardigd. 'Geïnvesteerd. Ze praten over me alsof ze het verdomme over de beurs hebben.'

Waarschijnlijk was dat een verstandige beslissing. Ik hield die gedachte maar voor me.

'Maar ik heb een onderbuikgevoel dat dit allemaal met elkaar te maken heeft. Ik doe Klapec en die Greenleaf-kelder, en uiteindelijk krijg ik de smeerlap te pakken die Rinaldi heeft neergeschoten.'

Slidell zweeg. Schraapte zijn keel.

'Ik heb met Isabella Cortez gesproken.'
'Wie?' De naam zei me niets.
'Takeela Freeman? Oma?'
'Ja. Wat ben je te weten gekomen?'
'Nada. Maar ik heb ook met Donna Scott-Rosenberg gesproken. Deze dame heeft een goed verhaal. Volgens haar is dat hele begraafplaatsgedoe het idee van Finney geweest.'
'Dat verbaast me niets. Wat zegt ze over de resten van Susan Redmon?'
'Ze zegt dat toen het gezin naar Californië verhuisde, ze tot de conclusie kwam dat het veel te gevaarlijk was om lichaamsdelen mee te nemen. Ze wilde niet dat haar vader ze zou vinden. Maar ze durfde ze ook niet in het oude huis achter te laten. Dus gaf ze die aan een van haar gothic maatjes, een knaap die Manuel Escriva heette.'
Ik zweette en ik dreigde weer te moeten overgeven.
'Escriva was gemakkelijk op te sporen. Hij zit vast voor het in bezit hebben van marihuana met de bedoeling het te verhandelen. Dus ik ben gisteren maar eens naar het centrale huis van bewaring gereden.'
Op één gebied leken Slidell en ik heel erg veel op elkaar. Hoewel we kapot waren van Rinaldi's dood, lieten we geen van beiden toe dat anderen onze pijn zouden zien. Maar waar Skinny gewoon door was gegaan, was ik ingestort. Ik had het onderzoek afgeblazen en voor de eerste keer in mijn leven had ik mijn academische taak verzaakt. Het schaamrood steeg me naar mijn toch al rode kaken.
'Het is een arrogante kleine zak. Er was enig gemarchandeer voor nodig, maar uiteindelijk gaf Escriva toe dat hij de botten voor vijftig dollar heeft verkocht.'
'Aan wie?'
'Aan een medicijnman uit de buurt.'
'Cuervo,' raadde ik.
'Geen ander.'
'Afgezien van het onrechtmatig in bezit hebben van menselijke stoffelijke resten, kan T-Bone verder niets gemaakt worden.'
'Daar ben ik niet zo zeker van. Escriva zei dat Cuervo tot zijn nek in de shit zat.'
'Hoezo?' De telefoon in mijn hand voelde klam aan.

'Ik heb hem diezelfde vraag gesteld, maar die brutale Escriva kijkt me alleen maar zelfgenoegzaam aan, waardoor ik zin krijg om z'n kop van z'n romp te trekken. Dan vraagt hij me op hoge toon of er niet iets met de bewaker is te regelen. Dan gaat het er heel even heet aan toe. Als ik wegga roept hij me na. Ik draai me om. Hij grinnikt nog steeds en maakt met zijn handen een of ander voodoosymbool, en hij zegt: "Kijk uit voor de boze geest, meneer de politieman".'
'Wil je hiermee zeggen dat Escriva Cuervo beschuldigt van duivelsaanbidding?'
'Zo vat ik het wel op.'
'Heb je Escriva gevraagd waar Cuervo zou kunnen uithangen?'
'Hij beweert dat hij al vijf jaar lang geen contact meer met hem heeft gehad.'
'Heb je naar Asa Finney gevraagd?'
'Hij bezweert me dat hij hem niet kent.'
'Wat ben je nu aan het doen?'
Ik hoorde iets bewegen, waarna Slidells stem een stuk gedempter klonk, alsof hij zijn hand op de hoorn had gelegd. 'Ik loop momenteel Rinaldi's aantekeningen door.'
'Heb je die dan nog?' Ik was verrast dat die aantekeningen nog niet door het team dat de schietpartij onderzocht in beslag genomen waren.
'Ik heb er gisterochtend fotokopieën van gemaakt.' Slidells woorden klonken weer wat duidelijker nu hij de hoorn weer op een normale manier voor zijn mond hield. 'Een een rit naar Raleigh heeft de rest van de dag in beslag genomen.'
Waarschijnlijk als dekmantel bedoeld. Ik had gisteren ook niet naar die aantekeningen kunnen kijken.
'Ik wil dat je je ervan overtuigt dat Susan Redmon inderdaad ons Greenleaf-slachtoffer is. Het zou een absolute afknapper zijn als de schedel niet bij de spullen in die doodskist past.'
Ik probeerde de bittere smaak in mijn keel te onderdrukken. In een klaslokaal was ik momenteel niets waard, maar dit moest ik toch voor elkaar kunnen krijgen.
'Ik ga nu naar het lab. Het spijt me van gisteren. Hou me alsjeblieft op de hoogte.'
Slidell gromde iets, maar het had ook een boer kunnen zijn.

Nadat ik een einde aan het gesprek had gemaakt spetterde ik eerst koud water tegen mijn gezicht, en keek toen naar de boodschappen op mijn mobieltje.

Een van Katy. Een van Charlie. Drie van Slidell. Een van Jennifer Roberts, een collega bij de UNCC. Iedereen zei min of meer hetzelfde: bel me terug.

Ik belde Katy, maar kreeg haar voicemail. Te vroeg? Of was ze al naar haar werk? Of was ze uit Charlotte vertrokken om aan het project in Buncombe County te werken? Ik liet min of meer dezelfde boodschap achter als zij voor mij had achtergelaten.

Slidell zou ik binnenkort spreken. Praten met Charlie vereiste enige planning vooraf. Jennifer Roberts bellen zou me bij de UNCC verraden. Ze moest maar even wachten.

Voor ik uit huis vertrok probeerde ik nog wat Campbell-noedelsoep naar binnen te lepelen.

Ook dat kotste ik weer uit.

Nadat ik voor de derde keer mijn tanden had gepoetst pakte ik de sleutels en mijn tasje en liep naar de deur.

Daar struikelde ik bijna over een grote Dean & DeLuca-tas die op de stoep stond. Aan een van de hengsels zat met een paperclip een velletje papier bevestigd.

Tempe,
Ik weet dat dit een moeilijke tijd is. Het spijt me als ik je beledigd heb, maar ik maakte me zorgen over je veiligheid. Neem dit alsjeblieft van me aan als een oprecht bewijs van mijn spijt. En alsjeblieft, alsjeblieft. Eet.
Bel me zodra je het gevoel hebt dat je sterk genoeg bent om de telefoon te gebruiken.
Charlie

Ik voelde me ongelooflijk gekrenkt. Lieve god. Wat had Charlie proberen te voorkomen?

Ik zette het eten op het aanrecht in de keuken, haalde een cola light uit de koelkast en ging op weg naar het lab.

De bewegingen van de auto. De damp. De cola. Bijna raakte ik opnieuw de kluts kwijt.

Goed. Ik zou lijden totdat mijn lichaam weer in normale toestand verkeerde. Ik zou de volle prijs betalen.

Daar stond tegenover dat de kater zich geheel thuis had afgespeeld. Ik had niemand schade berokkend. Ik had me met niets dwazers beziggehouden dan een zweterig rendez-vous met een oude middelbareschoolvlam.

Helaas leek die laatste aanname niet op waarheid te berusten.

Mijn opmerking over maandagen in het mortuarium kun je verdubbelen als het gaat om dinsdagen na een lang weekend.

Alle drie de pathologen waren aanwezig, en op het bord stonden acht nieuwe lijken genoteerd. Aangezien Rinaldi er niet bij stond, ging ik ervan uit dat Larabee, Siu of Hartigan de vorige dag was teruggekomen om die sectie te verrichten. Gezien de omstandigheden vermoedde ik dat het de baas was geweest.

Opnieuw werd ik overvallen door een enorm schuldgevoel. Terwijl ik in een aanval van zelfmedelijden hersencellen had zitten vernietigen, hadden anderen het vuile werk moeten opknappen.

Ik liep rechtstreeks door naar de koelruimte en haalde de schedel en beenderen uit Cuervo's kookpot tevoorschijn, en vervolgens de bij Finney gevonden onderkaak. Aangezien beide autopsieruimtes in gebruik waren, spreidde ik een plastic zeil uit over mijn bureaublad, legde daar de stoffelijke resten op en voegde er de tanden aan toe die ik uit Susan Redmons kist had meegenomen.

Twee uur later was ik klaar. Elke tand paste. Elk detail met betrekking tot leeftijd, geslacht, afkomst en toestand waarin de resten verkeerden klopte. De metingen die ik in de graftombe had gedaan, sloten aan op de afmetingen van de schedel. Fordisc 3.0 bevestigde het allemaal nog eens. Zo nodig kon ik nog DNA-tests laten uitvoeren, maar ik was ervan overtuigd dat schedel, onderkaak en de stoffelijke resten in de kist van één en hetzelfde individu afkomstig waren.

Af en toe zag ik Hawkins of mevrouw Flowers of een van de pathologen haastig langs mijn openstaande deur lopen. Op een gegeven moment bleef Larabee staan, hij keek me vreemd aan, en liep toen door. Niemand had er behoefte aan mijn kantoor binnen te stappen.

Ik was bezig met het schrijven van mijn rapport met betrekking tot Susan Redmon, toen mevrouw Flowers belde om het telefoontje aan te kondigen waar ik al de hele tijd bang voor was geweest. Dr. Larke Tyrell, de man die aan het hoofd stond van de in Noord-Carolina werkzame lijkschouwers, was vanuit Chapel Hill aan de lijn.

'Zou u hem misschien kunnen zeggen dat ik er niet ben?' vroeg ik.

'Dat zou ik kunnen doen.' Stijfjes.

'Ik ben vandaag niet erg lekker.'

'U ziet inderdaad een tikkeltje bleek.'

'Misschien kunt u suggereren dat ik vroeg naar huis ben gegaan?'

'Ik zou dat geen slecht idee vinden.'

Uiterst dankbaar vroeg ik haar maar niet wat ze daarmee bedoelde.

Doorgaan met het Redmon-rapport bleek zinloos. Ik kon me niet voldoende concentreren om woorden tot een betekenisvolle regel samen te rijgen. Ik moest me maar bezighouden met taken die wat concreter waren. Zichtbaarder.

Omdat ik geen beter idee had keerde ik maar terug naar de koelruimte, waar ik Jimmy Klapecs wervels en het verminkte weefsel dat ik uit zijn borst en buik had gesneden ophaalde, om die vervolgens op mijn bureau naast Susans Redmons botten neer te leggen. Daarna haalde ik de schoolfoto van Takeela Freeman en de politiefoto's van Jimmy Klapec en T-Bone Cuervo tevoorschijn en legde die naast de verzameling voorwerpen.

Ik staarde naar deze trieste collectie, in de hoop op een of andere vorm van goddelijke openbaring, toen Larabee zonder te kloppen mijn kantoor binnenstapte. Hij liep naar het bureau en torende dreigend hoog boven me uit.

'Je ziet er afschuwelijk uit.'

'Ik denk dat ik griep heb.'

Ik voelde dat Larabee aandachtig mijn gezicht bekeek. 'Misschien heb je iets verkeerds gegeten.'

'Kan ook,' zei ik.

Larabee kende mijn achtergrond. Wist dat ik loog. Omdat ik de schuld en de zelfhaat wilde verbergen, bleef ik mijn blik neergeslagen houden.

Larabee bleef dreigend boven me uit torenen. Daar was hij erg goed in.
'Wat is dit allemaal?'
Ik vertelde hem alles over Susan Redmon.
Larabee pakte de pot op en inspecteerde de twee gemutileerde stukken vlees van Jimmy Klapec die erin zaten.
'Slidell is ervan overtuigd dat dit alles verband met elkaar houdt.' Ik gebaarde naar de spullen op mijn bureau. 'Als we dit oplossen, zegt hij, lossen we ook de moord op Rinaldi op.'
'Jij bent daar niet zo van overtuigd?'
'Hij was met die zaken bezig.'
'Rinaldi was politieman.'
We wisten beiden wat hij daarmee bedoelde. Ontstemde drugsbazen. Wraakzuchtige gevangenen. Ontevreden slachtoffers. De meesten daarvan kwamen nooit verder dan alleen wat fantaseren over het vereffenen van al dan niet begrijpelijke rekeningen. Slechts enkelen, de gevaarlijksten, voegden het woord bij de daad.
Larabee verruilde de uitgesneden stukken weefsel voor de politiefoto van T-Bird Cuervo.
'Wie is deze knaap?'
'Thomas Cuervo, een Ecuadoriaanse *santero* die het huis aan Greenleaf van Kenneth Roseboro heeft gehuurd. Werd T-Bird genoemd.'
'Het huis met die kookpotten en de schedels in de kelder?'
Ik knikte. 'De ellende is alleen dat Cuervo spoorloos verdwenen is. Óf niemand weet het, óf niemand is bereid te vertellen waar hij zit.'
Larabee bekeek de politiefoto lange tijd aandachtig. Toen zei hij: 'Ik weet precies waar hij is.'

24

Larabee leidde me door de koelling naar de vriesruimte, waar tegen de achtermuur een brancard stond geparkeerd. Hij ritste de lijkzak open, waardoor een stevig ingevroren lijk zichtbaar werd.
'En hier hebben we onbekende 358-08.'
Ik keek naar het gezicht. Hoewel bleek, verwrongen en ernstig geschaafd was er geen twijfel mogelijk. Dit was het gezicht van T-Bird Cuervo.
'Hoe lang ligt hij hier opgeslagen?'
Larabee raadpleegde de label. 'Sinds 26 augustus.'
Dat betekende dat Cuervo niets met de dood van Klapec en Rinaldi te maken had.
'Waarom wist ik niet dat dit lijk hier ligt opgeslagen?'
'Hij arriveerde hier de dag voordat je naar Montreal vertrok. Voor deze zaak was geen antropologisch onderzoek nodig. Tegen de tijd dat je terugkwam had ik hem op ijs laten zetten.'
En er was voor mij geen enkele reden geweest om de vriesruimte binnen te gaan.
'Het is de knaap die je zocht, hè?'
Ik knikte, met mijn armen om me heen geslagen tegen de kou.
'De arme drommel kwam in aanraking met een Lynx. Iets ten zuiden van Bland Street Station.'
Larabee doelde op de splinternieuwe tramlijn van CATS, het Charlotte Area Transit System. Ik vond het allemaal te veel op Carolina Panthers en de Charlotte Bobcats lijken, maar planners van openbaar vervoersystemen staan dan ook niet bepaald bekend om hun subtiliteit.

'Is Cuervo door een tramstel aangereden?'
'Zijn benen en bekken zijn daarbij verbrijzeld. Hij had geen papieren bij zich en niemand heeft hem als vermist opgegeven.'
'Heb je vingerafdrukken genomen?' Mijn tanden klapperden niet, maar ze overwogen het wel.
'Uiteraard. Maar deze knaap is bijna twintig meter meegesleurd. Zijn handpalmen en vingers waren rauw vlees.'
'Hoe is het gebeurd?'
'De bestuurder dacht dat hij iets op het spoor zag, begon aan een noodstop en toeterde een paar keer. Blijkbaar heeft een tram die negentig kilometer per uur rijdt bijna tweehonderd meter nodig om helemaal tot stilstand te komen.'
'Oef.' Het verbaasde me dat Cuervo niet in een veel slechtere conditie verkeerde.
'De bomen en de bel van de oversteekplaats werden geactiveerd voor de tram het station naderde. De bestuurder heeft ook nog getoeterd.'
'Is de bestuurder nog gecontroleerd?' Het verbaasde me dat ik niets van dit ongeluk had gehoord.
'Hij had geen drugs of alcohol gebruikt.'
'Leefde Cuervo nog toen hij door de tram werd geraakt?'
'Zeker weten.'
'En je had geen redenen om te denken dat zijn dood wel eens geen ongeluk zou kunnen zijn?'
'Nee. En het alcoholpromillage in zijn bloed was 0,8. Was deze knaap hier legaal?'
'Cuervo had zowel een Ecuadoriaans als een Amerikaans paspoort.'
'Heeft hij familie hier?'
'Blijkbaar niet. Hij woonde in z'n eentje op Greenleaf en dreef daar een winkel die La Botánica Buena Salud heette, vlak bij South Boulevard. De belastingdienst heeft geen vast woonadres van hem, niet hier en niet in Ecuador.'
'Dat maakt het opsporen van familieleden erg lastig.'
Larabee ritste de zak weer dicht en we liepen naar de gang.
Terug in mijn kantoor belde ik Slidell.
'Krijg nou wat.'

'Ja,' was ik het met hem eens.
De daaropvolgende dertig seconden waren de enige geluiden die ik hoorde het rinkelen van telefoons aan Slidells kant van de lijn.
'Vanmorgen heb ik de weg die naar de plaats waar Klapec is gevonden wat beter bekeken. Je raadt nooit wat daar in de bossen verscholen ligt.'
'Waarom vertel je me dat niet gewoon?' Hoewel de vriesruimte ervoor had gezorgd dat ik wat minder trilde en mijn maag enigszins tot rust was gekomen, transpireerde ik en begon het te rommelen in mijn hoofd. Ik was niet in de stemming voor een vraag-en-antwoordspelletje.
'Een kamp. En dan heb ik het niet over het Zonnekamp in de Pines, weet je wel, kanoën en trekken en "Kumbaya". Nee, ik heb het over Kamp Vollemaan. Compleet met heksen en tovenaars.'
'Wicca?'
'Ja. En volgens de buren, die niet bepaald blij zijn met al dat fetisjisme, ging het er in de nacht voor Klapec gevonden werd nogal woest aan toe.'
Ik wilde vragen wat hij daarmee bedoelde, maar Slidell bleef doorpraten.
'Trommelen, dansen, zingen.'
'Dat alles zou wel eens helemaal niets te maken kunnen hebben met Klapec.'
'Zou best kunnen. Misschien was het alleen maar een gezellige barbecue. Ik wil Cuervo zien.'
'Kom maar hierheen.'
Slidell aarzelde heel even, en zei toen: 'En ik wil jouw mening over iets wat Eddie heeft opgeschreven.'
Ik had nog maar nauwelijks neergelegd of mijn mobieltje ging.
Het kengetal was 919.
Mijn kwetsbare onderbuik kromp ineen bij de gedachte aan de aanstaande conversatie.
Ik was nog maar nauwelijks gecertificeerd en ingeschreven bij de American Board of Forensic Anthropology, toen Tyrell werd benoemd tot hoofd van de pathologisch-anatomische dienst van de staat Noord-Carolina. We kwamen met elkaar in aanraking

door een klus die ik voor de Noord-Carolina State Bureau of Investigation deed, het bij elkaar brengen van de stoffelijke resten en vervolgens identificeren van twee drugsdealers die door een stelletje misdadige motorrijders waren vermoord en in stukken gehakt.

Ik was een van de eerste door Tyrell ingehuurd raadgevend specialisten, en hoewel onze relatie gewoonlijk goed genoemd mocht worden, hadden we in de loop der jaren wel verschillende meningsverschillen. Het resultaat daarvan was dat ik ontdekte dat de baas behoorlijk cynisch en buitengewoon dictatoriaal kon zijn.

Ik nam een slok water uit het glas dat naast me stond en zette het apparaatje toen pas behoedzaam aan.

'Dokter Brennan.'

'Tempe. Het spijt me te horen dat je niet helemaal in orde bent.' Geboren in de Low Country, het kustgebied van Noord-Carolina, en opgegroeid in een mariniersfamilie en zelf ook nog eens twee perioden bij de mariniers gezeten voor hij medicijnen ging studeren, sprak Tyrell als een militaire versie van Andy Griffith.

'Dank u.'

'Ik maak me zorgen, Tempe.'

'Het is maar een griepje.'

'Over je woede-uitbarsting tegenover Boyce Lingo.'

'Ik zou graag willen uitl...'

'Meneer Lingo is ziedend.'

'Hij is altijd ziedend.'

'Heb je enig idee wat voor een imagonachtmerrie je tegenover het publiek hebt gecreëerd?' Tyrell vond het heerlijk om retorische vragen te stellen. Ervan uitgaande dat dit er daar een van was, hield ik mijn mond.

'Deze instelling heeft een officiële woordvoerder wiens verantwoordelijkheid het is om contact met de media te onderhouden. Ik sta niet toe dat mijn personeel zijn persoonlijke mening over zaken op het gebied van de pathologie ventileert.'

'Lingo wakkert alleen maar angstgevoelens aan, zodat hijzelf als held daaruit tevoorschijn kan komen.'

'Hij is wethouder.'

'Hij is gevaarlijk.'

'En jij denkt dat zo'n uitbarsting in aanwezigheid van de pers de manier is om hem te neutraliseren?'

Ik sloot mijn oogleden. Het voelde alsof er schuurpapier over mijn ogen werd gehaald.

'U hebt gelijk. Mijn gedrag was onvergeeflijk.'

'Daar ben ik het helemaal mee eens. Dus leg me eens uit waarom je een directe opdracht van mij naast je neer hebt gelegd?' Tyrell klonk woedender dan ik hem ooit had meegemaakt.

'Het spijt me,' zei ik zwakjes. 'Maar ik begrijp u even niet.'

'Waarom breng je een verslaggever op de hoogte als ik je gevraagd heb af te zien van elk contact met de pers?'

'Welke verslaggever?'

Ik hoorde geritsel van papier.

'Allison Stallings. Die vrouw had het lef om mijn kantoor te bellen voor een bevestiging van informatie die vertrouwelijk had horen zijn. Tempe, je weet dat vooral bijzonderheden met betrekking tot een kind erg gevoelig liggen.'

'Welk kind?'

'Anson Tyler. Ik begrijp niet hoe je zó weinig respect voor dat overleden jongetje en zijn arme, treurende familie kunt opbrengen.'

Het zweet op mijn gezicht voelde koud aan. Ik kon me absoluut niet herinneren dat ik met Allison Stallings had gesproken.

Maar maandag was helemaal blanco. Was het mogelijk dat ik contact met haar had opgenomen, in de hoop, aangewakkerd door een of andere door drank veroorzaakte hersenschim, het misverstand weg te nemen dat de dood van Anson Tyler met die van Jimmy Klapec te maken had? Duidelijk te maken dat het hoofdloze lijk dat in de Catawba was gevonden in geen enkele relatie stond met het hoofdloze lijk dat langs Wylie Lake was aangetroffen? Of met de schedel uit de kookpot, waarvan we nu wisten dat die van Susan Redmon was.

Of had Stallings míj gebeld? Had ik daarom mijn mobieltje uitgezet en achter in een la weggestopt?

Tyrell was nog steeds aan het praten, en zijn stem klonk uiterst somber.

'... is een ernstige schending. Het negeren van een opdracht. Het openbaar maken van vertrouwelijke informatie. Dit gedrag kan ik niet over mijn kant laten gaan. Ik zal dan ook maatregelen moeten nemen.'

Ik voelde me te zwak om ertegenin te gaan. Of hem op het punt te wijzen dat Stallings geen verslaggever was.

'Ik zal diep en lang nadenken over wat die maatregelen moeten zijn. Ik kom er op korte termijn op terug.'

Ik klikte met een trillende hand mijn mobieltje uit. Dronk de rest van het water op. Ik sleepte mezelf naar de personeelszitkamer en vulde het glas opnieuw onder de kraan. Slikte twee aspirientjes. Keerde naar mijn kantoor terug. Pakte het Klapec-verslag. Legde het weer neer, niet in staat met dat bonzende hoofd van mij fatsoenlijk na te denken.

Zo zat ik daar, niets doend, toen Slidell naar binnen stapte met een vettige zak vol gebakken kip, gekocht bij Price. Gewoonlijk zou ik me erbovenop hebben gestort. Maar vandaag niet.

'Nou, je ziet eruit als iets wat net door de hond is uitgekotst.'

'En jij denkt dat je een toonbeeld van mannelijke vitaliteit bent?'

Niet aardig maar waar. Slidells gezicht was grijs en onder beide ogen waren donkere wallen te zien.

Nadat Skinny de zak met kip op de archiefkast had gezet, liet hij zich in de stoel tegenover mijn bureau vallen. 'Misschien kun je beter naar huis gaan en het uitzieken.'

'Het is maar een bacil.'

Slidell keek me aan zoals een kat naar een mus kan kijken. Ik was ervan overtuigd dat hij het laagje wijntranspiratie op mijn huid kon ruiken.

'Ja,' zei hij. 'Die bacillen kunnen hartstikke lastig zijn. Waar is Cuervo ergens?'

Ik ging hem voor naar de vriesruimte. Hij stelde me dezelfde vragen die ik aan Larabee had gesteld. Ik gaf hem de informatie door die de patholoog-anatoom me had gegeven.

Eenmaal terug in mijn kantoor was de geur van gebakken gevogelte alomtegenwoordig. Slidell stak zijn hand in de zak en begon aan een drumstick. Het vet liep langs zijn kin. Het kostte me de grootste moeite om niet te kokhalzen.

'Weet je zeker dat je niet iets wilt?' De woorden kwamen er enigszins vervormd uit.

Ik schudde mijn hoofd. Slikte iets weg. 'Wat wil je dat ik lees?'
Slidell veegde zijn handen af aan een servet, haalde wat papieren uit een zak en gooide die op mijn vloeimap.
'Eddies aantekeningen. Dat zijn kopieën die ik voor je heb gemaakt.'
Ik vouwde de velletjes open en begon te lezen.
Net als de man zelf, was ook zijn handschrift netjes en precies. En dat gold ook voor zijn manier van denken.
Rinaldi had de tijd, plaats en inhoud vastgelegd van elke ondervraging die hij had gevoerd. Het leek er alleen op dat de mensen met wie hij had gesproken geen contactadres hadden, of dat niet hadden gegeven. En dat gold ook voor de achternamen.
'Hij gebruikt alleen voornamen of straatnamen,' zei ik. 'Cyrus. Vince. Dagger. Cool Breeze. Geen adressen of telefoonnummers.'
'Misschien wilde hij die kleine engerds niet te veel de stuipen op het lijf jagen, ze niet te hard aanpakken.' Slidells kaakspieren zwollen op. Alsof hij plotseling geen enkele trek meer had schoof hij zijn half opgegeten kippenborst terug in de zak en mikte het geheel in de prullenmand. 'Waarschijnlijk ging hij ervan uit dat hij ze toch wel terug kon vinden, mocht dat nodig zijn.'
'Hij gebruikte een of ander stenosysteem.'
'Eddie hield ervan om zijn gedachten snel op papier te zetten, maar hij was bang dat de een of andere lul van een advocaat hem zou vastpinnen op zijn eerste indrukken om daar eenmaal in de rechtbank een hoop heisa over te maken als zou blijken dat ze niet klopten. Dus om dat soort jongens geen munitie in handen te geven, hield hij zijn notities cryptisch. Ja, zo noemde hij het, cryptisch. Ik dacht dat je er misschien wel wat van kon maken.'
Slidell had de *chicken hawk* die Vince heette op zaterdag ondervraagd. Ik las zijn aantekening door.
JK. 29/9 LSA met RN vlgs VG. RN – PIT. CTK. TV. 9/10-11/10? CFT. 10. 500.
'Vince moet de informant zijn geweest die Rinaldi noemde toen jij met hem belde toen we op het punt stonden Cuervo's winkel te verlaten. Misschien is hij VG. JK zou voor Jimmy Klapec kunnen staan. RN zou de klant kunnen zijn van wie Vince vond dat hij erg op Rick Nelson leek.'

Slidell knikte.
'De cijfers staan waarschijnlijk voor data,' ging ik door. 'LSA is de standaardafkorting voor *last seen alive*, voor het laatst levend gezien. Misschien is 29 september de laatste dag waarvan Vince zich kan herinneren dat hij Klapec met die Rick Nelson-knakker heeft gezien.'
'Tot nu toe kan ik je helemaal volgen,' zei Slidell, 'maar Funderburke heeft Klapecs lijk voor het eerst op 9 oktober zien liggen, en heeft het op de elfde gemeld. Als Vince dát wil zeggen, waar hangt Klapec dan uit van eind september tot begin oktober, als hij om het leven wordt gebracht? Ervan uitgaande dat Funderburke en zijn hondje niet helemaal mesjogge zijn?'
Ik had het te druk met het op een rijtje zetten van mogelijkheden om antwoord te geven.
'CFT zou Cabo Fish Taco kunnen betekenen,' zei ik. 'Daar had hij om tien uur een afspraak met Vince, Misschien wilde Vince vijfhonderd dollar voor zijn informatie.'
'TV?'
'Had Vince Rick Nelson op televisie gezien?'
'PIT? CTK?'
'PIT is de luchthavencode voor Pittsburgh. Misschien zijn dat afkortingen voor steden.'
Ik logde in op de computer en opende Google.
'CTK is de code voor Akron, Ohio,' zei ik.
'Wat zou dat moeten betekenen?'
'Ik zou het niet weten.'
Slidell vouwde zijn handen op zijn buik ineen, liet zijn kin zakken en strekte zijn benen. Zijn sokken waren feloranje.
'Terwijl Eddie wachtte om naar NoDa terug te gaan, is hij ergens naar op zoek gegaan,' zei hij. 'Lees deze laatste aantekening eens.'

RN = BLA = GYE. Greensboro. 9/10. 555-7038. CTK-TV-27/9. VG, uitlokking 28/9-29/9.
GYE 27/9?

Ik googelde de twee drielettercombinaties.
'BLA is het vliegveld van Barcelona, Venezuela,' zei ik, enigs-

zins teleurgesteld. 'GYE is in Guayaquil, Ecuador.'
'Als hij steden aangeeft met een code, waarom schrijft hij Greensboro dan helemaal voluit?'
Daar had hij gelijk in.
'Die zeven cijfers zouden wel eens een telefoonnummer kunnen zijn,' zei ik mat.
'Dat is het ook.'
'Van wie?'
Slidells antwoord mocht zonder meer schokkend worden genoemd.

25

'Als ik dat nummer intoets krijg ik van een stem te horen dat ik met het kantoor van wethouder Lingo spreek.'
'Wat moet Rinaldi met het telefoonnummer van Lingo?'
'Goede vraag.'
Ik herlas Rinaldi's laatste aantekening.
VG, uitlokking 28/9-29/9.
'VG zou Vince kunnen zijn. Misschien is Rinaldi de achternaam van die knaap te weten gekomen, en achter het feit dat hij is opgepakt voor uitlokking.'
'Precies rond het tijdstip waarvan wij vermoeden dat Klapec verdween.'
'Waarom zou Rinaldi dat de moeite van het vermelden waard hebben gevonden?'
Slidell haalde zijn schouders op. 'Het kan geen kwaad om arrestatiegegevens voor die data boven water te halen. Het levert op z'n minst misschien de achternaam van Vince op. Trouwens, die knaap is verdwenen. Sinds zaterdag heeft niemand hem meer gezien.'
'Waar woont hij ergens?'
'Zijn maatjes staan niet te springen om dat te vertellen, maar ze dachten dat hij toch voornamelijk op straat sliep.'
'Ben je van plan Lingo een bezoekje te brengen?'
'Dat komt wel. Momenteel probeer ik Eddies gangen na te gaan, eens kijken wat ik te weten kan komen over die zak van een Vince.'
'En dan strikt in samenhang met Klapec,' zei ik.
'Strikt.'
'Nog nieuws over Asa Finney?'

'Tenzij ik een rokende houwitser in de broek van die knaap vind, hoeft hij wat betreft de aanklacht met betrekking tot de botten maar naar een rechter te gaan en een borg te betalen, en loopt hij morgen weer vrij rond.'
'Wat vind je van hem?'
Slidell liet een verachtelijk gesnuif horen. 'Hij zou best voor zo'n dekhengst door kunnen gaan, als hij niet onder de pukkels zou zitten.'
Ik negeerde die onaardige opmerking. Finney kon er ook niets aan doen dat zijn huid er zo vreselijk uitzag.
'Maar een moordenaar?'
'Finney is een heks. Dat heksenkamp was vlak bij de plek waar Klapec is gevonden. De buren hebben in de nacht voordat het lijk van die knaap opdook een hoop getrommel en geratel gehoord. Een van hen zegt dat hij daar een Ford Focus heeft zien wegrijden, lang nadat het feestje afgelopen was.'
Ik herinnerde me de auto op de oprit in Pineville weer.
'Finney rijdt in een Focus,' zei ik.
'Je hoeft geen genie te zijn om de een en een bij elkaar op te tellen.' Opnieuw verstrakte zijn kaak. 'Ik denk dat Finneys heksenmaatjes ook Eddie hebben omgebracht.'
'Waarom?'
'Hij was te veel te weten gekomen.'
Toen ik op het punt stond te antwoorden, schoot Slidell rechtovereind in zijn stoel.
'Rick Nelson.' Een vlezige vinger priemde mijn kant uit. 'Op die puisten na is Finney het evenbeeld van Rick Nelson. Denk eens even na. Het haar. Die irritante, uitdagende glimlach. Wel verdómme.'
'Jij denkt dat Finney de gewelddadige homo is over wie Vince heeft verteld?'
Slidell ging staan en liep naar de zijkant van mijn bureau. De vingers bladerden door de pagina's met Rinaldi's aantekeningen.
RN. PIT. CTK. TV.
'Eddie gaf Rick Nelson met "pit" aan. Pitten in de huid. Dat is precies wat hij zou zeggen. Wel allemachtig.'
'Zou kunnen.' Ik was niet overtuigd.

'Wat? Het beschrijft Finney precies. Misschien dat dit voldoende oplevert om die kleine zak vast te houden in verband met Klapec.'
'Ik zou toch nog even die Akron-link nalopen.' Ik kapte Slidells bezwaren onmiddellijk af. 'Kijk eens of Finney er een vlucht naartoe heeft geboekt of dat hij daar connecties heeft.'
'Ja. Goed.'
We vielen stil en staarden naar Rinaldi's geheimzinnige code.
Na enkele seconden voelde ik een verandering in Slidells aandacht, voelde ik hoe zijn blik omhoog naar mijn gezicht kroop. Ik keek niet op. Ik had geen zin in de conversatie waarvan ik vermoedde dat die zou volgen.
In plaats van met commentaar te komen, griste Slidell een ballpoint uit zijn zak, krabbelde iets neer, rukte het velletje uit zijn aantekenboekje en legde dat op mijn bureau.
'Mijn vriendin heeft in het verleden ook heel wat van die bacillen opgelopen. Als je zin hebt kun je haar wel eens bellen.'
Ik hoorde voetstappen. Toen was het stil in mijn kantoor.
Opnieuw vloog het schaamrood me naar de kaken. Larabee wist het. Slidell wist het. Wie had nog meer dwars door mijn pathetisch griepverhaal heen gekeken?
Ik las net Slidells briefje toen de patholoog-anatoom zijn hoofd om de hoek van de deur stak.
'Kom snel mee...' Toen hij mijn blik zag bleef hij met een ruk staan. 'Wat is er?'
'Slidell heeft een vriendin.'
'Mooi niet.'
'Verlene nog-iets-met-een-W.' De naam bleek Wryznyk gespeld.
'Krijg nou wat.' Larabee herinnerde zich waarvoor hij gekomen was. 'Lingo is weer aan het schuimbekken.'
'God allemachtig!'
Ik liep achter Larabee aan naar de zitkamer. Elke zender zond beelden uit met betrekking tot de moord op Rinaldi. De tv was op een ervan afgestemd.
Lingo had zich vlak voor een begraafplaats opgesteld. Om hem heen werden politiehekken geplaatst.
'... niet langer bang? Als wetsovertreders de mensen die hun le-

ven in de waagschaal stellen om deze stad veilig te maken áfslachten? De dappere politiemensen die onze huizen beschermen en ervoor zorgen dat onze kinderen niets overkomt? Ik zal u vertellen wat er dan gebeurt. Het zal het begin van het einde betekenen van een fatsoenlijke maatschappij.

Ik sta hier bij de ingang van het Sharon Memorial Park. Rechercheur Edward Rinaldi zal hier morgen ter aarde worden besteld. Hij was zesenvijftig en al achtendertig jaar politieman, een geliefd lid van deze gemeenschap, een godvrezend mens. Rechercheur Rinaldi is niet alleen.'

Lingo las van een lijstje dat hij in zijn hand hield.

'Agent Sean Clark, vierendertig jaar oud. Agent Jeffrey Shelton, vijfendertig jaar oud. Agent John Burnette, vijfentwintig jaar oud. Agent Andy Nobles, zesentwintig jaar oud.'

Lingo's ogen draaiden omhoog.

'Ik noem maar enkelen van hen die zijn gevallen.' Het varkensgezicht geboetseerd tot zorgelijk mededogen. 'Ligt de schuld van dit alles uitsluitend bij de boosdoeners?' Het hoofd schudde plechtstatig. 'Ik denk het niet. De schuld ligt bij een systeem van wetten dat uitsluitend ten doel heeft de schuldigen te beschermen. Bij de libertijnse wetenschappers die de moeizame arbeid van onze broeders en zusters in uniform ondermijnen.'

Ik voelde me vanbinnen verstrakken.

'Velen van u zijn getuige geweest van de aanval op mijn persoon afgelopen vrijdag. Dokter Temperance Brennan, in dienst van úw universiteit, van úw patholoog-anatoom, instellingen die door úw belastingdollars worden gefinancierd. Dokter Brennan heeft de slachting aanschouwd. Ze kent de oorlog die in onze straten woedt. Doet ze haar best om lieden als Asa Finney veroordeeld te krijgen? Lieden die het pad der slangen volgen? Nee hoor, integendeel. Ze zoekt naar excuses voor deze criminelen. Verdedigt hun heidense praktijken.'

Lingo doorboorde de camera met een blik van adembenemende oprechtheid.

'Het is tijd voor verandering. Als een door u gekozen vertegenwoordiger, ben ik van plan erop toe te zien dat die verandering zal plaatsvinden.'

Vervolgens was er een beeld vanuit een helikopter van de bijeenkomst te zien, waarna het programma overschakelde naar een andere presentatrice. Boven haar linkerschouder was op een plattegrond te zien welke route de begrafenistocht de volgende dag zou nemen.
'De uitvaartdienst zal beginnen met een mis om elf uur in de katholieke kerk van St. Ann's. De stoet zal dan de route Park, Woodlawn, Wendover, Providence en Sharon Amity volgen. Deze straten zullen tot halverwege de middag voor het verkeer gesloten blijven.
Sinds zondag arriveren leden van politiekorpsen vanuit alle delen van het land. Zij die niet in staat zijn om de mis bij te wonen of deel te nemen aan de tocht door de stad, verzamelen zich op de begraafplaats. Duizenden mensen worden langs de route verwacht om afscheid van rechercheur Rinaldi te nemen. Automobilisten wordt aangeraden...'
Larabee zette de televisie uit.
'Wie stemt er nou op een verdomde idioot als Lingo?'
We kenden beiden het antwoord.
'Heb jij de sectie verricht?' vroeg ik, mijn stem schrap zettend en oogcontact vermijdend.
'Maandag.'
'Nog verrassingen?'
'Een schotwond dwars door het lichaam op T-12-niveau. Twee XTP-kogels zijn in de borst vast blijven zitten. Ik heb er een uit de rechterlong gehaald en de ander uit het hart.'
Larabee had het me niet hoeven uitleggen. Ik kende dat soort kogel. Extreme Terminal Performance. Een smerige, korte kogel die was ontworpen om zo veel mogelijk schade aan de organen aan te richten.
Ik haalde een cola light en ging naar mijn kantoor terug. De telefoon knipperde.
Beide boodschappen waren achtergelaten door UNCC-collega's. Marion Ireland belde me terug met betrekking tot de elektronenmicroscoop. Jennifer Roberts vroeg simpelweg of ik haar wilde bellen.
Gulzig sloeg ik nog wat cola achterover. Dit spul hielp onmiskenbaar mijn maag een beetje tot rust te brengen. Maar de hoofdpijn stond nog steeds hoog op de schaal van Richter, en mijn en-

thousiasme met betrekking tot intermenselijke contacten was uiterst gering.
Mijn door drank doorweekte hersenschors kwam met een hele lijst excuses. Mijn geweten neutraliseerde ze stuk voor stuk.
Die elektronenmicroscoop is niet langer meer van belang.
Dat had je vrijdag niet kunnen weten.
Klapec is geïdentificeerd. Schatting histologische leeftijd is nu niet meer nodig.
Waarom die schaduw in de kanalen van Havers?
De hersenschorsjongens hadden geen hypothese.
Doe het, Brennan.
Het zou zinloos kunnen zijn.
Dat weet je pas als je het hebt geprobeerd.
Het geweten won het.
Na nog een paar slokken cola begon ik te bellen. Ireland nam bij het eerste keer overgaan op. Ik vroeg hoe haar weekend was geweest, luisterde naar haar antwoord, en legde toen uit dat ik enigszins verrast was over de onregelmatigheden in de dunne schijfjes die ik uit Jimmy Klapecs dijbeen had genomen.

'Bij een vergroting van honderd keer ziet alles er prima uit. Als ik de vergroting opvoer tot vierhonderd maal, zie ik vreemde verkleuringen in sommige van de kanalen van Havers. Ik weet niet wat dat zijn.'

'Schimmeltechnisch? Pathologisch? Tafonomisch?'

'Dat zou ik juist willen weten.'

'Het duurt even voor die specimens zijn geprepareerd. Ik zal ze met salpeterzuur moeten etsen, in een vacuüm-exsiccator zetten, en ze daarna met goudpalladium inpoederen.'

'Ik kan ze op elk gewenst moment langs komen brengen.'

'Als alles goed gaat moeten ze dan morgenmiddag laat klaar zijn.'

Dat kwam goed uit. Rinaldi's uitvaart was om elf uur.

'Ik ben over een uurtje bij je.'

Ik stond me geen tijd toe voor nieuwe twijfels en belde onmiddellijk Roberts. Ook zij zat blijkbaar vlak naast haar telefoon.

'Dokter Roberts.'

'Met Tempe.'

'Enorm bedankt dat je me terugbelt. Het spijt me dat ik je tijdens

een lang weekend heb lastiggevallen. Ik had kunnen weten dat je uit zou zijn.'
'Geen probleem.' Ik was inderdaad 'uit' geweest, geen twijfel mogelijk. Alleen niet in de betekenis waarop zij doelde.
'Ik heb begrepen dat je je vandaag niet echt lekker voelt?'
'Het is maar een griepje. Ik voel me al een stuk beter nu.'
'Een ogenblikje.'
Ik hoorde hoe de hoorn op het bureau werd gelegd, voetstappen, gevolgd door een deur die gesloten werd. Ik zag voor me hoe Jennifer door het kantoor liep dat twee deuren verder lag dan het mijne. Identiek bureau, lage kast, archiefkasten en planken, waarvan die van haar vol stonden met animisme, henotheïsme, totemisme en tientallen andere ismes waarvan ik het bestaan niet eens vermoedde.
'Sorry.' Ze sprak zacht. 'Er staan studenten op de gang.'
'Volgens mij kamperen ze daar om geen huur te hoeven betalen.'
Ze lachte nerveus. 'Misschien heb je wel gelijk.' Ik hoorde haar langzaam ademhalen. 'Oké, dit is moeilijk.'
Alstublieft, God. Geen persoonlijke problemen. Vandaag alstublieft niet.
'Ik heb in *The Observer* gelezen dat je onderzoek doet naar het altaar dat afgelopen maandag op Greanleaf is ontdekt.'
'Ja.' Dat verraste me.
'Onder de voorwerpen die daar zijn gevonden bevonden zich menselijke beenderen.'
'Ja.' Ik had geen idee waar dit naartoe ging.
'Afgelopen donderdag is er een lijk zonder hoofd bij Lake Wylie aangetroffen...'
'Jennifer, ik kan niet praten over...'
'Alsjeblieft. Luister nog even naar me.'
Ik liet haar verder praten.
'Het slachtoffer werd geïdentificeerd als een tienerjongen met de naam Jimmy Klapec. Op het lijk waren satanische symbolen aangebracht. Eerder, ik heb geen datum, is er een lijk zonder hoofd uit de Catawba gehaald. Ik weet niet of dat lijk op gelijksoortige manier is verminkt.'
Blijkbaar had ze de tirade van Boyce op tv gezien, of had iemand het haar verteld. Ik bevestigde of ontkende de informatie niet.

De politie heeft een jonge man gearresteerd die Asa Finney heet. Hij wordt beschuldigd van het in het bezit hebben van menselijke resten en is een verdachte met betrekking tot de moord op Klapec.'

'Ja.' Dat was allemaal breed uitgemeten in de pers. Ik vertelde haar niet dat Slidell ook nog eens vermoedde dat Finney betrokken was bij de moord op Rinaldi.

'Ze hebben de verkeerde man gearresteerd,' zei Roberts.

'De politie is nog druk bezig met een grootschalig onderzoek.'

'Asa Finney is een wicca, geen satanist. Begrijp je wat voor een enorm groot verschil dat is?'

'Ik bezit een rudimentaire kennis over het onderwerp,' reageerde ik.

'Het publiek bezit die kennis niet. Asa heeft zichzelf uitgeroepen als heks, dat klopt. Heb je zijn website gezien?'

Ik moest toegeven dat ik daar nog niet naar had gekeken.

'Doe dat eens. Lees zijn postings. Je zult daar de mijmeringen van een zachtaardige ziel aantreffen.'

'Ik zal er eens naar kijken.'

'Er bevindt zich een wicca-kamp aan Lake Wylie. Hoewel ik de exacte plaats niet weet, weet ik wel dat het lijk van Jimmy Klapec langs de oever van Lake Wylie is aangetroffen. Daardoor zal Asa Finney ongetwijfeld in een kwaad daglicht komen te staan.'

Ik bracht maar niet de boeken van Anton LaVey ter sprake, of het feit dat hij erg veel op Rick Nelson leek, of de Ford Focus die de nacht van de moord op Klapec in de buurt was gezien.

'In het huidige klimaat van religieus extremisme, zijn er heel wat mensen die klaarstaan om overtuigingen die ze niet begrijpen te veroordelen. Verantwoordelijke, intelligente christenen die mensen liever dood zouden zien dan toe te laten dat ze gebruiken ten uitvoer brengen die volgens hen heidens zijn. Het zijn er maar weinig, maar deze fanatici bestaan wel degelijk.'

Ik hoorde een stem op de achtergrond. Jennifer vroeg me of ik even wilde blijven hangen. Er klonk een gedempte conversatie, maar ik kon niets verstaan.

'Sorry. Waar was ik? O ja. Wethouder Lingo heeft Asa Finney twee keer met name genoemd, hem gebrandmerkt als een discipel van de duivel, een voorbeeld voor alles wat er vandaag de dag ver-

keerd is in de wereld. Gelet op de sfeer van woede die ontstaan is na het doodschieten van die politieman, ben ik bang dat Asa geen eerlijke behandeling zal krijgen.'
 'Hij heeft een uitstekende raadsman.' Ik noemde geen namen.
 'Charles Hunt is een pro-Deoadvocaat.'
 'Charles Hunt is erg goed.' Op meer dan één manier. Maar daar praatte ik verder ook niet over.
 Jennifer liet haar stem nog verder dalen, alsof ze bang was dat haar woorden door de deur heen hoorbaar zouden zijn.
 'Asa Finney heeft toen hij zeventien was eens botten gestolen uit een graftombe. Dat was de streek van een kind, dom en onnadenkend. Dat is iets heel anders dan moord.'
 Hoe wist ze dat nou weer? Ik vroeg er niet naar.
 'De politie is met een uitgebreid onderzoek bezig,' zei ik alleen maar.
 'Is dat zo? Asa Finney is een eenling. Ze zullen niemand vinden die bereid is het voor hem op te nemen. Gaat Asa geofferd worden op het altaar van Boyce Lingo's ambitie?'
 Ik kon Jennifers belangstelling voor Finney absoluut niet plaatsen. Kwam haar ijver voort uit het feit dat ze wenste vast te houden aan de principes van haar vakgebied? Of kwam het voort uit iets persoonlijks?'
 'Ik weet niet precies wat je wilt dat ik doe.'
 'Lingo's gif tenietdoen. Publiekelijk een verklaring afgeven. Jij bent forensisch specialist. De mensen zullen naar je luisteren.'
 'Het spijt me, Jennifer. Dat kan ik niet doen.'
 'Praat dan met Lingo. Probeer hem tot rede te brengen.'
 'Waarom ben je zo bezorgd over Asa Finney?'
 'Hij is onschuldig.'
 'Hoe weet jij dat nou?'
 Heel even was het stil, en toen zei ze: 'We zijn lid van dezelfde kring.'
 'Ben jij een wicca?' Het lukte me niet mijn verrassing te onderdrukken. Ik kende Jennifer acht jaar en had nooit een flauw idee gehad.
 'Ja.'
 Ik hoorde hoe ze inademde, gevolgd door stilte. Ik wachtte af.

'Kom vanavond naar Full Moon. We hebben een esbat-ritueel. Kom eens bij ons. Leer onze filosofie kennen.'

Mijn hersencellen, die het toch al zo zwaar te verduren hadden, hadden hard slaap nodig. Ik begon te zeggen dat ik daar weinig voor voelde.

'Je zult het dan met eigen ogen zien. We hebben een vreugdevol geloof dat voortkomt uit verbondenheid met de natuur. Wicca's víéren het leven, we nemen het niet iemand af.'

Mijn geheugen joeg een hoog stemmetje dwars door de pijn in mijn hoofd.

Terwijl Slidell zijn verdriet probeerde te verwerken door aan het werk te blijven, verdronk jij je verdriet in sterkedrank.

'Hoe laat?'

'Om zeven uur vanavond.'

Tenzij het heel erg druk was op de weg, moest ik de universiteit nog kunnen halen en op tijd thuis kunnen zijn voor een kort dutje. Daarna zou ik naar Full Moon vertrekken.

Ik pakte mijn schrijfblok.

'Zeg maar hoe ik moet rijden.'

26

Dat dutje ging niet door. Ireland stond erop mij een gedetailleerde beschrijving van haar SEM-voorbereidingsproces te geven. Daarna had ik een uur nodig voor een stuk van de I-85 waar ze aan de weg bezig waren. Ik arriveerde nog net op tijd bij de Annex om Birdie te kunnen voeren, twee aspirientjes te slikken en opnieuw te vertrekken.

Jennifers aanwijzingen stuurden me langs dezelfde route die ik afgelopen donderdag had genomen om bij de plek te komen waar het lijk van Klapec was aangetroffen. Maar deze keer sloeg ik vierhonderd meter voor de oever van het meer een smal kronkelweggetje in. Bij een verlaten fruitstalletje ging ik linksaf en reed net zolang door tot ik een met de hand geschilderd bord zag met daarop een pijl en de woorden FULL MOON. Vanaf dat moment was het een grindpad.

De zon stond laag, waardoor de bossen in een collage van groen, bruin en rood werden veranderd. Terwijl ik de schaduw in en uit dook schoten rode pijlen door het gebladerte en dansten ze over mijn vooruit. Ik zag geen andere auto's.

Nadat ik vierhonderd meter had gereden zag ik een uit latwerk opgetrokken poort van tweeënhalve meter hoog die over een bandenspoor dat naar rechts wegdraaide was gebouwd. Ik volgde Jennifers aanwijzingen op en maakte een bocht.

Tien meter na de poort maakten de bomen plaats voor een open plek met een diameter van ruwweg twintig meter. Aan de overkant ervan stonden een auto of twintig geparkeerd, vlak bij een nogal ruw in elkaar gezette blokhut. Op een tweede met de hand vervaardigd bord, dat boven de deur was aangebracht, stond FULL MOON. Op dit bord stond ook een soort paleolithische moedergodin afgebeeld: volle borsten en billen, en een nauwelijks aangezet hoofd, armen en benen.

Ik parkeerde naast een gebutste Volvo, stapte uit en keek om me heen. Niemand kwam naar me toe of riep iets. Onder de godin bleef de deur van de blokhut dicht.

De lucht geurde naar dennen en vochtige aarde en een vleugje kampvuur. Vanuit de bomen achter de blokhut dreven muzieknoten mijn kant uit. Panfluiten? Een taperecorder? Ik zou het niet kunnen zeggen.

Ik liep om het gebouwtje heen, ontdekte een pad en liep eroverheen naar de muziek. De zon was nu bijna onder, waardoor het bos in dat onheilspellende ongewisse tussen schemering en volledige duisternis kwam te verkeren. Er waren geen vogels te horen, maar af en toe schoot er paniekerig een of ander schepsel onder de struiken weg.

Terwijl ik me mijn weg zocht, bleek de muziek uit een fluit en een gitaar te bestaan. Een eenzame vrouwenstem zong een tekst die ik niet kon verstaan.

Korte tijd later zag ik het geflakker van vlammen tussen de bomen door. Nog tien stappen en ik bereikte weer een open plek, die een stuk kleiner was dan het open terrein bij de blokhut. Ik bleef bij de boomrand staan en zocht Jennifer. Niemand leek mijn aanwezigheid op te merken.

Er waren meer aanwezigen dan ik had verwacht, misschien wel een man of dertig. Enkelen zaten op stukken boomstam die rond de vuurplaats waren neergezet. Anderen stonden in groepjes met elkaar te praten.

De gitarist was een vrouw van veertig of vijftig, met lang grijs haar en erg veel sieraden om. De fluitist was een persoon van onduidelijke geslachtelijke komaf, bij wie kronkelende slangen op zijn/haar wangen en voorhoofd waren geschilderd. De zangeres was een Aziatisch meisje van tegen de twintig.

Een eindje achter de musici volgden elf vrouwen en een man de instructies op van een vrouw die gekleed was in een ingewikkeld geborduurd gewaad.

'Breng jullie handen omhoog naar de hemel.'
Vierentwintig handen gingen de lucht in.
'Adem diep in. Volg je adem. Voel hoe die elk onderdeel van je lichaam binnengaat, door je keel, naar je hart, je borsten, je zonnevlecht, je genitaliën, je voeten. Nog eens. Een. Twee. Drie. Vier keer.'
Er volgde erg veel ademhalen en zwaaien met armen.
'Met elke ademhaling ontvangen we de zegen van het universum. Vijf. Zes. Zeven keer.'
Er werd nóg meer ingeademd.
'Accepteer een diepe innerlijke rust. Wees vervuld van vrede.'
De geborduurde dame bracht haar handen naar haar mond.
'En bedank nu jezelf. Hou van jezelf. Kus je beide handen.'
De geborduurde dame kuste haar handpalmen. De anderen deden hetzelfde.
'Kus je knokkels. Je vingers. Jullie zijn liefde!'
Gelukkig ontdekte ik op dat moment Jennifer. Ze droeg een spijkerbroek en een zwarte trui met capuchon, en duwde met een lange stalen staaf stukken hout in het vuur op hun plaats. Vonken dwarelden om haar heen, als kleine rode sterretjes die door een wervelwind werden meegevoerd.
Ik liep langs de bosrand naar haar toe.
'Hé,' zei ik.
Jennifer keek op, haar huid oranje in de gloed van de vlammen. Op haar gezicht lichtte een glimlach op. 'Je hebt ons gevonden.'
'De groep is' – ik wist eigenlijk niet wat ik moest zeggen – 'groter dan ik had verwacht.'
'Eigenlijk is dit een vrij kleine bijeenkomst. Omdat we nu tussen enkele feestdagen inzitten, vieren we vanavond niet iets speciaals.'
Ik moet er enigszins verbaasd uit hebben gezien.
Ze glimlachte. 'Laten we gaan zitten.'
Ik volgde haar naar een van de stukken boomstam die rond het vuur stonden.
'Oké. Wicca 101.'
'De beknopte versie graag,' zei ik.
Jennifer knikte. 'Wicca's erkennen het bestaan van heel wat goden en godinnen uit de oudheid: Pan, Dionysus, Diana. Maar we

beschouwen de god en godin ook als symbolen, niet als levende wezens.' Ze liet haar arm een wijde boog beschrijven. 'In de bomen, het meer, de bloemen, de wind, elkaar. Alle scheppingen der natuur. Wij beschouwen, en behandelen, alle dingen op aarde als aspecten van het goddelijke. Volg je me een beetje?'

Ik knikte, niet helemaal zeker of dat werkelijk het geval was.

'De wicca-kalender is gebaseerd op de oude Keltische dagen waarop iets te vieren was, met acht algemeen erkende feestdagen. Vier vallen samen met de tijd waarop de zonnewende of equinox plaatsvindt, de andere zitten daar ruwweg tussenin. Historisch onderzoek heeft aangetoond dat deze feestdagen in de tijd voor Christus in heel Europa en Groot-Brittanië werden gevierd. Veel festiviteiten bleken zo populair dat de Kerk geen kans zag ze te verbieden, zodat ze ten einde raad maar werden aangepast en aan de verschillende heiligen werden gekoppeld.

Brigantia, of Imbolc, de dag waarop de nieuwgeboren lammeren voor het eerst worden gezoogd, werd het christelijke Maria-Lichtmis, waarop de loutering van de heilige maagd wordt gevierd. Dat valt op 2 februari en markeert het eind van de winter en het begin van de lente. Brigantia is de dag van Brigit, de Ierse godin van de smeedkunst, genezing en poëzie. Als we dan verder naar de lente gaan, valt de voorjaarsequinox gewoonlijk ergens rond 20 maart.'

'Twaalf uur duisternis en twaalf uur daglicht,' zei ik.

Ze knikte. 'De rooms-katholieken hebben daar Maria-Boodschap van gemaakt. En daarna komt Beltane, op een mei.'

'De dag om rond de meiboom te dansen.'

'Precies. Een onmiskenbaar vruchtbaarheidsritueel. Zomerzonnewende, de langste dag van het jaar, valt rond 21 juni. Voor wicca's is het zomerzonnewende wanneer de maagd ruimte moet maken voor het moederaspect van de godin.

Lammas, dat rond 1 augustus wordt gevierd, kondigt de komst van de herfst en het begin van de oogst aan. En daarna komt de herfstequinox, rond 23 september.'

'Het punt waar de dag korter wordt dan de nacht.'

'Heel goed. De herfstequinox was ook de tijd van de tweede oogst, en van het wijn maken. Voor wicca's is het de periode waarin de moeder zich voorbereidt om plaats te maken voor het Crone-

aspect, het wijzeoudevrouwaspect, van de godin.
Samhain valt op de laatste dag van oktober en wordt tegenwoordig gevierd als Halloween. In vroeger tijden was het gebruik om met Samhain vee te slachten en met het roken van het vlees te beginnen. Volgens de oude Keltische kalender was het het eind van het ene jaar en het begin van het volgende, dus met name de scheiding van de levenden en de doden was rond die tijd een riskante aangelegenheid.'
'Dus we verkleden ons in angstaanjagende kostuums om de geesten op afstand te houden?'
'Dat is één interpretatie. Ten slotte valt de winterzonnewende op of rond 21 december. Dat staat ook bekend als Yule, en is de kortste dag en de langste nacht van het jaar. Voor wicca's is het de periode van het jaar waarin het Crone-aspect van de godin het voor het zeggen heeft. Veel religies hebben de geboorte van hun god op die zonnewende laten plaatsvinden. Jezus, Horus, Dionysius, Heliosen Mithras claimen Yule allemaal als hun geboortedag.'
'Dat klinkt logisch. De dagen beginnen langer te worden, dus is het een tijd van wedergeboorte en herstel.'
'Inderdaad, dat is zo. Dus, om een lang verhaal kort te maken, vanavond vieren we niet iets speciaals. We komen alleen maar bij elkaar om elkaar gezelschap te houden en de god en godin te vereren.'
Ik dacht aan Slidells melding dat buren in de nacht voor Jimmy Klapec verdwijning duidelijk activiteit hadden gehoord.
'Hoe vaak komen jullie bij elkaar?'
'In principe de tweede dinsdag van elke maand.'
Funderburke had Klapecs lijk afgelopen dinsdag voor het eerst gezien.
'Altijd?'
'Gewoonlijk wel.' Ze fronste haar wenkbrauwen. 'Waarom vraag je dat?'
'Afgelopen maandag ook bij elkaar geweest?'
'Ja, natuurlijk. Er was die avond een voorbereidingsbijeenkomst in verband met het Samhain-festival. Dat was ik vergeten, want ik ben daar niet bij geweest.'
Misschien sprak ze de waarheid, misschien ook niet. Haar gelaatsuitdrukking gaf niets weg.

'Was Asa Finney bij die bijeenkomst aanwezig?'
Ze wendde haar blik af.
'Nee. Hij komt heel erg weinig.'
'Weet je waar hij die avond was?'
Ze schudde haar hoofd.
'Heb je contact met hem opgenomen?'
'Ik heb een paar keer gebeld om te vragen of hij zin had om die avond te komen.' Ze keek neer op haar handen. 'Er werd niet opgenomen.'

Ik zag hoe het kampvuur haar gelaatstrekken nieuwe vormen gaf, haar neus een stuk langer maakte en de holten onder haar ogen en jukbeenderen verdiepte.

Ze draaide plotseling haar hoofd naar me toe en keek me aan.
'Asa is niet in staat een ander levend wezen kwaad te doen.'
'Hij beweert van zichzelf dat hij heks is.'
'Dat geldt ook voor mij. Dat geldt voor iedereen die hier aanwezig is.'

Ik zei niets.

'Asa is volledig toegewijd aan wicca, en daardoor heeft hij ook eerbied voor het leven. Ik weet diep in mijn hart dat hij nooit in staat zal zijn om iemand het leven te ontnemen.'

Ze schudde gefrustreerd haar hoofd.

'Er bestaan zo veel misvattingen over ons. We worden in één adem genoemd met satanisme, vampirisme, vrijmetselarij. Er zijn zelfs mensen die beweren dat we aan groepsseks en mensenoffers doen. Het is allemaal waanzin, gebaseerd op onwetendheid.'

Ze draaide zich naar me om, haar lichaam gespannen, terwijl het schijnsel van het vuur in het donker van haar ogen flakkerde.

'Bij de meeste van de hedendaagse religies merk je steeds weer dat men bang is voor de macht van vrouwen. Moderne kerkdoctrines zitten vol verhalen over sirenen en heksen en tovenaressen die druk bezig zijn tijdens volle maan. Enkel en alleen bedoeld om de mannelijke propaganda aan te wakkeren.

En dat is allemaal zo ironisch, want uit antieke artefacten kan worden opgemaakt dat de mensen in eerste instantie een vrouwelijke godheid aanbeden. Heb je de afbeelding op het bord boven de deur van onze blokhut gezien?'

'Die is gebaseerd op de Venus van Willendorf,' zei ik, verwijzend naar een paleolithisch beeldje dat in 1908 in Oostenrijk was opgegraven.

'Maar natuurlijk.' Ze glimlachte. 'Je bent uiteraard op de hoogte van de prehistorische archeologie. En je weet natuurlijk ook dat uit de eerste geschreven documenten kan worden opgemaakt dat er zowel goden als godinnen werden vereerd. En dat deze vroege vrouwelijke godheden het uiteindelijk af moesten leggen tegen patriarchale stormgoden als Baäl, Raman en Jaweh.'

Haar ogen gleden over mijn gezicht.

'Wicca's zijn moderne heidenen die ervan uitgaan dat onze eerste moeder de godin is geweest die in de prehistorie werd aanbeden, voor er sprake was het ouwejongensnetwerk dat met alle geweld mannelijke goden naar voren wilde schuiven. We streven ernaar om de subtekst met betrekking tot vrouwelijke onderwerping meer onder de aandacht te brengen, en om die denkrichting te veranderen. We willen hier en nu een andere wereld, een wereld waarin vrouwen en mannen gelijk zijn, waarin aannames over wie de macht zou moeten hebben en wat waardevol is veranderd zullen zijn.

Maar we willen dat die veranderingen op een vreedzame manier tot stand komen. Wicca's eren het vrouwelijke, maar in de eerste plaats beschouwen we onze religie als een persoonlijke, positieve viering van het leven. We eren de creatieve krachten binnen de natuur, zoals gesymboliseerd door zowel een god als een godin.'

Ze nam mijn hand in die van haar.

'Ik zal je aan de anderen voorstellen. We zullen je laten zien wie we zijn, waarin we geloven en wat we doen. Dan zul je het zien. Niemand van ons is in staat om het leven van een ander te beëindigen.'

'Goed,' zei ik. 'Laat me wicca dan maar eens zien.'

Dus maakte ik kennis met Sky Bird, Raven, India en Dreamweaver. Ik was getuige van het dansen en trommelen en zingen. Ik at. Ik luisterde. Ik stelde vragen.

Ik hoorde dat wicca ruim 400.000 aanhangers zou hebben, waardoor het de op negen na grootste religie in de Verenigde Staten zou zijn, na het christendom, niet-religieus/seculier, jodendom, islam, boeddhisme, agnosticisme, atheïsme, hindoeïsme en de unitarische universalisten.

Ik hoorde dat wicca geen officieel boek heeft, niet centraal wordt aangestuurd, geen fysieke leider kent of over een universeel erkende profeet of gezant beschikt.

Ik hoorde dat er talrijke wicca-tradities bestaan, elk met zijn eigen afzonderlijke leerstellingen en gebruiken, waaronder Alexandrijns, faery, gardneriaans, odyssees, reclaiming, uniterranisme en tientallen anderen.

Ik hoorde over de drievoudige wet, het geloof dat zowel goede als slechte daden op de dader invloed zouden hebben, en van de acht wicca-deugden: opgewektheid, respect, eergevoel, nederigheid, kracht, schoonheid, talent en barmhartigheid.

Ondanks de tarotkaarten, en de toverboeken, en de kristallen, en de bezweringsformules had ik bij iedereen die ik ontmoette het gevoel dat het allemaal oprecht gemeend was.

Ik begreep dat wicca-overtuigingen en -gebruiken grotendeels onbekend blijven omdat de volgelingen uit angst voor vervolging nooit naar buiten treden.

Vervolging van het soort waarin Boyce Lingo grossierde.

Ik vertrok om middernacht, nog steeds onzeker wat Asa Finney betrof, maar ervan overtuigd dat we behoedzaam te werk moesten gaan, wilden we ons onderzoek niet door vooringenomenheid laten bezoedelen. Slidell daarvan overtuigen zou best moeilijk zijn. Maar dat was iets voor morgen.

Toen ik mijn oprit opreed, viel het schijnsel van mijn koplampen op een rechthoekig voorwerp dat op mijn stoep stond.

Charlie slaat weer toe. Ik glimlachte, stapte uit en liep naar de deur.

Het voorwerp was een kartonnen doos waarvan de klep stevig vastzat. Ik liet de doos op een knie balanceren, draaide het slot open en stapte naar binnen.

'Ik ben thuis, Bird,' riep ik.

Birdie kwam tevoorschijn toen ik mijn jack uittrok. Nadat ze een keer of twee een achtfiguur rond mijn benen had gemaakt, sprong ze op het aanrecht.

En verstijfde tot een Halloween-kattentableau, de rug gekromd, de staart gestrekt tot twee keer haar normale lengte. Uit haar keel klonk een soort klikkend oergeluid.

Op mijn armen en in mijn nek verscheen kippenvel.
Ik pakte Birdie op en zetten haar op de vloer. Ze sprong onmiddellijk weer op het aanrecht.
Terwijl ik met mijn ene hand de kat op afstand hield, maakte ik met een hand de klep open.
Een dode koperkop lag omgekeerd op de bodem van de doos, de buik opengesneden, zodat de ingewanden eruit puilden. Onder de kaak van de slang was in de lichtgele huid een omgekeerd pentagram gekerfd.

27

Ik werd in mijn slaap bezocht door de koperkop, die ik in een plastic vuilniszak had gestopt, goed had afgesloten en vervolgens tussen de afrikaantjes gezet die mijn portiek flankeren. In mijn droom was het dier echter springlevend en achtervolgde het me tussen dicht opeen staande bomen door die volhingen met Spaans mos, terwijl het tegelijkertijd een amechtig sissend geluid voortbracht. Asa. Asa. Asa.

Hoe sneller ik holde, hoe dichter de slang me op de hielen zat. Ik klom in een boom. Het gleed me langs de stam voorbij en grijnsde me vervolgens van bovenaf breed toe. Zijn smalle tong raakte me midden in het gezicht. Ik ramde een vuist boven op zijn kop.

De tong schoot opnieuw mijn kant uit. Boven het gevorkte uiteinde ervan zag ik drie rode zessen. En daar weer boven een heel klein opgloeiend kruis.

Een boomtak veranderde in een kronkelende tentakel die zich, een microfoon stevig vasthoudend, naar me toe boog. Het metaal streek langs mijn wang.

Opnieuw haalde ik uit.

Ik kwam in aanraking met iets hards en harigs.

Ik werd wakker en merkte dat Birdie mijn gezicht stond te likken.

'Sorry, Bird.' Ik veegde speeksel van mijn wang.

De klok gaf 7.20 uur aan.

Ik was in de keuken bezig koffie te zetten toen mijn mobieltje ging. Slidell. Ik zette me schrap en zette hem aan.

'Ze hebben hem vanmorgen de straat op getrapt.'

Ik had even de tijd nodig. 'Finney?'
'Nee, Jack de Ripper verdomme. Natúúrlijk heb ik het over Finney.'
Ik gaf maar geen commentaar.
'Zo'n weekhartige officier van justitie was het met de pro-Deo-advocaat eens dat we onvoldoende bewijsmateriaal hadden om Finney in staat van beschuldiging te stellen voor moord op Klapec of Rinaldi. En dat pikken van beenderen is niet voldoende om hem opgesloten te houden.'
Slidells verwijzing naar Charlie Hunt zorgde ervoor dat ik mentaal nog een keertje in elkaar kromp. Oké. Geen ontwijkend gedrag meer. Ik zou Charlie vanochtend eens bellen.
'... smerig en ik ben niet van plan die lul met rust te laten.' De stem van Slidell bracht me weer terug naar de werkelijkheid. 'Ben jij nog iets wijzer geworden?'
Ik vertelde hem over de slang.
'Jezus. Aan wie zit je te denken?'
Ik had over die vraag behoorlijk lang nagedacht.
'Ik heb afgelopen vrijdag publiekelijk kritiek op Boyce Lingo geleverd.'
'De man heeft een hoop aanhangers, maar ze lijken me niet het type dat in reptielen gaat snijden.'
'Ik ben daar niet zo zeker van.'
'Dat jij en ik Cuervo's zaak op Greenleaf hebben uitgespit heeft de kranten gehaald.' Slidell zweeg even terwijl hij andere mogelijkheden overdacht. 'Of misschien was het een van Finneys voodoovriendjes.'
Ik vertelde hem over Jennifer Roberts en mijn uitstapje naar Full Moon, en wachtte op de uitbrander. Slidell verraste me.
'Wat vond je ervan?'
'Veel ecofeminisme en slechte poëzie.'
'Wat bedoel je daarmee?'
'Hoewel je ze niet bepaald conventioneel kunt noemen, leken de mensen die ik daar ontmoette me nogal zachtmoedig.'
'Dat gold ook voor John Wayne Gacy.'
'Denk je dat de koperkop als dreigement was bedoeld?'
'Of dat iemand die het niet leuk vond dat Finney was gearres-

teerd, een beetje magie wilde toepassen om hem vrij te krijgen.' Slidell liet een luid gesnuif horen. 'Zou dat niet ongelooflijk ironisch zijn? Ze geven wat toverkracht mee aan de een of andere slang, en de volgende dag loopt hun jongen weer op vrije voeten rond. Wat níét leuk is, is het feit dat een of andere eikel weet waar je woont. Je moet echt goed op jezelf passen.'

'Dat vond ik ook al.'

'Zal ik de beveiliging van jouw huis laten opvoeren?'

Ik stond op het punt dat af te wimpelen, toen ik aan Rinaldi moest denken. Waarom zou ik extra risico's nemen?

'Graag. Bedankt.'

'Ik zorg ervoor dat een eenheid om het uur de ronde doet om te zien of alles koosjer is. Misschien moeten we een of ander noodsignaal afspreken.'

'Een lantaarn in de toren van de Old North Church?'

'Hè?'

'Eentje als ze over land komen?'

Helemaal niets.

'Als er problemen zijn zal ik het portieklicht aandoen.'

'Dat moet werken.'

'Wil jij de slang?'

'Wat moet ik verdomme doen met een dooie koperkop?'

Ik vertelde Slidell over de schijfjes die ik bij Marion Ireland op de UNCC had achtergelaten.

'Waarom is dat belangrijk?'

'Misschien is het dat wel niet. Dat weet ik pas als ik de vergrotingen zie.'

Ik luisterde naar een moment van nasaal gepiep. Toen: 'Ik heb een knaap gevonden die Vince Gunther heet en op 28 september is gearresteerd wegens uitlokking. Heeft de nacht in de cel doorgebracht, totdat er 's middags iemand op kwam dagen die zijn borgsom heeft betaald. Ik heb het vermoeden dat Gunther wel eens Eddies *chicken hawk* kan zijn, Vince. Ik ga proberen hem op te sporen via de persoon die zijn borgsom heeft betaald.' Slidell zweeg even. 'Ik denk dat men straks ontdekt dat Eddie geldproblemen had.'

'O?'

'Meer dan vijftigduizend dollar in het rood bij de creditcardmaatschappij.'
'En?'
'Verder niets. Ze lopen het momenteel na.'
'Heeft hij het tegenover jou nooit over financiële problemen gehad?'
'Nee.' Kortaf.
'Denken ze dat hij betrokken is geraakt bij iets wat ervoor heeft gezorgd dat hij uit de weg moest worden geruimd?'
'Dat zijn ze momenteel aan het nalopen.' Het was een hele tijd stil. 'Ik begrijp het niet. Na de dood van zijn vrouw wilde Eddie na het werk alleen maar naar huis om daar die intellectuele muziek te draaien en zijn kruiswoordraadsels op te lossen. En dat andere. Dat gedoe met cijfers.'
'Sudoku?' opperde ik.
'Ja. Dat. En hij kookte, alleen voor zichzelf. Complete maaltijden, met verse pasta en kruiden en zo.'
Een plotselinge pijnscheut. Hoewel ik Rinaldi al bijna twintig jaar kende, wist ik, op het feit na dat hij oorspronkelijk uit West-Virginia kwam, weduwnaar was en alleen woonde, dat hij dwangmatig netjes was, van klassieke muziek, lekker eten en dure kleding hield, verder nauwelijks iets van hem af. En nu was daar geen kans meer toe.
'Had Eddie familie?'
'Een getrouwde zoon. Tony. Woont ergens in de buurt van Boston. Al sinds hij een dreumes was.'
'Hadden ze contact met elkaar?'
'Ja. Maar dat was iets waar Eddie nooit over wilde spreken.'
Ik vroeg niet waarom Rinaldi's zoon door anderen was opgevoed.
'Wat zegt Tony?'
'Die wil alleen maar dat we de schoften die zijn vader hebben vermoord te pakken krijgen.'
Ik herkende Slidells knorrigheid als verdriet, en liet de opmerking voor wat hij was.
'Moet je horen. Een groepje mensen van Moordzaken leidt het onderzoek. Berovingen en Verkrachtingen helpt mee met het buurtonderzoek, loopt getuigenverklaringen na, onderzoekt gege-

vens, dat soort dingen. Aangezien het waardeloos weer was zaterdagavond, was er nauwelijks iemand op straat. Niemand heeft iets gezien. Althans, dat is het verhaal dat ik te horen krijg. Ik geloof niet bepaald dat de leden van het team mijn telefoonnummer onder handbereik hebben.'

Dat begreep ik best. Onder normale omstandigheden was Slidell al moeilijk in de hand te houden. Gezien de mate van zijn emotionele betrokkenheid, was onmogelijk te voorspellen wat hij zou doen als hij op de hoogte zou zijn van zelfs de meest onbeduidende aanwijzingen rond Rinaldi's dood.

'Zie ik je bij de kerk?' vroeg ik.

'Ik meld me nog.'

Nadat ik had opgehangen logde ik in op mijn computer en bekeek ik mijn e-mails.

Katy had een verontschuldiging geschreven naar aanleiding van ons ruzietje. Gemakkelijker dan een telefoontje, vermoedde ik.

Een man in Nigeria wilde mijn deelname bij een plan om twee miljoen pond sterling te bevrijden. Het enige wat ik hoefde te doen was hem mijn bankgegevens doen toekomen.

Een collega bij de UNCC had een e-invitatie gestuurd voor een Halloween-feestje. Ik herinnerde me het feestje van vorig jaar weer en bedankte voor de uitnodiging.

Astall@gmail.com. De regel voor het onderwerp was niet ingevuld.

O, nee.

O, ja. Allison Stallings wilde wat met me drinken. Ze had nog wat vervolgvragen.

Wel verdomme. Larke Tyrell was terecht woedend op me. Ik had tijdens mijn drankuitspatting op maandag met Stallings gesproken. Maar had ík haar gebeld? Absoluut niet.

Als zij met mij contact had opgenomen, hoe was ze dan aan mijn telefoonnummer thuis of dat van mijn mobieltje gekomen? Mevrouw Flowers zou nooit persoonlijke informatie aan een buitenstaander doorgeven. En dat gold voor iedereen bij de UNCC.

Iedereen die van die regel op de hoogte was. Hoe heette die nieuwe secretaresse ook alweer? Natasha? Naomi?

Ik keek naar de klok: 8.05 uur. Ik belde.

Naomi bezwoer me dat ze het nummer aan niemand had doorgegeven.

Had ik dat dan zelf gedaan? Ik dacht na aan de afgelopen weken. Maar natuurlijk. Takeela Freeman. Stallings zou het nummer van haar gekregen kunnen hebben.

Maar waarom e-mailde ze nu dan in plaats van te bellen?

Omdat ik vierentwintig uur lang niet op mijn vaste telefoon én op mijn mobieltje had gereageerd? Omdat mensen die een bericht op mijn telefoon achter wilden laten hadden gemerkt dat het apparaat was uitgeschakeld?

Ik maakte een mentale notitie dat ik met Takeela moest praten.

Er waren twee mails binnengekomen van de entomologen waar ik de Greenleaf- en Klapec-insecten naartoe had gestuurd. Elk was voorzien van een bijlage. Ik opende en las de eerste.

Niets verrassends. Uit de insecten die in de kelder waren aangetroffen, kon worden opgemaakt dat de kip ongeveer acht weken voor ik de specimens had verzameld gestorven moest zijn. Dat betekende dat de laatst bekende activiteiten rond Cuervo's altaar zich rond half augustus moesten hebben afgespeeld.

Dat kon kloppen. Cuervo's weinig zachtzinnige confrontatie met de tram had plaatsgevonden op 26 augustus.

Ik opende het Klapec-rapport. Naast de soortnamen van de species en aantallen, bevatte het twee motiveringen, een met betrekking tot de postmortemomgeving, een tweede met betrekking tot de verstreken tijd sinds het tijdstip van overlijden.

De eerste motivering kwam niet onverwacht.

De monsters bevatten geen bewijsmateriaal waaruit kan worden opgemaakt dat er van onderdompeling in water sprake is geweest.

Oké. Klapec werd gedumpt en is niet aan land gespoeld. Larabee en ik waren tijdens de sectie al tot dezelfde conclusie gekomen.

De tweede motivering was een stuk problematischer.

De overledene werd op 9 oktober voor het eerst ter plekke gezien, en twee dagen later gerapporteerd en geborgen. Tijdens de betreffende periode bereikte de temperatuur overdag een hoogte van vijfentwintig tot dertig graden Celsius. Het lijk was losjes in plastic gewikkeld. Trauma's waren ernstig. Gezien deze factoren mag de insectenactiviteit ongebruikelijk licht worden genoemd, maar niet inconsistent met het lagere uit-

einde van een PMI-*bereik beginnend met een minimum van achtenveertig uur.*

Ik leunde enigszins verbaasd achterover.

Rinaldi had genoteerd dat zijn informant, Vince, Jimmy Klapec op 28 september voor het laatst met zijn klant Rick Nelson was gezien. Als dat waar was, waar had Klapec dan van 28 september tot 11 oktober uitgehangen, de datum waarop zijn lijk was ontdekt?

JK. 28/9. LSA met RN vlgs. VG.

Hadden we Rinaldi's notitie verkeerd geïnterpreteerd? En als dat zo was, wat had hij dán bedoeld?

In gedachten zag ik Klapec langs de oever van Lake Wylie liggen. De borst en buik waarin gekerfd was. Het stompje nek. Dat lijk had vol moeten zitten met maden en eitjes. Waarom waren er zo weinig eitjes gelegd en uitgekomen? En waarom hadden dieren er geen belangstelling voor gehad?

Ik zag Susan Redmons schedel in het duister van Cuervo's kelder voor me.

De twee taferelen waren zo verschillend, en tegelijkertijd hadden ze zo veel overeenkomsten, beide hadden betrekking op het macabere gebruik van menselijke resten. Waarom lagen deze twee ontdekkingen qua tijd zo dicht bij elkaar?

Ik moest het met Slidell eens zijn. Intuïtief wist ik dat de gebeurtenissen met elkaar te maken hadden. Maar hoe ver strekte dit web zich uit? En wie had het gesponnen?

Finney? Die had ontkend dat hij Cuervo kende, maar verstrakte toen de naam van de *santero* was gevallen. Hij reed in een Ford Focus. En hij had boeken over satanisme in zijn bezit.

Ik geloof niet in toeval. Toeval is in feite niet meer dan het niet kunnen beschikken over alle feiten.

Oké. Tijd voor het boven water krijgen van de feiten.

Toen ik op Google de naam Asa Finney intoetste, had ik twee hits, een voor een vroege stichter van de stad Hamilton in New York, en een voor een webpagina van een heks die zich Ursa noemde.

Asa. Ursa. Bingo. Ik probeerde de beer.

Linksboven op Ursa's openingspagina was een langzaam draaiende zilveren pentagram te zien, dat tegelijkertijd sterretjes in het rond strooide. Rechts was een foto van Asa Finney te zien, gekleed in een lang wit gewaad waarop het sterrenbeeld Ursa Major geborduurd was. De Grote Beer. Ook wel bekend onder de naam de Steelpan, doorhalen wat niet verlangd wordt.

Het midden van het beeld werd gevuld door een gelaagde piramide, die links bevatte naar andere pagina's binnen de site. De keuze bestond onder andere uit: *Aankondigingen, Boekbesprekingen, Vieringen, Leerboek, Magie, Fasen van de maan, Poëzie, Rituelen en Samhain.*

Ik klikte op *Poëzie*.

Finney had een duidelijke voorkeur voor gedichten over huilende leliën, harten als vuurtorens, en het via liefde brengen van de realiteit.

Vervolgens ging ik naar *Samhain*.

Ik vond een citaat uit Ray Bradbury's *The Halloween Tree*, een advertentie voor een boek met de titel *Pagan Mysteries of Halloween*, en een lange uitleg van dit festival. Finneys relaas met betrekking tot de oorsprong van All Hallows' Eve kwam overeen met die ik van Jennifer Roberts had gehoord. Ik leerde onder andere dat in Schotland bij dit soort verkleedpartijen mannen vrouwenkleren aantrokken en vice versa.

Een ogenblik lang was ik afgeleid, niet in staat me daar een beeld van te vormen. Als mannen gewoonlijk toch al kilts droegen, hoe zat dat dan?

Het enige relevante was een opmerking dat Samhain vaak twee specifieke vieringen omvatte, waarbij de ene aan het feitelijke feest voorafging. Goed. Dat ondersteunde Roberts' relaas over een nietgeplande bijeenkomst in het kamp.

Ik keerde weer terug naar de beginpagina, en klikte *Leerboek* aan.

Daar had je Finney weer, deze keer in close-up. Die knaap leek inderdaad op een door acne geteisterde versie van Rick Nelson.

Onder Finney waren een stuk of wat tabs te zien: *Medicijnen en magie; Elke ademtocht is een gebed; Stenen zijn individuen als wij; Afrodisiaca: geschenken van de godin.* Ik nam aan dat elke tab een link vormde naar een wicca-levensles.

Omdat het me steeds meer ging vervelen koos ik voor *Afrodisiaca*. *Het gebruik van een afrodisiacum heeft invloed op meer dan een per-*

soon. Nou, dat was nog eens een onthulling. *Afrodisiaca bestaan als kruiden of als voedsel. Kruiden zijn onder andere ginseng, knoflook en guarana.* Oké, dat wist ik niet.

Erotisch voedsel kan alles zijn wat pittig, kleverig, zoet, stevig, vochtig, warm of koud is. Wat blijft er dan over?

Onder aan de pagina had Finney een disclaimer opgenomen, waarin werd gezegd dat zijn adviezen uitsluitend voor informele doeleinden waren bedoeld, plus een waarschuwing aan de lezers om toch vooral professionele gezondheidskrachten te raadplegen voor men tot het toepassen van afrodisiaca en seksuele hulpmiddelen overging.

Tjeetje. Hallo, dokter. Misschien dat ik straks een karamel neem. Wat denkt u, kan dat?

Ik stond op het punt uit te loggen toen mijn oog viel op een box linksonder aan de pagina. Finney had hier voor links gezorgd naar, vermoedde ik, de zaken waar deze libidineuze kost kon worden gekocht.

Botanica Exotica
Devine Sisters Botanicals
Earth Elements
La Botánica Buena Salud
Mystical Moods
Pagan Potions

Ergens onder in mijn keel begon het te kriebelen. La Botánica Buena Salud. Cuervo's winkel?

Nauwelijks ademhalend klikte ik op de betreffende listing. En kreeg de mededeling dat de link buiten gebruik was.

Was het dezelfde winkel? Of een onlinewinkel met dezelfde naam die er verder niets mee te maken had?

Had ik het bewijs gevonden dat Finney en Cuervo met elkaar in verband stonden? En als dat zo was, waarom had Finney dan ontkend dat hij de *santero* kende?

Had Finney Cuervo's winkel alleen maar in de lijst opgenomen omdat die in Charlotte stond?

Cuervo en Finney. Een *santero* en een heks. Hoe hielden die twee

verband met elkaar? Was Slidells intuïtie met betrekking tot Finney juist? Was Ursa betrokken bij meer dan alleen poëzie en in flesjes zittende kruiden? Bij de moord op Jimmy Klapec? Bij die op Rinaldi? Bij die op Cuervo? Was het mogelijk dat de dood van die man toch geen ongeluk was geweest?
Jennifer Roberts was heilig overtuigd van Finneys onschuld. Desalniettemin was het haar niet gelukt om op de avond dat Klapec werd vermoord contact met hem op te nemen.
Maar Roberts had wat één ding betreft gelijk. Finneys website leek het werk van een excentrieke maar bepaald niet gewelddadige persoon.
In gedachten verzonken logde ik uit.
En staarde het volgende moment naar een lijk zonder hoofd dat doorstoken was met tientallen zwaarden. Langzaam loste het beeld op tot zwart. Er verscheen een stip die uitgroeide tot een buitenaards schepsel met veel te veel tanden.
Ik keek als gebiologeerd naar de pop-up, toen er op de borst van het wezen een rode cirkel verscheen. In een flits explodeerde het en spatte in kleine delen uit elkaar. Er zweefden woorden over het scherm. *Boosaardige gilden. Mythische werelden. Buitenaardse universums. Het besluipen van prooi. Speel. Leer de meest moderne programmeertechnieken.* De titel *Dr.Games.com* flikkerde oranje en rood op het scherm, de kijker nadrukkelijk uitnodigend toch maar vooral op het pictogram te klikken.
De pop-up kon niet afgesloten worden. Ik bewoog mijn cursor naar de X in de rechterbovenhoek van het scherm. Het ding wilde niet weg.
Plotseling schoot er iets door mijn hoofd. Finney zat ook in de games. Zou deze pop-up zijn werk kunnen zijn, bedoeld om bezoekers aan Ursa naar een andere site te lokken?
Oké, Dr.Games. Ik doe mee.
Het openingsscherm van Dr.Game bevatte geen foto's of graphics. Eén enkele mededeling heette spelers, hobbyisten en professionals welkom.
Een lijst bood de volgende keuzemogelijkheden: *1. Het bouwen van de ultieme spelcomputer. 2. Onderdelen voor een goed computerspel.*

3. Adviezen voor een carrière in *game-design*. 4. *Game-design cursussen*. 5. *Gratis te downloaden games*.
   Ik koos onmiddellijk voor nummer vijf.
   En ontdekte een ijzingwekkende nieuwe wereld.

28

Van de zes spellen die genoemd werden, bekeek ik er slechts drie.
In *Killer Dozen* stuurde de speler twaalf soldaten aan die hun vijanden opspoorden om ze vervolgens op talloze, uiterst gruwelijke manieren te vernietigen. Mensen werden doormidden gescheurd, kelen werden doorgesneden, hoofden werden gespietst op kromzwaarden en hooivorken.
In *Reality Crime* was de speler een politieman die op zoek was naar informatie met betrekking tot de dood van zijn broer. Verdachten werden met een heel scala aan wapens in elkaar geslagen en doorzeefd.
In *Gods of Combat* was de speler een opstandige krijger die wraak wilde nemen op de goden. De details van de toegebrachte verwondingen waren ontstellend realistisch.
Andere games waren *Island of Death*, *Blood Frenzy* en *Mansion of Mayhem*. Ik keek er niet eens naar.
Ik pakte de telefoon en toetste het nummer van Slidell in. Hij nam op, maar klonk een tikkeltje geïrriteerd.
Ik vertelde hem over de link van Finneys webpagina naar Cuervo's winkel en over de pop-up naar de spellensite. Hij zei dat hij zou laten onderzoeken wie de eigenaar was van het Dr.Game-domein, en dat hij zou kijken of er nog een online La Botánica Buena Salud bestond die niets met het bedrijfje van Cuervo te maken had.
Ik vertelde hem ook dat ik de entomologierapporten had binnengekregen.
'Vat ze eens kort samen.'

'De periode waarin Cuervo de kip heeft gedood, loopt van halverwege tot eind augustus.'
'Ik neem aan dat dat vóór zijn onzachte confrontatie met de tram was.'
Ik negeerde die opmerking. 'Klapec heeft nooit in het meer gelegen, en was mogelijk al twee dagen voor we zijn lijk borgen dood.'
Slidell was een ogenblik lang stil, dacht er waarschijnlijk over na.
'Een dame die naar de naam April Pinder luistert heeft Vince Gunthers borg betaald. Ik vraag me af of ze weet waarmee haar vriendje zich bezighoudt. Hoe dan ook, April en ik gaan erg goede vrienden worden.'
'Ik wil erbij zijn.'
Slidell liet een nietszeggend geluid horen en verbrak de verbinding.
Volgens de klok was het 9.50 uur.
Ik moest me haasten.

St. Ann's noemde zichzelf een kleine parochie met een groot hart. Wat die ochtend nodig was, was een grote parochie met een kolossaal aantal zitplaatsen en een even kolossale parkeerplaats.

Toen ik bij de Annex wegreed, zag ik hoe honderden mensen zich voor de stoet aan het opstellen waren. Agenten van de gemeentepolitie. State troopers. Brandweerlieden. Militair personeel. Ambulancepersoneel. Het leek erop dat iedereen in uniform vertegenwoordigd was.

Zoals voorspeld gaven ook veel inwoners van hun belangstelling blijk. De mensen stonden op sommige stukken drie en vier rijen dik. Sommigen huilden. Sommigen omarmden elkaar of hielden elkaars hand vast. Veel toeschouwers hielden een klein Amerikaans vlaggetje vast of zwaaiden ermee.

Ik parkeerde mijn auto bij de YWCA, zoals Slidell me opgedragen had, en baande me moeizaam een weg naar de kerk. Vanaf de hoofdingang vormden honderden in blauw gala-uniform gestoken agenten een afzetting die langs het parkeerterrein tot aan Park Road doorliep.

De media waren in buitengewoon groten getale aanwezig, voornamelijk plaatselijke stations, terwijl CNN en FOX de nationale netwerken vertegenwoordigden. Helikopters cirkelden in de lucht. Het weer werkte mee. De zon scheen en de hemel was herfstig donkerblauw, de perfecte kleur om opnamen te maken op een kerkhof.

Nadat ik mijn legitimatie aan een agent in uniform had laten zien, werd mijn naam op een lijst afgevinkt en mocht ik de kerk binnengaan.

Slidell zat op de laatste plaats van een rij kerkbanken aan de zijkant, de handen tussen zijn knieën geklemd en met een gezicht dat eruitzag alsof het uit marmer gehouwen was. Toen hij me zag, ging hij rechtop zitten, maar hij zei niets.

Ik ging op het plekje naast hem zitten.

En voelde onmiddellijk de gebruikelijke emoties door me heen kolken.

Het sombere dreunen van het orgel. De geur van wierook dat zich vermengde met het zoete aroma van bloemen. Het zonlicht dat door de glas-in-loodramen naar binnen viel.

Mijn gedachten schoten terug naar herinneringen aan begrafenissen uit het verleden.

De kleine witte kist van mijn broertje. De glimmende bronzen van mijn vader. Ballonnen op de kist van een meisje dat in Montreal door motorrijders was doodgeschoten. Gipskruid op de grafsteen van een vriendin die op drieënveertigjarige leeftijd aan een lymfoon was overleden.

Ik haalde diep adem, ademde weer uit. Ik concentreerde me op de muziek. De 'Dodenmars' van Händel? Ik was er niet zeker van. Ik werd er niet door opgebeurd.

Een oude priester droeg de mis op. Slidells baas, Harper Dunning, las voor uit de bijbel. Tony Rinaldi sprak over zijn vader. Anderen spraken over hun collega, hun vriend, hun mede-parochielid. We gingen staan, zitten, knielden neer. Zongen 'Abide with me' en 'Lead, kindly light'.

Maar tijdens dat alles bleef ik Rinaldi voor me zien, een en al magere ledematen en hoekige trekken. In mijn kantoor, nauwgezet aantekeningen makend met zijn Mont Blanc-pen. In mijn laboratorium, aandachtig kijkend naar de schedel van Susan Redmon. Op Thirty-fifth, dwars door zijn perfecte Armani-jasje bloedend.

Aan het einde van de dienst begeleide een erewacht van agenten de kist naar buiten. We verlieten de kerk onder de tonen van Mendelssohns 'On wings of song'.

Slidell begeleidde me naar de begraafplaats, waar het in de openlucht nog eens dunnetjes werd overgedaan. Politiemensen. Treurenden. Verslaggevers. Hoogwaardigheidsbekleders.

Larabee was er, helemaal in het zwart. Ik stond op het punt naar hem toe te gaan toen ik een hand op mijn schouder voelde. Ik draaide me om.

Twee groene ogen keken recht in die van mij.

Zonder een woord te zeggen trok Charlie mij naar zich toe en omhelsde me stevig.

Met twee handpalmen tegen zijn borst drukte ik hem weg en deed een stapje achteruit. Waarom? Omdat ik me geneerde voor zijn openlijke blijk van genegenheid? Voor mijn doorzakken? Voor ons rollebollen in het hooi?

'Hoe gaat het met je?' vroeg Charlie zacht.

'Goed,' zei ik, me maar al te bewust van Slidell, drie meter verderop, zijn gezicht met zonnebril naar zijn baas gericht, naar ons gesprek luisterend terwijl hij deed alsof dat niet zo was.

'Ik heb gebeld,' zei Charlie.

'Het is waanzinnig druk geweest.'

'Ik maakte me ongerust.'

'Met mij is niets aan de hand. Nog bedankt voor het eten.'

'Ik had het liefst zelf iets voor je gekookt.'

'Hoor eens. Ik...'

'Je hoeft niets uit te leggen. Niet aan mij, Tempe. Je hebt gedaan wat je doen moest.'

'Dat was ik niet, Charlie.' Ik wist niet zeker wat ik daarmee bedoelde.

'Donderdag? Of zondag?'

Voor ik kon reageren ging hij verder.

'Zullen we het nog eens proberen? Misschien op een vrijdag?'

'Er is nog iemand anders, Charlie. Een rechercheur in Montreal. Ik weet niet zeker of het uit is tussen ons.'

Ik werd verrast door mijn eigen woorden. Natuurlijk was het uit. En ik was over Ryan heen.

'Hij is heel erg ver weg,' zei Charlie.
Op zo veel manieren, besefte ik.
Charlie zong zachtjes 'Stand by your man'.
Ik moest glimlachen. De song was ooit eens constant ten gehore gebracht tijdens een oneindig lange bustrip naar een tennistoernooi elders in de staat. Het werd een van de standaardgrappen binnen het team.
'Van wie was dat bandje?' vroeg ik.
'Drek Zogbauer.'
'Hebben wij op school gezeten met iemand die Drek Zogbauer heette?'
Charlie haalde zijn schouders op.
'Ik herinner me nog goed dat iedereen applaudisseerde toen de chauffeur de gettoblaster in beslag nam.'
'Ik leidde de ovatie. Het was niet bepaald de muziek van mijn volk.'
Ik trok een wenkbrauw op. 'Jouw volk?'
'Yankee-fans.'
Opnieuw moest ik glimlachen.
'Ik begrijp het, Tempe. Het helen van wonden kost tijd.'
Dat zul je ongetwijfeld als geen ander weten, bedacht ik, terwijl ik me de foto's van zijn vermoorde vrouw herinnerde.
'Het spijt me,' zei ik.
'Ik kan wachten.' Charlie grinnikte. Triest, maar hij grinnikte wel degelijk. 'Ik ben een heel geduldig mens.'
En toen omhelsde ik hém.
Hij wilde weglopen.
'Charlie.'
Hij draaide zich om.
'Asa Finney is vanochtend vrijgelaten.'
Er ging een hand naar zijn borst. 'Werkelijk. Loftuitingen zijn niet nodig.'
Ik sloeg mijn ogen ten hemel.
'Enkel en alleen een bevestiging dat ik de beste advocaat ter wereld.'
'Tussen jou gezegd en gezwegen, acht jij Finney in staat tot geweld?'

Charlie deed een stap naar achteren en liet zijn stem dalen. 'Echt, Tempe. Ik weet het niet. Maar Slidell heeft over één ding gelijk. Het is een vreemde snuiter.'
'Bedankt.'
Charlie had nog maar nauwelijks tien stappen gedaan toen Slidell bij Dunning vandaan liep en terug naar mij kuierde.
'Dat was roerend.'
'We hebben samen op de middelbare school gezeten.'
'Ik ben blij voor je.'
Ik zei niets.
'Dunning heeft de pest in.'
'Waarom?'
'De meldkamer wordt bestookt met telefoontjes van woedende burgers die willen weten waarom de politie niet druk bezig is met het oppakken van heksen en tovenaars.'
'Jezus.'
'Ja. Ze denken dat Hij het daar helemaal mee eens zou zijn.'
Ik schudde alleen mijn hoofd maar.
'Ze wijdt dat gedeeltelijk aan jou.'
'Wacht eens even. Wat zei je?'
'Ze zegt dat jij Lingo hebt opgehitst.'
'Ik heb hem ópgehitst?'
'De meeste bellers denken dat jij een voortbrengsel van de duivel bent.'
Een half uur later arriveerde de stoet en vond er een korte plechtigheid bij het graf plaats. Geweren losten saluutschoten, waarna men de kist in het graf liet zakken. De aanwezigen begonnen zich te verspreiden.
De graafmachine was net bezig aarde op Rinaldi te storten, toen ik Larabee naar de uitgang zag lopen die uitkwam op Sharon Amity Road. Nieuwsgierig geworden volgde ik de richting waarin hij keek.
Als mieren die werden aangetrokken door een gombal verdrongen verslaggevers zich rond twee mannen. Het enige wat ik kon zien was de bovenkant van hun hoofden, de ene zilvergrijs en de ander kort stekeltjeshaar.
Boyce Lingo en zijn adjudant. Die van Rinaldi's begrafenis ge-

bruikmaakten om hun boodschap van haat en intolerantie te verspreiden.
Ik werd overweldigd door een withete woede.
Ik gaf Slidell een por in zijn zij en beende weg in de richting van Lingo, niet van plan om iets te zeggen, maar om vlak voor hem te gaan staan en hem alleen maar aan te kijken, een levende herinnering voor de wethouder dat hij verantwoordelijk zou worden gesteld voor elk woord dat hij uitsprak.
Achter me hoorde ik hoe het Slidell moeite kostte me bij te houden. Achter hém nog meer beweging, en ik vermoedde dat dat Larabee moest zijn.
Toen ik de drom mensen bereikte, wurmde ik me naar voren en ging recht tegenover Lingo staan.
'... Finney is hedenochtend op vrije voeten gekomen. Vrij om tussen ons in te leven en eer te bewijzen aan satan, om Lucifer te aanbidden en het kwaad in deze wereld te brengen.'
Hou je mond, Brennan.
'Goed, de wet is de wet en de man heeft zijn rechten. Zo zou het horen te zijn. Zo is ons systeem. Maar wat gebeurt er als dat systeem begint te af te brokkelen? Als de rechten van criminelen zwaarder wegen dan die van gehoorzame burgers als u en ik?'
Rustig nou.
'Ik zal u eens iets vertellen. O.J. Simpson speelt golf in Florida. Robert Blake en Phil Spector vieren feest in hun buitenhuizen in Hollywood.'
'Wilt u soms zeggen dat die jury's het verkeerd hebben gezien?' riep een verslaggever. 'Dat deze lieden wel degelijk schuldig zijn?'
'Ik zeg alleen maar dat onze overheid het vermogen verliest om ons tegen misdadigers en terroristen te beschermen.'
'Waarom?' vroeg een andere stem.
'Ik zal u zeggen waarom. Beperkende wetgeving die de handen van de politie en openbaar aanklagers bindt. Als ik in de senaat van de staat Noord-Carolina wordt gekozen, zal ik er alles aan doen om die wetgeving terug te draaien.'
Ik vergat de waarschuwing van de baas. Ik vergat mijn plan tot stille intimidatie.

'Dit is niet bepaald de juiste gelegenheid om campagne te voeren, wethouder.'

Net als bij onze eerdere confrontatie draaiden alle ogen met een ruk mijn kant op. Cameralenzen en geluidshengels volgden.

Lingo glimlachte goedwillend. 'We zien elkaar zo nog eens, dokter Brennan. Maar inderdaad, wat u daar zegt is waar.'

'Asa Finney heeft recht op een fatsoenlijk proces.'

'Natuurlijk heeft hij daar recht op.'

Ik kon het daar niet bij laten. 'Zoals hij ook het recht heeft op zijn eigen religie.'

Lingo's gezicht werd somber. 'Door Satan te aanbidden, wenden Asa Finney en zijn soortgenoten zich af van de goedertierenheid van Jezus en tonen ze minachting voor alles wat de Verlosser voor ons heeft gedaan.'

Lingo bracht nederig zijn handen omhoog.

'Maar genoeg daarover. Ze heeft gelijk. Vandaag horen we te treuren over een uitstekend politieman die ambtshalve zijn leven heeft geofferd.'

Met die woorden draaide Lingo zich om en maakte aanstalten om weg te lopen.

Nog vol adrenaline wilde ik achter hem aan gaan, maar Stekeltjeskop blokkeerde mijn pad.

'Ik heb een paar vragen die ik de wethouder graag buiten het bereik van de microfoons zou willen stellen,' zei ik.

Stekeltjeskop ging wijdbeens staan en schudde zijn hoofd.

'Ga alsjeblieft aan de kant,' zei ik, mijn stem een en al stalen beheersing.

Het gezicht van Stekeltjeskop bleef emotieloos. 'U kunt het beste bellen voor een afspraak.'

Ik wilde langs hem heen, maar hij stak een arm uit en hield me tegen. Ik deed een stap naar links, maar hij volgde mijn beweging onmiddellijk.

Ik stond op het punt iets te gaan zeggen waarvan ik later spijt zou krijgen.

'Blijf staan daar.' Slidell was ziedend. 'Hield jij dit vrouwtje zojuist met geweld tegen?'

Vrouwtje?

Stekeltjeskop sloeg zijn armen over elkaar en hield zijn hoofd een tikje scheef, zoals gangsters dat ook kunnen.
'Hoe heet je?' wilde Slidell weten.
'Wie vraagt me dat?'
Slidell haalde met een snelle beweging zijn identiteitsbewijs tevoorschijn. 'Ik, klootzak.'
'Glenn Evans.'
'Ben jij zijn hielenlikker?' Slidell gebaarde met zijn kin naar de in de verte verdwijnende gestalte van Lingo.
'Ik ben de persoonlijk assistent van wethouder Lingo.' De stem was aanzienlijk schriller dan ik bij een man met zo'n omvang verwacht had.
'Grandioos. Dan kun je me meteen uitleggen waarom mijn partner jouw baas heeft gebeld.'
'Meent u dat nou?'
'Volkomen.'
'Dit is iemand wederrechtelijk dwarszitten.'
'Dien een klacht in, zou ik zeggen.'
'Ik begrijp zelfs uw vraag niet eens. Desalniettemin zal ik proberen hem te beantwoorden. Alle communicatie loopt via mij, via mij persoonlijk, en zo'n telefoontje heeft het kantoor van wethouder nooit bereikt.'
'Je bent daar blijkbaar behoorlijk zeker van. Hoef je daarvoor geen agenda of zo te raadplegen?' Evans' agressiviteit maakte Slidells stemming er niet beter op. 'Vind je het soms plezieriger om dit gesprek op het bureau te voeren?'
'Mij maakt u niet bang, rechercheur.'
Slidell keek hem woedend aan, maar zei niets.
Evans trok met zijn duim en wijsvinger aan zijn neus. Vervolgens zette hij zijn handen in zijn zij en trommelde met zijn vingers tegen zijn riem. 'Wanneer zou dat telefoontje plaats moeten hebben gehad?'
'Kort voordat rechercheur Rinaldi werd neergeschoten. Als je wilt kan ik gerechtelijk beslag laten leggen op al jullie telefoongegevens. Zeg het maar.'
'Dit is bullshit.'
'Jimmy Klapec. Zegt die naam je iets?'

'Wie is dat?'
'Ik stel hier de vragen.' De ader op Slidells voorhoofd danste de rumba.
'De wethouder stelt zich vaak open voor leden van de gemeenschap, gaat op bezoek bij tehuizen voor daklozen, gaarkeukens, blijf-van-mijn-lijfhuizen, voedselbanken, dat soort dingen. Hij ontmoet erg veel mensen.'
Slidell zei niets in de hoop dat Evans zich verplicht zou voelen door te gaan met praten. Die truc lukte.
'De wethouder kan die Klapec bij tientallen gelegenheden hebben ontmoet.'
'Die jongen was van huis weggelopen en woonde op straat. Zeventien jaar oud. Vermoord. Rechercheur Rinaldi was dat aan het onderzoeken. Daarom moet ik wel nieuwsgierig zijn naar de reden waarom Rinaldi jouw baas heeft gebeld.'
'Wacht even. Hebt u het over de knaap die aan de oever van Lake Wylie is gevonden? Ik dacht dat dat met een satanisch ritueel te maken had.'
'Waarom denk je dat?'
'Het was uitgebreid in het nieuws.'
Opnieuw hield Slidell zijn mond. Ik betwijfelde of hij Lingo werkelijk als verdachte beschouwde en vermoedde dat hij Evans simpelweg stevig aanpakte om hem op zijn nummer te zetten.
'Hoor eens, meneer Lingo is politicus. Komt in contact met erg veel mensen op allerlei posities. Dus als hij de een of andere maanzieke boerenkinkel tegen het lijft loopt, waarvan ik helemaal niet zeg dat het gebeurd is, betekent dat niet dat hij iets met de moord op die jongen te maken heeft.'
Terwijl Evans sprak, keek ik aandachtig naar zijn gezicht. Van dichtbij kon ik zien dat zijn huid net zo pokdalig was als die van Asa Finney. Maar daar eindigde elke gelijkenis. Evans had blond, kortgeknipt haar. Zijn ogen stonden vlak bij elkaar, met hoge, met vet gevulde jukbeenderen, terwijl zijn taps toelopende kaak eindigde in een prominente kin.
'Enkel voor de lol, meneer Evans, waar zat je baas op de negende oktober?'
'De wethouder sprak toen tijdens een bijeenkomst in Greensbo-

ro. Ik was bij hem. Als u wilt kan ik u een kopie van het programma en van de creditcardbonnetjes van het hotel en de restaurants doen toekomen. O, en verklaringen van misschien wel vierhonderd ooggetuigen.'

Opnieuw antwoordde Evans snel, zonder ook maar even over de vraag na te denken. Ik sloeg die observatie op.

Ergens tussen de menigte zag ik Larabee in zijn mobieltje praten. Ik vermoedde dat hij zo goed mogelijk een draai aan mijn meest recente uitbarsting probeerde te geven. Maar ik kende Larke Tyrell, en was bang dat het verspilde moeite zou zijn.

Toen ik mijn aandacht weer op Evans richtte, voelde ik belangstelling van mijn lagere zenuwcentra.

Wat was het precies?

De stem? De acne? Finney? Het ter sprake brengen van satanisme?

Ik kon het niet plaatsen. Maar welke cel ook een frons veroorzaakt mocht hebben, hij had blijkbaar zijn belangstelling alweer verloren.

Jammer genoeg. Op dat moment had een synaps wellicht kunnen helpen een leven te redden.

29

Ik liet mijn auto staan en reed mee met Slidell. Ik had de indruk dat dat de afgelopen tijd nogal eens gebeurde.

April Pinder woonde in Dillehay Courts, een complex met huurwoningen in de buurt van North Tryon, niet ver verwijderd van een klein stadspark.

Nadat we op Twenty-eighth Street langs de rand van de stoep tot stilstand waren gekomen, controleerde Slidell het adres dat hij van de borgagent had gekregen.

'Het moet daar ergens zijn.'

Hij wees naar een van de langwerpige, twee verdiepingen hoge dozen die opgesplitst waren in woningen die van boven met goedkoop vinyl waren bekleed, en van onderen uit baksteen bestonden.

We stapten uit en liepen er zwijgend naartoe, beiden bezig met dezelfde vraag. Hemelsbreed was Rinaldi hier vlakbij neergeschoten, net aan de overkant van de spoorlijn die rechts van ons liep.

In dit gedeelte van de stad was moeilijk vast te stellen welke kant van het spoor de verkeerde kant was.

Net als bij haar buren, leek Pinders woning na de bouw ervan, halverwege de jaren zeventig, nog maar weinig aandacht gekregen te hebben. De verf bladderde eraf en de airconditioningunits die in de vensters waren gemonteerd zagen er roestig uit. Plastic tuinstoelen verhoogden de ambiance niet echt.

Slidell controleerde het huisnummer nog een keer en drukte toen op de deurbel.

Honden begonnen te blaffen, stemmen klonken op, stemmen die het glasverbrijzelende einde van het spectrum benaderden.

Slidell blies zijn wangen op en schudde zijn hoofd. Hij onderdrukte een opmerking en belde opnieuw aan.
De honden klonken nu nog uitzinniger.
'Ik heb de pest aan hapgrage kleine mormels.'
Dat vermoeden had ik al.
Slidell stond op het punt op de deur te bonzen, toen een stem riep: 'Wie is daar?'
'Politie.'
Er werd een sleutel omgedraaid en een deur zwaaide naar binnen toe open. Een vrouw tuurde ons aan door de opening die de veiligheidsketting toeliet. Ze zat op haar hurken en hield een kronkelende dwergkees onder een arm geklemd, terwijl ze aan haar voeten een ander bij zijn halsband tegenhield. Beide honden trilden en blaften hysterisch.
'April Pinder?'
De vrouw knikte.
'Ik heb vanochtend gebeld.' Slidell hield zijn legitimatie laag, zodat Pinder hem kon zien.
De dwergkees op de vloer pieste op de tegels.
'Een ogenblikje.'
Pinder kwam overeind en maakte de deur verder open.
'Als u die keffertjes nou eens opsluit?' Slidell deed geen enkele poging zijn walging te maskeren.
'Hoezo, houdt u niet van honden?'
'Dit duo lijkt me een tikkeltje nerveus.' Zijn stem droop van het sarcasme.
Enkele seconden later zaten Slidell en ik op een veel te grote bank in een woonkamer met veel te veel meubels. Pinder zat tegenover ons in een Brentwood-schommelstoel. Van ergens achter in het huis klonk hysterisch geschraap en gepiep, nu gedempt door muren en een deur.
Terwijl Slidell het gesprek opende, nam ik Pinder aandachtig op. Ze had een bleke huid, geverfd blond haar en vreemde, scheve jukbeenderen, waarvan de linker verder naar voren stak dan de rechter. Als ze niet zo uitbundig van make-up was voorzien, hadden haar aquamarijnkleurige ogen zonder meer markant genoemd kunnen worden. Ik schatte haar leeftijd op nog net geen twintig.

Op basis van de inrichting van haar appartement zou je denken dat ze ruim tachtig was. Onderleggertjes van kant. Snuisterijen. Houtsnijwerk dat rechtstreeks uit de Depressie leek te stammen. En foto's. Heel veel foto's. Stuk voor stuk van mensen of huisdieren. Blijkbaar waren de huidige dwergkeesjes voorafgegaan door een hele stoet van dat spul.

De lucht in het vertrek stond stijf van de geurtjes. Gefrituurd voedsel? Mottenballen? Vuil wasgoed? Sigarettenrook?

Ik concentreerde me weer op Pinder. Ze vertelde over haar baan in een bar aan Wilkinson Boulevard. Slidell maakte aantekeningen. Of deed alsof. Af en toe hield Pinder haar mond, alsof ze boven het geluid van de honden iets probeerde te horen. Ik vermoedde dat we niet alleen waren in het huis.

'Laten we het eens over Vince Gunther hebben.' Slidell kwam ter zake.

'Hij is mijn vriend. Wás mijn vriend. Wat heeft hij gedaan?'

'Waarom denk je dat hij iets heeft gedaan?'

'Waarom zou u anders hier zijn?'

'Waar is hij ergens?'

Pinder haalde haar schouders op. Ze droeg een blauwe spijkerbroek en een zwart T-shirt met de tekst *Cheeky Girls*.

Cheeky girls? Brutale meiden? Een club? Een filosofie? Een rockgroep? Katy had gelijk. Ik werd oud en was niet meer bij de tijd. Ik maakte een mentale aantekening dat ik het moest nakijken. Misschien kon ik indruk op haar maken door die naam terloops te laten vallen.

'Verkeerde antwoord,' zei Slidell.

'Ik weet het niet. Misschien zit hij in Californië.'

Pinder begon aan de franje van het kussen in de schommelstoel te frunniken, draaide een streng om haar wijsvinger, om hem vervolgens weer af te wikkelen.

'Californië?'

'Hij had het erover om naar het westen te gaan, om daar wat bruiner te worden.'

'Laat me je wat uitleggen, juffrouw Pinder. Als je me besodemietert zal er ruwweg zo'n tien ton ellende op je hoofd neerdalen.'

'We zijn uit elkaar gegaan.'

'Wanneer?'
'Een paar weken geleden. Misschien drie.'
'Waarom?'
'Omdat Vince een engerd is.'
Gebonk en gerammel voegde zich nu bij de door de honden veroorzaakte kakofonie, waardoor ik de indruk kreeg dat de beesten zich tegen een deur wierpen.
'Als Vince zo'n engerd is, waarom heb je dan zijn borg betaald?'
'Hij zei dat hij van me hield. Ik ben een stomme idioot. En ik geloofde hem.'
Pinder greep de armleuningen beet, draaide zich half om en schreeuwde over haar schouder: 'Poppy! Peony! Hou daarmee op!'
'Leg eens uit hoe dat in zijn werk ging,' zei Slidell, in wiens stem nu duidelijk irritatie doorklonk.
Pinder liet zich weer tegen de rugleuning zakken en zuchtte theatraal.
'Vince vroeg me of ik vijfhonderd dollar naar een of ander kantoor vlak bij het gerechtsgebouw wilde brengen. Hij zei dat hij me zodra hij vrij was zou terugbetalen.' Ze begon weer aan de franje te frunniken.
'Hij heeft je beduveld,' opperde Slidell. 'En toen heeft hij je gedumpt.'
Pinder keek op, haar ogen troebel en rood van woede. 'Vince is een hoer die zich door flikkers laat gebruiken.'
Oké dan. Een afgewezen dame.
'Hij had me wel kunnen besmetten.' Haar lippen trilden en op haar oogleden welde vocht op. 'Wie weet? Misschien hééft hij dat wel gedaan.'
Er verschenen tranen, die over haar wangen rolden en een hoop mascara met zich meenamen.
'Mijn oma heeft alzheimer. Ik zit hier in m'n eentje. Wie zorgt er voor haar als ik doodga?'
Oma lag mogelijk boven te slapen. Daarom was Pinder zo alert op de geluiden in het huis.
'Zo te horen is het weinig waarschijnlijk dat Vince voor zal komen.'
Ik keek Slidell nadrukkelijk aan.
Hij trok beide schouders heel even op. Wat is er?

'Weet je echt niet waar Vince naartoe is gegaan?' vroeg ik.
Pinder schudde haar hoofd en veegde met de rug van haar hand nog wat tranen weg.
Ik gooide het over een andere boeg. 'Hoe hebben jij en Vince elkaar leren kennen?'
'Hij kwam de bar binnenlopen.'
'Hoe lang zijn jullie met elkaar omgegaan?'
'Drie maanden.' Gemompel. 'Misschien een jaar.'
'Waren jullie close?'
Ze snoof verontwaardigd.
'Praatten jullie met elkaar?'
'Hoe bedoel je?'
'Nam hij jou in vertrouwen?'
'Blijkbaar niet.' Verbittering.
'Heeft hij het wel eens over een jongen gehad die Jimmy Klapec heette?'
Ze keek verrast op. 'Ik ken Jimmy.'
Slidells wenkbrauwen schoten omhoog.
'Kun je me daar iets meer over vertellen?' vroeg ik.
'Jimmy en Vince zijn bevriend, weet je, want ze zijn beiden op zichzelf aangewezen.' Ze keek van mij naar Slidell, en toen weer naar mij. 'Jimmy is aardig. Verlegen, weet je wel? En aardig, op zijn manier.'
'Jimmy Klapec is dood,' zei ik.
De zwaar met mascara omringde ogen gingen wijd open.
'Hij is vermoord.'
Nóg wijder.
'Wanneer heb je Jimmy Klapec voor het laatst gezien?' vroeg ik.
'Dat weet ik niet. Misschien afgelopen zomer. Ik heb hem maar een of twee keer gezien toen hij samen met Vince naar de bar toe kwam.'
Slidell begon de pagina's van zijn notitieblokje door te bladeren. 'Vince is op 28 september gearresteerd, je heb hem losgepeuterd op de negenentwintigste. Heeft hij het rond die tijd nog over Klapec gehad?'
'Min of meer.'
'Min of meer?' Ongeduldig.

'De avond dat Vince werd vrijgelaten zijn we hier gebleven, hebben we wat tv gekeken en een pizza laten komen. De gierige klootzak. Meer hebben we eigenlijk nooit gedaan. Het probleem is dat mijn oma last van haar nachtmerries had, zodat ik grotendeels boven heb gezeten. Vince keek naar een of andere rock-'n-rollfilm. Een ogenblikje.'
Pinder schoot overeind en ging een deur door. Enkele seconden later hoorden we gebonk, direct gevolgd door: 'Poppy! Peony! Jullie krijgen slaag!'
Weer enkele seconden later stapte Pinder het vertrek weer binnen en liet zich in haar stoel vallen.
'Ga door,' zei Slidell.
Pinders blik was uitdrukkingsloos.
'Jij zorgt voor je oma en Vince keek naar de tv.'
'O, ja. Toen ik op een gegeven moment door de kamer liep wees hij met zijn biertje naar de tv, schaterlachend. Ik vraag: wat is er zo grappig? Hij zegt: lijkt als twee druppels water op hem. Ik zeg: wie? Hij zegt: die vriend van Jimmy. Ik zeg: waar is Jimmy trouwens? Hij zegt: Jimmy heeft zich aangesloten bij die knakker en is vertrokken. Ik zeg: wanneer dan? Hij zegt: eerder die avond. Vervolgens barstte hij weer in lachen uit. Vince is erg humeurig. Ik was alleen maar blij dat hij het naar zijn zin had. En ik vermoedde dat hij al enigszins dronken was.'
'Naar wie wees hij?'
'Een of andere malloot met een hoed op.'
'Heeft Vince het wel eens gehad over iemand die erg veel leek op Rick Nelson?' vroeg Slidell.
'Wie?'
'Een zanger.'
'Het zou best iemand met die naam geweest kunnen zijn. De lul vergeleek mensen altijd met filmsterren en zo. Hij vertelde me eens dat zijn vroegere vriendinnetje op Pamela Anderson leek.' Pinder snoof. 'Ja, in zijn dromen.'
Slidell keek me aan. Ik schudde mijn hoofd, waarmee ik aangaf dat ik geen andere vragen had.
Slidell gaf Pinder een kaartje. 'Als je Vince ziet, dan bel je ons op, hè?'

Pinder haalde haar schouders op.
Terug in de Taurus zei Slidell: 'Niet bepaald het slimste meisje van de klas.'
'Heb jij Rinaldi's aantekeningen?' vroeg ik.
Slidell haalde de fotokopieën uit een vol vetvlekken zittende canvas tas die hij op de achterbank had liggen. Terwijl hij reed keek ik nog eens naar datgene wat zijn partner had opgeschreven.

JK. 29/9. LSA met RN vlgs. VG. RN – PIT. CTK. TV. 9/10-11/10? CFT. 10. 500.

'Pinders relaas ondersteunt onze conclusie hieromtrent. Volgens VG, dat vermoedelijk voor Vince Gunther staat, JK, vermoedelijk Jimmy Klapec, voor het laatst gezien met RN, waarschijnlijk Rick Nelson, op 29 september. RN is waarschijnlijk de gewelddadige klant in wie Gunther geen zin meer had.'
'De knaap met wie Klapec heeft gevochten,' zei Slidell.
'De knaap die hem heeft vermoord.'
'En die knaap is Asa Finney. Rick Nelson met acnelittekens.'
Ik was er nog steeds niet helemaal van overtuigd.
'Heb jij dat CTK nog nagelopen?' vroeg ik.
'Ja, en PIT ook. Nergens aanwijzingen te vinden dat Finney of Klapec de afgelopen dertig dagen naar Akron of Pittsburg zijn gevlogen.'
Ik keek naar Rinaldi's laatste aantekening.

RN = BLA = GYE. Greensboro. 9/10. 555-7038. CTK-TV-27/9. VG, uitlokking 28/9-29/9
GYE 27/9?

'Vince Gunther is op 28 september gearresteerd voor uitlokking, heeft de nacht in de gevangenis doorgebracht totdat Pinder zijn voorlopige vrijlating op borgtocht had geregeld. Oké. Dat deel is duidelijk.'
'Als ik die kleine schoft te pakken krijg, zal hij wensen dat hij met zijn luie reet nooit uit de nor was gehaald.'
Slidell maakte een scherpe bocht naar rechts. Ik zette me schrap tegen het dashboard en richtte mijn aandacht vervolgens weer op de aantekeningen.

Het telefoonnummer van Boyce Lingo.
'Glenn Evans zegt dat Rinaldi zijn baas nooit gebeld heeft. Misschien heeft-ie het gedaan, misschien ook niet. Waar het om draait is het feit dat Rinaldi Lingo's nummer heeft genoteerd. Waarom?'
'Ik weet het niet. Nog niet. Maar één ding weet ik wel. Ik stuur een auto achter juffrouw April Pinder aan.'
'Denk je dat ze Gunther ergens verborgen houdt?'
'Een beetje schaduwen kan nooit kwaad.'
Ik richtte me weer op de aantekeningen.
'Greensboro. Evans zei dat hij en Lingo op 9 oktober in Greensboro waren. Had dát Rinaldi's belangstelling gewekt? En als dat zo was, waarom?'
Plotseling werden twee stippen door een rechte lijn verbonden.

30

'RN is gelijk aan BLA is gelijk aan GYE.' Ik draaide me opgewonden om in mijn stoel. 'BLA. Boyce Lingo's Assistent. GYE Glenn Evans. Dat móét het zijn.'
Slidell wierp me een snelle zijwaartse blik toe en keek vervolgens weer naar de weg.
'Ga na met welke letter Evans tweede voornaam begint,' zei ik.
'Ik durf er alles onder te verwedden dat het een Y is.'
We reden zwijgend verder terwijl Slidell op de I-277 invoegde, om in zuidoostelijke richting rond het centrum te rijden.
Ik probeerde tot mijn onderbewustzijn door te dringen. Waarom dat subliminale alarmsignaal toen Slidell bezig was Evans te ondervragen?
Niets.
'Dus wat heeft Lingo ermee te maken? Beschouwde Eddie hem als een verdachte? Wat zou Lingo's motief kunnen zijn?'
'Seks. Drugs. Geld. Jaloezie. Verraad. Afgunst. Kies maar. De meeste moorden zijn het gevolg van een van deze menuonderdelen.'
Een lang stuk weg moest Slidell daar diep over nadenken.
'Hoe zit het met het artwork op Klapecs borst en buik?'
Daar had ik geen verklaring voor.
'En dan nóg een onbelangrijk detail. Evans zegt dat hij en Lingo in Greensboro waren toen Klapec werd onthoofd.'
Daar had ik óók geen verklaring voor.

Het was 16.40 uur toen Slidell me bij mijn Mazda afzette. Tijdens mijn rit naar de UNCC was het erg druk op straat. Tegen de tijd dat ik bij het centrum voor opto-elektronica arriveerde, was Ireland al weg. Zoals beloofd had ze een uitdraai van haar SEM-scans voor me achtergelaten.

Omdat ik naar huis wilde voordat ik mijn volgende verjaardag zou moeten vieren, nam ik de envelop aan en beende ik onmiddellijk terug naar mijn auto.

Ik reed op Queens Road toen Slidell mijn mobieltje belde.

'Glenn Yardley Evans.'

'Zie je wel.'

'Ouwe Glenn en ik staan op het punt opnieuw de confrontatie met elkaar aan te gaan.'

'Ik heb SEM-vergrotingen van de schijfjes bot die ik uit Jimmy Klapecs dijbeen heb genomen.'

'Hm-mm.' Slidell klonk niet erg enthousiast.

'Wat nu?' vroeg ik.

'Ik ga met Evans praten en jij gaat naar je... wat het ook mag zijn kijken, het spul dat je net hebt opgehaald. Morgenochtend wisselen we informatie uit.'

Mijn duim schoof naar VERBINDING VERBREKEN.

'En dok?'

Ik wachtte af.

'Pas goed op jezelf.'

Omdat ik wist dat ik geen eten in huis had ging ik naar de Harris Teeter-supermarkt aan Providence Road, en sloeg het een en ander in.

Het was donker toen ik bij Sharon Hall naar binnen reed. Het was te laat voor zonsondergang en te vroeg voor maan- of sterrenlicht. Het leek wel of ik in een zwart gat dook toen ik het terrein op reed. De eeuwenoude eiken doemden op als zwijgende zwarte reuzen die de in duisternis gehulde oprit bewaakten.

Toen ik de bocht rond het hoofdgebouw nam, was ik verrast om een rode en blauwe gloed vanuit de richting van de Annex te zien pulseren.

Ik draaide mijn raampje een stukje omlaag.

En hoorde een herkenbaar statisch gesputter.

Mijn hoofdhuid verstrakte en mijn handpalmen aan het stuur werden op slag vochtig. Ik deed mijn koplampen uit een reed net genoeg verder om rond de hoek te kunnen kijken. Een patrouillewagen van het CMPD stond schuin voor mijn appartement geparkeerd, de portieren wijd open, een krakende radio, twee lichtbundels die twee agenten en een man in een fel schijnsel zetten.

Hoewel mijn uitzicht gedeeltelijk geblokkeerd werd door wat struiken en de rand van het koetshuis, zag ik dat de man zijn armen omhoog hield, de handpalmen plat tegen een muur van de Annex. Terwijl de ene agent hem fouilleerde, stelde de andere hem vragen.

De man was lang en mager, en droeg een leren jasje en een spijkerbroek. Hoewel hij met zijn rug naar me toe stond, kwam hij me enigszins bekend voor.

Terwijl ik keek vond de fouillerende agent een portefeuille, die hij vervolgens doorzocht. De man zei iets. De agent viste iets uit de binnenzak van het jasje van de man.

Ik hield het niet meer uit. Ik wist dat ik me er niet mee moest bemoeien, maar toch reed ik de hoek verder om en kwam dichterbij.

Het portieklicht vormde een halo boven het haar van de man. Zandkleurig. Niet lang, niet kort.

Iets prikkelends bloeide op in mijn borst.

Onmogelijk.

De agent die fouilleerde gaf een voorwerp aan de agent die de vragen stelde. Woorden werden gewisseld. De lichaamstaal werd relaxter. Het was duidelijk dat de spanning aan het afnemen was.

Beide agenten deden een stapje achteruit.

De man liet zijn armen zakken en draaide zich om. De fouillerende agent gaf hem het voorwerp terug. De man stopte het terug in zijn jasje en bracht zijn kin omhoog. Het licht viel op zijn gelaatstrekken.

Het trio keek toe terwijl ik langzaam mijn parkeerplaats opreed en uit de auto stapte. De agent die gefouilleerd had was de eerste die iets zei.

'Goede timing, mevrouw. We hadden gehoord dat er iets aan de hand zou zijn als het portieklicht aan was. Toen we dat zagen branden, zijn we naar de woning toe gegaan en troffen we deze heer aan, die door een van de ramen naar binnen probeerde te kijken. Hij beweert dat u beiden elkaar kent.'

'Rechercheur Ryan is een oude vriend van me,' zei ik, kijkend in een tweetal arctisch blauwe ogen.
'Dus alles is in orde?'
'Alles is in orde.' Ik rukte mijn blik van Ryan los en draaide me naar de agenten om. 'Bedankt voor uw waakzaamheid.'
De agenten vertrokken. Ik liep naar mijn auto en begon met bevende handen boodschappen uit de kofferbak te halen. Zonder iets te zeggen hielp Ryan me daarbij.
In de keuken bood ik Ryan een van de blikjes bier aan die Katy in mijn koelkast had achtergelaten. Hij nam het van me aan. Voor mezelf trok ik een cola light open.
Ik nam een lange teug en zette het blikje op het aanrecht. Ik sprak behoedzaam, zonder me om te draaien.
'Alles goed met je?'
'Ja. En jij?'
'Ja.'
'Katy?'
'Daar gaat het goed mee.' Ik vertelde hem niet dat ze voor een tijdje de stad uit was.
'Daar ben ik blij om. Het is een grandioze meid.'
'Dit is een hele verrassing.' Ik informeerde niet naar zijn dochter. Ik weet het, het is niet aardig, maar pijn brengt je voorbij het punt waarop je nog beleefd bent.
'Ja.' Ik hoorde iets bewegen, een stoel schuiven, nog meer beweging.
'Je hebt een slecht ogenblik uitgekozen, Ryan.'
'Ik ben hier voor Rinaldi's begrafenis. Hij was een goeie kerel.'
Dat was ik vergeten. Hoeveel jaar was het nu geleden? Drie? Vier? Ryan had Rinaldi en Slidell ontmoet toen ze me hielpen met een zaak die betrekking had op handel in bedreigde diersoorten.
'En om jou te zien.'
Tentakels begonnen mijn hart te omklemmen.
Mijn blik viel op het wijnglas van maandag, nog steeds omgekeerd in het houten afdruiprek naast de gootsteen. Het net wakker geworden beest lonkte.
Wat zou dat welkom zijn. Een zacht gloeiende roze warmte, daarna vertrouwen en overtuiging. En ten slotte vergetelheid.

Gevolgd door zelfhaat.
Ik sloot mijn ogen en deed mijn uiterste best me tegen het verlangen te verzetten.
'Waar logeer je ergens?'
'Een Sheraton vlak bij het vliegveld.'
'Hoe ben je hier gekomen?'
'Een paar jongens van de geüniformeerde dienst hebben me op de hoek van Queens en nog iets afgezet. Van daaraf ben ik komen lopen. Ik heb het portieklicht aangedaan en heb toen wat rondgelopen.'
'Om te worden gearresteerd wegens gluren.'
'Zoiets.'
'Ik had je de gevangenis kunnen laten indraaien.'
'Fijn dat je een goed woordje voor me hebt gedaan.'
Ik gaf geen antwoord.
'We moeten praten.' Ryans stem klonk zacht maar vasthoudend.
Nee, cowboy. Dat moeten we niet.
'Ik heb fouten gemaakt.'
'Is dat zo?' Ik kon nauwelijks een woord uitbrengen.
'Ja.'
De koelkast bromde zachtjes. De klok op de schoorsteenmantel van de woonkamer tikte.
Ik probeerde iets te zeggen dat zijn aandacht zou afleiden, of op zijn minst iets lichts en slims. Maar er viel me niets in.
Uiteindelijk kon ik alleen maar verzinnen: 'Is het bier koud genoeg?'
'Precies goed.'
Ik kon nauwelijks ademhalen toen ik mijn tassen leegde en de spullen op de planken van mijn voorraadkast zette. Ryan keek zwijgend toe, zich bewust van de schok die zijn plotselinge verschijnen had teweeggebracht. In de wetenschap dat ik pas met een echt gesprek zou beginnen als ik daar klaar voor was. Of er niet eens aan zou beginnen.
Vanaf het begin had ik een bijna overweldigende aantrekkingskracht tot deze man gevoeld, waar ik me aanvankelijk tegen had verzet, maar uiteindelijk aan had toegegeven. Vanaf het prille begin was het meer geweest dan alleen seks of de zekerheid dat ik iemand

had om op zaterdagavond mee uit te gaan. Ryan en ik hadden urenlang in elkaars gezelschap doorgebracht, dagenlang, kijkend naar oude films, knuffelend bij het vuur, ruziemakend en debatterend, elkaars hand vasthoudend, lange wandelingen makend.

Hoewel we nooit bij elkaar in huis hadden gewoond, waren we even close als twee mensen maar kunnen zijn. We hadden onze eigen grapjes en speelden gekke spelletjes die niemand anders begreep. Ik kon nog steeds mijn ogen sluiten en voor me zien hoe zijn rug welvend overging in zijn heupen, de manier waarop hij zijn vingers gefrustreerd door zijn haar haalde, de manier waarop hij rook vlak na een douche, de manier waarop onze lichamen samensmolten als we aan het dansen waren.

De manier waarop hij me de adem kon benemen met een glimlach vanaf de andere kant van de kamer. Met een suggestieve kwinkslag tijdens een telefoontje vanuit Canada.

En toen, op een dag, liep hij zomaar weg.

En nu dronk Ryan bier in mijn keuken in Charlotte.

Hoe ik me voelde?

Opstandig. Op mijn hoede.

In verwarring gebracht als de pest.

Hield ik nog van hem?

Pijn kan er ook voor zorgen dat de liefde slijt. En de omgang met Ryan was nooit gemakkelijk geweest.

Maar dat gold eerlijk gezegd ook voor mij.

Wilde ik dit soort melodrama weer terug in mijn leven?

Ik voelde me verplicht iets te zeggen. Maar wat?

De spanning in het vertrek was bijna tastbaar.

Gelukkig ging op dat moment mijn mobieltje. Ik keek wie de beller was. Slidell.

Een verontschuldiging mompelend liep ik de eetkamer in en klikte hem aan.

'Ja.'
'Ik heb met Evans gesproken.'
'Ja.'
'Waar ben je?'
'Thuis.'
'Alles oké met je?'

'Ja.'
'Wat is er? Ben je weer misselijk?'
'Nee. Wat ben je van Evans te weten gekomen?'
'Nou, wat zijn we aardig?'
Ik had absoluut geen behoefte om Skinny's gekwetste gevoelens weg te nemen.
'Evans?'
'Die blijft bij zijn verhaal. Lingo had niets met Jimmy Klapec te maken, was op 9 oktober niet eens in de stad.'
'Heb je bevestigd gekregen dat de wethouder die dag in Greensboro zat?'
'Tjeetje. Daar heb ik geen moment aan gedacht.' Het was even stil. 'Ja. Daar zaten ze allebei, om de volgende middag laat naar Charlotte terug te keren.'
'Te laat om Klapec te vermoorden en te dumpen.'
'Als Funderburke het zich tenminste goed herinnert, als het lijk daar inderdaad op de ochtend van de negende opdook.'
'De gevonden insecten wijzen op een PMI van achtenveertig uur.'
'Ja.' Sceptisch. 'De beestjes.'
Ik was zo uit mijn doen door Ryans plotselinge verschijning dat ik me nauwelijks kon concentreren.
'Kun je niet in een paar uur tijd uit Greensboro vertrekken, iemand vermoorden, het lijk dumpen, en terug naar Greensboro rijden?'
'Dan vestig je wel een nieuw snelheidsrecord.'
'Volgens Pinder heeft Gunther gezien hoe Klapec met iemand aan het vechten was, vlak voor Gunther de gevangenis indraaide. Heb je gevraagd waar Lingo op dat tijdstip was?'
Slidell was een ogenblik stil, een stilte vol verwijt.
'Lingo wil graag in de senaat van Noord-Carolina gekozen worden, dus voert hij onafgebroken campagne om voldoende geld bij elkaar te krijgen, Tussen 28 september en 4 oktober zijn Evans en hij in Ashville, Yadkinville, Raleigh, Wilmington en Fayetteville geweest. Ze hebben tientallen getuigen die kunnen bevestigen dat ze daar zijn geweest.'
'Heeft Lingo een strafblad?'
'Ik heb het in het systeem laten nakijken. Nog niet eens een dag-

vaarding voor het spuwen op het trottoir.' Slidell haalde adem door zijn neus. Dat veroorzaakte een lichte fluittoon. 'Maar ik heb bij die Evans een uiterst onplezierig gevoel.'
'Hoe bedoel je?'
'Hij verbergt iets.'
Ik stond op het punt door te vragen, toen de lijn begon te piepen ten teken dat er een inkomend gesprek was.
'Ik bel je morgen.'
Ik liet het mobieltje zakken en keek naar het schermpje. Lieve hemel: Charlie Hunt.
Ik aarzelde. Ach, waarom ook niet?
'Je zag er vanmiddag op de begraafplaats erg terneergeslagen uit.'
'Rinaldi en ik hebben heel wat jaren samengewerkt. Ik zal hem missen.'
'Het spijt me.'
'Ik weet het.'
Even was het stil.
'Dat ging slecht vandaag, hè?'
'Dat was niet jouw schuld.'
'Het was niet zomaar een standaardzinnetje, Tempe.'
'Ik geloof je.' Ik moest glimlachen. 'Die gebruik je uiterst zelden.'
'Ik begrijp wel degelijk hoe moeilijk het is om opnieuw te beginnen. Ik ben acht jaar getrouwd geweest. Ik hield van mijn vrouw. Ze is op 11 september in het Trade Center omgekomen.' Charlie zuchtte diep. 'Misschien is het moeilijker als de ander nog in leven is.'
'Misschien wel.'
'Ik kan daarnaartoe werken,' zei Charlie.
'Daar ben ik van overtuigd.'
'Zal ik het proberen?'
'De man in kwestie is vandaag vanuit Montreal gearriveerd.'
Enkele ogenblikken lang was het doodstil.
'Ik hou wel van een uitdaging.'
'Je kansen zien er niet goed uit, Charlie.'
'Ik heb altijd de voorkeur gegeven aan een moeilijke driepunter boven een gemakkelijke slam dunk.'

'Je bevindt je buiten de cirkel.'
'Mijn specialiteit.'
Nadat het contact was verbroken stond ik een tijdje met het mobieltje tegen mijn borst gedrukt en moest ik weer denken aan mijn bekentenis aan Charlie, die dag op de begraafplaats. Totdat de woorden uit mijn mond waren gekomen had ik het alleen maar ontkend. En nu dit.

Nu was híj hier. Wilde praten. Toegeven dat hij fouten had gemaakt.

Welke fouten? Voor het feit dat hij met me had aangepapt? Bij me weg was gegaan? Voor het feit dat hij een jasje droeg dat waanzinnig warm moest zitten?

De deur ging open en Ryan kwam binnen.

We keken naar elkaar als over een enorme kloof.

'Ik heb je gemist,' zei Ryan, terwijl hij zijn armen spreidde en gebaarde dat ik dichterbij moest komen.

Bewegingloos bleef ik staan, terwijl oma's klok als een metronoom mijn verbrijzelde emoties begeleidde.

Ryan kwam dichter naar me toe.

Meer had ik niet nodig.

Ik stapte in Ryans armen en drukte mijn wang tegen zijn borst. Ik rook gesteven katoen, mannenzweet en de vertrouwde Hugo Bosseau de cologne.

Ryan streek over mijn haar en trok me dichter naar zich toe.

Ik sloeg mijn armen om hem heen.

31

Ik weet wat jullie denken. Nog een vent tussen de lakens, de sloerie. Maar zo is het niet gegaan.
Ryan ik praatten met elkaar. Ouwe-kameradenpraat. Voornamelijk. We hadden het over wederzijdse vrienden, oude zaken. Katy. Boyd. Charlie, onze gemeenschappelijke valkparkiet.
Ryan vertelde over een recente moord in Montreal, een man die door zeven kogels was geraakt en wiens houten huis in brand was gestoken. Teams waren op zoek naar de handen en het hoofd van het slachtoffer. Indien terecht zouden de ontbrekende delen in mijn lab klaarliggen als ik de volgende keer naar het noorden zou reizen.
Ik vertelde Ryan over T-Bird Cuervo's kelder en over de voortijdige dood van de *santero* door onzacht met een tram in aanraking te komen. Ik volgde de link van Asa Finney naar Cuervo via de beenderen in de kookpot en het vandalisme in de graftombe van Susan Redmon. Van Finney en Donna Scott-Rosenberg naar Manuel Escriva naar de kookpot.
Ik beschreef Finneys websites, en zijn schijnbare schizoïde personages Ursa en Dr.Game. Ik noemde het feit dat Jennifer Roberts overtuigd was van Finneys onschuld, en vertelde over mijn indrukken van de wicca's die ik in Full Moon had ontmoet.
Ik vertelde uitgebreid over Jimmy Klapec, en beschreef de 666 en het omgekeerde pentagram die in zijn huid gekerfd waren. Ik vatte het rapport van de entomoloog samen en maakte hem deelgenoot van mijn bezorgdheid aangaande het ontbreken van dierlijke aanvreting en de geringe activiteit van insecten op het lijk.

281

Ryan stelde exact de vraag die ik had verwacht. Santería, satanisme en wicca? Ik had er geen verklaring voor.

Ik beschreef Boyce Lingo en zijn extremistische vorm van moraliteit, en erkende mijn ongelukkige, door tv-camera's opgenomen woedeaanval. Ryan vroeg me wat Larke Tyrell van mijn optreden vond. Ik schudde mijn hoofd. Hij liet het onderwerp verder rusten.

Ik legde uit dat Slidell en Rinaldi de leidende rechercheurs waren geweest bij zowel de Cuervo- als de Klapec-zaak. Ryan maakte meelevende geluiden toen ik de schietpartij in NoDa beschreef, en nog meer toen ik over Slidells voortdurende maar gekortwiekte betrokkenheid bij alle drie de onderzoeken vertelde.

Ryan vroeg of de mensen die op de moord op Rinaldi waren gezet hun bevindingen aan Slidell vertelden. Ik gaf hem de informatie die ze aan Slidell hadden doorgegeven, en die hij op zijn beurt weer aan mij had gegeven. De 9-millimeterkogels waarmee Rinaldi was neergeschoten konden onmogelijk worden achterhaald. Er waren die avond maar weinig mensen op straat, en de mensen in de winkels en de restaurants hadden nauwelijks iets gezien. Ooggetuigen waren het erover eens dat het betrokken voertuig een SUV was geweest. Verder had zo'n beetje iedereen een ander verhaal. Afgezien van zijn schuld bij het creditcardbedrijf was van Rinaldi niet bekend of hij nog andere persoonlijke problemen had. Was nergens aan verslaafd. Geen verbolgen voormalige minnaressen. Op het feit na dat hij agent was, bestonden er verder geen zaken waardoor hij extra risico zou lopen. Geen recentelijk vrijgelaten gevangenen die eventueel wraak op hem zouden kunnen nemen. Geen onverklaarbare financiële transacties, reisjes of telefoontjes.

Ryan vroeg naar Finney. Ik zei dat hij Slidells belangrijkste verdachte was. Ik vinkte het belastende bewijs voor hem af: Susan Redmons onderkaak; de spanning zodra er bij hem naar Cuervo werd gevraagd; de ooggetuigenmelding van een Ford Focus, hetzelfde model auto dat Finney bezat; de bloederige Dr.Game-website, waarvan Slidell had vastgesteld dat die van Finney was; de satanische boeken die ik in het huis in Pineville had aangetroffen.

Ik vertelde Ryan dat Finney vasthield aan zijn verhaal dat hij Cuervo niet kende en dat hij op de avond dat Jimmy Klapec werd vermoord thuis was, maar geen telefoontjes had aangenomen omdat hij vastte en mediteerde. Ik vertelde hem dat tussen het piesen-op-het-grafincident van zes jaar geleden en zijn recente arrestatie, Finney niet met de politie in aanraking was geweest. Dat een zoektocht in Finneys huis, waartoe de officier van justitie met tegenzin toestemming had gegeven, niets had opgeleverd. Dat er in zijn telefoon-, bank- en creditcardgegevens niets verdachts was ontdekt.

Ik voegde eraan toe dat, afgezien van Jennifer Roberts en de mensen in Full Moon, er niemand was gelokaliseerd die Asa Finney kende. Zelfs zijn mede-wicca's herinnerden zich hem nauwelijks. Hij had maar weinig bijeenkomsten bijgewoond, was, zoals ze dat noemden, een 'solitair beoefenaar'. Finney had geen werkgever, geen collega's, geen familie, geen vrienden.

Ik legde uit dat Jimmy Klapec geen strafblad had, maar dat hij als *chicken hawk*, als prostitué, een zeer risicovol leven leidde. Dat het ondervragen van andere *hawks* maar weinig had opgeleverd. Op Vince Gunther na leek niemand het bestaan of de verdwijning van de knaap te hebben opgemerkt. Dat, op de insecten en de na de dood ingetreden mutilatie na, zowel het lijk als de vindplaats geen enkel ander spoor of andersoortig forensisch bewijsmateriaal had opgeleverd. Dat, afgezien van de waargenomen verdachte Ford Focus, grondig onderzoek geen getuigen van de moord of het dumpen van Klapecs lijk had opgeleverd.

Ik omschreef wat Rinaldi's informant Slidell had verteld over Klapec en de gewelddadige klant die op Rick Nelson leek. Ten slotte vertelde ik wat we in Rinaldi's aantekeningen hadden gevonden. RN, Rick Nelson. VG, de mysterieus afwezige Vince Gunther. GYE, wellicht Glenn Yardley Evans. Het telefoonnummer van Boyce Lingo.

Ryan vroeg hoe ik over Lingo en zijn assistent dacht. Ik vertelde hem dat ik het gevoel had dat er iets niet klopte. Hij keek me aan met die blik van hem.

Ik gaf toe dat ik geen idee had wat het motief zou kunnen zijn, en dat Lingo en Evans, zowel de dag dat Klapec had gevochten en uit het zicht was geraakt, als de dag dat Klapec was vermoord en op de oever van Lake Wylie was gedumpt, de stad uit waren geweest.

Ryan vroeg me of ik van mening was of de Cuervo-, Klapec- en Rinaldi-zaken met elkaar te maken hadden. Ik zei dat ik daar niet zeker van was. Hij vroeg me wat Slidell ervan vond. Ik herhaalde Skinny's overtuiging dat er een link bestond tussen Cuervo en Klapec, en dat Asa Finney bij beiden betrokken was.

Maar wat jullie Finney ten laste kunnen leggen, zei Ryan, heeft nauwelijks iets te betekenen.

Veel is het niet, erkende ik, maar ik voegde eraan toe dat Finney toch eens goed tegen het licht moest worden gehouden.

Ryan vroeg naar het hartelijke welkom dat hem door de politie van Charlotte in haar achtertuin was bereid. Ik vertelde hem over het portieklicht dat als signaal zou dienen en de slang met de opengesneden buik. Hij vroeg me of ik enig idee had wie dat presentje bij me had achtergelaten. Ik zei dat hij mocht kiezen.

Ryan zei dat het maar goed was dat hij er nu was om me te beschermen. Ik zei 'mijn held'. We moesten lachen.

Ryans stem werd ernstig. Nee, zei hij. Hij meende het.

Niet zeker wat hij bedoelde deed ik er het zwijgen toe.

Toen begon Ryan te praten. Over Lily. Haar verslaving. Haar afkicken. Zijn mislukte poging om zich met haar moeder te verzoenen.

Ryan zei dat hij en Lutetia niet meer bij elkaar woonden. Gaf toe dat hij een vergissing had gemaakt. Wilde graag vergeven worden. Nodigde me opnieuw uit deel uit te maken van zijn leven.

Wat zouden die woorden me enkele maanden geleden nog in vervoering hebben gebracht. Nu veroorzaakten ze slechts emotionele verwarring bij me.

Hoe zou mijn zus Harry het onder woorden hebben gebracht? Ik had op die pony gereden en was er afgegooid.

En daar lieten we het om kwart voor drie bij. Gezien het vergevorderde uur bood ik Ryan het opklapbed in de studeerkamer aan. Hij accepteerde het aanbod. Birdie en ik trokken ons terug in mijn slaapkamer.

Het duurde een hele tijd voor ik in slaap viel.

Mijn klokradio gaf 8.14 uur aan. Pijlen van licht schoten door de luiken op de slaapkamervloer. Het was rustig in het huis. Bird was nergens te zien.

Ochtendgeluiden zweefden door mijn gedeeltelijk openstaande ramen. Vogelgezang. Een bladblazer. Op Queens Road reed een

vuilniswagen lawaaiig van de ene afvalbak naar de ander.
Ik voelde me nog even zorgelijk als toen ik in bed was gestapt.
Ik gooide het dekbed van me af, kleedde me aan, maakte in bescheiden mate toilet en ging naar beneden.
Ryan zat aan de keukentafel en las de *Observer*. Birdie lag op zijn schoot. De Viking-blauwe ogen lichtten op toen ik de klapdeur openduwde.
'Bonjour, madame.'
Mijn onderlijf reageerde meteen.
'Hoi.' Ik negeerde mijn libido.
Ryan droeg een spijkerbroek en een openhangend geruit flanellen shirt. Onder zijn shirt was op zijn T-shirt een dikke groene hagedis te zien en de woorden *The Dead Milkmen*.
Absurd genoeg irriteerde dat T-shirt me.
Wat was er met AC/DC gebeurd? Of met Lynyrd Skynyrd? The Grateful Dead? K. Ik was écht een dinosauriër.
Het irriteerde me ook dat Bird op Ryans schoot lag. Kon ze dan niet eens meer op míj wachten om haar etensbak gevuld te krijgen?
'Je ziet er goed uit,' zei Ryan terwijl hij mijn snelle pony en achteloos aangebrachte mascara in zich opnam.
'Hou erover op,' zei ik. Grapje? Misschien wel. 'Koffie?'
'Weet jij hoe je koffie moet zetten?'
'Ik heb goed gekeken toen ik bij Starbucks op mijn beurt wachtte.'
'Ik wil best helpen, maar ik ben bang dat de kat geïrriteerd raakt.'
De kat tilde haar kop niet eens op.
Ik maalde de bonen en mat de juiste hoeveelheid water af. Althans, min of meer. Eigenlijk schatte ik alleen maar.
'Bagel?'
Ryan knikte. Ik stopte er twee in de broodrooster, haalde smeerkaas uit de koelkast. Pakte mokken. Servetten. Terug naar de koelkast voor koffiemelk. Terug naar de lade voor messen. Terug naar de kast voor borden.
Ryans aanwezigheid maakte me zo nerveus als de pest.
Op zoek naar afleiding zette ik de kleine tv aan het eind van de aanrecht aan. Die stond nog steeds op hetzelfde plaatselijke nieuws-

kanaal afgestemd als toen ik naar Rinaldi's begrafenis was gegaan.
'Nou.' Ryan leunde achterover. 'Wat staat er voor vandaag op het programma?'
Ik stond op het punt daarop knorrig te reageren toen de woorden van de nieuwslezer tot me doordrongen.
'We zouden...'
'Ssst.' Ik wapperde met mijn hand.
'Waarom moet ik mijn mond houden?'
'... in de voortuin van zijn huis in Pineville. Buren zagen het lijk daar rond zeven uur vanmorgen liggen. De autoriteiten denken dat Finney ergens tussen tien uur gisteren en middernacht is neergeschoten.'
'Heeft het vrouwtje me zomaar de mond gesnoerd?' vroeg Ryan aan de kat.
Het scherm vulde zich met beelden van Finneys kleine gele huis. Patrouillewagens en andere voertuigen stonden langs de stoeprand geparkeerd. Het busje van de patholoog-anatoom stond met beide deuren wijd open. Op het grasveld lag een vorm bewegingloos onder een plastic zeil, met er vlak naast een op zijn kop staande kliko.
'Jezus.' Ik hield een hand tegen mijn lippen gedrukt.
'Asa Finney had zichzelf uitgeroepen tot heks. Een week geleden is Jimmy Klapecs minus hoofd aan de oever van Lake Wylie ontdekt, met in zijn torso satanische symbolen gekerfd. Finney, die verdachte was in de zaak-Klapec, was net uit hechtenis ontslagen. De autoriteiten blijven onderzoeken of er verband bestaat tussen de twee moorden.'
'Dat is de man over wie je het gisteravond had.' Alle humor was uit Ryans stem verdwenen.
Ik knikte.
'Wel verdorie.'
Ik griste de hoorn van de haak en toetste Slidells nummer in. Vier keer ging hij over. Vijf. Zes.
'Slidell,' klonk het kortaf.
'Met Brennan. Wat is er gebeurd?'
'Ik heb het nogal druk hier.'
'Vat maar kort samen.'
'Finney is dood.'

'Dat weet ik.'
'Hij reed de vuilcontainer naar de straat toen iemand hem te grazen nam.' Op de achtergrond hoorde ik de gebruikelijke geluiden van een plaats delict. Krakende radio's. Mensen die elkaar iets toeriepen. Anderen die antwoord gaven.
'Vanuit een langsrijdende auto neergeschoten?'
'Larabee zegt dat het vuur van relatief dichtbij is geopend. Schoenafdrukken in de aarde bij de struiken. Het ziet ernaar uit dat iemand hem stond op te wachten.'
Ik moest worstelen om de woorden te vormen.
'Hetzelfde wapen als bij Rinaldi?'
'Dit was een .45. Eddie is neergeschoten met een 9-millimeterwapen.'
'Nog getuigen?'
'Een buurman twee deuren verderop heeft gisteravond laat een Volkswagen Jetta een paar keer zien voorbijrijden. Hij vond het er toen verdacht uitzien en heeft het kenteken genoteerd.'
'Wat denk je ervan?' Ik hoefde mijn eigen ideeën niet uit te spellen.
'Dit is heel iemand anders.'
'Hoezo?'
'De moordenaar is nogal slordig te werk gegaan, terwijl bij de aanslag op Eddie geen fouten zijn gemaakt.'
'Dat is het?'
'Iemand wenste deze knaap onmiskenbaar dood. Had er zes kogels voor over.'
Kiestoon.
Ik gooide de hoorn op de haak en begon door de keuken heen en weer te benen. Hoe had dit kunnen gebeuren? Hadden Slidell en ik een onschuldig iemand in gevaar gebracht? Was Finney schuldig en had iemand het noodzakelijk gevonden hem te elimineren?
En wie zou dat dan kunnen zijn?
Degene die Klapec had vermoord? Rinaldi? Slidell denkt dat het niet dezelfde persoon is die Rinaldi heeft gedood.
Wat moest ik tegen Jennifer Roberts zeggen?
Ik voelde een zachte druk op mijn schouders en draaide me om. Ryans ogen keken me zorgelijk aan.

'Kom.' Ik liet me naar de tafel leiden. 'Ga zitten.'
Ik liet me in een stoel vallen.
'Haal diep adem.'
Ik ademde in. En ademde weer uit.
Ryan gaf me een beker aan, ging toen zitten en nam de luisterpositie aan.
Oké. Politiezaken. Veilig terrein.
Ik vertelde hem wat ik van Slidell had gehoord.
'Is Finney beroofd? Is het huis leeggehaald?'
Daar had ik niet naar gevraagd. Ik haalde mijn mobieltje tevoorschijn en belde Slidell opnieuw. De zijne ging zes keer over en schakelde toen over op voicemail. Ik nam niet de moeite een boodschap achter te laten.
Ik nam een slok koffie. 'Op de een of andere manier heb ik het gevoel dat Finneys dood mijn schuld is.'
'Doe niet zo gek.'
Ik pakte het mobieltje en toetste opnieuw Slidells nummer in. Net als even daarvoor negeerde hij mijn telefoontje.
'Gedver.' Het apparaatje kwam luid krakend met het tafelblad in aanraking.
Ryans wenkbrauwen gingen omhoog, maar hij onthield zich van commentaar.
Ik bracht gefrustreerd mijn handen omhoog. 'Waarom Finney?'
In de wetenschap dat het om een retorische vraag ging, gaf Ryan geen antwoord.
'Aan dit onderzoek is geen touw vast te knopen. Cuervo, een *santero*, aangereden door een tram. Rinaldi, een politieman, vanuit een rijdende auto neergeschoten. Finney, een heks, voor zijn eigen huis neergemaaid.'
Ryan onderbrak me niet.
'Klapec, een *chicken hawk*, vermoord door satanisten en gedumpt aan de oever van een rivier. Van die laatste weten we nog niet eens hóé hij om het leven is gekomen.'
Ik tilde mijn mok op en zette hem toen weer met een klap neer. Druppeltjes spetterden van de rand en belandden op het tafelblad.
'En nu reageert de klootzak van een rechercheur met wie ik samenwerk niet eens meer op mijn telefoontjes.'

Alsof het afgesproken werk was ging mijn telefoon.
Zonder ook maar een seconde na te denken nam ik op.
'Het zou tijd worden.' Ik kwam niet eens in de búúrt van beleefd zijn.
'Je spreekt met Larke Tyrell, Tempe.'
Ik sloot mijn ogen. Op dat moment konden mijn getergde zenuwen de spanning absoluut niet meer aan.
'Goedemorgen, Larke. Hoe staan de zaken?' Oké. Dat klonk in elk geval kalm.
'Niet goed.'
Mijn boventanden groeven zich in mijn onderlip.
'Je hebt met de media gesproken nadat ik je rechtstreeks opdracht had gegeven dat níét meer te doen.'
'Lingo was druk bezig campagne te voeren op de begrafenis van Rinaldi.'
'Dat interesseert me geen barst, al deed-ie naakt aan tai chi op het gazon voor het State Capitol.' Het kostte Tyrell ook moeite zijn stem in bedwang te houden. 'Het spijt me je te moeten zeggen dat deze instelling niet langer meer gebruik van je diensten wenst te maken.'
Mijn gezicht werd gloeiend heet.
'Lingo is gevaarlijk,' zei ik.
'Dat geldt ook voor een rebellerende werknemer binnen mijn groep.' Tyrell zweeg even. 'En dan is daar nog de kwestie van het drinken.'
Mijn gezicht gloeide van schaamte.
Binnen enkele minuten werd ik voor de tweede keer met een kiestoon geconfronteerd.
'Heeft Tyrell de smoor in?' opperde Ryan.
'Ik ben ontslagen,' snauwde ik.
'Hij komt wel weer tot zinnen.'
'Andrew Ryan, de stem van de wijsheid.' Ik keek naar de donkere substantie die nu boven op mijn inmiddels lauwe koffie dreef. 'Hoe kun jij nou weten wat Tyrell zal gaan doen?'
'Ik ken je.'
'Is dat zo? Denk je dat echt?' Plotseling stortte ik vanbinnen helemaal in. 'Maanden gaan er voorbij, niets. Om me dan uit het niets

289

met je trieste relaas op m'n dak te komen vallen. "Arme ik, het ging niet meer tussen Lutetia en mij. Ik ben nu helemaal alleen. Als we nou eens lekker de koffer induiken?"'

Ik wist dat ik stond te raaskallen, maar ik had me niet meer in de hand. Finney was dood. Slidell hield me bits op afstand. Tyrell had me zojuist ontslagen. Ryan kon er niets aan doen. Maar hij bevond zich nu eenmaal recht voor me en kreeg de volle laag.

'En kijk nou eens naar jezelf.' Ik wapperde met een geagiteerde hand naar Ryan. 'Je bent bijna vijftig. Wie zijn de Dead Milkmen in godsnaam?'

'Ik zou het niet weten.'

'Je draagt een T-shirt van een groep die je niet eensként?' zei ik minachtend.

'Ik dacht dat het een liefdadigheidsorganisatie was voor weduwen en wezen van overleden melkbezorgers.' Hij zei het met een stalen gezicht.

Dat brak het ijs.

Ik moest lachen.

'Sorry.' Ik legde een hand op Ryans arm. 'Dit verdien je niet. Ik ben de laatste tijd volslagen de weg kwijt.'

'Maar wel lief.'

'Hou je gedeisd, grote jongen.'

Ik stond gefrustreerd op en goot mijn koffie in de gootsteen. In mijn toestand was cafeïne misschien geen goed idee.

Een paar minuten later ging de telefoon weer. Ik nam snel op. Slidells humeur was iets verbeterd.

'De Jetta staat op naam van ene Mark Harvey Sharp uit Onslow County. Geen strafblad. We hebben daar om informatie gevraagd. Zullen binnenkort wel iets te horen krijgen.'

In mijn onderbewustzijn openden verschillende hersencellen slaperig hun ogen.

Wat?

Geen antwoord van mijn id.

Het was weer een en al begraafplaats.

Ik negeerde de subliminale prikkelingen en vertelde Slidell dat ik erbij wilde zijn als hij de chauffeur zou ondervragen.

'Waarom?'

'Omdat ik van plan ben erbij aanwezig te zijn.'
Kiestoon.
Nog meer heen en weer benen. Zinloze activiteit. Vuile vaat. Kattenbak.
Ik was ervan overtuigd dat ik niets meer van rechercheur stomkop zou horen. Ik had het verkeerd. Slidell belde terug. Uit de achtergrondgeluiden meende ik op te kunnen maken dat hij nu in zijn auto zat.
'We hebben een verdachte. Je wilt niet geloven wie er aan het stuur van die Jetta zat.'

32

Twintig minuten later stapten Ryan en ik op de eerste etage van het Law Enforcement Building uit de lift. Slidell had mijn verzoek aanvankelijk afgewezen, maar had uiteindelijk bakzeil gehaald. We mochten toekijken, maar niet deelnemen aan het verhoor van de man die in hechtenis was genomen.

Slidell zat aan zijn bureau. Ryan condoleerde hem met het verlies van zijn partner. Slidell bedankte Ryan voor het feit dat hij helemaal naar Charlotte was gekomen voor de begrafenis.

'Daar hoefde ik niet over na te denken. Ik bewonderde de man. En ik mocht hem erg graag.'

'Zoals Eddie maken ze ze niet meer vandaag de dag.'

'Dat is zo. Als het omgekeerde het geval was geweest, zou Rinaldi gekomen zijn om aan mijn graf te staan.'

Slidell hield een stevig dichtgeknepen vuist omhoog. 'Broeders in het uniform.'

Ryan maakte met zijn eigen vuist een high five tegen die van Slidell.

Het tweetal ging nog even door met herinneringen ophalen aan de tijd dat de drie rechercheurs elkaar voor het eerst ontmoet hadden.

Toen gingen we over tot het zakelijke gedeelte.

Slidell belde om te vragen of de verhoorruimte in gereedheid was gebracht. Dat was het geval. We liepen de gang door, Slidell voorop.

Dezelfde doorkijkspiegel. Dezelfde gehavende tafel. Dezelfde stoel, waar ooit Kenneth Roseboro op had gezeten, en vervolgens Asa Finney.

Op die stoel zat nu iemand die werd verdacht van de moord op Finney.
De verdachte was rond de veertig, met granietgrijze ogen en kort bruin haar dat aan de zijkanten nagenoeg was afgeschoren. Hoewel klein van stuk, verkeerde hij in goede conditie en was hij gespierd. Op zijn rechteronderarm was het logo van het korps mariniers getatoeëerd, met daaronder de woorden *Semper Fi*.
Het kostte me nog steeds moeite om de identiteit van de man voor mezelf begrijpelijk te maken.
James Edward Klapec. Senior.
De vader van Jimmy Klapec was zo'n dertig kilometer zuidelijk van Charlotte aangehouden terwijl hij in de Volkswagen Jetta reed die door de buurman van Asa Finney was gezien.
Klapecs ogen bleven de omgeving in zich opnemen, totdat hij zijn ogen neersloeg en naar zijn handen keek. Hij had zijn vingers in elkaar geslagen, de huid op elk van zijn knokkels nagenoeg kleurloos.
Slidell liet Ryan en mij in de gang achter en stapte de kamer binnen, terwijl zijn voetstappen metaalachtig door de aan de muur hangende luidspreker klonken.
Klapecs hoofd ging met een ruk omhoog. Behoedzame ogen volgden zijn ondervrager door het vertrek.
Slidell gooide een schrijfblok op tafel en ging zitten.
'Dit gesprek wordt opgenomen. Voor uw bescherming en die van ons.'
Klapec zei niets.
'Het spijt me van uw verlies.'
Klapec reageerde met een strak knikje van zijn hoofd.
'Uw rechten zijn u voorgelezen.' Meer een vaststelling dan een vraag.
Klapec knikte opnieuw. Liet zijn blik zakken.
'Ik wil nog eens zeggen dat u recht op een advocaat hebt.'
Geen reactie.
Slidell schraapte zijn keel. 'Oké. Kunnen we dan praten hier?'
'Ik heb hem omgebracht.'
'Wíé hebt u omgebracht, meneer Klapec?'
'Die satanische schoft die mijn zoon heeft vermoord.'
'Vertel daar eens wat meer over.'

Klapec bleef bijna een volle minuut roerloos zitten zonder iets te zeggen, zijn ogen op zijn handen gericht.
'Ik neem aan dat u het wel weet van Jimmy.' Aarzelend.
'Ik spreek geen oordeel uit over u of uw zoon,' zei Slidell.
'Anderen doen dat wel. De pers. De advocaten. Ze zullen Jimmy afschilderen als een perverseling.' Het was duidelijk dat Klapec behoedzaam te werk ging, zijn woorden zorgvuldig koos. 'Ik was het niet eens met de dingen die Jimmy deed.' Klapec slikte iets weg. 'Maar hij verdiende beter dan ik hem kon geven.'
'Vertel me eens wat u hebt gedaan.'
Klapec keek Slidell aan, maar wendde zijn blik toen snel af.
'Ik heb de klootzak doodgeschoten die mijn jongen heeft vermoord.'
'Ik heb wat meer specifieke gegevens nodig.'
Klapec haalde adem door zijn neus, en ademde er toen ook weer door uit.
'Sinds de moord op Jimmy begin ik elke ochtend met het lezen van de online-krant die in Charlotte verschijnt. De politie heeft geen enkele boodschap aan onbetekenende mensen als mijn vrouw en ik, dus zijn we, als we willen weten wat er aan de moord op onze zoon wordt gedaan, van het nieuws afhankelijk. Triest, hè?'
Slidell maakte een draaiend gebaar met zijn hand ten teken dat Klapec door kon gaan met zijn relaas.
'Ik heb gelezen wat de wethouder over Finney heeft gezegd.'
'Boyce Lingo?'
'Ja. Dat is 'm. Lingo zei best iets zinnigs, toen hij zei dat de politie geen kant op kon en dat de rechtbanken verlamd worden. Over gezagsgetrouwe burgers die in actie moesten komen.'
Mijn blik ontmoette die van Ryan. Ik wist wat er zou komen.
'Hij bleek het grootste gelijk van de wereld te hebben toen ze die schoft van een moordenaar weer vrijlieten. Lingo sloeg de spijker op de kop.' Klapecs kaakspieren verstrakten zich, ontspanden toen weer. 'Jimmy was homo. Zelfs als er een rechtszaak van zou komen, dan nog zouden ze hem alleen maar zwartmaken. Ik wist dat gerechtigheid voor mijn zoon van mij zou moeten komen.'
Klapecs woorden zorgden ervoor dat de rillingen langs mijn rug liepen.

'Ik was het Jimmy verplicht. God weet waarom ik geen barst voor hem heb gedaan toen hij nog leefde.'
'Vertelt u me eens precies wat u hebt gedaan?' drong Slidell aan.
'Ik heb de auto van mijn buren geleend, ben naar Charlotte gereden, heb voor zijn huis afgewacht en heb de kwaadaardige lul uit zijn lijden verlost.'
'Hoe bent u achter Finneys adres gekomen?'
Klapec liet een vreugdeloos gesnuif horen. 'Daar was ongeveer tien minuten surfen voor nodig.'
'Beschrijft u het wapen eens.'
Een .45 semi-automatic. Een Firestar.'
'Waar is het wapen?'
'In een afvalcontainer achter een Wendy's, ongeveer vierhonderd meter oostelijk van Finneys huis.'
Slidell maakte een aantekening op zijn schrijfblok.
'Wat hebt u gedaan nadat u Finney had neergeschoten?'
'Vanaf het moment dat ik het pistool heb weggegooid weet ik niets meer. Ik ben vanmorgen wakker geworden in een motel en ben zo snel mogelijk de stad uit gereden.'
'Waar was u naar onderweg toen de politie u van de weg haalde?'
'Naar huis. Ik wilde in mijn eigen keuken in Half Moon zitten als de politie uiteindelijk langs zouden komen. Als ze al langs zouden komen. Ik betwijfelde eigenlijk of ze wel van plan waren hun tijd aan mij te verdoen.'
Hé!
Opnieuw stak het gefluister in mijn hoofd de kop op.
Ik deed mijn ogen dicht in een poging contact te maken met mijn diepliggende zenuwcentra.
Het lukte niet. Nadat het een signaal had gegeven, negeerde het onderbewustzijn mijn oproep verder.
Slidell vroeg naar Gunther. Klapec zei dat hij die naam nog nooit had gehoord.
Slidell nam even de tijd om zijn aantekeningen door te nemen. Of net te doen alsof.
Toen begon hij vanuit een heel andere hoek.
'Waarom reed u in de auto van uw buurman?'
'Eva heeft die van ons nodig om naar haar werk te rijden.'

'Dan hebt u het over mevrouw Klapec.'
Klapec knikte.
'Wat kunt u me vertellen over de dood van rechercheur Rinaldi?'
Klapecs knokkels werden nóg witter. 'Dat is de politieman die hier in de stad is neergeschoten?'
'Waar was u afgelopen zaterdagavond rond tienen?'
Klapec keek Slidell aan met een blik vol wezenloze schaamteloosheid. 'Ik heb u verteld wat ik gedaan heb. Ik heb Finney gedood omdat die moordzuchtige klootzak hoognodig uit de weg geruimd moest worden. Probeer me niet nog andere zaken in de schoenen te schuiven.'
'Geef antwoord op mijn vraag, meneer Klapec.'
Klapec dacht na. Toen zei hij: 'Ik ging net weg bij een bijeenkomst van de South Gum Branch Baptist. Mijn vrouw kan dat bevestigen.'
'Wat voor soort bijeenkomst was dat?'
Klapec liet zijn kin zakken. Ik zag zijn roze schedel glimmen tussen het kortgeknipte haar. 'Ik ben lid van een zelfhulpgroep voor woedebeheersing.'
'Waar staat die kerk?'
'Ruim driehonderd kilometer hier vandaan.'
'Dat is geen antwoord op mijn vraag.'
'Aan Highway 258, ongeveer halverwege tussen Jacksonville en Half Moon.'
Hé!
Wat? Highway 258. Dat betekende dat die kerk vlak in de buurt van Camp Lejeune moest staan. Ik was vier jaar geleden op die mariniersbasis geweest, toen er een dode vrouw uit een kruipruimte gehaald moest worden.
Er klikte niets.
'Wacht even.' Slidells stem bracht me weer naar het heden. Hij verliet Klapec om zich weer bij ons op de gang te voegen.
Terwijl hij met zijn hoofd naar de doorkijkspiegel gebaarde, vroeg Slidell aan Ryan: 'Wat denk je ervan?'
'Hij is behoorlijk gespannen.'
'De arme drommel heeft zojuist de man doodgeschoten die zijn zoon heeft vermoord.'

'Of niet,' zei ik.
Slidells blik bleef heel even op mij rusten, en ging toen weer naar Ryan.
'Denk je dat hij open kaart speelt?'
'Hij maakt een oprechte indruk,' zei Ryan. 'Maar hij zou ook geestelijk volkomen in de knoop kunnen zitten.'
'Of hij dekt iemand.'
'Hebben ze zijn handen onderzocht op kruitsporen?'
'Ja. Hij heeft een vuurwapen afgevuurd. De oen is óf te stom om zijn handen te wassen óf voldoende slim om zomaar een vrijblijvend schot met het wapen te lossen.'
'Jullie zullen ongetwijfeld de afvalcontainer bij Wendy's hebben onderzocht.'
'Wees daar maar zeker van. En bij alle motels langs die corridor.'
Slidell draaide zich naar mij om. 'En hoe zit het met jou? Heb jij nog iets in die onzinfoto's van je ontdekt waarmee we deze hele zaak tot een einde kunnen brengen?'
Een ogenblik lang begreep ik hem niet. Het volgende moment scheelde het weinig of ik had mezelf voor het hoofd geslagen.
De SEM-scans van de schijfjes bot die ik uit Jimmy Klapecs dijbeen had genomen. De envelop van Marion Ireland lag nog in mijn auto. De plotselinge komst van Ryan had ervoor gezorgd dat ik die volkomen was vergeten.
'Ik ben daar nog niet helemaal klaar mee.' Ik keek naar Klapec om te voorkomen dat ik oogcontact met Slidell zou maken.
'O. Hm.'
'Zodra ik hier weg ben zal ik er nóg eens naar kijken.'
'Als je dat nú eens deed? Het leven van deze knaap staat op het punt doorgespoeld te worden. Het minste wat we voor hem kunnen doen is hem laten weten dat hij de juiste heks te pakken heeft gehad.'
En met die woorden keerde Slidell naar zijn verdachte terug.

33

Ryan en ik gingen naar een Starbucks en reden toen door naar de Annex. Ik haalde Irelands envelop uit mijn auto en spreidde de foto's op mijn keukentafel uit. Ryan zat naast me en nipte van zijn koffie op een manier die een irriterende werking op mijn zenuwen had.

Terwijl ik de SEM-prints bekeek, legde ik uit wat ik aan het doen was.

'Toen Jimmy Klapecs lijk nog niet was geïdentificeerd, heb ik een stukje uit zijn dijbeen genomen en dat tot uiterst dunne schijfjes teruggebracht die ik onder de microscoop kon bekijken.'

'Waarom?' vroeg Ryan.

'Zodat ik een stuk preciezer kon zijn bij het vaststellen van zijn leeftijd op het moment van zijn dood.'

'Toen de knaap werd geïdentificeerd aan de hand van zijn vingerafdrukken, was dat niet relevant meer.'

'Precies.'

Ryan slurpte aan zijn koffie.

'Maar toen ik die uiterst dunne schijfjes bekeek, merkte ik dat er iets niet klopte aan enkele van de kanalen van Havers.'

'Pardon?' Ryan stak een wijsvinger op.

'De kanalen van Havers zijn kleine tunneltjes die in de lengte van compact beenweefsel te vinden zijn.'

'Hoe klein?' *Slurp.*

'Uiterst klein. Is het echt nodig om je koffie zo luidruchtig op te drinken?'

'Hij is heet.'

'Blaas er dan in. Of wacht even met drinken.'
'Waar zijn die tunneltjes voor?'
'Er gaat spul doorheen.'
'Wat voor spul?'
'Bloedvaten, zenuwcellen, lymfvaten. Dat is verder niet belangrijk. Wat wél belangrijk is, of zou kunnen zijn, dat sommige van die kanalen bij de rand ongebruikelijke patronen laten zien.'
'Wat voor soort patronen?'
'Vreemde donkere lijnen.'
'Je bent echt opwindend als je dat wetenschappelijke jargon gebruikt.'
Ik zou mijn ogen ten hemel hebben geslagen als mijn blik niet aan Irelands foto's vastgeketend had gezeten.
Seconden gingen voorbij.
Slurp.
'Zou je de volgende keer iets kouds willen drinken?'
'Nu is het wel te drinken. Wat hebben die mysterieuze donkere lijnen te betekenen?' vroeg Ryan.
'Met de lichtmicroscoop op het bureau van de patholoog-anatoom kon ik de vergroting opschroeven tot zo'n vierhonderd keer. Dat is te weinig om de details goed te kunnen bekijken.'
'En daar komt Irelands grote gorilla ten tonele.'
'Mm.'
'We kijken nu naar prints van haar SEM-analyse.' Een niet-voltooide slurp.
'Mm.'
Ik had één specifieke foto gepakt en bekeek die aandachtig. Op een witte strook onder aan de foto stond de volgende informatie:

Mag = 1.00 KX   20 m   EHT = 4.00 KV   Signaal A = SE2   Datum: 16 okt.
+—| WD = 6mm   Fotonr. = 18

'Wat is dat?' Ryans gezicht was vlak naast het mijne.
'Dat is dijbeensectie 1C duizend keer vergroot.'
'Het lijkt wel een maankrater die omringd is door bevroren golven.' Ryan wees op een grillig gevormde barst die vanuit het mid-

den van de krater naar buiten uitwaaierde. 'Is dat een van je vreemde donkere lijnen?'
Zonder antwoord te geven verruilde ik de foto voor een andere. Dijbeensectie 2D liet twee scheuren zien die binnen het systeem van Havers waren ontstaan.
Een voor een bestudeerde ik elke foto.
Op twaalf van de twintig waren uiterst kleine scheurtjes te zien.
'Dit is geen artefact,' zei ik. 'Die barstjes zijn echt.'
'Waardoor zijn die veroorzaakt?' vroeg Ryan.
'Dat weet ik niet.'
'Wat betekenen ze?'
'Dat weet ik niet.'
'Lunchen?' vroeg Ryan.
'Maar ik ben van plan erachter te komen.'
'Zo ken ik je weer,' zei Ryan.
Mijn hersenen waren al druk bezig de mogelijke oorzaken te ordenen. Nergens schimmelvorming te zien. Een ziekteproces leek onwaarschijnlijk. Dat gold ook voor een trauma, zelfs diverse trauma's aan het dijbeen.
Ik bekeek elk beeld nog een keer.
De barstjes leken diep in de kanalen te ontstaan, om vervolgens naar buiten uit te waaieren. Wat kon er binnen het bot zo diep en zo wijdverspreid spanning veroorzaken dat dit soort verschijnselen optraden?
Druk?
Ryan legde een sandwich voor me neer. Ham? Kalkoen? Ik nam een hap, kauwde, slikte door. Mijn hoofd liep zodanig over dat ik er geen erg in had.
Vasculaire druk? Lymfatisch?
Ergens in dezelfde tijdzone ging een telefoon.
'Zal ik hem pakken?' klonk Ryan van heel uit de verte.
'Ja. Ja.'
Ik hoorde Ryans stem. Luisterde niet naar zijn woorden.
Druk ten gevolge van uitzetting?
Uitzetting van wat?
Ryan zei iets. Ik keek op. Hij stond naast me, zijn handpalm op het mondstuk van de draadloze telefoon gedrukt.

'Wat zou diep in het beenderweefsel zodanig kunnen uitzetten dat er druk ontstaat?'
'Merg?'
'Ik heb het over bínnen het compacte been, niet in de mergpijp.'
'Ik weet het niet. Water. Wil je het van me overnemen? De beller is nogal volhardend.'
'Wie is het?'
'Een vrouw die Stallings heet.'
Woede schoot van het ene naar het andere zenuwuiteinde. Mijn eerste reactie was Ryan te zeggen dat hij de verbinding moest verbreken.
Toen veranderde ik van gedachten.
'Ik neem hem wel,' zei ik, naar de telefoon reikend.
Ryan gaf me een klopje op het hoofd en liep de keuken uit.
'Ja,' snauwde ik.
'Allison Stallings.'
'Ik weet wie je bent. Maar wat ik níét begrijp is hoe je de onbeschoftheid kunt hebben me thuis te bellen.'
'Ik dacht dat we misschien eens met elkaar konden praten.'
'Dan heb je verkeerd gedacht.' Mijn stem zou moeiteloos van erwten diepvrieserwten hebben gemaakt.
'Ik probeer beslist uw onderzoek niet te compromitteren, dokter Brennan. Echt niet. Ik schrijf boeken over echt gepleegde misdaden en ik ben op zoek naar een idee voor mijn volgende project. Meer sinister is het niet.'
'Wanneer hou je eindelijk eens op met het belegeren van mijn plaatsen delict?'
'Uw plaatsen delict?'
Ik was te woedend om antwoord te kunnen geven.
'Hoor eens, ik heb een politiescanner. Toen ik een melding doorkreeg met betrekking tot een satanisch altaar, wekte dat mijn belangstelling. Momenteel hebben de mensen erg veel belangstelling voor voodoo en heksen. Toen aan de oever van Lake Wylie dat lijk werd ontdekt, dacht ik dat het misschien wel zinnig was om wat meer feiten aan de weet te komen.'
'Je bent een paparazzo. Je verkoopt foto's en slaat munt uit persoonlijke tragedies.'

'Ik verdien nauwelijks iets met mijn boeken. Af en toe verkoop ik een foto. Met dat inkomen zorg ik voor brood op de plank.'
'Verminkte kinderen verkopen altijd goed. Jammer dat je geen kans hebt gekregen om een close-up van Klapec te maken.'
'Kom op, daar kunt u mij de schuld niet van geven. Deze toestand heeft alle elementen. Satanische rituelen. Mannelijke prostitutie. Een fundamentalistische zuidelijke politicus. En nu een vermoorde heks.'
'Wat wil je?' Toegebeten door stevig op elkaar geklemde kiezen.
'Ik ben én geen politieman én geen wetenschapper. Om mijn werk zo accuraat mogelijk te houden, vertrouw ik helemaal op de mensen die bij het onderzoek betrokken zijn...'
'Nee.'
'Ik besef dat u me de laatste keer dat we elkaar spraken ook hebt afgekapt, maar ik hoopte dat ik u misschien zover kon krijgen dat u bereid was uw positie in dezen te herzien.'
Had ik dat inderdaad gedaan?
'Wat heb ik je toen gezegd?'
'Word ik soms overhoord?' Gegrinnik.
'Nee.' Absoluut geen lachje.
Ze aarzelde, misschien enigszins in verwarring gebracht, misschien op zoek naar de beste draai die ze eraan kon geven.
'Toen ik u vroeg of u me wilde helpen, zei u nee en legde neer. Toen belde u me terug en ging tegen me tekeer voor het feit dat ik steeds bij uw plaatsen delict opdook. Eerlijk gezegd vond ik dat nogal overdreven. Toen ik u een uurtje later terugbelde om te zien of u enigszins was afgekoeld, nam u niet op.'
'Heb je het hoofd van de afdeling pathologie in Chapel Hill gebeld?'
'Ja.' Behoedzaam. 'Dokter Tyrell was niet bepaald behulpzaam.'
'Wat heb je hem over ons gesprek verteld?'
Opnieuw aarzelde ze, en koos haar woorden zorgvuldig.
'Misschien heb ik gesuggereerd dat u bereid was mee te werken.'
De kleine slang had tegen Tyrell gelogen.
'Hoe ben je aan dit nummer gekomen?' Ik kneep zo hard in de telefoon dat het apparaatje zachte plofgeluidjes maakte.
'Takeela Freeman.'

'Dus haar heb je ook beduveld.'
Stallings bevestigde noch ontkende de beschuldiging.
'Heb je bij Takeela soms ook gesúggereerd dat ik graag zou zien dat ze jou hielp?'
'Het meisje is niet bepaald erg snugger.'
Woede maakte dat mijn stem hoger en langgerekter klonk.
'Bel me nooit meer op.'
Toen ik me omdraaide keek Ryan me door de gedeeltelijk openstaande klapdeurtjes aan.
'Ik hoorde lawaai.'
De telefoon lag op zijn gewelfde rug, wiebelend als een schildpad die op zijn schild was gelegd. Zonder het te beseffen had ik het apparaat op tafel neergekwakt.
'Je bent wel erg hard voor dit soort apparatuur,' zei Ryan.
Ik gaf geen antwoord.
Ryans mondhoeken krulden omhoog. 'Maar ook erg aantrekkelijk.'
'Jezus, Ryan. Is dat het enige waaraan je kunt denken?'
'Dekking!' Hij trok zijn schouders op en dook achter de klapdeurtjes weg.
Ik bleef een tijdje zitten en dacht na wat me te doen stond. Tyrell bellen? Uitleggen dat Stalling over ons gesprek had gelogen?
Nu niet. Nu verdiende Jimmy Klapec mijn volle aandacht, en zijn vader, of ik nou ontslagen was of niet.
En Asa Finney.
Ik besteedde nog eens tien minuten aan het bestuderen van de SEM-scans.
En weer schoot ik er niets mee op.
Gefrustreerd besloot ik tot een tactische zet die af en toe resultaat opleverde. Als je geen kant meer uit kunt, begin dan weer gewoon helemaal opnieuw.
Ik klapte mijn aktetas open en haalde het complete dossier met betrekking Jimmy Klapec tevoorschijn.
Om te beginnen keek ik nog eens naar de foto's van het plaats delict. Het lijk zag eruit zoals ik het me herinnerde, de huid spookachtig bleek, de schouders tegen de grond gedrukt, het lichaam schuin omhoog gekeerd.

Ik bestudeerde close-ups van de anus, de doorgesneden hals, de inkepingen in de borst en buik. Alleen maar vliegeneitjes.

Ik stapte over op foto's van de sectie. Y-incisie. Organen. Lege borstholte. Vreemde blauwe plek op de rug, met fijne groefjes erin. Ik zag het atypische proces van verval, met meer aërobe ontbinding dan anaëroob bederf. Alsof het lijk eerder van buiten naar binnen wegrotte, dan van binnen naar buiten.

Ik legde mijn beenderfoto's naast elkaar neer, onderzocht opnieuw het snijspoor in de vierde halswervel. Concave kromming. Vaste radius die bij het afscheidingspunt wegdraait in plaats van eromheen.

De vijfde wervel liet een valse start zien. Ik raadpleegde mijn aantekeningen: 2,28 mm breed.

Van beide nekbeenderen waren de snijvlakken glad. Op geen van beide was in- of uitgangafbrokkeling te zien.

Ik liet me in mijn stoel achterovervallen. De hele exercitie had met betrekking tot de scheurtjes in de kanalen van Havers geen epifanie veroorzaakt.

Ontmoedigd stond ik op en beende door de keuken heen en weer.

Waarom belde Slidell niet terug? Had een verdere ondervraging van Klapec senior zijn verhaal bevestigd of juist niet? Hadden ze het pistool in de vuilcontainer gevonden? Hadden ze met mevrouw Klapec gesproken?

Ik had echt te doen met Jimmy's moeder. Eerst haar zoon, nu haar man. De toekomst had weinig goeds in petto voor Eva Klapec.

Ik beende nog wat op en neer. Waarom ook niet? Al het andere werkte niet.

Ryan koos dat moment uit om te zien hoe de vlag erbij stond.

'Alles veilig?' vroeg hij vanuit de veiligheid van de eetkamerkant van de deur.

'Ja.'

'Toestemming om aan boord te komen?'

'Toegestaan.'

Ryan kwam de keuken binnen, op de voet gevolgd door Birdie.

'Ben je er al helemaal uit?'

'Nee.'

'Chocolade.' Ryan draaide zich naar Birdie om en herhaalde de aankondiging. 'Chocolade.'
De kat bracht sceptisch een wenkbrauw omhoog. Als dat tenminste van een kat gezegd kan worden.
Ryan draaide zich toen weer naar mij om en tikte met een vinger tegen zijn slaap. 'Voedsel voor de hersenen.'
'Misschien ligt er nog een Dove-reep in de vriezer.'
'Wat is een Dove-reep?'
'Het lekkerste ijsje ter wereld.' Toen herinnerde ik het me weer. 'Dat is ook zo. Dat spul is in Canada niet te koop.'
'Ik moet toegeven dat er enkele gaten in onze cultuur aan te wijzen zijn.' Ryan ging op zoek in mijn vriezer.
Ik probeerde me de puinhoop die ik dinsdagochtend in mijn gootsteen had aangetroffen weer voor de geest te halen. Misschien ook niet, bedacht ik.
'Ja!' Ryan klapte de deur dicht, draaide zich om en hield twee ijsjes omhoog. 'Twee bevroren verrukkingen.'
Ik nam er een van hem aan en begon de wikkel eraf te halen.
IJskristallen vielen op mijn hand.
Ik keek ernaar, herinnerde me Ryans luchthartige antwoord.
Water.
Uitzetting.
Barstjes.
Ping!
Ik vloog naar de telefoon.

34

Deze keer nam Slidell binnen de kortste keren op. Allemachtig. Ik had nu een gemiddelde van twee tegen vier.
'Klapec was ingevroren.'
'Waar heb je het over?'
'Ik weet niet hoe ik zo stom heb kunnen zijn. Het verklaart alles. De verstoorde ontbinding. Het nauwelijks aangevreten zijn. De geringe insectenactiviteit. De barstjes binnen het systeem van Havers.'
'Wauw.'
Ryan luisterde mee terwijl hij zijn ijsje verorberde.
'Natuurlijk vond de ontbinding van Klapec van buiten naar binnen plaats. Dat patroon klopt als hij was ingevroren. Zijn buitenkant werd sneller warm dan zijn dieper gelegen delen.'
'Wat is dat, het systeem van Havens?'
'Havers. Bij de SEM-analyse is er ingezoomd tot een vergroting van duizend keer, waarna ik in de uiterst kleine tunnels in Klapecs botten scheurtjes ontdekte. Ik had geen flauw idee waardoor die veroorzaakt konden zijn.'
'En nu weet je het wel?'
'Wat gebeurt er als water afkoelt?'
'Dan stap ik uit het bad.'
Ik negeerde die opmerking.
'De meeste vloeistoffen nemen qua volume af, nemen minder plaats in. Dat geldt ook voor water, totdat het een temperatuur van ongeveer vier graden Celsius bereikt. Daarna zet het uit. Als het bevriest neemt het ruwweg negen procent meer ruimte in.'

'En waarom is dat van belang?'
'De uiterst kleine barstjes in Klapecs bot zijn het gevolg van druk, gecreëerd door de vorming van ijskristallen diep in de kanalen van Havers.'
'Wil je zeggen dat Klapec een ijslolly was toen hij werd gedumpt?'
'De moordenaar moet zijn lijk in een diepvriezer hebben bewaard.'
Het drong tot Slidell door.
'Wat inhoudt dat Klapec lang voordat Funderburke hem aan de oever van Lake Wylie ontdekte om het leven gekomen kan zijn.'
'Misschien in september, toen Gunther hem heeft zien ruziemaken met Rick Nelson. Waar hing Finney in die tijd ergens rond?'
'In z'n eentje thuis. Terwijl Lingo van de ene plaats naar de andere in deze staat trok.'
'Had Finney een vriezer in zijn huis staan?'
'Ga er maar van uit dat ik daar achter kom.'
'Het vormt geen bevestiging dat óf Lingo óf Finney de knaap is die we zoeken.'
'Het verruimt de periode waarin hij de dood kan hebben gevonden. Dat is in elk geval iets.'
Ik hoorde een half verstikte ademhaling, gevolgd door een soort gegrom.
'Ik hoop dat dat een geeuw was.'
'Ik heb vannacht mijn bed niet gezien. Ik ga straks een paar uur plat. Ben jij straks nog op je lab bereikbaar?'
'Tyrell heeft me ontslagen.'
'Kom nou.'
Ik vertelde hem over het telefoontje van Allison Stallings.
'Dat moet de lucht toch weer zuiveren, lijkt me.'
'Misschien wel. Tyrell heeft nog steeds de pest in over mijn live uitgezonden confrontatie met Lingo. Ik heb het idee dat ik voorlopig maar zo min mogelijk moet opvallen.'
'Ik wist dat die opportunistische klootzak alleen maar ellende betekende. Hoe dan ook, goed gedaan, dok.'
Ik hing op en, jullie vermoeden het al, begon heen en weer te benen. Ik voelde me gefrustreerd met betrekking tot het onderzoek,

schuldig aan Finneys dood en in verwarring gebracht door de aanwezigheid van mijn onverwachte logé.

Ik controleerde in de vriezer staande plastic dozen net op ongewenste vormen van leven toen die logé opnieuw naast me kwam staan, met hardloopschoenen aan zijn voeten en gestoken in korte broek en het T-shirt met de groene hagedis.

'Ga je een stukje lopen?'

Idioot. Natuurlijk ging hij een stukje lopen.

'Ik ben blij dat je je trainingsspullen hebt gevonden.'

'Ik ben blij dat ik die hier had laten liggen.'

Even was het pijnlijk stil.

'Wanneer vlieg je terug naar Montreal?' vroeg ik.

'Zoals de zaken nu staan, op zondag.'

'Ga je naar het Sheraton terug?'

'Dat zou ik kunnen doen.' Triest gezicht.

Ik aarzelde. Waarom ook niet? Jullie zouden hetzelfde doen voor een oude vriend.

'Wat mij betreft kun je ook hier blijven logeren.'

Brede Ryan-glimlach. 'Ik kan koken.'

Ik glimlachte ook. 'Ik vind dat erg plezierig bij een' – ik wilde 'man' zeggen – 'vriend.'

Ryan vroeg of ik zin had om hem bij het joggen te vergezellen. Ik bedankte voor het aanbod.

Door het keukenraam zag ik hoe hij in een soepele, bijna huppelende looppas overging, waarbij zijn lange, gespierde benen nauwelijks kracht leken te zetten.

Ik herinnerde me weer hoe die benen met die van mij verstrengeld waren geweest.

Mijn maag maakte een salto.

O, jee.

Ik moest iets doen. Maar wat? Ik wilde Tyrell niet verder de kast op jagen door naar het MCME te gaan. Slidell was nog met zijn hazenslaapje bezig.

Ik probeerde proefwerken van studenten uit mijn forensisch klasje na te kijken.

Ik kon me niet concentreren.

Ik probeerde een opzetje te maken voor mijn volgende college.

Ook dat lukte niet.
Zou ik Katy bellen?
Dát was een telefoontje dat ik voor me uitgeschoven had.
Ik toetste het nummer in en kreeg haar voicemail. Had ze haar telefoon soms niet naar Buncombe County meegenomen? Werkte die daar in de bergen soms niet? Was ze nog steeds kwaad?
Ik verzamelde net spulletjes die ik op de hand moest wassen, toen ik Ryan de oprit op zag komen lopen, zijn shirt aan het lichaam geplakt, zijn gezicht rood van de inspanning. Hij sprak in zijn mobieltje. Ik zag duidelijk dat hij geagiteerd was.
Ryan ging de hoek van de Annex om, zodat ik hem niet meer kon zien.
Zonder erbij stil te staan liep ik in de richting van de achterdeur.
'Ik weet het, lieverd.'
Ryan sprak Engels, geen Frans. Lutetia?
Kilte welde op in mijn borst.
'Zo zal het moeten gebeuren.'
Met ingehouden adem boog ik me dichter naar de deur.
Het was even stil.
'Nee.'
Een tweede, langere stilte. Toen werd de deurknop omgedraaid.
Snel achteruit stappend nam ik het achtergelaten wasgoed in mijn armen.
Ryan stapte naar binnen. Kruiste mijn blik. Wapperde geïrriteerd met zijn vrije hand.
'Onmogelijk,' zei hij in het mobieltje.
Lily, mimede hij naar mij.
'We hebben het er nog over.'
Ryan klapte het mobieltje dicht en haakte het apparaatje weer aan zijn broekband.
'Probleem?'
'Lily wil naar Banff. Maar volgens de voorwaarden van haar proeftijd moet ze in Quebec blijven.'
'Dat spijt me.'
'Het is jouw schuld niet.' Hij keek glimlachend naar de beha's en teddy's die ik tegen mijn borst aangedrukt hield. 'Ben je van plan een kraampje in je tuin te zettten?'

'Ik doe niet aan openbare verkopingen.'
'Die string met luipaardprint moet je niet wegdoen. Dat is altijd mijn favoriet geweest.'
Ik voelde mijn gezicht rood worden.
'Vind je het erg als ik je badkamer even gebruik?'
'Ga je gang. Heb je iets nodig?'
Ryans wenkbrauwen flitsten wellustig op en neer.
Mijn ingewanden maakten nu een dubbele salto.
Ik keek naar de klok. Half drie. Mijn hemel. Wat moesten we de hele middag doen?
Toen ik me mijn onenigheid met Katy weer herinnerde, had ik een idee. Er was nauwelijks concentratie voor nodig en zou wellicht mijn rusteloze energie kunnen kanaliseren. Het zou er ook voor zorgen dat mijn logé en ik op neutraal grondgebied bleven.
Ik wapperde met een hand naar Ryans shirt. 'Je weet echt niet wie de Dead Milkmen zijn?'
Ryan schudde zijn hoofd.
'Mijn dochter beweert dat ik een absolute nul ben als het om kennis van hedendaagse rockmuziek gaat.'
'Is dat zo?'
'Absolúte nul is misschien wat overdreven.'
'Kinderen kunnen keihard zijn.'
'Tyrell heeft me eruit gegooid,' zei ik. 'Slidell is bezig met zijn schoonheidsslaapje.'
'En daar wil je hem niet bij storen.'
'Zeker weten. Als je gedoucht hebt zetten we de computer aan en gaan we eens naar de Milkmen op zoek.'
Ik maakte popcorn om een wat feestelijke sfeer te creëren.
Ryan en ik kwamen erachter dat de Dead Milkmen een satirische popgroep was, wiens eerste officiële album, *Big Lizard in My Backyard*, in 1985 was uitgekomen.
'Dat shirt van jou zou wel eens een klassieker kunnen zijn,' zei ik.
'Het zou wel eens een fortuin kunnen opbrengen bij de *Antiques Roadshow*.'
Het beeld van April Pinder schoot door mijn hoofd.
'Ken jij de Cheeky Girls?' vroeg ik.
'Ik zou best willen,' zei Ryan met een overdreven knipoog.

Ik sloeg op onovertroffen wijze mijn ogen ten hemel.
Al googelend kwamen we erachter dat de Cheeky Girls een in Roemenië geboren tweeling was, Gabriela en Monica Irimia. Hun eerste single, 'The Cheeky Song (Touch My Bum)', stond vijf weken in de Engelse single-topvijf. In een door Channel 4 georganiseerde verkiezing werd het tot de slechtste popsong aller tijden uitgeroepen.
'Daar moet ik de bijbehorende woorden van zien,' zei Ryan toen hij de titel las.
Nadat we een site hadden gevonden waarop teksten van rock-'n-rollliedjes te vinden waren, scrolde ik naar beneden totdat de cursor op Cheeky Girls stond.
'Cheap Trick, wat een goedkope truc!' riep Ryan uit.
'Wat heb ik gedaan?'
'*I want you to want me,*' zong Ryan niet bepaald melodieus.
'Zou je zo vriendelijk willen zijn alleen luchtgitaar te spelen?'
Ryan wees naar de groep direct boven Cheeky Girls, Cheap Trick.
'Ik mag die jongens wel,' zei Ryan.
Het zei me allemaal niets.
'Absolute nul zou wel eens wat te mild kunnen zijn,' merkte Ryan op.
Ik activeerde de link naar de Cheap Trick-website.
En voelde hoe mijn adrenaline woest begon te kolken.
'Cheap Trick is al sinds de jaren zeventig een instituut. "Dream Police". "The House Is Rockin". Ken je *Comedy Central's Colbert Report*? Cheap Trick heeft daarvoor de muziek geschreven en vertolkt. En ook voor *That '70s Show*.'
Ryans stem drong nauwelijks tot me door. Synapsen explodeerden als vuurwerk in mijn hoofd.
Rinaldi's telefoontje naar Slidell, met informatie over zijn informant.
Rinaldi's cryptische aantekeningen. RN. CTK.
Glenn Evans die vlak naast zijn baas op de trappen van het gerechtsgebouw stond.
'*Going to a party,*' zong Ryan.
Mijn aandacht was enkel en alleen gericht op een man die een

zwart-wit geblokte gitaar in de vorm van een op straat doodgereden dier vasthield. Volgens het bijschrift zou het Rick Nielsen moeten zijn, sologitarist.

Ryan interpreteerde mijn belangstelling verkeerd. 'Dat is een Hamer Explorer Checkerboard. Gaaf.'

Gewoonlijk zou ik een vraagteken geplaatst hebben bij Ryans kennis omtrent gitaren. Maar dit keer niet.

Ik staarde vol ongeloof naar Nielsen. Hoge, brede jukbeenderen. Dicht bij elkaar staande ogen. Een scherp aflopende kaak. Prominente kin. Honkbalpetje.

Volgens Slidell had Vince Gunther Klapecs gewelddadige klant omschreven als Rick Nelson met een honkbalpetje op.

Had Rinaldi misschien in werkelijkheid Rick Nielsen gezegd? Nielsens gelijkenis met Glenn Evans was treffend. Had Slidell de naam verkeerd gehoord? Iemand van Gunthers leeftijd zou waarschijnlijk meer weten van een actieve band als Cheap Trick, dan van een overleden tieneridool uit de jaren zestig.

'Rick Nielsen,' vroeg ik, naar het scherm wijzend. 'Heeft hij vaak een pet op?'

'Altijd,' Ryan had de spanning in mijn stem opgepikt. 'Hoezo?'

Ik vertelde hem waaraan ik dacht.

'Dat zou wel eens erg belangrijk kunnen zijn,' zei hij.

'Ik wil er zeker van zijn voor ik Slidell ermee lastigval.'

Ryan en ik surften door tientallen afbeeldingen. Tijdens concerten genomen foto's. Platenhoezen. Publiciteitsfoto's.

Een uur later liet ik me achterover tegen mijn rugleuning vallen, onder de indruk maar vol twijfels. Inderdaad, Glenn Evans leek ontegenzeglijk op Rick Nielsen. Maar was dit alleen maar toeval?

Nee, hield ik mezelf voor. Absoluut niet.

Ik toetste een nummer in.

Verbazingwekkend genoeg nam Slidell onmiddellijk op.

'Wát?' blafte hij.

Ik legde uit hoezeer Rick Nielsen en Glenn Evans op elkaar leken.

'Zou het kunnen zijn dat je Rinaldi verkeerd begrepen hebt?' vroeg ik.

Slidell maakte een van zijn grompf-geluiden. In gedachten zag ik hem in zijn ondergoed op de rand van zijn bed zitten, terwijl hij wanhopig zijn best deed wakker te blijven. Geen aangename aanblik.

'Misschien is Klapecs gewelddadige klant inderdaad Glenn Evans.' Opnieuw kwam er een synaps tot ontbranding. 'Verdorie. Misschien was CTK helemaal geen vliegveldcode. Misschien was het Rinaldi's afkorting voor Cheap Trick.'
Slidell begon te praten. Ik snoerde hem de mond.
'Misschien had Rinaldi Lingo's telefoonnummer genoteerd omdat hij wat meer over Evans wilde weten.'
Slidell moest daar even over nadenken.
'Evans heeft een alibi voor het tijdtip waarop Klapecs lijk werd gedumpt. En ook voor de dag waarop Klapec ruzie met iemand heeft gehad en van het toneel verdween.'
Daar had ik geen antwoord op.
'Ik heb wat gegevens nagetrokken met betrekking tot Evans en Lingo. Beiden zijn zo clean als het achterste van een dominee. Geen drugs, hoeren of kleine meisjes. Bovendien, wat zou hun motief moeten zijn?'
Ik begon er van alles uit te gooien, maar niet echt overtuigend.
'Misschien is Evans wel een homo die nog steeds niet uit de kast is gekomen. Misschien heeft hij Klapec wel opgepikt, dingen gingen helemaal verkeerd en het eindigt ermee dat Klapec het loodje legt.'
'En het mefistofelische motief?'
Ik was te opgefokt om verrast te worden door Slidells referentie aan Faust.
'Misschien maakt Evans deel uit van de een of andere cultus.'
'En misschien loopt hij met vollemaan spiernaakt door graancirkels te rennen. Denk eens even na. Evans werkt voor Lingo, een naar macht hongerende bijbelbladeraar die het leuk vindt om op tv te komen. Er zijn hele postcodes die die knaap haten als de pest. Als Lingo's persoonlijke assistent het leuk vindt om met Satan te swingen, dan kan dat feit nauwelijks verborgen blijven.'
Ook daar had ik geen antwoord op.
'Maar goed, nu je me toch wakker hebt gemaakt, kan ik maar beter teruggaan naar dat verdomde hoofdbureau.'

35

'Wat zei hij?' Ryan zat nog steeds aan de computer. Iets punkachtigs schetterde uit de speakers. Of was het heavy metal?
'Hij was niet overtuigd. Jezus. Kun je dat wat zachter zetten?'
'Wat zou je graag willen horen?'
'Die muziek is prima. Ik zou het alleen leuk vinden als je het geluid een paar miljoen decibels zachter zette.'
'Ik meen het. Wat wil je graag horen?'
'Dan lach je me uit.'
'Echt niet. Dat wil zeggen, zolang je niet met Abba op de proppen komt. Kom op. Kies een van je eigen cd's uit. Heb je cd's?'
'Natuurlijk.' Twee van Abba zelfs, maar dat vertelde ik maar niet.
'Kies er maar een uit.'
'O, in godsnaam.'
Ik liet mijn vinger langs het plankje met mijn muziek glijden, pakte er een paar en gaf die aan Ryan.
'Ja! Een Canadese cd.'
'Dat wist ik niet.'
Afkeurende blik. 'Neil Young weegt ruimschoots op tegen de nationale tekortkoming van het niet hebben van Dove-repen.'
Ryan stopte het schijfje in de pc.
Eerst een akoestische gitaar, daarna nam de vertrouwde nasale tenor het verder over.
Een synapstrip door het verleden. Pete in zijn witte gala-uniform van de mariniers. In spijkerbroek gekleed terwijl hij in de achtertuin croquet speelde met Katy. In een geruite flanellen pyjamabroek naar de tv kijkend.

Dit was Petes favoriete cd geweest.
Somewhere on a desert highway...
Ik bekeek het hoesontwerp van de cd wat beter. Een vogelverschrikker, van achteren belicht door een oranjerode zonsondergang.
Of was het een inheemse danser met een jas met veel franjes aan? Een heks.
En daar had je het weer. De subliminale nies die maar niet wilde komen.
Heks? Pete?
She rides a Harley Davidson...
Ik draaide de hoes om en keek naar de titel. Harvest Moon.
De nies spatte in mijn voorhoofd uiteen.
'Lieve god.'
Ryans hoofd kwam met een ruk omhoog.
'Iets zat me al een tijdje dwars met betrekking tot Evans, en ik ben er net achter wat het was.'
Net als eerder pakte ik de telefoon en toetste Slidells nummer in.
Net als eerder nam hij onmiddellijk op.
Ik gebaarde naar de computer. Ryan zette het geluid wat zachter.
'Klapec woont in Onslow County, hè? In Half Moon?'
'Hoezo?'
'Ik herinnerde het me net pas. Niet te geloven dat ik er tot nu toe overheen heb gekeken. Ik ben wel eens in Onslow County geweest, ken het stadje. Ik herinnerde me alleen niet dat ik het me herinnerde.'
Ik was zo opgewonden dat ik onzin begon uit te slaan.
Ryan gebaarde dat ik rustig adem moest halen.
Ik ademde diep in. En begon opnieuw.
'Toen je op Rinaldi's begrafenis Evans aan de tand voelde, noemde hij Jimmy Klapec een *half-moon hick*, een maanzieke boerenkinkel. Ik dacht dat hij hem op die manier alleen maar wilde kleineren, maar mijn onderbewustzijn pikte het uiteindelijk toch op.'
'Je wát?'
'Evans bedoelde dat letterlijk. Half Moon. Dat is een stadje aan Highway 258, ten noorden van Camp Lejeune en Jacksonville. De Klapecs wonen daar. Als Evans Jimmy Klapec nooit heeft ontmoet,

hoe weet hij dan waar die jongen vandaan komt?'
'Die vuile leugenaar.'
Enkele seconden lang luisterde ik naar Slidells ademhaling. Toen maakte hij een klakkend geluid met zijn tong.
'Maar dat nog steeds niet voldoende om een huiszoekingsbevel los te krijgen.'
'Hoe weet je dat nou?'
'Omdat ik het al heb geprobeerd. Afgewezen. De officier van justitie zegt dat het allemaal indirect bewijs is. Bovendien heeft Evans een alibi. Hij heeft het niet met zoveel woorden gezegd, maar bovendien zitten we met het feit dat die knaap voor een publiek figuur werkt. De officier van justitie heeft geen zin om zonder keiharde bewijzen in dat wespennest te gaan zitten peuren.'
Slidell had gelijk. Die opmerking over Half Moon. De gelijkenis met Rick Nielsen. Lingo's telefoonnummer dat in Rinaldi's aantekeningen voorkwam. Het was allemaal nogal speculatief. Tot nu toe hadden we niets gevonden waaruit een motief of gelegenheid gedestilleerd kan worden. En Evans beschikte over getuigen die hem op de betreffende september- en oktoberdata ergens anders hebben gezien.
Ik dacht een ogenblik na.
'Heb je naar Evans auto laten kijken?'
'Daar ben ik over gebeld. Tussen haakjes, Klapec is in staat van beschuldiging gesteld. De politie heeft het wapen gevonden. De bedrijfsleider van het motel heeft Klapecs verhaal bevestigd en op een bewakingscamera is te zien dat hij om drie minuten voor half een vannacht heeft ingecheckt. En de bekentenis is compleet. Het ziet ernaar uit dat de arme klojo de waarheid heeft verteld.'
Ryan surfte nog steeds langs de Cheap Trick-website, hoewel hij het geluid een stuk zachter had gezet. Toen hij mijn gezicht zag, reikte hij naar mijn hand.
'Voel je je geblokkeerd?'
'Ik blijf in gedachten Klapec in die verhoorruimte voor me zien. Eerst verliest hij zijn zoon. En nu heeft hij mogelijk een onschuldig iemand vermoord.'
'Denk je echt dat Lingo's assistent de knaap is naar wie je op zoek bent?'
Terwijl ik gefrustreerd mijn handen omhoog hield, vatte ik het

indirecte bewijs samen waarover Slidell en ik net gesproken hadden. 'En Evans heeft een alibi.'
'Laten we dat dan maar eens kraken.'
'Volgens de man die hem ontdekt heeft, is het lijk van Klapec op de ochtend van de negende oktober gedumpt. Evans zat toen in Greensboro.'
'Laten we dat voorlopig eens even vergeten. Je zei dat Klapec eerder vermoord zou kunnen zijn, om vervolgens in een vriezer te worden gestopt.'
'Ja.'
'Hoe lang?'
'Dat weet ik niet.' Dat kwam de laatste tijd wel erg vaak over mijn lippen. 'Maar Klapec is voor het laatst levend gezien op 29 september.'
'Door wie?'
'Vince Gunther.'
'Een medeschandknaapje.'
Ik knikte.
'Is Gunther geloofwaardig?'
'Blijkbaar is Rinaldi daarvan uitgegaan. Uit zijn aantekeningen kan worden opgemaakt dat hij bereid was die knaap voor informatie over Klapecs moordenaar vijfhonderd dollar te betalen.'
'Hoe denkt Slidell daarover?'
'We hebben Gunther nooit rechtstreeks ondervraagd.'
'Dat is waar ook. Gunther is spoorloos. Nog steeds niet bekend waar hij ergens uithangt?'
Ik schudde mijn hoofd. 'Maar we hebben wel April Pinder gesproken, Gunthers voormalige vriendin. Haar relaas bevestigde wat we al over die ruzie tussen Klapec en die Rick Nielsen/Nelsonpersoon vermoedden, waarna Klapec van het toneel verdween. Dat onderschreef voor Klapec een LSA van 29 september.'
'Hoe zit het met Pinder? Is die betrouwbaar?'
Ik maakte enkele sneldraaiende bewegingen met mijn hand, de vingers uit elkaar. Misschien wel, misschien niet.
'Zou ze Gunther kunnen dekken?'
'Ik betwijfel het. Ze is woedend op hem. Nadat ze zijn borgsom had betaald, heeft hij haar laten zitten.'

Ik zag aan Ryans ogen dat hij diep nadacht.
'Hoe precies ondersteunde Pinders verhaal dat van Gunther?'
Ik vertelde wat Pinder had gezegd over Gunther, dat hij op de avond van zijn vrijlating televisie had zitten kijken. Dat hij haar had verteld dat hij had gezien dat Klapec die dag ruzie met Rick Nelson/Nielsen had gehad.
'En Evans was op dat tijdstip ook de stad uit?'
'Op campagne door de staat.'
'Hij is zeker van die data?'
'Zeer.'
'En Pinder ook?'
'Die indruk maakte ze wel. Maar wie weet? Zo'n licht is ze ook weer niet.'
'Maar, muffin van me, we beschikken over een manier om dat te controleren.'
'Is dat zo?' Ik negeerde de verwijzing naar het bakkerijproduct.
Ryan drukte een paar toetsen in en keek naar het scherm. Toetste er nog een paar in.
'Wel verdorie.' Hij wees naar een regel witte tekst op een zwart fond. 'Dit zou je best wel eens interessant kunnen vinden.'
Op het zwarte vlak stonden alle optredens van Cheap Trick vermeld, zowel live-optredens in zalen, als op televisie en radio, terwijl er ook links bij stonden naar recente en al wat oudere interviews.
Ik las de regel die Ryan aanwees.
Het duurde even voor de betekenis goed tot me doordrong.
Toen dat eindelijk gebeurde, hield ik heel even mijn adem in.
'Cheap Trick was op HBO te zien op 27 en 28 september, in een tweedelige special over rockers uit de jaren zeventig en tachtig,' zei Ryan.
'Dus Pinder moet zich in de datum vergist hebben. Cheap Trick was op de negenentwintigste niet op tv.' Ik dacht hardop. 'Gunther zat op de achtentwintigste in de gevangenis. Dan kan hij op die avond niet bij haar thuis naar de tv gekeken hebben. Dan moet dat op de zevenentwintigste zijn geweest, de dag vóór Gunther achter de tralies verdween, niet op de dag dat hij vrijkwam.'
'Heeft Evans een alibi voor de zevenentwintigste?' vroeg Ryan.

'God allemachtig.'
Ik was zo opgewonden dat ik Slidells nummer twee keer moest intoetsen. Vergeefs. Mijn telefoontje werd doorgeleid naar zijn voicemail.
'We hebben hem,' zei ik. 'Klapec is voor het laatst levend gezien op 27 september, niet op de negenentwintigste. Probeer na te gaan waar Evans op die dag ergens was. Bel me terug.'
Ik verbrak de verbinding.
'Heel goed,' zei ik, en ik gaf Ryan een high five.
Er verscheen een grijns op zijn gezicht die even breed was als de Rio Grande.
Seconden gingen traag voorbij. Uren. Een eeuwigheid.
Ik kauwde op de nagelriem van mijn duim. Stond op en beende heen en weer. Ging weer zitten. Kauwde nog wat meer.
Nog steeds ging de telefoon niet.
'Waar hangt hij verdomme ergens uit?'
Ryan haalde zijn schouders op. At een handvol popcorn. Ging verder met surfen.
'Laat geen korrels tussen mijn toetsenbord vallen.'
'Nee, mevrouw.'
'En ook geen boterdruppels.'
Ik keek naar de klok. Het was nu twintig minuten geleden dat ik mijn bericht had ingesproken.
'Misschien moet ik die pagina naar Slidell faxen. Kun je hem printen?'
Zinloos. Maar we hadden in elk geval wat te doen.
Ryan ging terug naar de Cheap Trick-website, maakte een print en gaf die aan mij. De pagina deed me aan Rinaldi's aantekeningen denken. Nóg iets om te doen.
Ik haalde de papieren uit mijn aktetas. Ging terug naar de studeerkamer.
'Kijk hier eens naar,' zei ik. 'Nu valt alles op zijn plaats.'
Ryan kwam naast me op de bank zitten.
JK. 29/9. LSA met RN vlgs VG. RN – PIT. CTK. TV. 9/10-11/10? CFT. 10. 500.
'Volgens Vince Gunther werd Jimmy Klapec voor het laatst levend gezien in het gezelschap van Rick Nielsen op 29 september.

Rick Nielsen met acnelittekens. Gunther viel de gelijkenis op toen hij Cheap Trick, CTK, op tv zag. Rond 9 tot 11 oktober werd Klapec aangetroffen. Rinaldi sprak Gunther in de CFT, Cabo Fish Taco, om tien uur, terwijl hij vijfhonderd dollar bij zich had.'
Zwijgend lazen Ryan en ik de laatste in code genoteerde regels.

RN = BLA = GYE. Greensboro. 9/10. 555-7038. CTK-TV-27/9. VG, uitlokking 28/9-29/9.
GYE 27/9?

Rick Nielsen is gelijk aan Boyce Lingo's assistent is gelijk aan Glenn Yardley Evans. Rinaldi belde Lingo's kantoor, en Evans vertelde hem dat hij en zijn baas op 9 oktober, toen Klapecs lijk werd ontdekt, in Greensboro zaten.

'Rinaldi moet geweten hebben dat er iets niet klopte met die septemberdata. Cheap Trick was op 27 en 28 september op televisie te zien. Vince Gunther zat op de achtentwintigste voor uitlokking in de gevangenis, dus wist Rinaldi dat hij Nielsen op die dag onmogelijk kon hebben gezien, en in het verlengde daarvan Klapec ook niet.'

'Dus April Pinder heeft de verkeerde datum in haar hoofd. Ze hadden hun pizzamaaltijd de dag vóór, en niet de dag ná ze Gunther op borgtocht heeft vrij gekregen.'

'Een dag waarvoor Evans misschien wel eens geen alibi zou kunnen hebben.'

'Jezus, Ryan. Op de een of andere manier had Rinaldi dit alles al door. En Evans ontdekte dat hij van alles op de hoogte was.'

Ik had mijn handen zo krachtig samengebald dat mijn nagels halvemaantjes in mijn handpalmen achterlieten.

'Evans heeft hem vermoord.'
De telefoon snerpte.
Ik sprong eropaf.
Slidell klonk net zo opgefokt als ik me voelde. 'Evans was op de zevenentwintigste in Charlotte.'
Ik wilde iets zeggen, maar hij brak me onmiddellijk af.
'Hij rijdt in een witte Chevrolet Tahoe.'
'Shit.'

'De rechter is eindelijk met de benodigde papieren over de brug gekomen. We gaan eropaf.'
'Ik wil erbij zijn.'
'Goh, wat een verrassing.'
Ik wachtte.
'Alleen jij.'
'Wanneer?'
'Nu.'

36

'Waar staat je auto ergens?'
Met piepende banden maakten we na het verlaten van de oprit van de Sharon Hall een scherpe bocht naar rechts.
'Ryan heeft mijn auto meegenomen om bij zijn hotel uit te checken.'
Ik verwachtte een of andere al dan niet gevatte opmerking over mijn seksleven. Maar die liet Slidell achterwege.
'Zeg hem maar dat het niet persoonlijk bedoeld is. De officier van justitie wil dat dit wordt afgehandeld alsof de hele wereld toekijkt.'
Hoewel Ryans expertise bij het uitvoeren van de huiszoeking in Evans woning zeker toegevoegde waarde zou hebben, was ik het met die redenering niet oneens. Gezien Lingo's positie, was het nagenoeg zeker dat heel wat ogen zouden toezien. Misschien wel dankzij CNN en FOX.
'Is Evans thuis?'
Slidell schudde zijn hoofd. 'Hij huurt een appartement in een koetshuis dat op een terrein staat dat het eigendom is van een vrouw die Gracie-Lee Widget heet. Wat dacht je van zo'n constructie?'
Ik gebaarde Slidell dat hij door moest gaan met zijn verhaal.
'Gracie-Léé zegt dat Evans op donderdagavond altijd werkt en pas rond negenen thuiskomt. Ze voelt er uiteraard weinig voor, maar zegt dat als ik haar een huiszoekingsbevel kan laten zien, ze ons in zijn woning zal binnenlaten.'
Evans woonde in Plaza-Midwood, een buurt vol brede meanderende straten, hoge bomen en bescheiden bungalows van rond de

eeuwwisseling. Ik was er vaak geweest. Halverwege tussen de rand van de stad en de UNCC-campus gelokaliseerd, is dit gebied erg populair bij het onderbetaalde gedeelte van het universiteitspersoneel.

Slidell sloeg rechts af Shamrock Drive op, sloeg nog een keer rechts af een doodlopende straat in en parkeerde voor een huis met een ver doorlopend dak, bruingepleisterde muren en groene plantageluiken. Op de brede voorveranda stonden een paar schommelstoelen en hingen enkele hangmandjes met varens, die stuk voor stuk hun uiterste verkoopdatum al lang achter zich hadden gelaten.

We stapten uit en bestegen het trapje naar de veranda. Slidell belde aan.

Het duurde ruwweg een decennium voor er open werd gedaan. Toen dat uiteindelijk gebeurde begreep ik waarom.

Gracie-Lee Widgets haar hing in plukjes rond een wit gezicht dat doorgroefd was door wel duizend rimpels. Vogelverschrikkerlippen suggereerden tandeloze kaken. Maar niet de leeftijd was het opvallendste aan deze vrouw.

Gracie-Lee had één arm. Dat was het. Geen verdere ledematen. Haar linkerschouder was voorzien van een ingewikkeld apparaat dat eindigde in twee tegenovergestelde haken, en ze bewoog zich voort in een gemotoriseerde rolstoel die eruitzag alsof hij zo uit *Star Wars* was gehaald. Er lag een geruite plaid over haar schoot en over, zo te zien, twee stompjes die halverwege haar dijen ophielden.

Gracie-Lee keek ons met een afkeurende blik aan, duidelijk niet blij met de situatie.

'Rechercheur Slidell.' Slidell hield haar zijn legitimatie voor. 'We hebben telefonisch met elkaar gesproken.'

'Dat weet ik echt nog wel, hoor.'

Gracie-Lee griste de legitimatie uit Slidells vingers en hield dat vlak voor haar gezicht. Daarna maakte ze een geluid dat klonk als *tsjt* en gaf hem terug.

Slidell haalde het huiszoekingsbevel tevoorschijn. Gracie-Lee wimpelde dat van zich af zoals ze ook vliegen van een taart zou hebben weggewuifd.

'Meneer Evans is er niet.'

'Dat is geen enkel probleem.'
'Het is niet netjes om een huis binnen te gaan als de bewoner niet aanwezig is.'
Slidell stak een hand uit. 'We zullen heel voorzichtig zijn.'
Gracie-Lee bewoog niet.
'Mevrouw?'
'Tsjt.' De haak kwam omhoog en liet een sleutel in Slidells hand vallen.
'Beschadig alstublieft geen eigendommen van deze aardige jongeman.'
Met die woorden drukte Gracie-Lee op een knop op haar armleuning. De stoel maakte rechtsomkeert en de deur sloeg achter haar dicht.
Slidell schudde met zijn hoofd toen we de traptreden afliepen. 'Ik ben blij dat ik daar niet elk jaar over mijn Thanksgiving-kalkoen tegenaan hoef te kijken.'
'Ze is oud.'
'Ze is zo gemeen als een slang.'
Het koetshuis was een vakwerkgebouw dat uit twee lagen bestond, aan de overkant van een grasveld dat zich aan het einde van een met grind bedekte oprit bevond. Beneden bevond zich een dubbele garage, terwijl boven het woongedeelte was. De eerste etage was te bereiken via een houten buitentrap.
Helemaal achter op het terrein groeiden dikke mirtestruiken. Hoewel het nu snel donkerder werd, kon ik door het gebladerte nog net iets zien wat eruitzag als een uitgestrekt, ver doorlopend gazon.
'Nou, wat leuk. Evans woont aan de achterkant van de Charlotte Country Club.'
De minachting droop van Slidells stem. Voor het golfen? Omdat hij aan de verkeerde kant van de baan stond? Voor de lieden die rijk genoeg waren om lid van de club te kunnen zijn?
Ik hield mijn mond.
We passeerden een koivijver die groen zag van de algen. Een bakstenen bloembak die vol lag met dode bladeren. Een vogelbadje dat in twee stukken op de grond lag.
Onder het lopen bewoog Slidells hand zich omhoog naar de kolf van zijn pistool. Zijn ogen namen onophoudelijk de omgeving in

zich op. Aan zijn gespannen nek te zien luisterde hij tegelijkertijd aandachtig.

Bij het koetshuis aangekomen liet Slidell zijn hand een paar keer op en neer gaan, de palm naar beneden gericht. Gevoelig voor zijn lichaamstaal bleef ik onmiddellijk bewegingloos staan.

Door een vuil raam zag ik dat er in de garage alleen maar tuingereedschap stond, een houten ladder en vier gietijzeren tuinstoelen en -tafel. In de achterwand bevond zich een deur die vermoedelijk op een kleine werk- of opslagruimte uitkwam.

'Geen Chevrolet Tahoe,' mompelde Slidell, meer tegen zichzelf dan tegen mij.

'Waar is de css?'

'Die komen eraan.'

Typisch Slidell. Hij zorgde er altijd voor dat hij het rijk eventjes alleen had.

Slidell bewoog zich naar de trap, maar moest iets hebben gezien wat hem niet beviel. Hij ging op zijn hurken zitten en inspecteerde de onderste tree. Toen kwam hij overeind en stapte hoog over die onderste tree heen op de tweede.

Ik keek naar beneden.

Laag boven het stootbord was een draad gespannen. Ik knikte ten teken dat ik de valstrik had gezien.

Boven aan de trap aangekomen gebaarde Slidell met dezelfde hand dat ik achter hem moest gaan staan. Toen bonkte hij op de deur. 'Glenn Evans?'

Ergens in de verte klonk de fluit van een trein.

'De politie van Charlotte-Mecklenburg. Ik heb een huiszoekingsbevel voor deze woning.'

Geen antwoord.

Slidell haalde zijn pistool tevoorschijn en boog zich dichter naar de deur. Nadat hij zijn hoofd eerst naar links, en toen naar rechts had gedraaid, deed hij een stapje achteruit en bonkte opnieuw hard tegen de deur.

'Ik heb de sleutel, meneer Evans. Ik kom naar binnen.'

De deur ging moeiteloos open.

Alle gordijnen waren dichtgetrokken. Op een krakende vloerplank na heerste in het interieur verder een doodse stilte.

Slidell haalde een wandschakelaar over.
De keuken was Europees modern. Zwart-witte vloertegels. Glanzende zwarte keukenkastjes met erg veel glas. Roestvrijstalen apparatuur. Geen vriezer die groot genoeg was om er een lijk in te stoppen.
'Blijf hier,' zei Slidell nors.
Met de Glock met twee handen vastgehouden naast zijn neus, beende Slidell snel naar een open deur recht tegenover de ingang en drukte zijn rug tegen de muur. Ik haastte me naar hem toe en deed hetzelfde.
Slidell draaide zich vliegensvlug naar me om en keek me boos aan. Berustend bracht ik mijn handen omhoog. Ik was van plan te blijven waar ik was.
Slidell ging door de deur naar binnen.
Ik wierp een snelle blik rond de deurstijl. Duisternis.
Ik trok me terug en wachtte af. Het was zo stil dat ik mijn eigen adem in mijn keel op en neer kon horen gaan.
Eindelijk ging er nog een lamp aan.
'Alles veilig hier,' zei Slidell.
Ik kwam vanuit de keuken in een kleine gang terecht. Links, rechts en recht vooruit bevonden zich deuren. Achter laatstgenoemde was Slidell druk met laden in de weer.
'Een echt paleisje, hè?' Slidells toon was opnieuw een en al geringschatting. 'Woonkamer, slaapkamer, keuken, badkamer. Zo te zien betaalt Lingo zijn personeel niet al te best.'
Ik keek om me heen.
De kamer vormde een nieuwe maatstaf voor het begrip 'gematigdheid'. Beige wanden, meubels, gordijnen en tapijt. Wit plafond en dito houtwerk. Geen grappige bijzettafeltjes of kussens. Geen kiekjes van honden en vrienden met gekke feestmutsen op. Geen sporttrofeeën, foto's, souvenirs of kunst.
Achter de bank rees een koperen staande lamp op. Een flatscreen-tv nam de bovenste plank van een ingebouwde wandkast in beslag. Links van die kast bevond zich een serie laden. Die was Slidell momenteel aan het doorzoeken. Rechts ervan stond een kast.
Op de plank onder de tv stonden tientallen dvd's. Terwijl ik latexhandschoenen aantrok bekeek ik de titels.

Matrix. Gladiator. The Patriot. Starship Troopers. Drie films die iets met Bourne te maken hadden.

'Evans houdt van actie,' zei ik.

Slidell schoof met een harde klap een la dicht en rukte een andere open. Ging er met een gehandschoende hand doorheen. Ik maakte de kast open. Sterkedrank.

'Hij is in elk geval geen geheelonthouder.' Ik keek naar de etiketten. Johnny Walker Blue Label, Schotse whisky. Drieëntwintig jaar oude bourbon van Evan Williams. Belvedere-wodka. 'Deze knaap geeft wel behoorlijk wat geld aan drank uit.'

Ik keek om me heen. Slidell was met de onderste la bezig. Omdat ik verder niets van belang zag, liep ik door naar de badkamer.

Die zag er best schoon uit. Een ouderwetse wastafel op een voet en een toiletpot. Douchegordijnen van zwart vinyl. Zwarte en witte handdoeken.

Op de lage stortbak achter het toilet bevonden zich een haarborstel, een Bic-scheermesje, een spuitfles Aveeno-scheergel en een Sonicare-tandenborstel, in zijn oplader.

In het medicijnenkastje was het gebruikelijke spul te vinden. Flosdraad. Tandpasta. Aspirine. Pepto. Neusspray. Pleisters. Een tube antirooshampoo stond op de rand van het bad. Een stuk zeep aan een koordje bungelde aan de douchekop.

Slidell kloste de gang op. Ik voegde me in de slaapkamer bij hem.

Hier vertoonde Evans wat meer flair. De muren waren rood, en op het beige kamerbrede tapijt lag een nep-zebravel. Een zwartsatijnen sprei lag over het bed, terwijl boven het hoofdeinde een luipaardvel aan de muur hing. De rest van de kamer werd in beslag genomen door twee nachtkastjes en een metalen tafeltje met wieltjes waarop nog een flatscreen-tv stond.

'De kwal had zich tot middelmatigheid moeten beperken.'

Eindelijk was ik het met Skinny's commentaar met betrekking tot smaak een keertje eens.

Slidell schoof een deur van een kast open en begon tussen de kleren te zoeken. Ik trok een la van het dichtstbijzijnde nachtkastje open.

'Kijk hier eens naar,' zei ik.

Slidell kwam naar me toe. Ik wees naar een blauwzwarte verpak-

king met een Texaanse cowgirl op een motorfiets en veel lang haar erop afgebeeld.
'Rough Rider Ribbelcondooms,' las Slidell. 'Dus onze jongen doet het met meerdere personen.'
'Of wil dat misschien erg graag. Ontbreken er?'
Slidell telde. Knikte. Liep terug naar de kast.
Enkele seconden later hoorde ik: 'Hal-lo zeg.'
Ik draaide me om.
'Kijk eens wat onze "rough rider" met zijn instappers aan het oog probeert te onttrekken.'
Slidell hield een schoenendoos omhoog waarin tien, twaalf dvd's zaten. Hij las een stuk of wat titels op.
College Boys Cumin'. Gang Banging Gays. Bucking Black Stallions.
Slidells hoofd draaide mijn kant op en hij keek me aan. Rond een van zijn mondhoeken was de aanzet van een grijns te zien.
'Dus Evans roert zijn baton voor het andere team. Dat zegt wat mij betreft genoeg voor het motief.'
Slidell gooide de doos op het bed en stak vervolgens zijn duimen achter zijn riem. 'Geen ruimte in de keuken. Waar zou deze klootzak een vriezer verborgen kunnen houden?'
'In de garage beneden heb ik een deur naar een ander vertrek gezien.'
'Dat zal ongetwijfeld het geval zijn.' Slidell keek op zijn horloge. 'Laten we eens een kijkje nemen.'
Slidell denderde de trap af. Ik volgde in een iets veiliger tempo.
Buiten was het donker en de dichte mirtestruiken vormden een grillige barrière tussen Widgets tuin en de golfbaan. Uit de sombere bunker die het hoofdhuis was scheen geen enkel licht naar buiten.
De garage zat niet op slot. Slidell beende rechtstreeks op de betreffende deur af en stak Gracie-Lee's sleutel in het slot. Die paste niet.
Slidell draaide de knop naar links en vervolgens naar rechts. Hij wierp zijn schouder tegen het hout. De deur gaf geen krimp.
Slidell tilde zijn voet op en gaf een harde trap. Nog steeds hield het slot het. Hij trapte opnieuw en opnieuw. Het hout rondom het slot raakte ontzet en versplinterde. Nog één harde stoot en de deur vloog open.

Slidell vond een schakelaar. De man was echt grandioos als het ging om het lokaliseren van het lichtknopje.

Een tl-buis kwam met een luidruchtig gezoem tot leven.

Het vertrek was ongeveer tweeënhalf bij drie meter groot. Links stond een dressoir of een oude toilettafel, waar een dikke quilt omheen was gewikkeld die met koord op zijn plaats werd gehouden. Rechts waren planken tegen de muur aangebracht.

Recht vooruit was bijna de hele wand bedekt met gatenboard met talloze haken, en aan elke haak hing een stuk gereedschap. Hamers, schroevendraaiers, een moersleutel, een handzaag.

Mijn hart klopte in mijn keel.

Onmogelijk. Klapec was niet met een handzaag onthoofd.

Ik liet mijn blik over de planken glijden.

Boven me zoemden en sputterden de tl-buizen.

Ik zag hem op de tweede plank van onderen. Een kartonnen doos met op de zijkant de woorden 6¼ INCH POWER SAW – elektrische zaag – gedrukt.

Naast me trok Slidell aan het koord dat het met de quilt afgedekte voorwerp omsloot. Mijn hand schoot uit en omklemde zijn arm. Hij draaide zich om.

Zwijgend knikte ik in de richting van de doos. Slidell reikte omhoog, zette hem met een snelle beweging op de vloer en klapte het deksel open. In de doos lag een oude McGraw-Edison cirkelzaag.

We keken elkaar aan.

'Ja,' was het enige wat ik zei.

Slidell pakte een heggenschaar van het gatenboard en knipte met vier snelle klikken de touwen om de quilt door. Met z'n tweeën pakten we de stof vast en trokken.

Het voorwerp was geen dressoir, en ook geen toilettafel. Het was een tafelmodel Frigidaire-vriezer, standaardwit, met een inhoud van pakweg tweehonderdvijftig liter.

'Kijk nou eens.' In zijn gretigheid de inhoud te bekijken duwde Slidell me opzij.

'Moet de CSS hier geen foto's van maken voor we dit ding openmaken?'

'Vast wel,' zei Slidell, terwijl hij het veerslotje openmaakte en het deksel met beide handen omhoogduwde.

Boven het gesuis van bevroren lucht en het zoemen van de tl-buizen boven ons, hoorde ik een gedempte plof.

'Wat was dat?' vroeg ik.

Slidell negeerde mijn vraag. 'Het lijkt erop uit dat Evans niet heeft willen dokken voor een model met een automatische ontdooier.'

Hoewel die opmerking komisch bedoeld was, klonk Slidell volkomen onaangedaan. En hij had gelijk. Het binnenste van de vriezer was volledig bedekt met een dikke laag sneeuw- en ijskristallen.

Links achterin bevond zich een rechthoekig stalen mandje dat gevuld was met plastic zakjes. Van sommige schraapte ik het ijs om de labels te kunnen lezen. Ingevroren supermarktgroenten. Gehakt. Iets wat eruitzag als varkenslappen.

Flashback van de afdruk op Klapecs rug. Maar ik werd gebiologeerd door nog een ander in plastic gewikkeld voorwerp dat helemaal onder in de vriezer lag weggestopt.

Min of meer rond. Een ham? Te groot. Een kleine kalkoen?

Ik bukte me en tilde de bevroren massa op. Op het plastic zat verrassend weinig ijsvorming. Wat klopte hier niet?

Het voorwerp was zwaar, zo'n vier, vijf kilo vermoedde ik. Toen ik het op de rand van de vriezer liet balanceren, drongen met een schok woorden tot me door die ik zelf had uitgesproken. Mijn uitleg tegenover Slidell met betrekking tot het gewicht van een menselijk hoofd. Ongeveer hetzelfde als een gegrilde kalkoen, had ik gezegd.

Met trillende handen drukte ik het heldere plastic tegen het ingepakte voorwerp. Details werden zichtbaar, onduidelijk en vaag, als de voorwerpen op de bodem van een troebele vijver.

Een oor, met opeengehoopt bloed in de delicate holtes en plooien. De welving van een kaak. Paarsblauwe lippen. Een neus, geplet en tegen een bleek geworden wang gedrukt. Een halfopen oog.

Plotseling had ik behoefte aan frisse lucht.

Ik drukte Slidell Klapecs hoofd in handen en snelde naar buiten.

Knagend op een duimnagel beende ik heen en weer, wachtend tot Slidell naar buiten zou komen. Wachtend tot het busje van de css zou arriveren.

Seconden gingen uiterst traag voorbij. Of misschien waren het wel minuten.

Ik hoorde het gedempte geluid van Slidells telefoon.
Mijn blik zweefde naar de mirtestruiken en de nauwelijks meer zichtbare golfbaan er direct achter. Ik liep naar de heg, op zoek naar een vredig uitzicht om mijn zenuwen weer een beetje tot rust te krijgen.
En struikelde toen over iets wat in de schaduw op de grond lag. Iets omvangrijks en zwaars. Dood gewicht.
Met bonzend hart krabbelde ik overeind tot ik op mijn knieën zat, en draaide me toen om.
Glenn Evans lag languit op zijn rug in het gras, een lege blik in de ogen, terwijl er bloed sijpelde uit een gat dat zich precies midden in zijn voorhoofd bevond.

37

Slidell kwam de garage uitgerend, het hoofd voortdurend alle kanten uit draaiend en zijn pistool tussen twee vuisten geklemd vlak naast zijn neus.

Toen ik zijn geschrokken gezicht zag, besefte ik dat ik had gegild. Slidell holde naar me toe en keek op het lijk neer.

'Wat krijgen we verdomme nou?'

Met een hart dat woest tekeerging kwam ik overeind en ik trok me terug in de richting van de mirtestruiken.

Slidell tuurde erg lang naar Evans, en sprak uiteindelijk zonder op te kijken.

'Pinder heeft een witte Dodge Durango. Die wagen is een uur geleden bij haar huis gearriveerd. Met Gunther aan het stuur.'

Ik deed verwoede pogingen om Slidells woorden en Evans' dood in een kader te krijgen dat enigszins begrijpelijk was.

'Nog iets anders.' Slidells blik kwam omhoog en draaide mijn kant uit. In de gele gloed die door de ramen van het koetshuis naar buiten lekte, leken zijn ogen erg diep in hun kassen te liggen en ouder geworden. 'Evans en Lingo zijn in de week dat Klapec verdween de hele week buiten de stad geweest. Inclusief de zevenentwintigste.'

Een ogenblik lang wisten we beiden niet wat we moesten zeggen. We stonden daar maar.

Hadden we het helemaal verkeerd gezien? Gold dat ook voor Rinaldi?

In de stilte hoorde ik achter me een takje breken. Slidells Glock schoot omhoog en was mijn kant uit gericht.

Ik draaide me net om toen de loop van een pistool tegen de bovenkant van mijn nek werd gedrukt.
Een mannenstem zei: 'Doe dit zoals ík het wil, anders gaan jullie beiden er nú aan.'
In elke cel van mijn lichaam explodeerde de adrenaline.
'Gooi dat pistool mijn kant uit.' Het kwam er bijna sissend uit.
Ik zag een glinstering toen Slidells ogen even zijwaarts flitsten.
'Niet doen, rechercheur.'
Aan de rand van mijn gezichtsveld zag ik nog net een gebogen vinger langs de buitenkant van een trekkerbeugel. Ik rook schoonmaakolie en oud kruit.
'Er is nog meer politie onderweg,' zei Slidell.
'Dan moeten we snel zijn, vind je niet?' De woorden werden razendsnel uitgespuwd.
'Dat werkt niet, Vince.'
De loop gleed iets naar voren, naar het zachte weefsel onder mijn kaak.
'Wat niet werkt is als ik straks de nor indraai.'
'Beter in de gevangenis dan dood.'
'Niet voor jongens zoals ik.'
Ik voelde hoe de vizierkorrel steeds krachtiger tegen mijn halsslagader werd gedrukt, voelde mijn bloed tegen het stalen knobbeltje pulseren.
'Dat pistool. Geef híér!' Staccato.
'Laten we allemaal kalm blijven.' Slidell stak de Glock naar voren, op armslengte, en gooide het wapen vervolgens in de richting van Gunther.
'Raap hem op,' beval Gunther terwijl hij hard tegen mijn rug duwde.
Terwijl ik vooroverboog, boog hij met me mee. Ik rook een dure aftershave en oud zweet.
Met trillende vingers pakte ik de Glock op en ik gaf hem over mijn schouder aan. Gunther nam hem aan en rukte mij aan de kraag van mijn jasje weer overeind.
'De handboeien.'
Slidell maakte die los en gooide ze naar Gunther. Opnieuw werd ik gedwongen me te bukken en ze op te rapen.

'Mobieltje.'
Slidell gooide zijn telefoon op. Gunther trapte het apparaat in de struiken.
'Loop deze kant op, je handen op het hoofd.'
Uiterst langzaam bracht Slidell zijn armen omhoog, hij strengelde zijn vingers ineen en liet zijn handen toen boven op zijn hoofd zakken. Toen kwam hij traag onze richting uit.
'Sneller.'
Slidell bleef staan. Ik zag de woede in zijn ogen opvlammen. En nog iets anders. Angst.
'Speel geen spelletjes met me, dikke.' Gunther klonk gevaarlijk opgewonden.
'Je maakt geen enkele kans,' zei Slidell.
'O nee?'
Ik hoorde het ruisen van stof achter me.
Slidells ogen werden groot.
Lichten explodeerden in mijn hersenen.
En was er alleen nog maar duisternis.

Ik werd me als eerste bewust van pijn: kloppend in mijn hoofd. Een schrijnend gevoel om mijn polsen. Een brandend gevoel in mijn schouders.
Toen geluiden: het malende gegrom van een motor. Het geruis van banden over het plaveisel. Het zachte gestommel en gerammel van schuivende spullen om me heen.
Geuren: benzine. Rubber. Uitlaat.
Door het heen en weer bewegen wist ik dat ik me in een rijdende auto bevond.
Ik probeerde overeind te komen, maar besefte dat mijn handen op mijn rug vastgebonden zaten.
Ik deed mijn ogen open. Duisternis.
Een nieuwe gewaarwording. Misselijkheid.
Ik liet mijn oogleden zakken. Slikte een paar keer.
Mijn herinneringen kwamen terug. Evans. Gunther. Slidells geschrokken blik.
Conclusie. Gunther had me bewusteloos geslagen en me in de kofferbak van een auto gegooid.

Lieve hemel. Waar bracht hij me naartoe? Plotseling een vreselijke gedachte. Was Slidell dood? Ik luisterde naar aanwijzingen. Mijn gehavende brein zag geen kans datgene wat mijn oren ernaartoe stuurden te interpreteren. Door mijn mond ademend bleef ik stilletjes liggen en telde de bochten naar links en naar rechts. En dwong mezelf niet te braken. Uiteindelijk kwam de auto tot stilstand. Portieren gingen open. Ik hoorde mannenstemmen. Toen stilte. Opnieuw, blind klauwend naar het gevoel me nog enigszins in de hand te hebben, begon ik te tellen. Zestig seconden. Honderdtwintig. Honderdtachtig. Het kofferdeksel vloog open en ik werd overeind getrokken. In mijn perifere gezichtsveld zag ik bomen. Baksteen. Zuilen. Mijn maag speelde op. Ik proefde gal en voelde trillingen onder mijn tong.
Een bekende achterveranda. Ik werd door doodsangst overvallen. We waren bij de Annex. Waarom?
Gunther trok me uit de auto en duwde mij voor zich uit naar de veranda, opnieuw met de loop tegen de bovenkant van mijn nek.
Half struikelend liep ik naar voren; ik deed wanhopig mijn best er iets van te begrijpen. Ging op zoek naar details die ik me nog kon herinneren. Wilde de boel op een rijtje zetten. Alles reconstrueren.
De achterdeur was open. De keukenramen wierpen rechthoekige lichtvlekken op het gras. Tas op de grond, waarvan de inhoud als door de wind weggeblazen bladeren over het gras verspreid lag.
Gunther duwde me de trap op. Op trillende benen stapte ik mijn huis binnen.
Van ergens in het huis hoorde ik een bezeten gerinkel en geschraap. Birdie? Te hard. Wat kon het dan zijn? Het bloed hamerde door mijn hoofd.
Gunther bleef even staan, liet zijn tong langs zijn lippen glijden. Voor het eerst kon ik zijn gezicht zien. Hij zag eruit als iemands oudere broer, een tenniscoach, een predikant in de kerk. Zijn ogen waren groen, onophoudelijk verwilderd heen en weer schietend. Zijn haar was kastanjebruin en met een keurige scheiding erin. Hij mocht dan biseksueel zijn, met zijn aantrekkelijke, bijna vrouwelij-

ke gelaatstrekken zou hij in de gevangenis een bijzonder gewild object zijn.

Me nauwelijks waarneembaar bewegend drukte ik mijn rug en schouders tegen de muur naast de deurstijl en richtte me op mijn tenen op. Er klikte iets en het licht dat door de deur naar binnen viel onderging een nauwelijks merkbare verandering.

Waar was Bird? Ik probeerde het gerinkel van het belletje aan zijn halsband op te vangen. Niets.

Hard tegen me aan drukkend dwong Gunther me door de klapdeur de eetkamer binnen, en toen naar de gang.

Slidells rug was naar ons toegekeerd. Hij zat op zijn hurken, rukkend aan de handboeien waarmee zijn polsen aan de trapstijl waren vastgemaakt.

'Rustig een beetje, rechercheur.' Geagiteerd en gespannen.

Slidell draaide zich zo goed en kwaad als het ging met een ruk om.

'Het is met je gedaan, stuk vuil.' Slidells stem was rauw van uitputting en woede.

'Wat heb ik met twee lijken extra dan nog te verliezen?'

Gunther duwde me het gezichtsveld van Slidell binnen en ramde zijn pistool tegen mijn luchtpijp, waardoor mijn kin omhoog gedwongen werd.

Slidell rukte aan de handboeien, terwijl de woede als hitte van hem af straalde.

Gunther drukte de loop zo hard tegen mijn keel dat ik het uitgilde van de pijn.

Slidells vuisten balden zich samen. 'Als je haar pijn doet zal ik je hoogstpersoonlijk naar de andere wereld helpen.'

'Hoe dacht je dat te doen? Draai je om.'

Slidell gaf geen krimp.

'Kom op! Draaien! Schiet op! Of je maatjes kunnen straks met een spons haar hersenen van het plafond schrapen.' De kalmte was verdwenen en Gunther was weer helemaal de overspannen psychopaat. Had die knaap soms speed of een andersoortige drug geslikt?

Met ogen die brandden van haat begon Slidell aan een trage draai om zijn as.

Naar voren springend bracht Gunther het pistool omhoog en

sloeg er keihard mee tegen Slidells slaap. Er was een misselijkmakend gekraak te horen.

Slidell ging neer en bleef bewegingloos liggen, de geboeide armen onder een vreemde hoek omhoog stekend, alsof hij diep in gebed verzonken was.

Direct daarna kwam Gunther razendsnel in beweging. Zo snel dat ik niet kon reageren.

Hij duwde me naar de trap, drukte me voorover tegen de grond, haalde een sleuteltje tevoorschijn en bevrijdde Slidells linkerhand. De ketting snel rond de trapstijlen draaiend sloeg hij de vrije handboei om mijn rechterpols. Ik hoorde iets bewegen en voelde hoe er druk op mijn armen werd uitgeoefend. Enkele seconden later viel het touw van mijn handen.

Adrenaline joeg door me heen toen het besef uiteindelijk tot me doordrong. Ik zat met handboeien aan Slidell vast. Gunther was van plan ons beiden uit de weg te ruimen.

Tijdrekken, Brennan.

Mezelf op mijn knieën overeind duwend draaide ik me half naar mijn belager om.

'Je hebt al een jongen vermoord, een agent en een van je ex-cliënten, ja? Waarom wil je nog meer mensen vermoorden?'

'Lik m'n reet.' Gunthers ogen schoten de kamer door.

'Hij heeft gelijk, weet je.' Ik slikte een nieuwe aanval van misselijkheid weg. 'Ze jagen net zolang op je tot ze je hebben. Je kunt je nergens verbergen.'

'De politie weet niet eens dat ik besta. Jouw maat hier heeft het onder de enorme druk begeven. Vermoordde Evans, toen jou, en pleegde vervolgens zelfmoord.'

'Waarom zou hij dat doen?'

'Radeloos omdat zijn partner niet meer leeft. Omdat die arme Finney is doodgeschoten. Omdat hij jou heeft doodgeschoten.'

'Dat gelooft niemand. Dit is belachelijk.'

'Hij heeft jou de schuld gegeven van de arrestatie van de verkeerde man. En omdat je Lingo hebt aangezet tot het creëren van nog meer problemen.'

Slidell kreunde. Ik keek zijn kant uit. In het zwakke schijnsel zag ik een grote bult op zijn slaap zitten.

'Ik weet wat je denkt. Maar ik kijk naar de televisie.'
Mijn ogen schoten weer terug naar Gunther.
'Die bult zal tijdens de sectie een slechte indruk maken, onverklaarbaar zijn, maar daar heb ik aan gedacht.' Gunther haalde een hand door zijn haar. 'Ik heb overal aan gedacht. Dat wordt dan ook de plaats waar de kogel zijn hoofd zal binnendringen.'
Hij lijdt aan waanideeën. Houd hem aan de praat.
'Je hebt Rinaldi verkeerde informatie toegespeeld,' zei ik. 'Dan heb je wel slecht werk afgeleverd, als je hem dan alsnog hebt moeten vermoorden.'
'Die man was een imbeciel.'
'Hij was slim genoeg om door te hebben dat jij Klapec had gedood.'
'Jimmy maakte een grote fout. Hij begon onder mijn duiven te schieten. Ik moest hem even iets duidelijk maken. En toen liep het uit de hand.' Gunther liet zijn tong langs zijn lippen glijden. 'Ik was helemaal niet van plan om Jimmy naar de andere wereld te helpen. Het gebeurde gewoon.'
'En Rinaldi?'
'Die klootzak was zo stom mij met Jimmy in verband te brengen.'
'Dus je elimineerde de concurrentie en zorgde er vervolgens voor dat de verdenking op je ontrouwe klant kwam te liggen.'
Ik zag Gunthers vinger langs de trekker bewegen. 'Briljant, hè?'
'Waarom heb je Klapec eigenlijk onthoofd?'
Gunther gniffelde even. 'Om hem in die goedkope vriezer van dat ouwe wijf te laten passen.'
Er ging een huivering langs mijn rug. De man toonde geen spoor van wroeging.
Tijdrekken.
'Waarom heb je in hem zitten kerven?'
'Toen dat verhaal over die kookpot bekend werd, zei ik tegen mezelf: "Vince, jongen, de duivel heeft het goed met je voor. Je moet van een ingevroren lijk zonder hoofd af, en die goeie ouwe Lucifer biedt je de volmaakte dekmantel".'
Opnieuw leek het alsof er een schakelaar was overgehaald. Van het ene op het andere moment klonk Gunther kalm, zelfverzekerd, bijna geamuseerd.

'Je stopte vanavond Klapecs hoofd in Evans vriezer om de strop nog wat verder aan te halen.'

Gunther klikte met zijn tanden en hield zijn hoofd iets scheef.

'Vergeet de zaag niet. Dat was een aardig detail.'

'Je hebt alleen een grote fout gemaakt. Je hebt Evans met je eigen wapen doodgeschoten.'

'Alsjeblieft. Doe niet zo stom. Elke politieman heeft een reservewapen bij zich. Nadat Slidell zijn .38 op Evans heeft gebruikt komt hij hierheen en schiet jou dood. Die kogels stemmen overeen. En daarna, omdat Slidell natuurlijk toch van de oude school is, jaagt hij zich met zijn dienstwapen een kogel door het hoofd.'

'Denk je nou echt dat er ook maar iemand zo'n absurd scenario zal geloven? De rechercheurs van Moordzaken weten dat je in de stad bent en dat je kunt beschikken over een witte Durango. Ze hebben je binnen een paar uur te pakken.'

Gunthers gezicht verstrakte en zijn ogen werden hard en schoten alle kanten op. 'Ik weet wat je probeert te doen, dame. Jij denkt dat je mij aan het lijntje kunt houden. Je denkt dat je slim bent. Maar daar laat ik me niet door in de maling nemen.'

Gunther verplaatste de .38 naar zijn linkerhand en rukte Slidells Glock tussen zijn broekband vandaan. Het *tjink-tjink* van de slede klonk in de kleine hal oorverdovend.

Zonder acht te slaan op de pijn in mijn pols wierp ik mezelf langs de trapstijl en rekte me zo ver als mijn geboeide hand het toestond over Slidell uit.

Ik hoorde geagiteerde voetstappen, waarna een hand mijn haar beetpakte en mijn hoofd omhoog werd gerukt. Wervels kraakten in mijn nek.

Nog steeds mijn haar beethoudend stompte Gunther mij met een elleboog tegen mijn gezicht opzij. Mijn hoofd stuiterde tegen de trapleuning.

De kamer leek op me af te komen, trok zich weer terug. Ik voelde iets warms uit mijn neus druppelen.

Met een van zijn schoenen trapte Gunther me van Slidell af en rolde me naar links.

'Nee!' schreeuwde ik terwijl ik worstelde om op handen en voeten overeind te komen.

Door een pluk haar heen zag ik hoe Gunther zich over Slidell heen boog.

Ik strekte een hand uit terwijl de tranen over mijn wangen liepen.

Zich nog wat verder voorover bukkend zette Gunther de Glock tegen Slidells slaap.

Het moment bevroor tot een dodelijk snapshot.

Niet bij machte de aanblik van Slidells dood te aanschouwen, kneep ik mijn ogen stijfdicht.

Toen explodeerde de wereld.

38

Nadat hij de trekker had overgehaald, legde Ryan zijn pistool op de schoorsteenmantel, maakte de handboeien los, voelde aan Slidells pols en belde het alarmnummer. Vanuit heel Charlotte kwamen de patrouillewagens met gillende sirenes aangescheurd. Evenals twee ambulances en vervolgens het busje van de patholoog-anatoom.
Vince Gunther werd om 22.47 uur officieel dood verklaard.
Slidell en ik werden naar het Carolinas Medical Center vervoerd, beiden luid protesterend. Mijn hersenschudding was licht. Die van Slidell was aanzienlijk ernstiger en er moesten enkele hechtingen worden aangebracht. Vanuit het ziekenhuisbed gaven we een verklaring af.
Ryan bleef in de Annex om daar vragen te beantwoorden. Aan het einde van de volgende morgen hoorde ik de details.
Terugkerend naar de Annex had Ryan gezien dat het portieklicht brandde. Hij was behoedzaam naar het huis gelopen en had mijn tasje in het gras zien liggen, waar Gunther het had neergegooid nadat hij mijn huissleutels eruit had gehaald. Omdat hij vermoedde dat er problemen waren, had hij zijn eigen sleutel gebruikt, was het huis binnengeslopen, werd geconfronteerd met het gebeuren in de hal, en had Gunther met één enkel schot door het hoofd onschadelijk gemaakt. Het was puur geluk geweest dat Ryans kogel Gunther opzij had geslagen, en dat Gunthers stuiptrekkingen niet hadden geresulteerd in het overhalen van de trekker.
Op het kantoor van de patholoog-anatoom begon Gunthers ware identiteit stukje bij beetje boven water te komen. Uit zijn vingerafdrukken bleek dat het om een zevenentwintigjarige oplichter

ging die van diverse valse namen gebruikmaakte. Hij had onder zijn echte naam, Vern Ziegler, een appartement aan Harris Avenue gehuurd, en hij volgde een studie aan de UNCC. Het met mannen naar bed gaan was slechts één van de talloze illegale inkomstenstromen waarover hij beschikte.

De volgende ochtend vroeg kwam Charlie Hunt bij me op bezoek. Hij hield mijn hand vast en keek oprecht bezorgd op me neer.

Katy belde. Ze voorzag nog steeds documenten van een etiket in Buncombe County, maar zou voor het weekend naar Charlotte terugkeren. Ze vond het hele project – wat een verrassing – ongelooflijk saai. Leuk was wel weer dat ze het over verder studeren had, misschien wel rechten.

Pete belde ook. Hij was blij dat ik er geen blijvende gevolgen aan zou overhouden, en dat Katy het over rechten studeren had gehad. Terwijl we met elkaar praatten was Summer de stad in om zich in serviezen te verdiepen.

Ik werd om tien uur 's ochtends uit het ziekenhuis ontslagen. Zeer tot zijn ongenoegen moest Slidell nog blijven. Voor we het ziekenhuis verlieten, gingen Ryan en ik nog even bij hem langs. Hij had al met de leden van de Rinaldi-taskforce gesproken. Ryan was terneergeslagen, stilletjes. Met z'n tweeën pasten we alle stukjes in elkaar.

Mijn vermoeden was intuïtief en precies juist geweest. Evans was inderdaad een nog niet uit de kast gekomen homo die door NoDa cruiste met een honkbalpet laag over zijn ogen getrokken om niet herkend te worden. Gewoonlijk pikte hij Gunther op. Op een avond zag hij Klapec en kreeg zin in nieuw talent. Tevreden met de geleverde diensten stapte hij op een nieuwe service provider over. Gunther was woedend en riep Klapec, zijn vroegere vriend, ter verantwoording. Klapec beriep zich op het vrije handelsverkeer, het liep uit op fysiek geweld en Gunther doodde hem.

Ik herinnerde me Gunthers woorden in mijn halletje weer.

'Voor een knaap die er trots op was dat hij zich van alle kanten had ingedekt, is het toch vreemd dat hij geen exit-strategie had uitgewerkt. Hij wilde niet dat het lijk werd gevonden, maar hij had geen idee wat hij ermee moest doen.'

Om tijd te winnen had Gunther Klapec in de vriezer van Pinders oma gestopt. Toen hij over Cuervo's altaar en kookpotten las, dacht hij dat zijn probleem was opgelost. Hoewel hij niets van santería, wicca of duivelsaanbidding wist, besloot hij het op een satanische moord te laten lijken. Nadat hij symbolen in Klapecs huid had gekerfd, dumpte hij het nog steeds ingevroren lijk langs de oever van Lake Wylie.

'Gunther besefte dat er een mogelijkheid bestond dat Pinder of een van de prostitués hem met Klapec in verband zouden kunnen brengen, dus begon hij Rinaldi valse informatie te geven,' zei Slidell.

'Denk je dat Gunther wist dat Evans Lingo's rechterhand was?' vroeg ik.

'Die knaap was niet op zijn achterhoofd gevallen, maar er zaten wel degelijk een paar schroefjes bij hem los,' zei Slidell. 'Ze hebben Tegretol in zijn appartement aangetroffen. Dozen vol.'

'Dat is een medicijn voor een bipolaire stoornis,' zei Ryan.

Slidell sloeg zijn ogen ten hemel. 'Zoals ik al zei. Die knaap was hartstikke gek.'

Ik overwoog het even, maar zag er toen toch maar van af Slidell uit te leggen wat een manische depressie was.

'Zou hij gestopt zijn met het innemen van zijn medicijnen?' opperde ik.

'Slimme zet, hè? Dok zei dat hij mogelijk verzeild was geraakt in iets wat een "acuut manische periode" wordt genoemd.'

Slidell had duidelijk geen belangstelling meer voor Gunthers geestelijke gezondheidstoestand, en hij bracht het gesprek dan ook weer terug op Evans. 'Misschien heeft Rinaldi het tegenover Gunther over Evans gehad. Of misschien heeft Gunther hem samen met Lingo op televisie gezien.'

'Lingo's tirades sloten naadloos op Gunthers hersenschimmen aan,' zei ik.

'En waardoor Asa Finney als een perfecte loser de schuld voor de moord op Klapec in de schoenen kon worden geschoven,' voegde Ryan eraan toe.

'En dan hier de grootste verrassing,' zei Slidell. 'Gunther kende Finney niet en wist ook niet dat hij door Klapecs vader was doodgeschoten. Als hij dat had gehoord, had hij niet eens de moeite hoeven

nemen de verdenking op Evans te schuiven, tenzij hij die knaap enkel en alleen wilde afbranden.'
Slidell schudde zijn hoofd.
'Ik zat er wat Finney betreft helemaal naast. Die knaap probeerde alleen maar de kost te verdienen. Zijn inkomen was afkomstig van Dr.Game en andere sites die gamers met advertenties bestookten. En de Ford Focus die in de buurt van dat heksenkamp is gezien, bleek van een neef van een van de omwonenden te zijn.'
'Heeft css nog iets nuttigs in oma's vriezer of kelder gevonden?' vroeg Ryan.
'Voldoende bloed voor een transfusie. Het DNA zal aantonen dat het van Klapec afkomstig is.'
'Ik vermoed dat iets van dat bloed van Señor Slang afkomstig is,' zei Ryan.
'Heeft Gunther die koperkop op mijn stoep achtergelaten?'
Slidell knikte. 'Waarschijnlijk ook als satanisch dwaalspoor bedoeld. Of misschien dacht Gunther dat hij je zo bang kon maken dat je de zaak verder met rust zou laten.'
Ik keek hem alleen maar aan.
'Ja, ja,' zei Slidell. 'Misschien was die knaap uiteindelijk toch niet zo slim als hij dacht.'
'Waarom is Evans gisteravond vroeger naar huis gekomen?' vroeg ik.
'Zijn hospita heeft hem gebeld. Ik zei je toch dat die ouwe kenau voor ellende zou zorgen.'
'Waarom heeft Evans zijn auto een blok verderop geparkeerd, in plaats van gewoon op de oprit?'
'Misschien was hij bang dat ons huiszoekingsbevel ook zijn auto omvatte. Hij moet Gunther, die vanaf de golfbaan het terrein binnen was gedrongen, per ongeluk tegen het lijf zijn gelopen.'
'Om de zaag neer te leggen en Klapecs hoofd in de vriezer te stoppen.'
Slidell knikte opnieuw.
'Toen Gunther erachter kwam dat we Pinder hadden ondervraagd, kwam hij tot de conclusie dat het tijd was om de spullen uit oma's kelder weg te halen. Nadat hij Evans een kopje kleiner had gemaakt zag hij ons in de garage rondlopen. De zaken liepen op dat

moment volkomen uit de hand en hij dacht koortsachtig na. Toen kwam dat moord-zelfmoordplan bij hem op.'
In de loop van de dag werd er nog meer bekend.
Op zesjarige leeftijd was de zijkant van het hoofd van April Pinder door een autobumper geraakt. De verwondingen hadden tot gevolg dat ze bepaalde soorten informatie niet in de juiste volgorde kon plaatsen. Tijd was een van de dingen waarmee ze problemen had. Pinder had data verwisseld, en had de dag waarop Gunther uit de gevangenis kwam verward met de dag vóór hij was gearresteerd. Het bleek dat Gunther/Ziegler toch een strafblad had. Gebruikmakend van een lange lijst schuilnamen had hij in de loop der jaren talloze mensen opgelicht, voornamelijk al wat oudere of geestelijk gehandicapte vrouwen. Een zwendel op basis van het nalopen van overlijdensadvertenties, daarna het afleveren van pakjes onder rembours, waarvoor de ontvanger ter plekke moest betalen. Huis-aan-huisverkoop van zoetwaren, kaarsen en popcorn ten behoeve van niet-bestaande liefdadigheidsinstellingen. De verkoop van 'winnende' loterijbriefjes en vervalste totoformulieren. Allemaal onbeduidend spul. Niets gewelddadigs. Hij moet daarbij erg veel gehad hebben aan zijn knappe, jongensachtige uiterlijk. Pas nadat hij in augustus zijn medicijnen niet meer slikte, begon hij last te krijgen van uitbarstingen van gewelddadig gedrag.
In de loop van de nacht sloeg het weer om en werd het koud en regenachtig. De rest van die dag en de volgende bleven Ryan en ik in de Annex. Ryan was humeurig en stil. Ik drong niet aan. Iemand doodschieten is nooit gemakkelijk voor een politieman.
Op zondagochtend kwam Katy op bezoek. Ze had nog nooit van de Cheeky Girls gehoord. We moesten daar allemaal om lachen. Ze vertelde wat meer over haar rechtenstudie. Het was goed.
Even na twaalven belde Allison Stallings. Ik nam niet op, maar luisterde hoe ze haar boodschap insprak. Ze had besloten over een meervoudige moord in Raleigh te schrijven, bood haar verontschuldigingen aan voor het feit dat haar misleiding voor mij zo veel problemen had veroorzaakt, en beloofde Tyrell de waarheid te zullen vertellen.
Rond vieren kwam Slidell langs. Hij had een grote vrouw bij zich die qua gewicht aardig bij hem in de buurt kwam. Haar huid was ka-

ramelkleurig, haar haar was zwart en vervlochten tot één enkele dikke vlecht. Uit haar houding en gedrag kon ik direct opmaken dat ze bij de politie zat.

Voor Slidell iets kon zeggen stak de vrouw razendsnel haar hand uit. 'Theresa Madrid. De briljante nieuwe partner van deze rechercheur, die buitengewoon veel geluk heeft gehad.'

Madrids handdruk was krachtig genoeg om er een kokosnoot mee te kraken.

'De baas vindt dat ik hoognodig van mijn culturele gevoeligheden af moet,' zei Slidell vanuit een mondhoek

Madrid gaf Slidell een harde klap op zijn rug. 'En de arme Skinny trof een gelukkige dubbel-L.'

Ryan en ik moeten haar nietszeggend hebben aangekeken.

'Lesbische Latina.'

'Ze komt uit Mexico.' Er verscheen een grimmig lachje rond Slidells mond, zoals alleen hij dat kan.

'Uit de Dominicaanse Republiek. Skinny denkt dat iedereen die Spaans spreekt uit Mexico komt.'

'Verbazingwekkend,' zei Slidell. 'Al die ongelooflijke rijke en uiteenlopende culturen ontwikkelen zich uiteindelijk in precies dezelfde mouwloze T-shirts en plastic Jezus-shit voor in de tuin.'

Madrids lach kwam van ergens diep onder in haar buik. 'Niet zo verbazingwekkend als de snor van je vriendin.'

Slidell voegde nog een ander puzzelstukje toe. Dat kwam van Rinaldi's zoon Tony. Zijn jongste kind had het syndroom van Cohen. Rinaldi gaf al zijn geld uit aan de ziekenhuisrekeningen van zijn kleinzoon, en aan het lesgeld voor de speciale school waar de jongen opzat. En aan nog veel meer.

Toen ze waren vertrokken, waren Ryan en ik het erover eens dat Slidell en Madrid uitstekend met elkaar overweg zouden kunnen.

Ryan kookte. Kipfricassee met champignons en artisjokken.

Ik werkte aan een hoorcollege.

Tijdens het eten, en daarna, praatten we.

Er waren zo veel doden gevallen. Cuervo. Klapec. Rinaldi. Finney. Evans. Gunther.

Net als die arme Anson Tyler was T-Bird Cuervo op een gewelddadige maar toevallige manier om het leven gekomen. Een man alleen in het donker op een trambaan. Misschien wel dronken. Misschien nog wat naïef met betrekking tot de hogesnelheidstechnologie die nog maar zo kort geleden in deze stad was neergestreken. Cuervo was een onschuldige *santero*. Afgezien van het verkopen van wat marihuana had hij niets illegaals gedaan, en misschien wel de weg geëffend voor nieuwkomers als hij, die door verschillen in taal en cultuur werden gemarginaliseerd.

Jimmy Klapec was door een domme en intolerante vader de straat op gedreven. Net als Eddie Rinaldi en Glenn Evans, stierf hij omdat een man zijn medicijnen niet meer innam en het contact met de werkelijkheid verloor.

Vince Gunther/Vern Zieglers leven eindigde, ja, waarom? Omdat hij door zijn eigen brein verraden werd? Omdat hij van nature boosaardig was? Noch Ryan noch ik had op die vraag een antwoord.

De dood die me het meest dwarszat was die van Asa Finney.

'Klapec senior schoot Finney dood omdat hij gekweld werd door schuld,' zei Ryan.

'Nee,' zei ik. 'Hij werd gedreven door angst.'

'Dat begrijp ik niet.'

'Amerikanen vormen tegenwoordig een natie die bang is.'

'Waarvoor?'

'Voor een schutter die een slachting aanricht in de cafetaria op school. Een gekaapt passagiersvliegtuig dat zich in een wolkenkrabber boort. Een bom in een trein of een gehuurde bestelwagen. Een brief waarin miltvuur zit. Iedereen beschikt over het vermogen anderen te doden; hij of zij hoeft alleen maar gebruik te maken van de bestaande middelen. Je hoeft er alleen internet maar voor op of een bezoekje te brengen aan je plaatselijke wapenwinkel.'

Ryan liet me doorgaan.

'We zijn bang voor terroristen, sluipschutters, orkanen, epidemieën. En het ergste is nog dat we geen vertrouwen meer hebben in het vermogen van de overheid ons te beschermen. We voelen ons machteloos, en dat veroorzaakt een constante ongerustheid die ervoor zorgt dat we bang zijn voor dingen die we niet begrijpen.'

'Zoals wicca.'

'Wicca, santería, voodoo, satanisme. Dat zijn exotische zaken,

onbekend. We gooien ze op één hoop, drukken er een stempel op en barricaderen sidderend onze deuren.'
'Finney was een heks. Lingo's retoriek klopte die angst alleen maar verder op.'
'Dat, plus het feit dat mensen op andere gronden ook vertrouwen in het systeem hebben verloren. Klapec was daarvan een triest voorbeeld. Men is steeds vaker de mening toegedaan dat de schuldigen vrijuitgaan.'
'Het O.J.-syndroom.'
Ik knikte. 'Een stijfkop als Lingo hitst het publiek op tot het staat te schuimbekken, waarna sommige oplettende burgers menen het recht zelf in handen te mogen nemen.'
'En dan sterft er een onschuldig mens. Maar Finneys dood zou in elk geval een eind aan Lingo's politieke carrière kunnen maken.'
'Ironisch eigenlijk,' zei ik. 'De heks en de *santero* waren ongevaarlijk. De student en de assistent van de wethouder leidden een duister dubbelleven.'
'Alles is anders dan het lijkt.'
Birdie en ik sliepen boven.
Ryan sliep op de bank.

39

Op zondag stond ik vroeg op en reed Ryan naar Charlotte-Douglas International Airport. Voor de terminal omhelsden we elkaar. Namen afscheid. We hadden het niet over de toekomst.

Om elf uur trok ik een donkerblauwe blazer en een grijze lange broek aan. Allen Burkhead stond bij de ingang van de Elmwoodbegraafplaats op me te wachten. Hij had een sleutel in zijn hand. Ik droeg een zwarte canvas tas.

De nieuwe doodskist stond al op de juiste plek in de graftombe. Glimmend bronskleurig, een bijna dartele wieg voor een erg lange sluimerslaap.

Burkhead maakte de kist open. Ik haalde Susan Redmons schedel uit mijn tas en legde die behoedzaam aan de bovenkant van haar skelet neer. Toen legde ik de botten van haar benen terug. Ten slotte stopte ik een klein plastic zakje onder het witsatijnen kussen. Bezinkselproeven hadden aangetoond dat het hersenweefsel van een mens afkomstig was. Misschien was het van Susan, misschien ook niet. Ik betwijfelde of ze het erg zou vinden om de eeuwigheid te delen met nog een ontheemde ziel.

Terwijl we tussen de grafstenen door liepen, vertelde Burkhead me dat hij wat archiefonderzoek had gedaan. Susan Redmon was in het kraambed gestorven. Het kind had het overleefd, een gezonde jongen. Wat is er van hem geworden? vroeg ik. Geen idee, zei Burkhead.

Ik voelde treurnis. Toen hoop.

Al stervende had Susan het leven geschonken aan een ander menselijk wezen.

Vervolgens ging ik naar het Carolinas Medical Center. Niet de eerstehulp, maar de kraamafdeling. Deze keer was mijn tas roze en bevatte een grote pluchen beer en drie kleine babypakjes.

De baby was koffiekleurig, met een gerimpeld gezicht en wild zittend Don King-haar. Takeela had haar Isabella genoemd, naar haar overgrootmoeder van moederskant.

Takeela bleef koel en afstandelijk. Maar toen ze naar haar dochtertje keek, begreep ik waarom ze had gebeld met de mededeling dat ze mijn aanbod tot hulp accepteerde. Bij het zien van haar baby had ze besloten zich open te stellen. Isabella een kans te geven.

Toen ik naar huis reed, dacht ik na over dood en geboorte.

Dingen eindigen en andere beginnen juist.

Susan Redmon was gestorven, maar haar zoon leefde nog.

Rinaldi was er niet meer, maar Slidell begon aan een bestaan met een nieuwe partner.

Cuervo was dood, maar Takeela had een dochtertje gekregen.

Pete leek tot het verleden te behoren. Stond ik op het punt om opnieuw te beginnen? Met Charlie? Met Ryan? Met geheel iemand anders?

Zouden Ryan en ik opnieuw kunnen beginnen?

Zou Amerika opnieuw kunnen beginnen? Zou er een terugkeer bestaan naar een tijd waarin we ons allemaal veilig voelden? Beschermd? Overtuigd van onze waarden en voornemens? Tolerant met betrekking tot gewoonten en geloven die we niet begrijpen?

Charlie?

Ryan?

De ware Jakob?

Hoe zou mijn zus Harry het onder woorden brengen?

Je kunt onmogelijk weten welke jachthond achter je aan komt.

DANKWOORD

Mijn dank aan dr. Richard L. Jantz, de statistische goeroe achter Fordisc 3.0; aan dr. M. Lee Goff, een uitstekende virusgozer (zijn echte naam is Madison); aan dr. Peter Dean, een uitstekende lijkschouwer; en aan dr. William C. Rodriguez, een van de verstandigste forensisch antropologen van het koninkrijk. Dr. Leslie Eisenberg, dr. Norm Sauer en dr. Elizabeth Murray hebben aan de gedetailleerde bijzonderheden over beenderen eveneens een waardevolle een bijdrage geleverd.

Brigadier Darrell Price, brigadier Harold (Chuck) Henson en rechercheur Christopher Dozier, allen van het Charlotte-Mecklenburg Police Department, beantwoordden mijn politievragen. Mike Warns gaf kennis en meningen door op talloze gebieden. En wat hij niet wist, kwam hij hoe dan ook aan de weet.

Dr. Wayne A. Walcott, Senior Associate Provost, universiteit van Noord-Carolina-Charlotte, zorgde voor informatie over de aanwezigheid van elektronenmicroscopen op de campus. Bij de UNCC hebben ze er vijf. Wie wist dat nou?

Ik waardeer de niet-aflatende steun van Philip L. Dubois, hoofd van de universiteit van Noord-Carolina-Charlotte.

Ik ben mijn gezin dankbaar voor al hun geduld en begrip, vooral wanneer ik humeurig was. Of weg. Mijn speciale dank gaat naar mijn dochter Kerry, die de tijd nam mijn boek met mij te bespreken, terwijl ze druk bezig was met het schrijven van haar eigen boek. (Ja zeker! Haar eerste roman: *The Best Day of Someone Else's Life*, dat in het voorjaar van 2008 is uitgekomen!) Extra lof zwaai ik Paul Reichs toe, voor het lezen van het manuscript en het commentaar erop.

Diepgaande gevoelens van dank gaan naar mijn fantastische literair agent Jennifer Rudolph Wash; naar mijn briljante redacteuren Nan Graham en Susan Sandon; en naar mijn magnifieke uitgever Susan Moldow. Dank ook aan Kevin Hanson en Amy Cormier in Canada. Verder wil ik iedereen bedanken die zich zo energiek voor mij heeft ingezet, en dan vooral Katherine Monaghan, Lauretta Charlton, Anna deVries, Anna Simpson, Claudia Ballard, Jessica Almon, Tracy Fisher en Michelle Feehan.

Als er in dit boek fouten mochten zitten, komen die voor mijn rekening. En als ik ben vergeten iemand te bedanken, dan bied ik daarvoor hierbij mijn verontschuldigingen aan.